穿越霸王花 4

凤冠传奇

黑暗中的鲨鱼 著

重庆出版集团
重庆出版社

图书在版编目(CIP)数据

穿越霸王花：凤冠传奇 / 黑暗中的鲨鱼著. —重庆：重庆出版社，2009.12

ISBN 978-7-229-01355-4

Ⅰ.穿… Ⅱ.黑… Ⅲ.长篇小说—中国—当代 Ⅳ.I247.5

中国版本图书馆 CIP 数据核字(2009)第 209572 号

穿越霸王花——凤冠传奇

CHUANYUE BAWANGHUA(FENGGUAN CHUANQI)

黑暗中的鲨鱼 著

出 版 人:罗小卫

责任编辑:张德尚

责任校对:杨 婧

装帧设计:重庆出版集团艺术设计有限公司·蒋忠智 钟丹珂

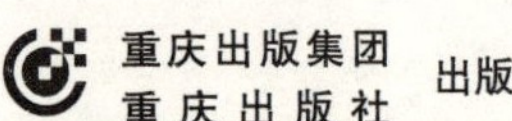

出版

重庆长江二路 205 号 邮政编码:400016 http://www.cqph.com

重庆出版集团艺术设计有限公司制版

自贡新华印刷厂印刷

重庆出版集团图书发行有限公司发行

E-MAIL:fxchu@cqph.com 邮购电话:023-68809452

全国新华书店经销

开本:787mm×1 092mm 1/16 印张:18.25 字数:312 千

2009 年 12 月第 1 版 2009 年 12 月第 1 次印刷

ISBN 978-7-229-01355-4

定价:28.00 元

如有印装质量问题,请向本集团图书发行有限公司调换:023-68706683

目录

第一章　王者归来

臻华顺利地继承了大梁国的皇位，登基典礼之后，完颜洪烈把他带到了一座神秘奢华的塔楼中，这里也有一间用石头砌成的练功房，练功房中也摆放着一个巨大的香炉。坐在香炉的旁边，完颜洪烈讲述了臻华身上最后一个秘密。现在，秘密的讲述仍在继续。

"臻华，你总是说，我们虽然回到了古代，但应该尽量做到不改变古代的历史。可是你想过吗，这是根本不可能的。从我们穿越为某一个古人的那一刻起，这个人的命运就已经注定会为之改变的。比如说这个严纯儿吧。她和方子纯的命理相合，所以方子纯必须得穿越到她的体内，才能够继续生存。可是，历史上真正的严纯儿，却是一个性格极其懦弱，命运极其悲惨的人物。在历史上，严纯儿不仅在丞相府的时候饱受欺凌，当她作为和亲公主嫁到大梁之后，也因为适应不了复杂的宫廷斗争，而备受摧残，年纪轻轻就含恨而死。可是你看看现在，方子纯哪有一点点会被人摧残而死的迹象，她穿越为严纯儿之后，这一路走来，根本就是在欺凌和摧残别人！"

听了完颜洪烈的这个评价，再联系上纯儿往日里的所作所为，臻华没撑住差点儿笑出来——是啊，别说让纯儿穿越成了一个懦弱的严纯儿，她不会甘受欺凌，就凭纯儿的那副性子，就算是让她穿越成了商朝的姜皇后，她都能反过来把苏妲己给灭了，方子纯绝对有这个本事。

完颜洪烈抒发完了对方子纯的感慨，才又言归正传，接着说道：

"你是知道的，当现代人穿越回古代的时候，为了找到和自己的命理相合的人，前后差上十年或者几十年的很正常。就比如说，你我和方子纯这三个人，虽然几乎同时离开的现代，但是回到古代的时间却差了很多。我和你之间就差了将近二十年，而你和方子纯之间又差了二十多年。”

臻华点了点头，他现在并不想研究穿越这门学问，他更关心的是他和方子纯之间的故事，他想早些找回丢失的那段记忆。

完颜洪烈继续说道：

“所以，在十来年前的时候，我为了逼你就范，就用当时的严纯儿威胁你。但是说实话，我也只是威胁威胁你，我也不想伤害了严纯儿——因为我的确非常看重方子纯的才华，我非常希望方子纯能够顺利归来，成为我的臂膀。

为了从小就能掌控住严纯儿，我想派出一个人，让他(她)在丞相府做卧底，好好守护着严纯儿长大，保证在十年后，让方子纯顺利穿越。按说，我这一切安排都是天衣无缝的，可是，我却忽略了一件很重要的事情，那就是雪姬对你的感情。”

“雪姬？”臻华有些奇怪，他不知道这里面又有雪姬什么事情。

完颜洪烈的声音忽然变得低沉了：

“没错，就是雪姬。雪姬对你用情极深，她就是为了追随你，才求我带她来到古代的。可惜，除了一个方子纯的影子，你已经把前一世所有的记忆都忘得干干净净，所以，你对雪姬一点儿印象都没有了。

虽然你已经彻底地忘记了雪姬这个人，可是，雪姬却对你痴情不改，仍旧是那么一往情深。十年前，当你知道我要派人去严纯儿身边卧底的时候，把你吓坏了，生怕我会伤害到严纯儿，所以，苦苦哀求，让我送你去西蜀国守护严纯儿。这一点，我肯定不会答应，甚至威胁你，如果你敢私自去西蜀国，我就直接杀死严纯儿，让方子纯穿越回来之后无处容身，最后变成一缕孤魂。这个威胁起到了作用，你不敢轻举妄动了，但是也让你陷入到了深深的痛苦之中。”

完颜洪烈似乎是说累了，他深深地吸了一口气，说道：

“好了，这段记忆还是你自己去看吧。”说着话，完颜洪烈又一挥袍袖，香炉中就又腾起了一阵浓白色的烟雾，烟雾中，臻华再次闭上了眼睛。

这一次，臻华看到的是自己十八岁时的情景——

臻华背负着双手站立在旷野之上，眺望着天边的夕阳，脸上和眼睛中全部都是悲伤，因为他在担心，那个和自己纠缠了生生世世的女孩子，会遇到危险。

这时，一个温柔的声音，在臻华的背后响起，臻华一回头，看到雪姬不知何时来到了自己的身后。一看雪姬就是经过了精心的打扮，穿着一身素衣，头发用一条银色的丝带松松地挽在了脑后，脸上薄施脂粉，妆容精巧。一双秋水般的明眸，正深情地凝望着臻华。

臻华错开了目光，刻意地避开了雪姬的注视，他不是没有感觉到，眼前这个女子对自己的一往情深，但是，他无法接纳她的感情，因为他的心中已经有一个叫方子纯的美丽少女，除了那个方子纯之外，所有的女人，他都不愿再多看一眼。

雪姬感受到了臻华对自己的淡漠，心中不禁一阵悲酸，她是不忍心看到臻华如此痛苦，才想过来安慰他的，可是，现在看起来，臻华是宁可自己痛苦着，也不愿意接受她的安慰。雪姬强压住自己心中的悲伤，对臻华说道：

"臻华，其实你不用这么担心的，主人应该是不会伤害严纯儿的。"

臻华蓦然回头，注视着雪姬，双眼中充满了焦躁：

"应该？难道你让我把全部的希望都寄托在一个应该上面吗？"臻华嘶吼着，就像是一匹受伤的狼，"再说了，就算我大哥不会伤害她又怎么样？！你也听我大哥说了，严纯儿在丞相府中会饱受欺凌，万一她要是夭亡了，那方子纯回来后怎么办？！万一方子纯穿越成为了严纯儿之后，还会受到欺辱和折磨，那又怎么办？！要是万一严纯儿在丞相府因为受虐待，而损伤了身体，那方子纯回来之后，就只能在一个支离破碎的躯壳里生活，那又该怎么办？！"这一连串的怎么办，让臻华自己的心理防线彻底崩溃了，臻华嚎叫了一声，他被自己这些可怕的设想给吓住了，他不敢想象，多年来一直出现在自己梦中的那个美丽少女会遇到这些不幸。

雪姬也被臻华的样子给吓住了，但是她更多的，还是对臻华的心疼，雪姬强压下自己眼中的泪水，对臻华说道：

"臻华，你真的多虑了。事情不会像你想象的这样悲惨的……"

"不，雪姬，你不明白，"臻华打断了雪姬说道，"你想象不了我有多么爱她，从我记事起，她的样子就反复出现在我的梦中。在梦里，我见到了她所有的样貌和神情。在梦里，我对她起誓，告诉她不要害怕这个未知的世界，因为我在这里等着她，不管怎样，我都会一直陪着她，守着她，不让她面对危险，不让她受到委屈。"臻华的声音哽咽了，"可是，我现在却做不到，雪姬你能明白我的痛苦吗？"

雪姬的泪水也滑落了下来，她无声地点了点头：

"我当然能明白，我怎么会不明白呢？自己对臻华也正是这样的一往情深啊。"

可是这句话雪姬并没有说出来，因为，自从在古代再次相遇之后，她已经对臻华表白了无数次了，而每一次，都是被臻华淡淡地拒绝。于是，雪姬明白了，自己注定了生生世世都将与臻华无缘！方子纯在的时候，自己会输给方子纯，而方子纯不在的时候，自己会输给埋藏在臻华记忆最深处的那个方子纯，所以，自己永远也得不到臻华。

可是，虽然这些事情雪姬心里都明白，但她还是放不下对臻华的爱，她真的爱他啊，雪姬宁可死，也不愿意看到臻华如此的痛苦。

望着臻华那英俊的面庞因为痛苦而扭曲变形，雪姬的心就像是被刀割一样，忽然，一个念头冒进了雪姬的心里，她脱口而出：

“臻华，你不用担心了，我去西蜀国，去保护严纯儿！去等待方子纯的归来！”

“什么?！”臻华吃了一惊，他没想到雪姬会说出这样的话来。

雪姬又认真地把刚才的话重复了一遍，臻华这次听明白了，他愣愣地望着雪姬，一时不知道该说些什么。雪姬看出了臻华心中的想法，不禁惨笑了一下：

“怎么，你怕我会别有所图？怕我会因为嫉妒，而趁机伤害方子纯？”

臻华没有说话，也就相当于默认了，看到臻华承认了，雪姬心中的悲伤更盛！雪姬抹了一把泪水，说道：

“臻华，你放心吧，我不会那么做的。两辈子了，我把什么都想明白了，你是不可能喜欢我的了，如果，我好好地为你做些事情，那我们还能当朋友，可我要是做了伤害方子纯的事，那我们就只能当仇人了。所以，我不会傻到去伤害她的。我只会去保护她，全心全力地帮助她，好借此来得到你的些许认可！”

“谢谢你。”臻华说道，因为他现在除了道谢，实在不知道自己还应该说点儿什么了。“那你打算怎么做？”臻华问道。

“资料显示，严丞相一向都热衷于广置姬妾，也许，我可以去做他的一个妾，这样，就可以名正言顺地关照严纯儿了。”雪姬在说这一番话的时候，声音冷漠，就仿佛是在说别人的事情一样。

“那……”臻华犹豫了一下。这短短的一下犹豫，让雪姬的整个心都飞了起来——也许当臻华听到自己说要去给严丞相做妾的时候，心中有些不快了，毕竟男人是不愿意让一个真心爱自己的女人，去属于别的男人的。也许，臻华会阻拦自己，会不许自己去……

雪姬的心狂跳了起来，迫不及待地想要听到臻华接下来要说的话，可是雪姬万万也没有想到，臻华接下来说的话竟然是：

“那，谢谢你了。等你到了西蜀国之后，麻烦你经常把她的消息告诉我。拜托了。”

这一句感谢和拜托，就好似万把钢刀插进了雪姬的心里。她只觉得自己的心被割成了碎片。过了好半天，雪姬才回过神来，说道：

“你不用谢我，我这么做，都是心甘情愿的。”说着话，雪姬又一次泪如泉涌。

本来完颜洪烈是不想让雪姬到西蜀国去的，毕竟雪姬是他的左膀右臂，他还需要雪姬帮他做很多事情。但是雪姬说服了他，雪姬承诺，当自己到达西蜀国之后，不仅会关照好严纯儿，还会另外做很多事情，而完颜洪烈一直就想着吞并西蜀国。所以，雪姬在西蜀国的工作就显得很重要了。就这样，完颜洪烈答应了雪姬，安排时机，让雪姬嫁给了严丞相，成为了丞相府的九夫人。

雪姬去了西蜀国之后，不负诺言，经常会给臻华传递回一些关于严纯儿的消息。而臻华心里也清楚，现在的严纯儿和自己并没有任何关系，所以，他也并不是对严纯儿多么上心，只要是能保证严纯儿的安全就行了。

接下来的日子里，臻华就留在了大梁国，继续着他们兄弟之间那场斗智斗勇斗耐力的角逐。好在完颜洪烈也不是很着急，除了有时间的时候，给臻华设置一些障碍之外，其他大多数时间，都是由着臻华去做他自己喜欢做的事情。

臻华虽然名义上是波斯国驻大梁国的通商使节，但事实上，完颜洪烈并不用他做什么具体的工作，也不让他过多的在大梁国群臣面前出现(直到现在，臻华才明白了完颜洪烈此举的用意——原来从那个时候起，完颜洪烈就已经计划让臻华来做自己的继承人了)。

而且，完颜洪烈还在大梁国京城的附近，为臻华专门修建了一座塔楼，供臻华使用。臻华也不客气，根据自己的喜好和需要，对这座塔楼进行了大规模的修缮。(他们现在所置身的这座塔楼，就是臻华在大梁国时的秘密住所。)

除此之外，完颜洪烈还做了一件非常重要的事情——他打开了臻华体内封印着的异能！再加上臻华自己的勤学苦练，没几年的工夫，他也算得上是功夫了得了。虽然，还远远的比不上完颜洪烈，但是，对付绝大多数人，已经是绰绰有余了。

完颜洪烈和臻华就这样，既相互帮助，又坚决不放弃各自的原则，争争斗斗地过了十年！

十年的时间，说起来很长，可过起来却是非常快。而对于臻华来说，在这十年间，只有两件事是值得记住的。

一是他在无意之中，救了四个女孩子。那是臻华有一次去圣域的时候，见到一个地位较高的圣域门徒，正在非常严厉地惩罚四个小女孩儿，这四个小女孩儿，当时大的也不过十来岁，而小的才四五岁的年纪。四个小女孩儿已经被饿了三天了，现在正在烈日下罚跪。

臻华询问之下，才知道了事情的始末——原来，这四个女孩子都是因为颇具天分，而被圣域门徒拐带回圣域，准备着力进行培养的。可是谁知道，这几个女孩子竟然意气相投，不好好练功，整天鬼混在一起，所以才要惩罚她们。

“你们为什么不好好练功？”臻华蹲下身子，望着这几个小女孩，柔声问道。

“因为我们不喜欢这里，我们想要回家。”小女孩儿异口同声地说道，同时，她们的眼泪都刷刷地流了下来。

看着这几个女孩子可怜的模样，臻华不禁动了恻隐之心。他想起来，完颜洪烈曾经对他说过，要送给他几个圣域门徒，供他使用，臻华因为不喜欢那些人，所以一直都在坚持拒绝。而现在，刚好可以利用这个机会，把这四个女孩子带出苦海。

臻华主意打定，立刻就跟完颜洪烈说明，自己想要这四个女孩子。这四个女孩子在圣域中本来就是可有可无的人物，所以完颜洪烈也不在意，就答应了臻华。于是臻华就把这四个女孩子带出了圣域。

本来臻华想着分别把这几个女孩儿都送回家去，可是，她们离开家的时候年纪都太小，实在说不清自己的家究竟在哪里了。而且，和臻华相处了一段时间之后，她们都开始变得不愿意和臻华分开了，索性，她们就一直在臻华的身边留了下来。尊臻华为主人，而臻华则给她们四个起名为——竹笙、竹管、竹笛、竹箫。

另一件事，就是在一次返回波斯的路途中，臻华偶遇了一支来自西蜀国的经商驼队。臻华和这支商队的主人一见如故，结为至交，而深谈之下，臻华惊异地发现，这个英俊的青年人，竟然就是西蜀国严丞相的儿子——严冰，严纯儿同父异母的哥哥！臻华真没有想到，世界上竟然会有这么巧的事情。只可惜，通过交谈，臻华发现，严冰对于严家的事情，尤其是他那些同父异母的弟弟妹妹们，并不了解。但是，不管怎样，严冰的确成为了他最好的朋友，他们两个人一起跃马戈壁，度过了无数洒脱快乐的时光！

完颜洪烈离开了塔楼，把臻华一个人留了下来，刚才，臻华已经找回了自己全部的记忆，此刻，他正独自一人慢慢地在塔楼中游弋着，心中五味杂陈，说不出究竟是苦还是甜。

臻华慢慢地走进那间奢华之极的卧室，坐在了那张美丽的梳妆台前，非常习惯地打开右手边的一个小抽屉，从抽屉中取出了一片小小的玉石薄片，玉片上，刻着一些奇怪的符号。这块玉片本是一对，另一片被雪姬带到了西蜀国。这是完颜洪烈送给他的，臻华就是用这套玉片来和雪姬相互传递消息。雪姬也正是利用这块玉片，把属于严纯儿的记忆送进了方子纯的脑海中。

臻华再次来到了那间石室，他清楚地记得，就是在那个深夜，在这个香炉前，臻华看到了纯儿和端昊在旷野中亲热，心如刀绞，妒火几乎把他烧成了灰烬！但是，臻华却无可奈何，因为完颜洪烈曾经警告过他：

"臻华，你记住，我不允许你轻举妄动。在历史上，严纯儿的身份是和亲公主，而且现在大梁国需要这样一位西蜀国的公主，所以，我不管你想干什么，你都要等到方子纯当上和亲公主之后！否则，我一定立刻剿杀方子纯，绝不手软！"

说实话，从方子纯回到古代，到她当上和亲公主的时间并不长，但是，对于臻华来说，在这段日子里，他简直就是去地狱转了一遭，无数个白天、黑夜，他都在经受着撕心裂肺的折磨，而他百般隐忍，只为了一个理由——无论如何，也要保证纯儿的安全！只要纯儿能够幸福，只要纯儿能够平安，他，可以牺牲一切！

终于，臻华熬到了纯儿远嫁大梁国的那一天。黄河口岸，笙管笛箫猝然出手，青衣卫纷纷毙命！笙管笛箫经过了十年的培养与磨炼，已经成为了心智武功都分外卓绝的高手。所以，她们把这一切做得天衣无缝！

——先杀死青衣卫，然后故意留下一个活口，却又刺瞎了他的眼睛，让他只能听见，却什么都看不见。然后笙管笛箫假装杀死了大梁国的使臣，脱下他们的衣物，穿在别的尸体上，再用药物焚毁尸体。让人误以为大梁国使臣已经全部遇难。接着，又故弄玄虚，故意逼纯儿脱去衣物，这样西蜀国追来的人，听了青衣卫的描述，就会认为纯儿已经被辱，从而彻底死心！

这一番布置下来，方子纯顺利地逃离了严纯儿的命运，而大梁国也如愿以偿地得到了向西蜀国宣战的借口和理由！

臻华站在塔楼的最高处，眺望着眼前那绵延的白色云海，他的心已经飞到纯儿到来的那一天。想到这一世和纯儿初次相见的那一刻，臻华的心中不由得泛起一阵钻心却甜蜜的疼痛——上天作证，自己等这一天已经等得太久了，可是，他和纯儿见面之后所发生的一切，却远远地出乎了臻华的预计。

笙管笛箫四人把昏迷不醒的纯儿带回塔楼，安置在了臻华的卧室中，就又匆匆地离去了——她们还得抓紧时间把大梁国的迎亲使臣送回京城去。

当所有人都离去了以后，臻华独自走到了那间豪华卧室的门外，他的脚步极轻，似乎是怕惊扰了卧室中正在熟睡的纯儿。此刻，臻华的心也在狂跳不止——多年来，一直萦绕在他梦中的女子，现在终于来到了他的面前。一想到纯儿就在这扇门的后面，臻华不禁情如潮涌，澎湃的情潮，席卷着他的心，淹没了他的人，让他难以自持，几乎失去了推开这扇门的勇气。

终于，臻华推开了卧室的门，没有想到的是，纯儿竟然没有睡在床上，而是坐在了梳妆台前。纯儿在黄河口岸已经被笙管笛箫胁迫着脱去了所有的衣饰，穿上了笙管笛箫给她的衣服——一身用质地极为柔软的纯白色丝绸缝制的裤褂，外面是一件用同样布料制成的长衫，长衫上没有纽扣，只用带子松松地系着。

这种衣服本来是波斯女子的家居服装，很多年前，臻华第一次注意到这种衣服款式的时候，就觉得如果让纯儿穿上这样的衣服，一定会非常的美，因为这种衣服的款式完美地结合了洒脱与温柔，浪漫与端庄，妩媚与矜持，一如他心目中的纯儿。

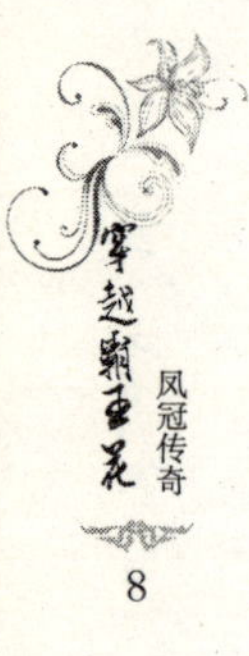

在纯儿到来之后的几天里，她一直都在沉睡，已经睡了好几天了，虽然明知道给纯儿用的迷药没有什么副作用，但是臻华的心中还是不由得有些担忧，他太爱纯儿了，所以他不能让纯儿受到一点伤害，哪怕是极其细微的一点也不行。

此刻，看到纯儿终于醒过来了，臻华由衷地感到高兴。他站在纯儿背后，痴痴地望着镜子中纯儿那美丽的容颜，不能自持。忽然，臻华看到纯儿的嘴角浮现出了一丝冷笑。

"你笑了，为什么？"臻华问道。这句话一说出来，臻华自己都被吓了一跳，因为他没想到，自己的声音竟然是那样的一往情深。

臻华的脸一下就红透了，幸好脸上蒙着黑纱，旁人还看不到他脸色的变化。

纯儿似乎对臻华的窘迫浑然不觉，这也难怪，现在纯儿当自己是陷入了龙潭虎穴之中，肯定是没有心思去想那些风花雪月的事情，她现在想得最多的，是如何保护好自己的安全。

"刚才笑，是因为这面铜镜摆放得够高明，而现在笑，是因为我已经更进一步地了解了我的对手。"纯儿的语调显得很公事公办。

臻华也是一个高傲之极的男人，面对着纯儿这样公式化的态度，纵然此刻心中涌动着万千柔情，也不会表露出来，他用一阵狂妄爽朗的笑声，隐藏起了自己那无限的痴情。

纯儿又睡着了。仰躺在床上，面容沉静，只是由于药物的作用，脸色略微有些苍白。这几天里，臻华每天都会来看望纯儿，来陪伴她。每一次，看到纯儿那苍白憔悴的脸庞，臻华的心就觉得好疼。

平时臻华每次来，都是坐在床边，痴痴地望着纯儿，看不够，怎么看都看不够。

今天，可能是因为和纯儿交谈了一会儿的原因吧，臻华再也按捺不住心中澎湃的情感了，那安详得如同睡美人一样的纯儿在呼唤着他，让他情不自禁地倚靠在了纯儿的身旁，轻轻地把纯儿拥进了怀中……

臻华绝不是一个轻薄的男人，因为生来容貌人品出众，所以，臻华一直就是众多少女追逐的目标，可是因为心中已经有了纯儿，所以，臻华活了这么大，从来就没有对其他的女人假以过辞色，心中更是从来都没有动过男女欲望的念头。

可是，臻华毕竟是一个正常的男人啊，此时，他梦寐以求的女子就妩媚之极地躺在他的面前，让他怎么还能控制住自己心中那蠢蠢欲动的情感呢?

虽然是躺在了纯儿的身旁，但是臻华一直努力地保持着一个姿势，尽量不让自己身体的任何部位碰触到纯儿，他这样做，一是怕打扰了纯儿的清梦，更主要的，还是因为他不敢过于的唐突佳人。

能像现在这样，离纯儿这么近，倾听着她的呼吸，被她的气息所包围着，臻华已经很满足了，觉得自己已经幸福得像是到了天堂一样。

“纯儿，你终于来了，你知道吗，我等你等得好苦，我已经等了这么久了，你现在总算是来到我的身边了……”臻华在心中自语着，轻轻握住了纯儿的一只手，享受着这份静谧与温馨，不知不觉间也睡着了。

忽然，睡梦中的臻华觉察出，自己身边的纯儿体内有异动!

“纯儿要醒了！”臻华还没有睁开眼睛，就做出了这个反应，所以，他本能地就想抽身而去，但是已经迟了，刚刚从睡梦中醒来的纯儿，出手如电，一把就扯掉了臻华蒙在脸上的黑纱!

两人一时相对无言!

其实，纯儿那一刻的错愕，真的是被臻华英俊之极的容貌给惊呆了。在现代，纯儿纵横世界每一个角落，可以说见识过很多很多的俊男，回到古代之后，端昊和拓跋傲疆，又都是当之无愧的精品男人，可是，他们都比不过眼前这个混血男子的容貌。

纯儿是被臻华的外形给震了，而臻华的无言则是因为紧张！——他唯恐纯儿在看到了自己的容貌之后，会对自己失望。唉，是不是人一旦情到了深处，就会变得没有了丝毫的自信?

还好接下来纯儿由衷地赞扬了他的长相，可是，纯儿这种赞扬，实在是让臻华更加没有办法表白了。无奈，他只得把自己那副狂放不羁的态度，继续地延伸下去。

站在窗前，望着外面滚滚的云海，臻华的心中一片苦涩，因为，他现在回忆到了最关键的时刻——他究竟为什么会失去关于纯儿的这段记忆！

——纯儿醒来之后，臻华就对她表白了自己的感情，但是，让臻华没有想到的是，纯儿竟然连想都没想，就拒绝了他。

臻华知道，纯儿拒绝自己，是因为心中放不下宇文端昊，这一点，不禁让臻华又恨又妒。而接下来发生的事情，则更让臻华疯狂！

笙管笛箫不忍看到臻华如此的痛苦，竟然给纯儿用了春药，想着把生米煮成熟饭，而臻华眼看着自己至爱的女人，百般妩媚地诱惑着自己，则再也控制不住自己的情感了。他紧紧地抱着纯儿，一边疯狂地亲吻着她，一边把她压倒在了大床上……

可就在这时，纯儿竟然在紧紧地拥抱着臻华的时候，喊出了端昊的名字！

她竟然是把自己当成了端昊，所以才会在臻华的怀中如此忘情！

这个念头，像是万把钢刀一样，瞬间就把臻华的心凌迟成了碎片！

臻华觉得头顶上的天在旋转，脚下的地在陷裂，自己整个人都仿佛被卷入到了一个巨大的旋涡之中，全身的血液仿佛一下子就被抽干了，除了痛苦再也没有了其他的感受。

在他的眼前，纯儿在药物的作用下，还在肆意地呻吟着扭动着，急不可耐地邀请着臻华来享用自己的身体，但是，此刻臻华的心中已经是一片冰冷了。

"纯儿，我现在不会碰你的，因为我不能不管你的心。现在，你的心中还保留着宇文端昊的影子，所以，我如果现在答应了你，就等于是伤害了你……"

臻华痴痴地望着纯儿，真挚地表述着自己的情感，当他把这些话说完之后，心中也已经诞生了一个胆大之极的想法！

——他要作法修改纯儿的记忆，把这几天发生的事情，从纯儿的脑海中彻底地抹去。不仅如此，臻华还要修改自己的记忆，他要把自己心中所有关于纯儿的记忆都彻底地清除掉——他要赌一把，看当自己把所有的这一切都忘掉之后，会怎么样？

"主人，你为什么要这样做？"当臻华准备作法的时候，竹笙问道。

臻华的目光深沉苦涩：

"我大哥说，我忘记了上一世的一切，唯有保留住了对纯儿的情感，所以，大哥很惊异，他没有想到我对纯儿的感情竟然会深到这种程度。

可是，就像纯儿晚餐时说过的那样，她根本都不认识我，我却总是对她说，我已经爱了她很久很久，这对她太不公平。我想，这也有道理，不如，我也放弃所有关于纯儿的记忆，让一切都从头开始。”

“主人，你是准备放弃和纯儿小姐的这段感情了？”竹笙的眼中闪过了一簇希望的火花。

臻华却毫不犹豫地说道：

“不，我永远都不会放弃和纯儿的感情，我只是要赌一把。我要试一试，如果我和纯儿，就像纯儿和宇文端昊那样，作为两个陌生人相遇到一起，那我们会不会相知相爱！”

“可是，如果万一不会呢？”竹笙问道。

臻华的目光清澈透明：

“宇文端昊能以一个陌生人的身份，出现在纯儿的世界中，进而得到纯儿的心，我相信，我也能，我不会输给他的。”

“主人，你一定要这么做吗？”竹笙还是想阻拦臻华。

臻华点了点头：

“是，我一定要这么做。我相信，当我作为一个全然的陌生人，出现在纯儿的世界之中的时候，我们一定会再次相爱的，一定会！”臻华此时这句话与其说是说给竹笙的，还不如说是在鼓励自己。

“那你只修改纯儿小姐的记忆就可以了啊。为什么还要修改自己的呢？”

臻华没有说话，因为有些话，是只能埋藏在自己一个人心里的，他最真实的想法是——他要和宇文端昊实实在在地竞争一回，他一定要打败宇文端昊。只有让自己和宇文端昊处在同一个起点上，这场竞赛才称得上公平。这样的话，自己如果赢，就会赢得心安理得，如果输，也会输得无怨无悔！

为了这个理由，臻华还做出一个震惊了所有人的决定。他认真地对竹笙说道：

“从现在开始，我不管在哪里，在干什么，你们都不要靠近我。”

竹笙点了点头，臻华以前，也不大让笙管笛箫跟在自己的身边，她们四个人大部分时间都是留在塔楼之中。

“因为，我还要封印起我所有的异能功法。”臻华继续说道。

“为什么？”这次真把竹笙给吓住了，“你独自行走江湖，却要封印起所有的异能功法，这不是太危险了吗？”

臻华的嘴角浮现出了一丝高傲莫测的笑容，他没有回答竹笙，因为他要做一个普通人，一个和宇文端昊一样的普通人。不凭借几十年刻骨相思的情债，不凭借自己一身异能，不凭借大梁国皇帝的亲弟弟的身份，不凭借自己富可敌国的财富，什么都不凭，就凭自己这个人，来得到自己所爱的女人，就凭自己这个人，从一个皇帝的手中，夺回自己的爱人！

望着臻华那坚定的神情，竹笙的眼眶中涌上了一层泪水，她的心中默默地说道：

"纯儿小姐，如果你现在还不被我们主人的这一片痴心所打动，那你真就是铁石心肠了……"

臻华站在塔楼的最顶端，现在，他被封印的异能已经打开，他的记忆已经完完全全地找回来了。

忽然，臻华的眉骨一动，因为他听到在门外，有一阵细微的响声传来，就好似蝴蝶在扇动翅膀一样，可是，对于异能已经完全恢复了的臻华来说，这细微的声响，也逃不过他的耳朵。臻华连头都没回，只是轻轻一挥衣袖，一阵风声直接穿过紧闭着的房门，力道径直打到了门外那个人的身上，只听一声轻微的惊叫，而臻华则淡淡地说道：

"你们的功法好像退步了。"

此时，房门应声而开，门外站着的，正是笙管笛箫！

笙管笛箫齐刷刷地站在门口，眼神难掩激动，因为，她们的主人，她们心目中那个至高无上的王者，终于又归来了……

臻华来到了一间光线明亮的书房中，这里过去是臻华最喜欢的地方，书房中布满了书架，书架上堆着各种书籍。这些书，除了极少一部分是臻华自己收集的，其他绝大部分，都是完颜洪烈送给他的。在过去的十年里，臻华几乎已经把这里的书都看遍了。当时，也没什么特殊的感觉，只是觉得，大哥给自己送来的书挺杂的。可是今天，当臻华登上皇位，再回过头来看这些书的时候，他才发现，原来这些书，虽然形式和内容上五花八门各不相同，但却有着一个最大的共同之处——那就是它们的主旨都指向了同一个目标——如何为君，如何治国！

大梁国，这万里锦绣江山，就这样尽归自己的掌控之中了！臻华感到自己的胸膛之中，有一种既陌生又熟悉的豪迈之情，在澎湃激荡！

这时，笙管笛箫鱼贯走了进来，竹笙走在最前面，她痴迷地望着臻华。只见臻华身形稳如山岳，双目深不见底，全身上下都充满了一种傲岸的霸气。看到臻华的这个样子，竹笙的心不禁一下子漏跳了几拍——自己心目中仰慕爱恋了多年的那个主人，终于又回来了。

臻华端坐在书案的后面，似乎对竹笙那痴迷的眼神浑然不觉。只是声音平淡地问道：

“我不在的这段时间，你们都做什么了？”

笙管笛箫四人相互望了望，然后几个人同时跪到了臻华的面前，竹笙说道：

“属下知罪。请主人责罚。”

臻华有些无奈地微微叹息了一声：

“说说吧，你们怎么会想起来去刺杀我大哥的。”原来，臻华已经知道了，是笙管笛箫四人制造了圣域那场爆炸，正是这场爆炸，险些要了完颜洪烈和纯儿的性命。

“这都是我的主意，和她们三个无关。”竹笙干脆地说道。

“我就知道你会这么说，每一次你们闯了祸，你都是这一句话。不过现在我还不想听你们讨论责任的归属问题，你们先把这件事的来龙去脉，详细地告诉我。”

“是。”竹笙应了一声，臻华没有发话，她也不敢站起来，继续跪着说道：“事情是这样的。主人放弃了异能之后，虽然命令我们不得在您的左右出现，但是我们几个因为不放心您的安危，所以，一直都偷偷地在主人附近隐藏着，以防万一。后来我们发现，主人所遇到的几次危险，都是出自圣域的刻意安排。我就想，如果能够一举铲除了圣域主人，那么，您就再也不用受到圣域的威胁了。所以，我们就决定找机会对圣域主人下手。”

竹笙停了一下，继续说道：

“我们以前也经常出入圣域，所以，对圣域里面也还算熟悉。这次，我们回到圣域之后，只对圣域主人说，因为主人您有事要做，不让我们跟在身边，也不让我们留在大梁国，就让我们暂时回到圣域居住一段时间。由于圣域主人也知道您修改自己记忆的事情，所以并没有怀疑我们的话，就让我们住了下来。

而我们就趁人不注意的时候，偷偷在圣域主人的练功房周围埋下了炸药，准备等待时机，一举杀死圣域主人。

结果那天，听说圣域主人要在练功房里作法，我们认为时机已经到了，就直接行动了。”

竹笙说完了，竹管接了一句：

“我们当时的确不知道练功房中还有方姑娘。”

竹笙又接着说道：

“属下办事不力，惊吓了方姑娘，请主人责罚。”

臻华望着她们,有些无奈地说道:

“你们知不知道,这么做有多么的危险。凭你们几个就想去暗杀圣域主人?你们知不知道,你们这次能活过来,根本就是不幸中的万幸。这么多年了,我还没见过有谁能在圣域主人的手中逃出生天!”

臻华说这一番话的时候语气分外的沉重,他希望笙管笛箫四个人能够从自己的话语中,明白这件事的严重性。可是让臻华没有想到的是,听完了他的话,这四个女孩子竟然没有任何反应,连年龄最小的竹箫都没有显出害怕的样子来。

竹笙平静地说道:

“再大的危险我们也不在乎,我们的命都是主人给的,如果能为了主人而死,是我们的本分,也是我们的荣耀。”

竹笙说完之后,另外三个女子,都纷纷点头表示响应。臻华无奈,又换了角度说道:

“你们知不知道,圣域主人其实是我的哥哥。”

“知道。”

“那你们既然尊我为主人,怎么能对我的哥哥痛下杀手呢?”

竹笙毫不犹豫地说道:

“在这个世界上,我们的眼里只有主人,除了主人,我们谁也不认识,谁也不在乎,不管是谁,只要敢对主人不利,就是我们的仇人!”

“对,不管是谁,只要敢对主人不利,就是我们的仇人!”剩余的三人也齐声说道。

这一次,臻华真的被震撼住了。他逐一地望过眼前的这四个女孩子,一阵由衷的恐惧瞬间袭遍了全身。不论是在现代还是在古代,臻华一直认为最可怕也是最不可原谅的犯罪,就是控制别人的思想,让他人成为自己的工具。可是此刻,臻华突然惊恐地发现,自己在不知不觉之中,也已经控制了这四个女孩子的思想!眼前这四个女孩子,最大的也不过二十岁,小的才十四五岁,她们一个个绮年玉貌,秀美如花,可是,存在于她们心中的思想,竟然是如此的可怕!

臻华打定了主意,等自己把手边的事情稍微处理一下,真的要想办法,解决一下这四个女孩子的问题了。他既不想枉自耽搁了这些女子的青春,也不想让她们成为无谓的牺牲品。

理清了头绪,臻华的心中稍微安定了一些,他简短地命令道:

“你们起来吧,现在有几件事情要交给你们去办。”

"是。"笙管笛箫同时起身,静等着命令。

"竹管、竹箫,你们两个现在乔装潜入西蜀国边境,方姑娘最近要到西蜀国拓拔将军的行辕,你们在暗处保护方姑娘的安全。"

"是。"

"还有,严四公子近日可能也会返回西蜀国,你们也要留心他的动向。尤其是要监视他身边的那个女人,必要的时候,你们两个可以兵分两路。切记,千万小心,不要让那个女人做伤害严四公子和方姑娘的事情。"

"是。"

"竹笛,你火速返回圣域,带着我的印鉴去见雪姬。近期,我大哥要回到圣域去做一件事情。我大哥那里你可能帮不上忙,你就听从雪姬的安排好了,一定要做到随时把圣域的消息传递给我。"

"是。"

"竹笙,你留在我身边。居中调剂策应,周全她们三方的行动,随时收集她们的信息,你还要时刻做好准备,不管哪一方力量吃紧,要立刻增补救援。"

"是。"

随着臻华这一系列的布置,笙管笛箫四人,再也没有了刚才那种怀春少女的情态,而是转瞬间就变成了四个身经百战的女战士。

臻华布置完之后,就站了起来:

"好了,你们就分头上路吧。竹笙,你现在就和我一起回皇宫去。"

"回皇宫?"竹笙愣了一下,她现在还有些不太适应臻华身份的变化。

"对,回皇宫。"臻华气势如高山临渊:"我要临朝议政。现在到了制定对西蜀国的战争策略的时候了。"

完颜洪烈在皇宫中静候着臻华的归来,他已经预料到了臻华身上会发生很大的变化,但是,当他真正看到臻华的时候,还是被臻华的气度震撼了一下。完颜洪烈凝视着臻华,良久之后,才长长地舒了一口气,由衷地说道:

"昨天我送走的是一个弟弟,今天我迎来的,是一位当之无愧的帝王。臻华,看到你现在这个样子,我真的可以放心把大梁国交给你了。"

臻华也深深地望着完颜洪烈:

"大哥,你既然这么割舍不下大梁国,就留下来吧,我们兄弟联手,一起开创出一代盛世!"

完颜洪烈含笑摇头：

“割舍不下也要割舍！我现在已经想清楚了，圣地是我唯一的归宿。现在，到了我向我们的家族忏悔、赎罪的时候了。”完颜洪烈忽然声音一震，“好了，不说这些了。臻华，你现在有没有想好，到底怎么样去对待西蜀国，怎样去对待宇文端昊？当你找回了全部的记忆之后，你还打算对宇文端昊那么宽容吗？”

臻华微微一愣，但是马上明白了完颜洪烈话中所指，完颜洪烈的意思是说，当臻华知道了，宇文端昊是自己的情敌之后，他还会不会继续坚持休兵止战，还是会把称霸的野心和个人间的私仇结合在一起，正式发动对西蜀国的战争?!

臻华既不尴尬也不慌张，他举起手边的杯子，轻轻抿了一口杯中的香茶，态度从容地说道：

“我知道，大哥最关心的，就是在你走后，我会对西蜀国采取什么样的战略态度。幸好，我现在心中已经有了一套完整的想法了，正好趁这个机会说出来，我们讨论一下。”

“哦？”一听臻华说，他已经有了想法，完颜洪烈也来了兴趣，“说说看，你是怎么打算的。”

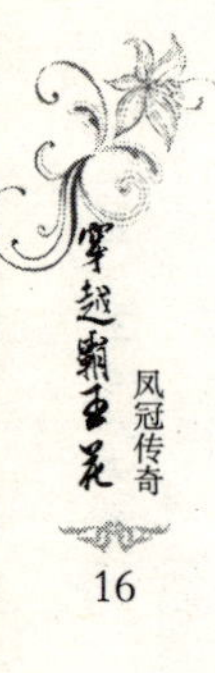

臻华的眼睛中闪动着灼人的光辉：

“我想立刻就调集兵力，向西蜀国发动大规模总攻！”

“啊?!”这一次，完颜洪烈真的吃惊了，他虽然想到了，在臻华回忆起了纯儿和端昊之间的纠葛以后，可能不会再对西蜀国那么心慈手软，但是，完颜洪烈真没有想到，臻华的态度竟然转变得如此之快，而且变化程度如此之大，一下子，完颜洪烈都有些转不过弯儿来了。

“臻华，你会不会太冲动了？”完颜洪烈试探着问道。虽然，臻华要对西蜀国宣战，这很符合他的心思，但他还是担心臻华是因为妒火攻心，而做出什么鲁莽的事情来。毕竟，战争不是开玩笑的事情，尤其是这种尽举国之力的战争。

臻华看出来完颜洪烈的担忧，不禁微微一笑，笑容如春风般温暖，他由衷地感叹道：

“大哥，你真是把大梁国当成了自己的孩子一样，事无巨细，都牵挂在心，所以要是依我说，你也不要回圣域了，就留在大梁国吧。也省得你远在千里之外，还要时时刻刻都为大梁国担忧。”

完颜洪烈也有些感慨：

“是啊，我的确是对大梁国有着极深的感情，这不仅是因为我为大梁国付出了太多的心血，更是因为大梁国的全体臣民，给予了我太多的信任和感情。这些，是我从未得到过的。但是，”完颜洪烈忽然话锋一转，“你也不用再劝我了，我现在是去意已决，如果你想帮我的话，就好好地帮我建设好大梁国吧。”

臻华知道，自己是无法说服大哥留下来的，于是神色一正，说道：

“放心吧，大哥，我说要对西蜀国宣战，绝不是出于一时的意气，我是经过深思熟虑的。”

“哦？说说你的想法。”

“是这样。”臻华目光炯炯，侃侃而谈，“这些天里，我彻底研究了你给我的所有关于宇文端昊的资料。宇文端昊这个人，年纪轻轻就坐拥四海，成为一国之君，这样的经历，铸造了他坚韧无比，却又目空一切、唯我独尊的性格。而他这一次挑起战火，分明就是因为他在平定了内战之后，自信心极度膨胀，所以，想着尽早完成他一统天下的梦想。在这个时候，我要跟他和谈，他是根本不会接受的，纵然我心中是为了万千百姓，他还是会认为我是因为懦弱，才选择的退让！

所以，面对这样一个人，只有在占据了主动以后，才能和他谈条件，否则，一切都是枉费心机！”

“分析得好！”完颜洪烈击掌称赞，“正所谓知己知彼，百战不殆。你现在已经这么了解宇文端昊了，那么这场战争，我们大梁国就等于已经占了六成胜算！”

“还不止六成。”臻华的眼睛中精光毕露，“你和宇文端昊两个人，已经隔着一条黄河，相互对抗了十年，你们才是真正的知己知彼。可是，宇文端昊并不知我！对于他来说，我是一个全然陌生的人，这就是我的优势。所以，我才要尽快宣战。”臻华的声音中充满了果断：“我只有在他了解了我之前动手，才能赢得主动。否则，以宇文端昊的为人，一旦他占据了主动，就一定会把我逼上绝路，绝不会对我有一丝一毫的心慈手软！”

完颜洪烈频频点头：

“你想得很对。那等你出兵之后呢，一举踏平西蜀国？”

听了完颜洪烈的问话，臻华的目光有些闪烁：

“大哥，我如果说出真心话，你不要生气。”

“你说。”

“其实我出兵的目的，并不是占领西蜀国，而是为了打消西蜀国想征服大梁国的念头。”

“你还是想要和平？”

“对，我想要和平。也许是因为我是来自于现代的原因吧，我总认为，一个国家的君主是绝对不应该带给臣民战争的。如果宇文端昊也和我一样，渴望和平，拒绝战争，那我现在就会和他和谈。但是，宇文端昊的野心太大，我如果不让他明白，他根本不可能取得这场战争的胜利，他就不会放弃自己的野心，就会一直想要征服大梁国。”

完颜洪烈微微地点了点头：

“我明白了，你宣战，只是为了向西蜀国展示你的实力，是为了加大手中的筹码，好达到让西蜀国按照你的条件和谈这一目的。”

“对。”

完颜洪烈沉默了一会儿，说道：

“臻华，有句话，我不知道当问不当问。”

臻华笑了：

“你我之间还有什么不好问的。”

“臻华，难道，你知道了方子纯和宇文端昊之间的纠葛之后，就不恨他吗？”

臻华听了完颜洪烈的话之后，洒脱一笑：

“私仇和国事是两回事。我不会因为个人恩怨，而让整个国家陪着我经受磨难的。”

臻华的话说得非常轻松自然，可是完颜洪烈听了之后，却好像是突然间发现了什么似的，久久地望着臻华，目光深沉，若有所思。

臻华被他看得有些不自在，不禁笑道：

“大哥，怎么了？”

沉默了良久，完颜洪烈才深深地叹息了一声：

“臻华，你比我强，上善若水，厚德载物，仁者为君，你，才是真正的王者！”

纯儿和胡杨女一行人日夜兼程，这一天，纯儿正在放马疾驰，忽然，胡杨女从她身侧跃马上来，唤住了她：

“纯儿，等一等。”胡杨女透过风沙大喊道。

“怎么了？”正在狂奔的纯儿差一点勒马不及，险些就撞到了胡杨女的马头上。纯儿赶紧用力勒紧了缰绳，问道。

“纯儿，我们现在是一直沿着黄河北岸在走，再向前走几天的路程，就该进入西蜀和大梁两国的战略无人区了，西蜀国在那里的守备一定会非常的森严。我怕在那里渡黄河的话，会很容易被西蜀国的守军发现，到时候，就又会生出许多是非波折。我们不如就趁现在渡河，在黄河南岸越过西蜀国的边境，这样就会安全很多。”

对于胡杨女这一番合情合理的分析，纯儿全都没听见，她只听见了一件事——马上就要进入西蜀国了！

“这么快！？”纯儿脱口而出。

纯儿真的觉得太快了，她觉得自己才刚刚离开回鹘国，才刚刚看到臻华和丝丽苔相拥着在一起……

“才刚刚看到臻华和丝丽苔相拥着在一起”，这个念头刚一出现在纯儿的心中，纯儿立刻就觉得自己仿佛是陷入到了一块巨大的沼泽地之中。无边无际的苦涩的泥浆淹没了她的身体，紧紧地把她包裹了起来，堵塞住了她的眼、耳、鼻、喉……让她无法呼吸。

纯儿用力地甩了甩头，想要甩掉这像魔鬼的阴云一样，紧紧包裹着自己的苦涩，可是却没有成功。

虽然心中充满了对自己的软弱的气恨——她恨自己怎么这么没用，怎么就忘不掉臻华。可是，纯儿的确就是忘不掉！从回鹘到这里，几千里的路程，纯儿每天都骑在马上狂奔，对于沿途的风景，对于扑面而来的风沙，甚至对于自己将要去的目的地，都没有什么感觉，在她的心中，只有一个念头是真实的，那就是，臻华和丝丽苔之间那暧昧不明的关系，就是他们两个相拥在一起的样子！

那一幕情景已经定格在了纯儿的心中，让她心如刀绞，痛不欲生！

纯儿用力地咬了一下嘴唇，强迫自己不要再沉浸在那些无谓的回忆之中：

“为了一个不在乎自己的男人伤心，是最没有价值的，方子纯，忘掉臻华，忘掉丝丽苔，打起精神来，未来还有那么多的事情等着你去做，还有那么长的路等着你去走，不要总是为了那些与你无关的人，而蹉跎年华！”

纯儿如此这般的在心中警告着自己。可是，尽管她什么道理都明白，但心头仍旧像是压着一个大铅块一样，沉甸甸的，压得人心里发疼。

夜色慢慢地笼罩了大地，风雨、阳光，夜晚和黎明，这些自然变化永远都是最公平的，不管你是大国还是小国，不管你是皇帝还是平民，它们都会一样地降临到你的身上，没有一天会例外，无边的黑夜均匀地覆盖了大梁国，也覆盖了西蜀国，既没有给谁多一点儿，也没有给谁少一些。

臻华望着窗外的夜色毫无睡意，从竹箫传回的消息中，臻华知道了，纯儿她们已经在黄河的中上游渡河进入了西蜀国的境内。

“纯儿，你们走得好快啊，从回鹘到西蜀，你们竟然才用了这么短的时间。”臻华独自在心中默念着：“纯儿，如果我对你说，我真的非常非常介意你如此的归心似箭，你会不会觉得我太小气了，太不像个男人了。”臻华的嘴角浮现出了一丝自嘲的笑：“真的，纯儿，现在连我自己都有些看不起我自己了。在你重返西蜀国的这段日子里，我一直都在刻意地不去想你，但是，不管我用了多少方法，我都管不住自己的心。一有闲暇，我就会不能自已地去想你，想你是不是距离大梁国，距离‘他’又近了一些！”

“纯儿，你知道吗？我现在什么都不敢去想。听到归心似箭，久别重逢这些词语，我想到的是你和他。看到‘近乡情更怯，不敢见来人’这一类的诗句，我想到的还是你和他。

虽然，在大哥和群臣面前，我表现得那么自信。可是，只有我自己才知道，多少个深夜，我独自一人在灯下反复地看着宇文端昊的画像，越看我就越觉得，他是那样的出类拔萃。我不得不承认，我是在嫉妒宇文端昊。真的，我是在嫉妒他，虽然承认这一点让我难堪至极。

纯儿，你明白吗？直到现在，我都认为，作为皇帝，我不会输给他，我坚信大梁国一定会战胜西蜀国！但是，当我作为一个深爱着你的男人的时候，我却失去了一切自信，每天，都像一个懦夫一样，戚戚然、惶惶然地关注着你的消息，惴惴不安地等待着你最后的选择，等待着命运的裁决！期待着，老天垂怜，会让你早日回到我的身边。”

臻华的眼中流露出了深深的悲伤，但是，这悲伤只出现在了一瞬间，它们立刻就被抹掉了，臻华又恢复了往日的那份坚定和自信：

“不会的，纯儿，我不会做懦夫，我知道，只有有气度有担当的男人，才配得起你的坚强，只有光明磊落的男人才配得起你的善良。我会一直努力的，努力地去做一个能够配得上你的男人，相信我，纯儿……”

就在臻华难眠的时候，端昊也在辗转反侧。今夜，他独自一人睡在自己的寝宫之中。而他现在心中所想的，是两件事情，天下和纯儿。

现在，西蜀国内部非常稳定，和大梁国之间的战局也很乐观。尤其是完颜洪烈忽然退位，换上了一个名不见经传的完颜臻华，更让端昊信心大增。因为，端昊坚信，不管这个完颜臻华有多么大本事，一个刚刚登上皇位的人，是根本不足以成为自己的对手的。所以，在端昊看来，大梁国已经等同于自己的囊中之物了。在这样的情形之下，端昊很自然地就开始考虑征服大梁国之后的事情了，而这一考虑，端昊就自然而然地，把目光投到了更加广阔的西方。

现在，西域最强大最富有的国家就是回鹘国。而回鹘国的巨额财富，不仅仅是让强盗、让拜火教垂涎，也会让那些野心勃勃的帝王心动，例如端昊。

端昊知道，回鹘国的财富，几乎都是来自于草原丝绸之路。而等他征服了大梁国之后，整个西域的东端就落到了他的掌控之中，西蜀国就扼住了草原丝绸之路的咽喉。所以，只要西蜀国控制住了丝绸之路，就等于控制住了回鹘国。到了那个时候，无影和回鹘国，就只剩下了臣服这一条出路了。

当把回鹘也纳为了自己的属国之后，西蜀国的版图就将真正地覆盖整个大地。

“为了这个宏伟的目标，绝对值得自己再继续掀起无数场战争！”端昊这样想到。

这段时间里，后宫中表面上倒也算是太平。鹂妃已经快要临盆了，而宫中又有两个妃子怀上了龙裔。之前怀孕的那几个妃子，已经为端昊诞下了两位公主和一位皇子。端昊不得不承认，在梨太后和梨皇后死了之后，后宫中几乎就再也没有出过嫔妃小产或者新生儿夭亡的事情。照这样的情形发展，要不了多久，端昊的膝下，就会儿女成群了。现在端昊最大的希望，是自己也能够像前朝的那些有道明君一样，生育教养出二三十位文武全才的皇子，那样，自己的江山就会更加稳如山岳了。

但是端昊心中也很清楚，脱离了梨太后和梨皇后掌控的后宫，虽然暂时少了些血腥，但也是危机四伏——因为权力总是最能够刺激人去犯罪的。他相信，在权力的诱惑下，后宫中很快就会又出现像梨太后和梨皇后那样的人，这些女人为了自己，为了自己的儿子的前程，是会变得疯狂的。

所以，现在端昊迫切地需要纯儿回到自己的身边，因为他相信，在这个世界上，只有纯儿是最爱他的，而且是单纯地只爱他这个人，所以，只有纯儿来做他的皇后，来掌管好他的后宫，他才能放心。他相信，纯儿还是非常善良的，所以只要纯儿长大一些，不那么任性了，她一定会善待后宫中的嫔妃，善待端昊的每一个儿女的。

武陵带回了消息，无影说他还没有找到纯儿，这个消息让端昊恼火——他不相信无影没有找到纯儿，他知道，无影这么做，一定是纯儿的意思。

而且端昊觉得，纯儿既然爱上了自己，就不可能再去爱上其他的男人——这个世界上，还能有哪个男人的财富地位权势超过自己呢？

所以，端昊认为，纯儿现在躲起来不见自己，并不是因为她对自己没有了感情，或者是又爱上了其他的男人。纯儿不回来，肯定还是因为她那些所谓的“原则”。

不过端昊相信，随着西蜀国版图的不断扩大，随着他的权力不断地增加，也随着纯儿一天天地长大，她一定会回到自己身边的，而且，这一天已经为时不远了。到时候，自己一定要让纯儿好好吃点苦头，作为她这么任性的惩罚。

一想到要惩罚纯儿，端昊的身体中忽然就涌起了一阵燥热，端昊觉察出了自己身体的变化，不禁有些后悔，今晚没有宣嫔妃侍寝，现在，时间已经太晚了，没法再招来哪个嫔妃了。

睡吧。端昊翻了个身，可是不期然的，那个身穿粉蓝色纱衣的女子就出现在了他的脑海。

那次的梦真是销魂。那个女子带给他的快感和享受，是众多嫔妃从来都没有带给过他的。可惜只是一个梦，如果，世间真的有这样一个女子，那端昊不顾一切也要把她收到自己的身边来，让她每天都能服侍自己。

心中想着丝丽苔，端昊的身上不禁更加的燥热了。他又翻了一个身，忽然，一阵浓浓的倦意，朝着他席卷而来。端昊毫无防备地就一下子跌入了梦乡之中。

原来，此时，丝丽苔又在对着水晶球作法了，想要再次闯进端昊的梦中。刚才，丝丽苔试图进入臻华的梦境又没有成功。而丝丽苔也在怀念上一次闯进端昊梦中的销魂滋味，所以，稍一犹豫就闯入到了端昊的梦中。

这次，端昊和丝丽苔两个人真是一拍即合，端昊刚一闭上眼，就看见了丝丽苔，这两个被欲望灼烧着的男女，对对方的心思都心知肚明，所以，谁都没有犹豫，一下子就扑到了一处……

“为奴出来难，教君恣意怜！”李煜的一首小令，道出了一个千百年来颠扑不破的事实——偷情比起光明正大的欢爱来，更能刺激人的欲望，所以也就更加的吸引着男人和女人。

如果，丝丽苔只是端昊后宫众多嫔妃中的一个，那端昊可能也不会特别地关注到她，可她偏偏是一个来历不明的陌生女人，一个美丽的、陌生的、和自己没有任何感情纠葛和利益纠葛的女人，而且还是一个在男人的面前，毫无顾忌地敞开自己，不顾一切地肆意取悦男人的女人，这是一个能让最理性的男人也为之疯狂的奇妙组合体。

端昊本身是一个过度理性的男人。他平时只要清醒着就会随时保持高度的理性。在现实中，端昊即使是和女人欢爱到了最兴奋的那一刻，心中都是清明的、冷静的。这种过度的理性，一直让端昊引以为自豪，但是隐隐的，也让他感到有些遗憾——因为他几乎从来就没有体会过人们常说的那种，所谓欲仙欲死、销魂蚀骨的感受。

也正因为从来都没有享受过，所以，在端昊的内心深处就更加渴望有朝一日，能让他真正体验一回欲仙欲死的欢爱。可惜，在端昊的现实世界中，要想实现这个愿望几乎比统一天下还难！因为江山易改，本性难移，他宇文端昊永远也无法改变自己的理性。

可是，偏偏丝丽苔出现了，她最成功的地方，不在于她的妖娆，也不在于她的放纵，而在于她出现的时间和地点！她在端昊熟睡的时候，出现在了端昊的梦中——一个唯一能让端昊放弃理智，全身心地享受欢爱的时刻。

所以，端昊深深地被丝丽苔迷住了。或者更确切地说，他被这种从未有过的销魂体验迷住了。

当端昊醒来的时候，天光已经大亮了。端昊活动了一下酸软的身体：

"昨晚朕好像在梦中宠幸了一个女子……"端昊慢慢地回忆着，"那个女子还真是不错，"端昊静静地回味着，"不过，朕怎么会做这样的梦呢？难道，是太久没有宠幸嫔妃的缘故吗？"端昊翻了下身子："太迟了，必须得起来了。"端昊一边想一边坐了起来，突然，端昊的全身一下子就绷紧了，因为他忽然之间想到了一件很重要的事情：

"最近这两次出现在他梦中，和他欢好的，竟然是同一个女人！"

第二章　偷欢男女

一瞬间，端昊只觉一道冷气直袭自己的后背，然后沿着脊柱一直就炸到了头顶——如果说，一次梦到自己宠幸一个陌生的女人，那是偶然。那么，连续两次，竟然梦到同一个女人和自己欢好，那绝对就是诡异！

端昊一点点地回忆着梦中的情景，越回忆就越觉得恐怖，因为他觉得这个梦太真实了，那根本就是真的！

端昊的眼中射出了一道寒光："不管你是何方妖孽，也休想暗算朕！"端昊心中暗暗想到，同时，他高喝了一声：

"来人！"

"在！"内侍应声而入。内侍的心中有些慌张，因为他敏锐地觉察出来，端昊的声音中充满了隐忍的怒火。伴君如伴虎，皇帝这一动怒，那牵动的，也许就是整个天下！

可是端昊毕竟是端昊，就在内侍进来的这短短的一瞬间，他已经完全掩盖起了自己所有的不安和愤怒，换上了一副平静的态度。端昊的态度变化得太快了，以至于内侍都以为自己刚才搞错了。端昊淡淡地说道：

"你去护国寺找方丈法师，传朕的口谕，就说朕连日来操劳国事有些疲倦了，想听他讲解佛法，聊做缓解，请他今天午后入宫。"

端昊找了一个合情合理的借口，护国寺的方丈佛学精湛，平日里，端昊也经常和他参谈佛法，所以内侍当然也想不到其他的东西，应了一声，就退了出去。

内侍出去了，端昊再一次卸掉了脸上的面具，流露出了些许疲惫的神情：

"叛乱、战争、暗杀、阴谋，现在竟然连妖法都用上了……"端昊长叹了一声，"这个皇帝不好当啊，纯儿啊，你快点儿回来吧，我真的需要你……"

纯儿真的回来了，只不过，她没有来西蜀国的京城，而是到了西蜀国的边塞——拓拔傲疆的行辕。

战争让黄河两岸变得异常萧条，可同时，又让军队驻扎的地方热闹了起来。往来的商贩，甚至一些从事皮肉生意的女子，都云集到这里。在距离拓拔驻军的不远处，形成了一个小小的集市。

胡杨女就带着纯儿来到了这个小小的集市中。

"我的一个手下就住在这里，就是她探听出的他的情况。"

胡杨女的句子里，一连出现了两个"他"，好在纯儿还能明白她的意思。

"你的手下在这里，就专门是为了打探师兄的情况吗？"纯儿问道。

"对。"胡杨女点了点头，"自从我毁掉容貌，叛逃出圣域，组建了自己的营寨之后，我就一直在派人关注着他的情况，已经十年了。"

胡杨女说得非常平静，就好像在描述一件最普通的事情一样，可是，这番话听在纯儿的耳朵里，却是那样的不可思议：

"十年了?！这十年来，你一直都在派人关注着师兄?！"

"对。从京城到边塞，我的人一直都隐藏在他的身旁，默默地关注着他，不断地把他的消息传递给我。所以，这十年中，我虽然和他天遥地远，天各一方，但是我却对他全部的生活都了如指掌。他每一次晋升，每一次出征，每一次纳妾，我都知道得清清楚楚！"

不知怎的，听着胡杨女的话，纯儿竟然感到一种莫名的寒意——整整十年，这样关注一个伤害过自己的男人。胡杨女这种行为究竟该算是执著，还是该算做执迷不悟！

相比起来，自己对端昊，是不是就显得有些……

纯儿沉默了，因为她一时也想不好，该怎样形容自己和端昊之间的感情。反正，纯儿就是觉得，作为同样被男人伤害了的女人，自己和胡杨女处理感情的态度，太不一样了。

"纯儿，我在这里等你，你去看看他吧。"胡杨女说道。

"我去？"纯儿有些不解，"你不和我一起去吗？"

胡杨女苦笑了一下：

"我不去。"

"为什么?"纯儿真的奇怪了。这一路上，胡杨女不顾一切地赶路，所以，纯儿一直都觉得，胡杨女一定是特别盼着能赶紧见到拓拔，她真没想到，胡杨女竟然不去。

“因为我这辈子都不想再见到他！”胡杨女平淡却坚决地说道。

胡杨女没有看纯儿，她的眼神投向了遥远的天际，口中幽幽地说道：

“十年了。我每一天都在思念着他，一呼一吸全都是他的名字，不管是睡着还是醒着，脑海中全都是他的身影。听说他身受重伤，我不顾一切地也要来救他，这一路上，我的心急得都要飞出来了，恨不得马蹄能踏碎这万水千山，好让我一步就跨到他的面前。可是现在，我来到他的身边了，和他近在咫尺，我却不想见他了。不！我不是不想，我是没有勇气见他。十年了，我不知道他的心里是否还在惦记着我，也许，他已经忘了我了，或者，他对我已经没有了往日的情感。纯儿，你想想，如果我贸然出现在他的面前，他对我就如同对一个普通人那么疏远、淡然，我又情何以堪？”

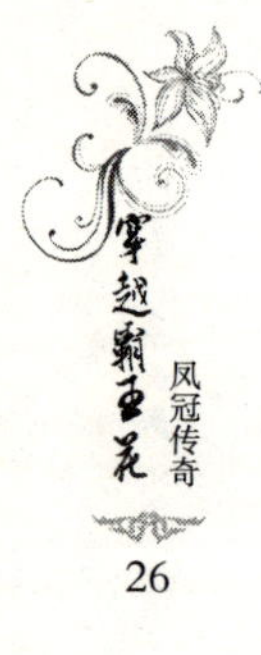

纯儿也无语了，她明白胡杨女话中的意思，也理解胡杨女的这种心情。所以她知道，如果换做自己处在胡杨女的位置上，肯定也会这样做的。于是纯儿说道：

“我明白了，我这就去见师兄，胡姐姐，你放心吧，我一定会把师兄的伤治好，让你放心。”

胡杨女感激地点了点头：

“谢谢你，纯儿，你真善良。其实我也想到了，你在西蜀国也有无法回首的往事，如果不是因为我，你肯定一辈子都不会再回来，但是……”胡杨女停了一下，又继续说道：“我真不知道该怎么感谢你。”

面对胡杨女发自内心的感激，纯儿只是微微一笑，然后说道：

“事不宜迟，我现在就去师兄的行辕。”

“好，那就辛苦你了。你要不要换身衣服？”

胡杨女这一问，纯儿才意识到，原来自己现在仍旧是一身西域女子的装扮，虽说黄河沿岸的女子，在衣着打扮上，不像中原腹地的女子们那么讲究，但是，如果自己穿着这样一身衣服在大街上走，也显得过于招摇了，看来还是换身衣服的好。

拓跋傲疆正在行辕内聚精会神地研究军情，心情和表情都很沉重。原本还以为，大梁国这次旧帝退位，新帝登基，是给了西蜀国一个喘息的机会。因为拓跋傲疆觉得，新皇帝如此的年轻，就算他同样野心勃勃，但总不会像完颜洪烈那么心机深沉，手段老辣——不管从哪方面说，完颜洪烈都是一个会让人感到压力和恐惧的对手。可是很快，拓跋傲疆就发现自己想错了，而且是大错特错！

这个完颜臻华打起仗来，简直比完颜洪烈还要凶猛，还要老辣顽强！最要命的是，整个西蜀国对完颜臻华的了解加起来，还写不满一张纸——他们对完颜臻华太陌生了！

西蜀国派驻到大梁国的那些探子，在臻华出现了之后，仿佛就都变成了瞎子、聋子，完颜臻华已经继位这么多天了，可是，西蜀国的探子们仍旧无法找到一点儿关于他的资料！

知己知彼，才能百战不殆！像现在这样，对于对手几乎一无所知，这仗还怎么打呢？

就在拓拔傲疆心中烦闷的时候，一个亲兵走了进来：

“回禀将军，外面有一个人想要见您。”

“什么人？”

“一个男人，看上去很瘦弱，像是在生病的样子，他让我把这个交给您。”亲兵的手掌中托着一个小小的包袱。

“一个生病的男人……”拓拔一边喃喃自语着，一边接过了亲兵递来的小包袱。

拓拔久经沙场，应付各种突发事件的经验都十分老道。所以，接过这个小包袱以后，他并没有马上打开，而是手指微微一用力，隔着包袱皮摸了一下里面的东西，想着借此判断出包袱里面究竟裹着的是什么东西。

这一摸，拓拔的心中当下就“咯噔”了一下，同时淡淡地说道：

“叫他进来吧。”虽然，看上去拓拔的脸上平静如常，但事实上，此时拓拔的心已经提到了嗓子眼了，因为他已经清清楚楚地摸了出来，包袱里面包着的，是落蕊神针的针筒！也就是落蕊神针的发射装置！

当时，拓拔心中出现的第一个念头就是——纯儿出事了，否则，落蕊神针不会落到别人的手中！与此同时，拓拔已经紧紧地扣住了腰下悬着的宝刀，暗下决心——不管现在来的人会是谁，他都必须给自己一个交代，否则，自己绝不会再让他活着走出行辕！

拓拔也是关心则乱，一看落蕊神针突然出现，就本能的把带来落蕊神针的人，当成了伤害纯儿的人。他注视着门口，目光炯炯逼人，就好像是两道闪电。

就在这时，脚步声响起，一个面黄肌瘦，身材高挑瘦弱的汉子走了进来。拓拔只看了来人一眼，目光马上就变得紧张了起来——他万万没有想到，来的人竟然会是纯儿！

不管纯儿如何易容，她那双聪慧灵活的眼睛都变不了！

看到纯儿突然出现，拓拔却比刚才更加紧张了。因为纯儿本人来了，虽然能说明纯儿并没有受到伤害，但是另一个更为严重的问题，立刻就摆在了拓拔的面前——纯儿重返西蜀国，就无异于已经走进了龙潭虎穴之中。久居权力的最中心，让拓拔心里很清楚，现在在西蜀国内，想要让纯儿死的人太多了。

拓拔略一定神，也顾不上跟纯儿说话，就先走了出去，布置好四周的防卫，直到他确定自己可以绝对安全地和纯儿交谈之后，才又返了回来。

"纯儿，你怎么来了？"拓拔一边问，一边情不自禁地抓住了纯儿的手臂，上下打量着她，想要确定纯儿是不是完好的。

纯儿感受到了拓拔对自己的关切，心中一暖。她也在用心地看着拓拔傲疆。和在奉先殿分别的时候比起来，拓拔明显地消瘦了，也苍老了很多。看来，这段时间，师兄真是太劳累了。

"师兄，听说你受伤了，你现在怎么样了？"

"我的伤没事，早就好了，纯儿，你先告诉我，你这段日子去哪里了，怎么突然就又跑回来了？"

纯儿也看出来了，如果不先把自己突然归来的来龙去脉交代清楚，拓拔是不会谈他自己的事情的，于是说道：

"师兄，我这段时间一直在西域，我过得很好。我这次回来，就是专门为了你的伤回来的。"

"我的伤没事，已经好了……"拓拔再次强调，纯儿不容他说完，就打断了他：

"那只是表面上好了，其实，暗器现在还在你的身体里，如果不把它取出来，是非常危险的，我这次冒险回来，就是专门来帮你把身体里的暗器取出来，这样，你才能安全。"纯儿很自觉地没有用子弹这个词，而是换上了古人比较熟悉的词语。

"原来是这样，"拓拔沉吟着点了点头，又问道："可是纯儿，你既然一直在西域，又怎么会知道我受伤的事情呢？"

纯儿愣了一下，一时不知道该如何开口，因为在她来行辕之前，胡杨女曾经千叮咛万嘱咐，让纯儿在拓拔傲疆的面前，千万不要提起她。

作为一个女人，纯儿能够理解胡杨女的心情，所以，她想不好，自己究竟是应该趁机成全这一对苦命的鸳鸯，还是应该尊重胡杨女的意见。

略一思忖，纯儿说道：

"师兄，我先给你疗伤，至于其他的，我慢慢再告诉你。"纯儿已经决定了，先探探拓拔的口风再说，如果，真像胡杨女担心的那样，拓拔已经忘记了柯韵琪这个人了，那就不提也罢。

此时在西蜀国的皇宫中，端昊正在一间僻静素雅的偏殿中，和护国寺的方丈法师对坐参禅。这座偏殿并不大，四周都垂着轻纱的薄幕，把偏殿的墙壁和窗子都掩了起来。在偏殿的正中，供奉着一尊纯金的佛像。佛像前的供案上摆放着香花供果，泥金的经卷。

供案前摆放着两个蒲团，端昊和方丈法师就在蒲团上相对而坐。青烟缭绕，模糊了佛像，也模糊了端昊和法师的容颜。

因为夜晚的纵欲，所以端昊的脸色略有些青黑，眼神也有些苦涩。而法师则是须眉皆白，眼帘低垂，手中慢慢地捻动着一串佛珠。可能是因为年代久远的缘故，这串佛珠已经被摩挲得乌黑发亮了。

法师已经给端昊讲了很长时间的佛理了，可是端昊却仍旧没有放他走的意思。因为直到现在，端昊最想说的问题还没有说出来，他想问问法师有没有办法，镇魇住闯进自己梦中的妖孽。可是这样的事情，端昊又实在是难以启齿——堂堂帝王，却战胜不了一场春梦，这无论如何都是一件大失脸面的事情，所以，端昊就一直沉默着。

终于，还是法师打破了沉默：

“陛下的脸色不佳，是不是最近国事太过于操劳了？”

“的确是。”端昊点了点头。

法师继续说道：

“可惜，我只是释门弟子，除了给陛下讲讲佛法之外，其他的方面，就很难帮助陛下了。不过，如果陛下真的觉得劳累的话，我倒是有一个办法。”

“什么办法?！”

“到阵前去！数十万男儿的精壮之气，足可以挡住一切邪佞！”

端昊听了法师的话，愕然地抬起了目光，他想不通，法师怎么会一开口，就点破了他心中的秘密。

端昊目光深沉，久久地凝望着对方，而法师始终都是垂首敛眉，形容稳重安详，似古井一般没有任何波澜。就好像他既没有觉察出自己刚才的话带给了端昊极大的冲击，也没有感受到，此时端昊那逼人的目光。

法师的态度就犹如一剂安神的良药，让端昊刚才高高悬起来的心，慢慢地松弛了下去。他微一定神，语调谦和地说道：

“请问法师，你是怎么知道，我现在正在被邪佞侵扰的？”

法师非常平静地说道：

“不瞒陛下，贫僧是不信邪魔的。”

“法师的意思是说，您从来都不相信这个世界上有邪魔妖孽？”

“对。”法师肯定地说道，但是接下来，他的话锋又一转，“我不信邪魔，但是，我信心魔。”

“心魔？”

“对，世人的爱恨贪痴欲，诸如此类都是心魔，人如果能摆脱掉这些心魔，就会真正进入大境界了。所谓的邪魔入侵，也只是因为心魔在作祟，如果除去了心魔，那么一切邪魔都是无法得逞的。”

端昊沉默了，他在心中慢慢地回味着法师的话，犹疑难决：

“心魔？难道，自己在很短的日子里，连续两次梦到同一个女人，只是自己心中有魔？但是，心魔究竟又是什么东西呢？”

法师低垂的目光似乎一直就在紧紧跟随着端昊的思想一样，此刻，他深邃的声音又在端昊耳畔响起：

“心魔只是一个总体的称谓，它可以指很多具体的东西。贫僧也不知道陛下心中的魔障究竟是什么。但是，不管是心魔生，还是外魔入，总是因为人心血两虚造成的。所以，我建议陛下到军中去，那里，毕竟有几十万热血男儿，有他们扶持在陛下左右，陛下必定可以克掉魔障！”

端昊听了法师的话，若有所思地点了点头：

“本来，我也计划再过一段时间，就亲自到军中一趟，法师您看……”

不待端昊说完，法师就断然打断了他：

“陛下如果已经计划好要去军中的话，不如把日期提前，即刻就出行。”法师停了一下，又说道：“心魔是会不断长大，不断膨胀的，心魔弱时，还只是一个一闪而过的念头，而当心魔强大了之后，再想驱逐它，就太难了。”

法师说最后几个字的时候所用的那种沉重的语气，震动了端昊。因为端昊深知，这位法师是一位极其笃定的高人，多年的修炼，已经让他真正达到了凌于尘俗之上的高超境地，此刻，他竟然如此郑重地提出了建议，那足以证明，现在的形势已经非常严峻了。

端昊久久地望着法师，他想从法师的神情中稍微看出一点端倪，好借以揣测出一点儿什么。但是，法师的容颜，却始终都是那么沉稳如一，就好似一副已经伫立了千百年的雕像一样，任谁都无法从他的脸上看出一丝一毫的信息。

终于，端昊放弃了这种努力，他已经决定了——提前去边疆！

法师步履沉稳地离开了皇宫，一如他来的时候那样地平和坦然。但是，只有法师自己知道，现在，他的心中远远没有这么淡定。

刚才，在端昊的眉宇之间，法师清晰地看出了，那里隐藏着一抹浓重的戾气！也正是这一抹戾气，才引来外界某种与其相似的东西，扰乱了端昊的心神。

但是，这些话，法师不能说！毕竟伴君如伴虎，在皇帝身边，就得学会点到为止！

所以，法师才想出了这样一个变通的方法——让端昊提早到军中去。因为法师看出来，现在侵扰端昊的那个邪魔，是阴性的，而将士们的阳刚之气，正是克制这种阴柔之气的最好方式。

臻华现在正在夜以继日地筹备着战事！他要迅速实施自己的计划——在西蜀国还没有完全了解自己之前，就给西蜀国以迎头痛击！借以彻底打掉宇文端昊的骄狂，打掉宇文端昊的野心！重还西蜀和大梁两国人民和平安宁。

当做这些事情的时候，臻华在现代所受的教育起到了极大的作用。在现代的时候，毒枭为了把臻华培养成自己的臂膀，对他下了极大的工夫，曾经专门把他送到世界上最好的军事院校去学习过。所以，现在臻华做起这些事情来，非常的得心应手。

可在得心应手之余，臻华的心中却又总是会不由自主地泛起一层淡淡的苦涩——在人类的发展史中，为了发展战争而花费的精力实在是太大了！ 如果，大家都能恪守和平，那么，整个人类一定会发展得更加快速。

当然，臻华也知道，对于历史来说，自己只是一个微不足道的小人物，所以也承担不起推进历史，或者是改造全人类思想意识这样的重任。他现在能够做到的，只是在历史长河这短短的一段中，尽力发挥出自己的作用，让自己统辖下的臣民能够安居乐业，享受安宁和幸福。

臻华那些精深的战争学识，先进的统治思想，与生俱来的王者气度，谦和有礼的平等精神，这一切，都让大梁国的群臣们对他信服不已。所以，臻华即位没有多长时间，他在大梁国的威信就与日俱增，而大梁国上下，也达到了真正的君臣一心，万众一心的局面。

完颜洪烈看到这一切以后，心中安慰不已。他知道，自己没有找错人，臻华绝对可以为大梁国带来一个更加富强更加美好的盛世。

看到大梁国正逐步走上了正轨，完颜洪烈在大梁的最后一件心事也就算是了结了，而家族圣地被毁灭的日子，也马上就要来临了，完颜洪烈知道，到了自己离开的时候了。

“明天黎明时分，我就要离开大梁了。”夜色中，完颜洪烈和臻华并肩站在一起。

“大哥，我想再问一次，你能让我和你一起去吗？多一个人，总是多一份力量。”臻华说道。

完颜洪烈微微一笑：

“臻华，你不用再要求了，我肯定不会让你去的，当好你的皇帝，就是对我最大的帮助了。”

臻华也想到了会是这个答案，所以，也就不再坚持了，兄弟二人又闲聊了几句。

“臻华，你去休息吧，明天一早还得上朝呢。”完颜洪烈说道。

“大哥，明早我不能送你了，那不如我今晚和你一起睡吧，权作是给你送行了。”

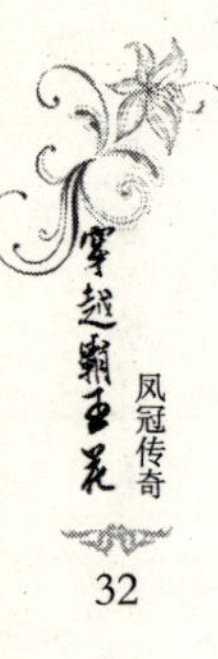

完颜洪烈没想到臻华会提出这样一个念头来，愣了一下，他也不想就这么和臻华分别，因为他心里也清楚，他是要去做一件非常危险的事情，也许，今日一别，他们兄弟就再没有见面的机会了。所以，完颜洪烈略一沉吟，就答应了臻华的要求。

夜已深沉，臻华始终保持着高度的清醒，他努力控制住自己的气息，尽量不惊扰到完颜洪烈，直到臻华确定，完颜洪烈已经完全睡熟了。他知道，自己的计划该实施了。

臻华仰面平躺在床上，屏气凝神，气运周天。此时，臻华身体内的真气聚集，聚集，再聚集……

忽然，臻华双臂一抬，双掌侧翻，一双手掌就直扣到了完颜洪烈的背后，完颜洪烈一惊，骤然从梦中惊醒。

完颜洪烈刚一醒过来，就感觉到一股强大的冲击力，从他的背后冲进了身体。完颜洪烈一下子也弄不明白这究竟是怎么回事，但是，求生的本能让他在第一时间里作出了最直接的反应——完颜洪烈迅速聚集起自己体内的真气，去融合化解冲进自己体内的这股力量。因为完颜洪烈已经感受到，这股力量太强大了，而且来势汹汹，自己在猝不及防之下，如果硬抗，一定会走火入魔而死的。所以，现在他唯一的办法，就是融合这股力量。

到底是功法高超，完颜洪烈瞬间就采取好了最佳的应对措施。可是，这一应对之下，他才惊觉，这股力量并不是为伤害自己而来，而似乎就是为了要加入到自己的体内！

略一愣神，忽然，一个念头出现在了完颜洪烈的脑子里，他被自己突然出现的这个念头吓坏了，本能的就想先拒绝这股力量的进入，可是，已经太迟了。这股力量就好像江河流入了大海一样，一瞬间就消失得无影无踪了。

完颜洪烈猛地转过身，毫不意外的，他一眼就看见了臻华那苍白的脸庞。臻华现在虽然脸色非常难看，但是，他的脸上还是挂着真心的笑容。

“臻华，你是不是疯了，你知道你在做什么吗？”完颜洪烈气急败坏地吼道。

臻华笑容坦然：

“我当然知道。我现在已经把我全部的真气和异能都给了你……”

“你为什么要这么做?！”

“既然我不能陪你去圣域，那么，多给你一些功法，总能帮你一些。”

“那你怎么办?！”完颜洪烈已经大吼了起来，“你现在是大梁国的皇帝，你知不知道，有多少人在想要你的命?！”

面对着完颜洪烈的怒火，臻华却始终都是那么从容，甚至神情中还带着略略的欢喜，因为他终于把这件事做成了。自从他知道了，完颜洪烈想要独返圣域，去挽救圣地之后，就一直在打这个主意。

“臻华，你太糊涂了。”完颜洪烈简直已经被气得痛心疾首了，“我是已经下定决心，要为自己这两世的罪孽赎罪，你又何苦白白地做这种牺牲?！还有臻华，难道你不知道，做一个皇帝是多么危险的事情吗？”

黑暗中，完颜洪烈的眼睛就像是两簇黑色的火焰，他继续说着话，脸色深沉：

“在世人的眼里，皇帝高高在上，享尽了无限的风光，可是，只有你我这种当过帝王的人才知道，皇帝——其实就是把自己摆在了悬崖边上，一步走错，就会粉身碎骨，尸骨无存。更不用说，在这大梁国内外，还有多少人都在虎视眈眈地盯着你，就等着一有机会，把你置于死地！在这个时候，你竟然敢放弃异能，你，你……”完颜洪烈的情绪越来越激动，到最后，已经话不成句了。

和完颜洪烈的激动比起来，臻华却显得分外的平静和从容，他始终含笑注视着完颜洪烈，笑容明亮而温暖。此时，看到完颜洪烈又气又急都说不出话来了，臻华赶紧说道：

“大哥，你不用着急，我明白你的心意，知道你都是为我好，但是大哥，我也请你相信，我这么做，绝对不是一时的冲动，我也是经过深思熟虑的。”臻华用力挺了一下脊背，黑暗中，他的背影看起来显得更加的高大了："大哥，我承认，你说的这些都是事实。但是你想过没有，我现在已经不是一个独立的人了，我的身边有强大的大梁国在扶持着我、保护着我。如果，大梁国一直都肯保护我，那么，我相信这个世界上任何人都无法伤害到我。而反过来说，如果大梁国放弃了我，那么，我在面对伤害的时候，或者可以凭借着异能逃过一死。但是大哥，你想过没有，作为一个帝王，如果被自己的臣民抛弃了，那我即使是凭着自己的一身异能侥幸活了下来，又有什么脸面存活在这个世界之上呢？"

臻华侃侃而谈，态度洒脱从容，而完颜洪烈听了臻华的话之后，心中也不禁一震：

"原来，臻华是这样想的。平日里看起来，臻华的性格是那么平和，那么与世无争，真没想到，他骨子里竟然是这样的孤高狂傲！

是啊，臻华说得没有错，一个帝王，如果有自己的臣民真心爱戴和扶持，那么，那些宵小之徒是根本伤害不了他的。可是，如果他失去了臣民的拥护和爱戴，那他的生命也就将失去了意义。

看来，臻华是已经打定主意了——生，就做一个能为万民造福，受万民景仰的好皇帝。否则，死不足惜！"

完颜洪烈不禁长叹了一声：

"臻华，既然你作出了这样的决定，并且已经付诸行动了，我也就什么都不说了。我只想说，作为大哥，你的决定让我胆寒；但是作为一个皇帝，我深深地理解你的行为，也支持你的行为；而作为你的前任君主，我为大梁国，能有你这样的皇帝而自豪！"

话已至此，言短情长，可以说，在完颜洪烈和臻华的两世手足情谊之中，这一刻，他们的相互理解与欣赏，达到了顶峰。

完颜洪烈走了，臻华继续执掌着大梁国，两个来自于现代的人，一对手足兄弟，已经下定了决心，要为了大梁国的千秋伟业，付出自己的全部。

唯一让臻华没有想到的就是，他失去异能这件事，却让他和纯儿之间发生了那么多，那么多，那么多的悲欢离合……

端昊听从了法师的建议，用最快的速度安排好朝政，就开始起驾前往边疆。

法师的这一安排，从根本上说并没有错。因为，他已经参看出来，现在威胁到端昊的那股邪恶力量，来自于一个女人，而且这个女人的来历诡异，不是法师所了解和熟悉的，所以，他才想出了让端昊提早去军中的这个办法。

但是，人算毕竟不如天算！法师把什么都计划好了，就是没有想到在这个时候，那个严重威胁到了端昊的丝丽苔，已经走在了通往西蜀国的大路上，而且很快，她就会和端昊狭路相逢！

纯儿已经给拓拔傲疆取出了体内的子弹。

乍一打开拓拔已经接近愈合的伤口的时候，纯儿整个人都呆住了。原来，在拓拔的体内还不是一颗子弹，而是三颗！纯儿看得胆战心惊，她真是对拓拔的毅力和生命力钦佩至极——如此严重的伤势，拓拔竟然还能像一个没事人似的，谈笑风生，每天忙于军务。因为子弹在拓拔体内存留的时间太长了，子弹周围的肌肉都已经乌黑变色了，有一些甚至已经有了坏死的迹象。看到这一切，纯儿不仅暗暗地后怕——要不是胡杨女得到了消息，带纯儿来为拓拔疗伤，那拓拔的前景就非常危险了！这儿颗留在拓拔体内的子弹，无异于三颗毒丸，用不了多久，就会要了拓拔的命。

本来，纯儿打算给拓拔取出子弹之后，就立刻离开。因为她知道，端昊不久之后就会来到这里，她本能地就不想和端昊相遇。可是现在，纯儿不敢走了。因为拓拔的伤口虽然外面愈合了，但是里面却已经全部感染了，这太危险了，无论如何，纯儿也不会现在甩手离开的，她怎么着也得先把拓拔的伤口处理好了再说。算一算，现在距离端昊到边疆，还有一段时间。

“看师兄的伤势，我只要再在这里留上七八天就可以了，时间还来得及。”纯儿心中想到。

纯儿正在给拓拔换药，这一次，纯儿在孔雀城闲极无聊之中研究的那些西域药方，起到了绝大的作用。纯儿把方子交给军医，让他们照方配药，现在，纯儿给拓拔用的，就是这种药，效果很显著。

“师兄，今天好多了吧？”纯儿一边给拓拔换药一边问道。

拓拔点了点头：

“的确是好多了。”前天取出的子弹，昨天第一次换药，在几乎没有麻醉的情形之下，那种痛苦是不言而喻的了。

“纯儿，我真是越来越搞不清你究竟有多少本领了。”

“我这也是到西域以后才学的。”纯儿故意说得轻描淡写。

“对了，纯儿，你还没告诉我呢，你是怎么知道我受伤的消息的？”这个疑问一直盘旋在拓拔的脑海中，只是前两天太痛苦了，没来得及问，今天稍微好一些了，拓拔就迫不及待地问了出来。

纯儿略一犹豫，想一想，再过三四天，自己就必须离开这里了，所以，要是想解决师兄和胡杨女之间的事情，就必须得抓紧了。于是，纯儿没有马上回答拓拔的问题，而是反问道：

"师兄，我想跟你打听个人。"

"谁？"

"柯韵琪。"

"她？"拓拔傲疆愣了一下，虽然，表面上看起来，拓拔还算是平静，但是，正在给拓拔换药的纯儿却清楚地感受到，在听到"柯韵琪"三个字的时候，拓拔的身体重重地震了一下。

"你怎么想起问她来了？"拓拔故作平静地问道。

"你当初不是答应过我吗？等我长大了，就给我讲你们的故事，现在，我也算是长大了，你该给我讲了吧。"

拓拔无声地叹息了一声：

"算了，其实没什么意思的。"

"可是我真的想听。"纯儿一边观察着拓拔的脸色，一边逼问着。

"纯儿，听话，师兄真的不想提这些往事了。"拓拔拿出了哄小孩儿的本事。

"为什么？"

"不为什么。"

看到拓拔的嘴比蚌壳还紧，纯儿就又改变了策略。

"我在西域的时候，听说了一些关于她的事情……"纯儿闲闲地说道。可是，纯儿话音未落，拓拔忽然就转过身，一把就抓住了纯儿的肩膀，大声说道：

"你听到了她的消息，她怎么样了？"拓拔这一下子用力过猛了，以至于刚刚止住血的伤口又迸出了鲜血来。

纯儿心中一动：

"挺关心嘛，看来有戏，那就再下点猛药！反正师兄这么壮实，稍微流点血也没什么……"

唉！天使魔鬼，一线之间。

"她到底怎么样了？"看纯儿不说话，拓拔又问道，声音已经几近嘶吼了，丝毫也不顾自己的伤口已经血流如注了。

“她也没怎么样。就是十来年前，不知道受了什么刺激，落入了风尘，成了西域一带有名的花魁，不过，最近年老色衰……”

“什么?！”拓拔的脸已经涨成了深紫色，仿佛全身的血液都集中到了头顶，可是只是一瞬间，他的脸就又变成了青白色，就好像血液又都被抽干了一样！

唉，可怜的拓拔啊，为什么非要给纯儿做师兄呢?

室内出现了一幅极其怪异的画面——一个高大威猛的男子，紧紧地钳着一个面黄肌瘦的男人的肩膀(纯儿一直都没有卸去易容)。而且这个高大男子的身上还在不停地流着鲜血，因为两个人靠得很近，鲜血已经浸染了他们两个人的衣袍。更恐怖的是，拓拔正在用一种狰狞之极的眼光，紧紧地盯着眼前这个瘦弱的“男人”，恐怕，现在要是有卫士闯进来，非把纯儿当成刺客，立即剿杀了不可。

可是面对着拓拔那岩浆一般的怒火，纯儿丝毫也没有感到畏惧，相反，她的心情在平静之余还涌动着丝丝欣慰。因为这怒火就好像是一面镜子，明明白白地照出了拓拔的心，在拓拔的心上，清清楚楚地写着——他和胡杨女一样，也在深深地记挂着那一段深情！

“纯儿，你刚才说的那些都是真的?”拓拔又一次问道，声音痛心疾首，从他的话中都能感觉到，此时他的心正在滴血。

“唉！……”纯儿轻叹了一声，她在深深地感叹这“情”之一字的厉害——想他拓拔傲疆是何等的英雄人物，多年来纵横四海，笑傲江湖，什么样的场面没见过，什么样的心机鬼话没揭穿过，可是此刻，他偏偏就像是一个初出茅庐的毛头小伙子一样，一点也看不穿纯儿的心思，完全就被纯儿的谎话所左右了。

可是纯儿这一声轻叹，却被拓拔彻底地误会了，他把纯儿的叹息当成了对胡杨女命运的感叹，这一下，就好似一瓢热油泼到了火堆上，愤怒的火焰瞬间就吞没了拓拔！

拓拔双目尽赤，看着他的样子，纯儿毫不犹豫地相信，如果这十年，胡杨女真的在西域为娼的话，拓拔一定会把十年里所有到过西域的男人全部都杀死！

纯儿不敢再胡闹了，她现在真的开始担心，如果自己再没完没了地发挥下去，拓拔一定会吐血而亡的。

“师兄，对不起。”纯儿有些心虚地说道。

而拓拔的声音已经嘶哑了：

"没关系,你做得对,你应该把这些告诉我的。"他误会了纯儿的意思了。

纯儿赶紧接着解释道:

"师兄,其实我刚才是骗你的。那些都是假话!"

拓拔的神情并没有因为纯儿的解释而放松下来,相反,他的眼神更加地绝望了,那种凄绝的神情,让纯儿都为之心恸。

"纯儿,是不是我刚才吓到你了?"拓拔低声说道,"放心吧,我没事!乖,告诉我,她现在在哪里?"

"在哪里?你要见她吗?"

"对,我不仅要见她,我还要把她带回来,求她留在我的身边,不再让她受委屈,受伤害。"拓拔的声音低沉却饱含深情。

"你难道不介意她……"

纯儿还没有说完,拓拔就打断了她:

"我不介意,我什么都不介意。这么多年了,她音信皆无,我一直以为她已经找到了属于自己的幸福,因为,她那么完美,那么优秀。我一直都觉得自己配不上她,而且我还那么深的伤害了她,这些年里,我每天都在想,她一定是遇上了一个优秀的男人,幸福地生活着。所以,我不敢打扰她,甚至都不敢觊觎她,因为我觉得自己没有那种资格。现在,既然我知道了,她过得不好,那我就一定要找到她,好好地爱护她,保护她,把亏欠她的,都补偿给她,用我整个后半辈子来补偿她。"

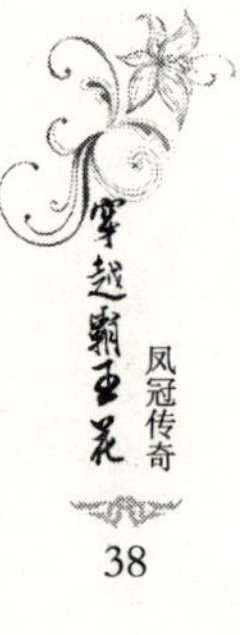

纯儿被拓拔的真心告白感动了,眼中也浮现出了泪光,哽咽道:"师兄……"

可是拓拔却根本不容纯儿说话,这些话,似乎已经在他的心中压抑太久了,平时,这里是他心中的禁区,轻易不敢去碰触。可是今天,纯儿的话就好像一把锋利的刀,刺穿了他的心,也释放出了这些痛苦,现在,这些积攒了十年的伤痛正源源不断地奔涌了出来,无法遏制。拓拔继续倾诉着,声音也更加低沉暗哑了,仿佛刚才的愤怒和现在的痛苦,已经耗干了他身体中所有的力气:

"纯儿,你不知道!当年,是我亲自监的刑,这就等于是我亲手杀了她!其实行刑的时候,我就知道,有人救了她。但是我没有揭穿,这是我自入朝为官以来,唯一的一次玩忽职守,欺君罔上!虽然,她被救走了,但是我仍旧一辈子都无法原谅自己。我永远都会记住,是我亲手杀了她!"

说到最后的时候,拓拔的声音已经低不可闻。由于心情过于激动,加上伤口失血过多,拓拔几乎都快昏厥了。纯儿赶紧伸手扶住了拓拔的身体,而几乎就在纯儿的手碰到拓拔的那一瞬间，他那高大的身躯就轰然倒了下去。纯儿赶紧扶住拓拔，让他靠在了自己的身上，这位威震四海的大将军，此时虚弱得就像是一个婴儿。

纯儿扶着拓拔的肩膀，眼中的泪珠沉甸甸地坠落了下来，但是纯儿的嘴角却带着一丝笑容，因为她真心在为拓拔和胡杨女这两个人感到高兴，看到胡杨女为了拓拔万里奔波，再看到拓拔为了胡杨女不顾一切，纯儿真被感动了。

望着拓拔，纯儿想到了自己——如果自己这辈子，能拥有这样一段度尽沧桑、历尽生死也无怨无悔的感情，就算是让自己也受十年的苦，也值了！

纯儿让拓拔靠在自己的肩膀上，顺手摸了一下他的脉息，发现拓拔并没有完全昏迷，只是由于刚才的刺激太过于强烈，导致意志力一时崩溃了。纯儿相信拓拔的坚韧和定力，所以，也不是很为他担心，只是娓娓地叙述着：

"柯韵琪姐姐被人从刑场上救走以后，悲伤至极。她坚信，自己是因为作恶太多，才失去了你的感情，所以，她不顾一切也要离开圣域，发誓后半生不再作恶。为了能够永远地离开圣域，她不惜毁掉了容貌。然后，她化名胡杨女，开始纵横大漠，成为了远近闻名的侠女。"

拓拔听了纯儿的话，刷的一下就睁开了眼睛，眼中射出了一道明亮的光芒。

望着这道光芒，纯儿有些无奈，她从来都不知道，原来自己的语言可以达到和人参汤一样的功效！既然有用，就接着说吧，纯儿继续说道：

"我刚一进入大漠，就因为玲珑鞭而引起了胡杨女姐姐的关注，很快我们就结为了好友。师兄，你不是问我，怎么会知道你受伤的消息吗？其实，就是胡杨女姐姐告诉我的。"

"她？"

"对。十年了，胡杨女姐姐一直都在关注着你的一举一动，这次她知道你身受重伤，立刻就跨过了大半个西域找到我，然后又和我一起日夜兼程，赶到了这里，就是为了让我给你疗伤。"

"什么？她也来了！"拓拔一跃而起，精神百倍，再也没有刚才那种奄奄一息的样子了。

望着拓拔，纯儿不禁心生感慨：

"谁说美人是英雄冢，看现在拓拔的变化，美人分明就是救英雄的活神仙！只是简单地提了提胡杨女，拓拔的命就又回来了。"

"她现在在哪？"看着纯儿竟然说到半截儿发起愣来，拓拔简直要抓狂了，干脆大吼了起来："快告诉我，她现在在哪里？"

纯儿终于被拓拔喊回了神，暂时放弃了对美人功能的研究，说道：

"她就在不远处的城镇上，她说什么都不肯跟我一起来见你，因为她怕你已经忘记了她。所以，我才编出了她沦落风尘的谎话，就是为了试探你的心。"

纯儿说完了，拓拔长长地舒出了一口气，刚才纯儿带来的消息太惊人，也太密集了，他需要消化，过了好一会儿，拓拔才说道：

"纯儿，带我去见她。"拓拔说话的声音很轻，就好像他现在要去见一位仙女，如果他的行为稍微有一点点不敬，就会惹恼了仙女似的。

纯儿却有些踌躇了：

"可是，胡杨女姐姐不让我跟你提她的。要不，我先去问问她……"

拓拔一把抓住了纯儿，声音中充满了惊恐：

"纯儿，你千万不要去问她！我了解她，你如果一问，她肯定不见我，还会继续躲开我，纯儿，听话，直接带我去见她，我不会让她怪你的。"拓拔的声音已经几近哀求了。

"哼，你不让她怪我，说得好像你能管得了胡杨女姐姐似的。看你现在的样子，我都怕你一见到胡杨女姐姐，立刻就对她言听计从了。"

想归想，但是纯儿还是丝毫也不怠慢地为拓拔包扎好了伤口，一起走出了行辕。

"他们已经耽误了十年了，不能再让他们耽误一分钟时间了。"纯儿这样想到。

"对了，师兄，"在路上，纯儿又想起了一个问题，"胡杨女姐姐的容貌已经全毁了，你到时候看见她的时候，别显出太吃惊的样子来。"

而事实上，纯儿发现，自己真是多虑了——当拓拔出现在胡杨女面前的时候，胡杨女被突然出现的拓拔吓到了，本能地就想逃。但是，拓拔用一只大手紧紧地扣住了胡杨女的双腕，另一只手不顾胡杨女的激烈挣扎，直接就掀起了她的面纱！

站在一旁的纯儿被拓拔这突如其来的行为吓坏了，因为她也是女人，所以她能够明白容貌对于女人的重要性，尤其是一个曾经非常美丽的女人！

更何况，纯儿深深地了解，胡杨女的性格是怎么样的性如烈火！现在，拓拔一上来一句话不说，直接就掀去了她的面纱，凭着胡杨女的性格，非拼命不可！

果然不出纯儿所料，当拓拔的手刚一伸向胡杨女的面纱的时候，胡杨女就勃然大怒，她飞起手掌想格开拓拔的手，却没有成功，但胡杨女毫不犹豫，一掌就劈向了拓拔的面门。这一下来势凶猛，掌带风声，纯儿大惊，她真没想到，胡杨女一上来就是这种拼命的打法！

“可见武侠小说中所写的那种男女高手相知相恋，联袂行走江湖的浪漫故事，也有可怕的一面，就比如像现在这样，一对情侣打起架来，比别人决斗还要厉害。”纯儿一边胡思乱想，一边暗运真气，想着先找到机会上去劝开他们再说。

可接下来发生的事情，却完全的出乎了纯儿的想象。

只见拓拔面对着胡杨女的攻击，并不惊慌，微微一侧身，让过了胡杨女的掌刀，而他的手已经揭开了胡杨女的面纱！一张丑陋之极的面孔出现在了众人的面前！

说实话，纯儿都没有认认真真地看过胡杨女的脸，即使是在胡杨女昏迷不醒，纯儿给她治伤的时候都没有看过。纯儿之所以这么做，一是出于对胡杨女的尊重，再者，也因为她的脸实在是太丑陋了，纯儿真的不忍直视！

因为胡杨女的脸完全是被毒虫咬啮而毁的，所以，在她的脸上基本已经看不出五官了，大量的皮肉都已经被毒虫所分泌出的毒液腐蚀了。如果不是因为胡杨女站在人们的面前，而单看她的脸的话，恐怕已经不会有人相信，这是一张活人的脸了！

胡杨女在毁容后的十年里，还从来没有这样裸露着容貌在人们的面前出现过。所以，拓拔这突如其来的行为深深地刺激了她，胡杨女的眼中射出了被激怒的野兽般狂暴的光芒。

可是面对着胡杨女那奇丑无比的容貌，那狂怒愤恨的目光，拓拔却丝毫也没有感觉。他只是深深地注视着胡杨女，目光中那款款的深情和毫不掩盖的挚爱似乎能把整个世界的冰川都融化掉！

此时的胡杨女就好像是一片已经掀起了愤怒风暴的沙漠，滔天的黄沙肆虐着翻卷着，似乎是想要埋葬掉一切。可是，拓拔的目光就好似柔柔的春雨，润物无声地安抚住了沙暴，也安抚住了胡杨女的心。

看到胡杨女不再拼命地挣扎和攻击自己了，拓拔抬起了一只手，轻轻地抚过了胡杨女的脸颊，他的动作是那样的温柔，充满怜惜和宠爱。

拓拔对胡杨女那无尽的深情，在这一刻，淋漓尽致地显露了出来，那本来无形的真情，此刻因为太浓了，而变成了有形的，让整个屋子中都充满了温暖而瑰丽的色彩。

胡杨女也在拓拔的这一片痴情中软化了，在她的心中已经冻结了十年的坚冰，从这一刻起，开始融化了。胡杨女的眼神变得温顺了起来，拓拔则张开双臂重重地把胡杨女拥进了怀中。

纯儿则悄悄地退到了屋外，把空间留给了这一对受尽磨难的恋人。

端昊的銮驾渡过了长江，站在一条岔路口，端昊不禁心潮起伏。从这里一直往前走，就是通往黄河口岸的大道，而那条毫不起眼的岔路，则通到了洪泽湖！

洪泽湖！那个让端昊的心中最甜蜜的地方，也是端昊心中最深的痛！

在那片茫无人烟的湖区，端昊曾经和纯儿倾心相恋，端昊相信，自己这一生，都不会有机会再拥有那样甜蜜幸福的爱情。

“我要和你打个赌，三个月为期，如果我不能让你全心全意地爱上我，我就自动离开，永远从你的生命中消失……”

纯儿的话犹在耳，当时，端昊以为纯儿只不过是说说而已，可他没有想到，纯儿真的就这样消失了，这样淡出了他的生命！

“纯儿，为什么你我就不能好好地相处呢？”

端昊的心中也在痛，纯儿送给他的那块琥珀，他一直贴身戴着，而他送给纯儿的那块玉佩，从黄河岸边的荒草堆中找回来以后，他也一直都带在身旁，他就是在等待着，在和纯儿重逢的时候，能够在第一时间，亲手把这块玉佩送给纯儿，好再次为纯儿打上他宇文端昊的印记。

“可是纯儿，你什么时候才会回来呢？”想到纯儿音信皆无，端昊的心又开始隐隐的撕痛了。

车轮急促地旋转着，通往洪泽湖的岔路很快就被抛到了身后，端昊觉得，这滚滚的车轮，就是自己最好的写照——一旦选择了方向，纵然心中有千般不舍，也只能朝前走，不回头！只不过，车轮的方向是出发前就选定了的目的地。而端昊的方向则是那高高在上的王权，和他心中不断膨胀的野心。

夜晚来临，端昊一行人在当地官员安排好的一处驿站中过夜休整。吃过晚饭，端昊独自坐在灯下，看今天京中传送来的公文，忽然，门外响起了内侍的声音：

“大人，有事禀报。”因为离开了京城，所以，内侍的称呼也就相应地改变了。

“什么事？进来说话。”

“是。”

内侍应声走了进来：

“回大人，刚才外面有人想要投宿。侍卫们担心多了闲杂人等会生出是非，所以，就让驿站的差役打发了他们。”

“打发走了不就行了。”端昊有些不解——为什么这么一件小事，也要来打扰他。

“大人，是这样，我刚才正好走到那里，无意中看了一眼，原来来投宿的倒还是个熟人。前几天，陛下还跟我提起过，想见一见他。所以，我就来问问大人，看大人想不想见他们。”

“熟人？谁？”

“是严丞相的四公子。”

“严冰！”

“对，正是严冰公子。不过，严四公子并不知道陛下在这里，他已经准备离开了，所以，陛下如果不想见他，让他走了就行了，反正回了京城后，有的是机会召见四公子。”

“不，”内侍的话还没有说完，端昊就已经站了起来，“叫住严冰，不要让他走，今晚就让他在这里住宿好了，我正好有几件事情，想要问他，能在这里遇见他，实在是太好了。”

“那我现在去留住他们？”

“对，然后就带严冰到这里来见我。”

内侍领命出去了。

严冰正在驿站的门口犯愁，现在天已经很晚了，再到别处找住的地方，已经不可能了，弄不好今晚就得在外面露宿一夜了，严冰可舍不得让丝丽苔受这样的委屈。

就在严冰为难的时候，忽然，驿站的大门吱呀一声打开了，一个人提着灯笼走了出来，同时喊道：

“四公子留步。”

严冰一愣，他没想到这里竟然能有人叫出自己的名字。严冰就着灯笼发出的微弱灯光一望，不禁大吃了一惊，纵然严冰常年漂泊在外，这个皇帝身边的贴身内侍，他还是认得的。而且严冰也知道，这位内侍是从来不会离开皇帝身边的，现在内侍竟然出现在这里，难道……

而这时，内侍已经笑盈盈地开口了：

“我不让他们接待其他的客人，是因为好清净，不想被人打扰，没想到他们竟然挡了四公子的驾，四公子又怎么能算是外人呢？快请跟我进来吧。”

面对着内侍如此盛情的邀请，严冰反倒是有些犹豫了，刚才他的确是急于住宿，但是，现在知道了端昊也在这里，严冰反倒不想住了。因为从小生长在宰相之家，让严冰深深地懂得伴君如伴虎的道理，更何况他的心中还埋藏着一个关于纯儿的秘密，所以，这个时候，严冰实在是不想和端昊发生什么接触。

严冰正在想找个什么理由推辞掉内侍的邀请，而就在这时，一个娇媚温柔的声音，忽然在严冰的背后响了起来：

"四公子，既然你的朋友在这里，那我们不如就住在这里吧。"原来，丝丽苔已经袅袅婷婷地从车上走了下来。

严冰没想到丝丽苔会突然出现，只好有些艰难地解释道：

"阿丝，我在附近有一个朋友，我已经跟他说好了，要到他那里投宿的，我怕如果我们不能按时赶到他那里的话，他会担心的。"严冰说的当然是谎话，没有人在等他，他只是不想和端昊相遇。严冰一边说话还一边用力地看着丝丽苔，希望她可以明白自己的心思。

可丝丽苔却好像一点儿也没明白严冰的意思，反倒娇滴滴地说道：

"算了，我们就住到这里吧，我都累死了，实在是不想再走了……"

丝丽苔一边说着话，还一边用那双春水荡漾的大眼睛望着严冰，那眼神分明就是在说：

"你如果非要离开这里的话，那就是不喜欢我，就是不在乎我，你要是不在乎我，那我……"后面的话当然不用再说下去了，因为严冰也不会给她说下去的机会的。光看见丝丽苔那种仿佛是受了天大委屈的眼神，他就已经受不了了。

现在的严冰已经把一切都抛到脑后了，只要能让丝丽苔高兴，让他干什么都不在乎。于是，严冰直接就对内侍说道：

"那就多谢大人了，我们今晚就在这里借宿一夜。"

内侍笑着点了点头：

"那就请四公子先安置下来，然后再到我房中一叙。"

严冰一愣，因为他和内侍并无深交，他想不出来，内侍有什么要紧的事情，还要和自己连夜叙说。他诧异地望了内侍一眼，却看到内侍也正在望着他，目光深沉，不容拒绝。严冰心中一动，他马上就明白了，不是内侍要和自己谈什么，而是端昊要见自己！

事已至此，严冰也无法推脱了，只好点了点头，说道：

"好，请大人稍等，我安顿好家人之后，马上就过来。"

内侍满意地笑了笑，转身离去了。

严冰心事重重地安排丝丽苔住下，又为丝丽苔布置好了一切之后，说道：

"阿丝，你先休息，刚才那位大人，是我父亲的朋友，我过去跟他谈点儿事情。"

丝丽苔心不在焉地点了点头，就倚在床上，假寐了起来。严冰只当是丝丽苔太劳累，懒得讲话了，也没有多心，独自走了出去。

当严冰走出去之后，丝丽苔的嘴角浮现出了一丝得意的笑容！严冰做梦也没有想到，今晚的这一次投宿，根本就是丝丽苔刻意的安排！

自从那一日端昊请法师为自己讲解佛法之后，法师临走时，就把一本古旧的佛经交给了端昊，让端昊把它放在自己的身边，说是可以起到安神的作用。而这本佛经也真的起了作用，连续几天了，每当丝丽苔想着闯入端昊的梦境的时候，都会被一道温和的金色光芒挡住，让她无法进入。

可是现在丝丽苔已经对端昊产生了极大的兴趣，让她就这么着放过端昊，她既不甘心，也舍不得。因为现在，端昊对于丝丽苔来说，是双重的诱惑——情欲和皇权！

丝丽苔经过一番推算，知道了现在端昊正在朝着边疆行进，而端昊的这个行为，实在是让丝丽苔恼火至极。因为丝丽苔也明白，如果端昊真的到达了军中，被几十万正值壮年的军士围聚着，水晶球的法力就很难影响到他了！

丝丽苔可不是一个会轻易放弃目标的人，经过一番仔细思量，一个大胆的计划，在她的脑海中形成了——和端昊走同一条路，相向而行，在路途中偶遇端昊！

丝丽苔在这一路上，刻意地走走停停，就是为了能够和端昊冲撞上，今晚她的目的终于达到了。幸好严冰被内侍认了出来，否则，丝丽苔的这一番苦心就要前功尽弃了。

"所以说，我丝丽苔想要的东西，还没有得不到的，端昊是这样，臻华也不会例外！"

丝丽苔脸上的笑容更加的得意了。冥冥间，她似乎已经看见，西蜀国和大梁国合并以后，那金光灿烂的宝座正在朝着自己招手，到时候，她就会成为可以斜藐天下的女皇！

严冰向端昊见礼之后，就规规矩矩地坐在一旁，等着端昊发问。这就是王权的威严——不管严冰在商路上如何的纵横洒脱，当他面对端昊的时候，始终都得恪守着人臣的本分，这一点永远也变不了。

端昊看着严冰，笑容温和，态度宽厚，真正的像是一位关爱臣子的王者：

"严冰，我听他们说，有一位女子和你同行，想必这位女子就是[illegible]妃所说的那位波斯女子吧？"端昊笑容可掬地问道。

“是。”严冰拘谨地回答道。

“你这次是要带她回京见你父亲吗？”

“对。”

端昊呵呵一笑：

“你们的事情我已经跟严丞相说过了。严丞相啊，是实实在在的国之栋梁，就是在你的婚事上，思想太过于保守了。还说什么必须得娶西蜀国的女子不可，不过这一次，我说服了他，他已经答应你们成婚了，对吧？”

“是，多谢陛下。”在这件事上，严冰是真心地感激端昊。

“严冰，”端昊的脸色一正，开始言归正传了，“我一直都想把你留在我的身边，因为你多年来走南闯北，尤其是熟悉大梁国和西域的局势，而我现在正需要懂得这些知识的人。”

严冰听了端昊的话之后，并没有太大的反应，只是毕恭毕敬地说道：

“陛下抬爱，严冰感激不尽。只可惜，我身上没有功名，也不大懂得国家大事，而且这么多年了，我已经过惯了这种无拘无束的生活，恐怕，我这一生，只能用另外一种方式为国家效力了。”

“没错，你用心经商，促进西蜀国和西域以及波斯等国的商业往来，也是在为国家效力，而且作用巨大。”端昊对于严冰的话深表认可，“但是严冰，你也不要急于拒绝朕，你还是先听完了我的想法，再说你的意见。”

“是，陛下请讲。”

“我想，等我们统一了大梁国之后，我要真正掌控住商路，让这条商路成为一条神路，为我们西蜀国带来源源不断的财富，而你，严冰，就将是掌管这条商路的主人！”

端昊的确是一位非常高明的皇帝，极其善于调动臣子的情绪。他知道，每个人心目中，都有一个属于自己的梦想，如果，能够准确地掌握住人们心中最渴望的东西，并且给他以实现梦想的希望，那么，这个人就会万死不辞地去为他效力。现在，端昊这一番话，就成功地引起了严冰的兴趣，是啊，对于一个醉心于商业，醉心于商路的人来说，还有什么会比端昊所提出的这个计划，更能吸引自己呢？

严冰的眼睛中火花一跳，这一点变化虽然细微，但是也没有逃过端昊的眼睛，端昊知道，自己的目的达到了。

“不过，这是后话了，我今天这么晚了叫你过来，是想向你问一个人。”

“谁？”

端昊不答反问：

“严冰，你听说大梁国换皇帝了吗？”

“啊?!”严冰这回真的吃惊了，他自从离开回鹘国之后，一直都在疲于赶路，几乎就没有和自己的商号联系过，所以，也没有听到这个消息。现在，乍一听端昊说出来，严冰吃惊之余，还感到了深深的惭愧：“自己整天说，只有消息灵通，才配当一个合格的商人，可这次，自己竟然消息闭塞到了如此的程度，连大梁国换了皇帝都不知道，这实在是让人汗颜。”

其实严冰也没有什么可羞愧的，他现在还没有意识到，其实自从他认识了丝丽苔之后，已经忽略了很多很多的东西了，这并不仅仅是单纯的情令智昏，而是丝丽苔给他下的那些迷药的作用。那些迷药正在渐渐地扰乱和麻痹着严冰的心智。

“大梁国为什么要换皇帝，难道完颜皇帝……”严冰问道。

端昊轻轻摇了摇头：

“完颜洪烈还活着，没人知道他为什么突然退位。”

“那是谁继承了大梁国的皇位?”因为严冰到达回鹘国的时候太过于匆忙，所以，人们还没来得及告诉他臻华已经成为了大梁国的皇储这件事。

“据说是完颜洪烈的弟弟，完颜臻华！”端昊一个字一个字地说了出来，说话的时候，他还紧紧地盯着严冰的双眸，似乎是想从严冰的眼睛中挖掘出什么。

“完颜臻华?从来没听说过啊?”严冰目光茫然，他倒不是在有意造作，而是因为，他一时间没有把这个完颜臻华和他认识的那个端木臻华联系起来。

“对，完颜臻华，日臻完美的臻，光华的华。”端昊仍旧紧紧地注视着严冰，一字字地说道。

严冰闯荡多年，虽然现在被药物所迷，但仍旧是聪慧过人，他已经看出了端昊此时眼神中的含义：

“原来，陛下是认为我认识这个大梁国的新皇帝。而这个新皇帝也叫臻华，难道，真的是他……”

严冰心中思索，但是脸上仍旧是不动声色——既然现在皇上已经怀疑自己和大梁国的新皇帝有所纠葛了，那就更要步步小心，否则，一不留神，就会招来杀身之祸！现在怎么办呢？严冰心念急转：

“皇上半夜把自己招来，肯定不只是为了聊天，他没这么无聊。他这么晚了找自己来，肯定是有目的的，而他的目的，现在看来，一定就是臻华。皇上竟然会专门来问自己这件事情，难道说，真的是臻华继承了大梁国的皇位？可是不应该啊，他不是波斯的王子吗？怎么会去做大梁的皇帝呢？”

暗暗的，严冰已经汗湿重衫了——现在西蜀和大梁两国势不两立，如果，臻华真的当上了大梁国的皇帝，那这一条私自结交敌国君主的罪名，就够灭九族的了……

第三章　百里硝烟芳心碎

严冰冷汗涔涔，他看不透端昊那深沉的目光后面，究竟隐藏了些什么，但是他能明白地感受到，端昊正在等待着一个解释，一个能让他满意的解释，如果，他不能给出这个答案的话，严冰不知道，等待着他的将会是什么。

端昊不动声色地望着严冰，其实，他也不能确定，严冰究竟认不认识这个完颜臻华。只是在这段时间里，为了能更多地挖掘出关于完颜臻华的情报，西蜀国被派遣到大梁国的所有探子都使出了浑身解数，只要能得到一丝一毫和完颜臻华有关的情报，花出再大的代价也在所不惜。

而就在这个时候，一个探子得到了一条情报——宰相府的四公子严冰，和一个叫端木臻华的贵公子交情不错，只是不知道，此臻华是否就是彼臻华。探子们也是病急乱投医，就把这个信息也作为关于完颜臻华的情报，送回了西蜀国。

所以，今天端昊一听说严冰深夜到来，才会如此的兴奋，因为他早就想从严冰这里探一探完颜臻华的消息了。其实，端昊大可以直截了当地询问严冰，但是帝王的尊严，已经深深地桎梏住了端昊的思想，以至于他现在已经不会开诚布公地去向人询问、求教了。只会运用这种帝王心术，来达到自己的目的。真不知道，这究竟该算是王权的胜利，还是身为一个孤家寡人的悲哀。

正如前面所说的那样，严冰只是药物的作用下心智有些混乱，他的聪明才智并没有消失。所以此刻，严冰已经在最短的时间里确定了应对端昊的方案：

一、坦诚地承认，毕竟有足够的证据证明，大梁国新帝登基的时候，自己并不在大梁，所以，就算自己以前和大梁国皇储有什么交往，那顶多也就是一个没有弄清来人的背景，就胡乱交朋友的罪名，算不得什么大错。

二、绝口不提臻华是波斯王子这件事，虽然现在严冰还没有弄清楚臻华究竟是不是大梁国的皇帝，到底怎么成为的大梁国皇帝这件事。但是，宰相之家的宦海教育，多年来走南闯北的经验，让严冰本能地就感觉到了，这件事里面，一定有着很深的纠葛，在这种时候，多一事不如少一事！

心里有了主意，严冰的态度也就从容了，他开始神色自如地侃侃而谈了起来：

“不瞒陛下，我在大梁国的时候，还的确是认识一个叫臻华的人，只不过当时他自称姓端木，全名叫做端木臻华。当时，他只告诉我，他出身于西域的贵族之家，因为不好拘束，家中又有着花不尽的金钱，所以，他乐得四处游历。陛下也知道，我们这种常年行走商路的人，其实跟行走江湖的人也差不多，总是会遇到形形色色的古怪人物，如果对方不愿意说出来历姓名，我们也不会过于追问的。同样，如果我不想说，也没人追问我。所以，我并没有追查过那位端木臻华的来历，还请陛下责罚。”

严冰这一番话说的是有真有假，可是听起来，却是合情合理。端昊也就相信了，只见端昊笑容和蔼地说道：

“这是什么话，我为什么要责罚你。朕年少的时候，也好在江湖上漂流，也是隐去了身份姓名，如果不这样，谁还肯跟朕交朋友呢？所以，那位端木公子如果真的就是完颜臻华的话，那他故意更换了姓氏的这种行为，我倒是很能够理解。而你，出门在外，结交各式各样的英雄人物，更是无可厚非，如果，朕连这个都要责怪你，那我真就成了不折不扣的昏君了。”

端昊这一番话总算让严冰的心又放回了肚子里，他刚想说话，可是端昊没有容他张嘴，就继续说道：

“严冰，你来看看这幅画像。”说着话，端昊从桌子上的一堆文案中，抽出了一张薄薄的宣纸，严冰展开宣纸一看，不禁就又暗自吸了一口凉气——画像上的人，正是臻华！

这幅画像很简单，只有寥寥数笔，但是，却把臻华的神韵完美地体现了出来。

“是他吗？”端昊一直在注视着严冰的反应。

严冰点了点头：

“这画像上的人正是我认识的那个端木臻华。”

端昊含义不明地一笑：

“朕要恭喜你了，严冰，你已经有幸和大梁国的皇帝交往过了。”

“他真是大梁国的皇帝？”严冰还是觉得有些不可思议。

端昊点了点头，严冰额上的冷汗又出来了。这一次倒不是怕端昊迁怒于他，他是情不自禁地想到了纯儿，此时，严冰真的有些感叹命运的难以捉摸，纯儿逃出了西蜀国的宫廷，逃离了和亲公主的命运，可是这一次，她却又陷入到了和大梁国君主的情爱纠葛之中，难道，纯儿就注定了，这一生都要情路坎坷吗？

端昊并不知道严冰的心思，他现在是另有心事。

“严冰，”端昊注视着严冰，目光严肃，神情庄严。在他这种目光的注视下，严冰不由自主地站了起来。

“严冰，”端昊继续说道，“我知道你们严氏一门对西蜀国、对宇文皇族一直都是忠心耿耿，虽然，你一直没有入朝为官，但是我相信，如果西蜀国需要你效力，你一定会粉身碎骨也在所不惜的，对吗？”

“是。陛下有什么事情，尽管吩咐就是了。”严冰赶紧说道。

可是端昊却又改变了话题：

“你和完颜臻华的关系如何？”

严冰沉吟了一下，老实地答道：

“在我不知道他是完颜皇族的时候，我们的关系很好。”

端昊微笑道：

“在这个时候，你还能如实承认你和完颜臻华的关系，足可见你心地忠厚，也实实在在地证明了你对朕的忠诚。”

严冰自小在宰相之家长大，当然懂得朝中的规矩，一听到皇帝夸奖自己，赶紧就站起身来，垂首谢恩。按说，这个时候，严冰都是应该跪下的，但是，因为现在他们正在路途中，不能暴露身份，所以严冰的礼仪也就相应的简化了。

端昊欣赏地望着严冰：

“感君恩，知礼仪，忠君护国，果然不愧是严氏的好男儿！”端昊击掌称赞，忽然，端昊的话锋一转：“严冰，现在国家正是用人之际，你，就留在我的身边吧。”

严冰一愣，不知道怎么话题就转移到了这个上面，他刚想婉拒，忽然，严冰心思一动，如同一道闪电划过了他的脑海，一霎时，严冰就洞悉了端昊的心思——皇帝，是想把自己软禁在他的身边！

虽然，严冰现在还不能准确判断出，端昊软禁自己的目的究竟是什么。也许，是为了牵制住京城的严丞相，也许是为了更多地了解完颜臻华。但是，不管他到底是出于什么目的，端昊软禁自己这一点，却是不争的事实了。

严冰的心在一路下沉——既然，皇上已经决定扣留自己，那现在是插翅也难飞了！这一刻，严冰的心中涌起了深深的悔意，他后悔自己做出返回西蜀国的决定，如果不回来，也就不会成为阶下囚，而最让严冰心痛的，还不是他遭到了软禁，而是连累丝丽苔也被困在了这里，一想到这一点，严冰就非常的不能原谅自己。

可是，严冰又哪里知道，此刻，丝丽苔正在自己的房间中，通过水晶球，观察着端昊和严冰之间所发生的一切，当她得知了，端昊要把严冰留在自己身边以后，丝丽苔不禁欣喜若狂！

——只要能让她留在端昊身边，她就一定会有机会接近端昊，进而控制住端昊！丝丽苔觉得自己已经走上了通往成功的康庄大道！

走出了端昊的房间，刚一到黑漆漆的院子里，严冰就情不自禁地觉得自己的身子一软，双腿像是灌了铅一样。现在，严冰的心里只有一个念头——走遍了万水千山，终于还是没有躲过成为政治棋子的命运！当历史即将被重写的那一刻，他和许许多多无辜的人一样，被推上了权力的祭坛！

丝丽苔并没有过多关心严冰的状况，她从水晶球中看到端昊已经上床安歇的情景以后，就又迫不及待地对着水晶球念起了咒语——她现在已经迷恋上了在端昊的梦中，和他欢爱了。

而端昊此时也还没有睡着，今晚他一直在仔细端详严冰的容貌，不知道是严冰的容貌的确和纯儿有几分相似，还是端昊在心中对纯儿的思念太重了。

总之，端昊越来越觉得严冰酷似纯儿，而这份相似的容貌，再次点燃了端昊心中那激涌的情潮……

"心中有她，眼中有她，梦中有她，就是口中无她……"一首浅显易懂，甚至都有些粗陋的民谣，此刻，却是端昊心中最真实的写照。每一天，纯儿的身影都浮现在他的眼前，出现在他的梦中，深深地刻在他的心里，但是，唯有他的口中，却从来不肯吐出纯儿的名字。这究竟该算做是自欺欺人，还是情到深处的自我放逐？

端昊自己也没有答案。但是有一点却是可以确定的，那就是，在他的心中的，关于纯儿的印记，一点都没有因为时间的消磨而变得模糊，相反，随着分别日久，纯儿的一颦一笑，在他的心中梦中，都变得愈加的清晰，愈加的让人无法忘怀。

有很多次，当端昊被相思灼痛了心的时候，他也曾经恨过自己——堂堂的西蜀国皇帝，一国之君，天纵英才的伟丈夫，竟然都无法战胜自己心中这样一个小小的情孽。摆脱不掉一个情字的纠缠！每当这个时候，端昊就会问自己，这个纯儿究竟有什么好，为什么，就这样牢牢地霸占了他的心。

的确，她是美貌的，但是在他的后宫中，美色是最常见也是最普通的东西。的确，她也很聪明，但是，后宫中的嫔妃哪一个不是冰雪聪明、善解人意？

可以说，纯儿有的这些优点，后宫中的每一个嫔妃身上都有，可是，后宫中那些嫔妃身上所具备的优点，纯儿却几乎都没有！她不够温柔，她不够顺从，在对待其他女人的态度上，她简直就是一个少见的妒妇！

而且性子又野，人又倔强，这样一个女孩究竟有什么好?！有什么值得自己这么念念不忘呢？

所以，有无数个清晨，当端昊站在金碧辉煌的大殿上，面对着眼前那些毕恭毕敬的文武百官，和他们意气风发地纵谈天下大事的时候，端昊发自内心地感受到，整个大地都已经被他踩在了脚下。

每当这种时候，端昊就都会觉得自己的确有足够的理由，去忘记纯儿。——未来，还有那么多大事等着自己去做，还有整个天下等待着自己去征服，去掌管。所以，如果再苦苦地为了一个莫名其妙的女孩子而折磨自己，那简直就是无聊了！

于是，端昊就一次次地下定了决心，彻底地把纯儿从心里挖出去，永远都不再想起她。

可是，这些决心只限于白天，只限于在大殿的时候，在这个时候，端昊并不是一个普通的人，而是一个皇帝，一个君王！君王的心总是比较广袤，比较冷漠，比较无情的。

一旦到了晚上，到了夜深人静的时候，当端昊独自面对着茫茫的夜色，独自一人被凄冷孤独的寒夜包围着，他的想法就又变了。

因为在这个时候，他已经脱掉了那身象征着至高无上皇权的皇袍，摘掉了皇冠，也就卸掉了脸上的面具和心中的壁垒。这时的端昊，不再是什么皇帝、君王，也不再是那个一心想要逐鹿天下的强大男人。此时的他，只是一个普普通通的男人，一个身边冷清，内心孤寂的男人，一个渴望伴侣相随，渴望知己相伴的男人，这时，他就会忘记白天的时候所下定的一切决心，变得分外的思念纯儿！

他会想起，纯儿在长江之上面对凶顽，奋力自救时的飒爽英姿；会想起洪泽湖畔，纯儿那健康活泼的身影；会想起在漫天的星光下，纯儿那比天上的星星还要明亮的双眸；会想起当时纯儿对他说过的话：

“虽然你看起来似乎尊贵无比，但是，我能够感觉到，你的内心非常孤单，还能够感觉到，你就好似独自一人站在危险的悬崖之上，脚下就是万丈深渊，身边虎狼环伺，头顶上还飞旋着凶猛的秃鹫和山鹰。而你，只能独自一人去面对这一切！没有帮助，没有朋友，一时不慎，就会粉身碎骨！”

当纯儿说完这番话之后，自己是怎么样了？——纯儿的话未说完，自己就已经把纯儿紧紧地搂在了怀中，同时，把头重重地埋在了纯儿的肩膀上，因为他要隐藏住自己眼中的泪水！纵然现在夜深人静，纵然现在身处旷野之中，纵然现在他的身旁只有纯儿一个人，端昊还是不敢暴露出自己眼中溢满了的泪水！

多少年了，冰冷的王权，残酷的权力斗争，已经让端昊变得心如铁石，让端昊都误以为自己这辈子都不会再需要关爱和真心的伴侣。

可是，当他听完了纯儿的这一番话之后，他所有的坚强都在这一刻土崩瓦解了，直到这时，端昊才意识到，原来自己也只不过是个普通的凡人，他也需要最真的爱，也需要温暖，需要抚慰，需要心灵的保护！

现在，上天垂怜，终于给他送来了一个这样的人，如同仙子临凡一般出现在了洪泽湖畔，让他今生不再孤独！

每当端昊回忆起这一切的时候，他的心中就会充满了一种甜蜜的痛，这种痛让他的心都疼得发颤，可是，却又让他沉醉在其中！终于，端昊明白了，自己是离不开纯儿的，也放不下纯儿，既然如此，他索性就放弃了一切挣扎，真心真意地等待着纯儿的归来。

“纯儿，”端昊躺在驿站中一间客房的床上，心中声声呼唤着那个让他真心爱恋着的名字，辗转难眠，万千心思纷纷扰扰地聚集在他的脑海之中：

“纯儿，你现在在哪里啊？你知道我有多想你吗？我真想好好地跟你说说话，现在，西蜀国和大梁国之间的战争眼看着就要爆发了，在这个非常的时期，我更是不敢轻信身边的任何一个人了。因为，现在整个天下大局都处在动荡之中，每个人的命运都可能在这个过程中发生天翻地覆的变化。那些有野心的人，不甘寂寞的人，已经看到了机会，看到了希望！我现在才是真正的虎狼环伺，才是真正的如临深渊！所以，我需要你，需要一个能够完完全全可以信任的人，我知道，你是可以信任的，不管到什么时候，你都会全心全力地帮助我的。纯儿，回来吧，和我携手相助，天下、江山，都将是我们两个人的！

纯儿，我把严冰留在了身边，你不会怪我吧？我这么做真的也是迫不得已啊。我需要筹码，需要牵制京城的严丞相，也需要更多地了解完颜臻华，他将是我最大的对手。必要的时候，我也许会派严冰作为我的使臣，出使大梁。当然，那除非是在西蜀国战败的时候，我才会这样做，而我并不认为西蜀国会战败！

纯儿，我知道，你也许会说我绝情，会说我把所有人都当成了棋子，当成了筹码，但是为了皇权霸业而展开的战争，本来就是最残酷的，我别无选择！放心吧，纯儿，我向你保证，只要严丞相不伺机作乱，我是不会伤害严冰的。”

就在端昊饱受相思煎熬的时候，丝丽苔已经在同一座院落中，再次对着水晶球施法，希望能够闯进端昊的梦中。自从端昊得到了那本古老的经卷之后，水晶球就好像失灵了一样，一次也没能把丝丽苔带入到端昊的梦里。即使今天，丝丽苔也只是抱着姑且一试的心思。

可是，让丝丽苔意外的是，她这一回竟然又成功地闯进了端昊的梦境！——看来，由于丝丽苔和端昊的距离太近了，经卷已经失去了它避邪的作用！

身在驿馆中，端昊也睡不太熟，只是半睡半醒地闭目养神。就在他闭目养神的时候，却在恍然间看见，那个美丽的异族女子，正衣着清凉地从一团白雾中走来，她一边巧笑嫣然地望着端昊，一边已经开始熟练地宽衣解带了！

本来半睡半醒的端昊，就觉得仿佛有一只大手，拽起了他，用力地把他拉入梦境之中！一阵浓浓的睡意瞬间就席卷了端昊的全身！

就在端昊将要沉入到梦中的那一刹那，忽然，耳边响起了一个尖锐的声音，这声音焦虑而急促，端昊一惊，本能地就推开了已经偎进他怀中的丝丽苔，同时身体猛地一动，重重地睁开了眼睛。

端昊睁眼一望，刚才那个妖娆的美人已经失去了踪影，他现在还是在驿站的那间客房中，桌子上一灯如豆，发出昏黄的光晕，一切都和刚才他尚未入睡时一模一样，唯一的区别，就是此刻，端昊已经汗湿重衫！

端昊坐了起来，抹了一把额头上的冷汗，问道：

“什么事？”他现在已经分辨出来了，刚才把他从梦境中呼喊出来的，正是内侍的声音。

内侍应声走了进来，不知道是不是因为灯光映衬的原因，内侍的脸色蜡黄，他几步就走到了端昊的床前，端昊一愣——除非是自己传唤，否则内侍是不会自动离自己这么近的。

端昊的眉头微微一皱：

“什么事，这么慌里慌张的？”虽然刚刚从噩梦中惊醒，但是端昊的声音仍旧是那么沉稳有力，充满了一位帝王应有的尊严。

“回陛下，”内侍一直走到了床前，才低声说道：

“刚才拓跋将军命人送来了急报，大梁国已经对我国发起了总攻……”

“什么？”端昊惊然抬首，眼中射出了两道逼人的光芒，“大梁国出兵了?！”

“是，是信使亲口说的，这里还有拓跋将军呈给陛下的亲笔信！”内侍把信笺递给端昊的同时，已经把桌子上的蜡烛捧了过来。

如果说，当端昊听到了内侍带来的消息之后，仍旧能够保持住脸上的沉着，那么，当他看见了信中的内容之后，脸色就已经变得和烛光一样阴晴不定了。

拓跋的信很简单——这是拓跋的风格，呈交给端昊的密报中，永远没有废话，也没有谄媚，有的只是最现实最客观的军事情报，一如拓跋做人的磊落本色。——信中写明了事情的经过，从昨日凌晨起，大梁国大军已经在向黄河北岸集结，这次集结，大梁国精锐尽出，目标明确，直指西蜀国，而最让拓跋心惊的是，大梁国的先锋部队，是火器营！这是最让西蜀国头疼和恐惧的东西！

本来，拓跋认为，虽然大梁国集结军队，但是，从集结到进攻，怎么也需要一长段时间，因为，这是两军交兵最起码的原则——他们需要准备粮草，而且，军队集结而来，已经非常疲惫了，不可能马上就投入到战争之中，还需要一段时间的休整。

所以，最开始的时候，拓跋并不惊慌，只是也开始有条不紊地调动自己的军队。

可是接下来发生的事情，却完全出乎了拓跋的意料——大梁国的军队根本就没有休整，刚一抵达黄河岸边，就向对岸的西蜀国军队发动了进攻，突如其来的凶猛攻势，强大的火器支援，让西蜀国的守军猝不及防，几个要塞已经失守！

虽说失了先机，但是身经百战的拓跋也没有惊慌，自古骄兵必败，现在大梁国如此冒险轻进，已经犯了兵家的大忌，所以，拓跋有把握，把这一批来犯之敌，消灭在黄河岸边！因为毕竟大梁国的军士得靠船一点点的运过来，数量怎么也不会太多。

可是，事实却再次出乎了拓跋的预计——大梁国的军队在拿下了那几个要塞之后，竟然撤退了，等西蜀国的援军赶到的时候，战场的硝烟还没有散尽，可是大梁国的军队却已经不见了踪影。

就在西蜀国的领兵将军百思不得其解的时候，大梁国的军队竟然又出现了，不是出现在这里，而是出现在了另一处要塞！仍旧是来势汹汹的攻击，打得西蜀国毫无还手之力，得手之后，立即撤退！

拓跋猛然警觉，立即派出探子打探消息，探子回来得很快，带回来的消息和拓跋猜测的完全一样，这个消息让拓跋遍体生寒——大梁国已经倾一国之力，在黄河五百里沿岸都布下了重兵！而且全部是以火器为先锋！

“现在，大梁国内武力空虚，大梁国的重兵都落在了自己国家的南方边境，其他东西北三方都武力空虚！这算是什么打法？就算是完颜臻华不懂军事，那些大梁国的将军大臣也懂啊？这究竟是完颜臻华疯了！？还是整个大梁国疯了！？”拓跋百思不得其解，只得先如实向端昊禀报！

“完颜臻华疯了？”端昊已经穿戴整齐，在房中就着烛光，仔仔细细地端详着臻华的画像，画像上的完颜臻华骨骼清秀，容貌过人，尤其是他那双眼睛，充满了睿智而透彻的光芒，这样一个皇帝，会是白痴或者是疯子吗？可是，如果他不是疯子，那又为什么会采取这种疯狂的打法呢？

端昊很了解大梁的兵力，正像拓跋所说的那样，五百里的进攻线，已经掏空了大梁国的所有兵力，不顾后方的安危，不顾周边的所有敌国的威胁，甚至不考虑粮草补给的问题，完颜臻华是不是太儿戏了！？

就在端昊独自苦思冥想的时候，内侍走了进来：

“回皇上，都准备好了，随时可以上路了。”

“好！”端昊望了外面黑沉沉的夜色一眼——现在，正是一天中最黑暗的时候，“天光只要微亮，我们就立刻上路。”端昊已经决定了，迅速赶往黄河口岸。

“那严四公子他们呢？”

“四公子的家眷可以先派人送回西蜀国，但是，四公子必须和我们一起走！”

“是。”

大梁国的皇宫中，此时也是明烛高烧，蹿起很高的火苗，把整个宫殿照得极亮，臻华居中而坐，身边围绕着大梁国中级别最高的那些文武大臣，他们每一个人的脸上都神情肃穆，眼神清澈明亮，丝毫也没有出现端昊和拓跋所猜测的那种，大梁国君臣集体发疯的症状。

在臻华面前的书案上摆放着一卷展开的地图，地图中央是蜿蜒而过的黄河水，黄河两岸用不同的颜色，分别标注出了西蜀国的要塞，大梁国的驻军方位，以及大梁国目前确定的进攻点，而在西蜀国军队驻守的方位上，那一个个触目惊心的红叉，则宣告了大梁国已经攻破的西蜀国要塞。

臻华久久凝视着眼前的地图，目光冷峻坚毅，而那些文武群臣，都在注视着臻华，脸上全都充满了崇拜的神情。

其实就在几天之前，臻华刚刚向群臣宣布，他要用这种方式向西蜀国发动总攻的时候，确实遭到了所有人的反对。那个时候，大梁国群臣的想法和拓跋是完全一样的——他们的皇帝疯了!臻华陛下竟然要倾一国之力，向西蜀国发动总攻！这是绝对不可以的！

完颜洪烈毕竟来自于现代，这十余年来，他已经在不知不觉之中，打破了古代的那种牢不可破的君臣界限。所以，在大梁国，大臣的言论是比较自由的，现在的大梁国群臣已经被培养出来了，变得敢于提出和皇帝不同的意见来。臻华一直都认为，这是完颜洪烈对于大梁国，或者说对于这个时代最大的贡献！

也正是因为这种风气，所以，尽管臻华的宽厚谦和与高超的治国之术，已经赢得了大梁国上下的信服，但是，当大臣们认为臻华做得不对的时候，还是会毫不犹豫地提出批评。

“陛下，”一位大臣急切地阻止道，“您不能这么做。”

“哦?说说你的理由。”臻华不疾不徐地问道，因为大臣的反对是在他的意料之中的。

大臣侃侃而谈，丝毫也没有因为自己和皇帝持相反的意见而慌张：

“陛下，臣以为，我国和西蜀国之间的战争，会是一场长期持久的战争，所以，不能这么草率行事。为了这场战争，我国和西蜀国都已经准备了十年了，而且现在，西蜀国也不敢贸然开战，其实和我们的理由是一样的。我们双方都在担心两个问题，一是军队的补给，二是在战争期间，其他有野心的敌对势力会趁虚而入，造成我们腹背受敌的局面。所以，臣以为，我们对西蜀国的战争，还是应该从长计议。”

这位大臣的话一说完，群臣纷纷响应，臻华也含笑不语，直到所有的大臣，都把自己想要表达的意思表达完了之后，才悠然地开口了，说话时，臻华的脸上是充满了欣慰和赞许的笑容的：

“各位卿家所说的，都是老成谋国之言，而且，各位卿家能这样和朕据理力争，足可见大家对我大梁国的赤胆忠诚，只凭这一点，就足以让我欣慰的了。”臻华由衷地感叹道，然后，才又把话题引到了战争上：

“正如各位卿家所说的，我们现在一旦和西蜀国开战，就将陷入到一场长期战争之中。这场战争不仅会打很长时间，而且结局现在都无法预料，我相信，在座的各位都和我一样，没有十分的把握，说大梁国必胜。因为，经过这十年的对抗，我们和西蜀国之间，都已经彼此太熟悉了，也太势均力敌了。即使，我们能够侥幸取得这场战争的胜利，我们的国库也会被这场战争掏空，而我们大梁国的经济，将会倒退十年、二十年或者更多，也就是说，当战争结束的时候，即使我们是胜利者，那么我们大梁整整一代人的努力，也都将付之东流。而万一，我们成了失败者，那么以宇文端昊的为人，他是不会对大梁国手下留情的，到了那个时候，等待我们大梁的，就将是亡国灭种！"

随着臻华的侃侃而谈，大臣们的脑海中，呈现出了一幅惨烈之极的战争画卷。是啊，文人墨客们都爱发出感叹，说是"一将功成万骨枯"，可是他们又怎么会知道，如果真能一将功成万骨枯，那还是最理想的局面，因为，虽然是万千黎民百姓和将士的生命都牺牲了，但毕竟换来了一场战争的胜利！换来了一个人的成功！可是，在现实之中，更多的却是当千万人都变成了枯骨之后，都换不回一将的功成！

那种悲惨的局面，又怎是文字所能描述的呢？

臻华看到大臣们的脸上都出现了沉重的神情，知道自己的思想已经开始渐渐地被人们所接受了，其实臻华的思想非常的简单——他就是要说服大家，放弃战争，守住和平！

看到大臣们都认同了自己刚才所说的话，臻华就又开始了更深一层次的阐述，他的话锋一转，说道：

"我们最乐观的局面，就是取得战争的胜利，然后永远地占领西蜀国。但是，我今天想问一问在座的各位，当我们占领了西蜀国之后，等待我们的，就会真的是安定与和平吗？纵观史书，从来没有过一个被征服的民族会放弃反抗，他们会持之以恒地斗争下去！现在，我们和西蜀国之间的战争，还只是两个王权之间的斗争，是为了野心和争霸而展开的斗争。可等到了那个时候，我们就成了彻头彻尾的侵略者，成了不义之师。而西蜀国百姓掀起的反抗我们的战争，就成为了正义的战争，到时候，上天都不会帮我们的。"

大臣们听了臻华的话，都垂首不语，因为他们都知道，臻华说的是事实。如果换做是大梁国被征服，他们也会反抗到底的。这是人的本性，是融入到了血液中的东西。谁也改变不了的。

臻华继续说道：

"从我本心而言，我渴望和平，我不愿意把我的子民拖入到一场残酷的长期战争之中，但是，现在的战局，却不允许我放弃战争！"臻华说着话，眼睛中射出了两道冷峻的目光：

“现在，宇文端昊统领的西蜀国野心勃勃，早就想一举吞并我国，如果我们一味地躲避、退让，他们更会觉得我们懦弱可欺，到时候他们的野心就会更加的膨胀！更会把我们大梁国当成是可以任意宰割的肥羊！

而且，就算是西蜀国对目前两国的局势也有如此清醒的认识，也知道现在向我们发动战争，会是两败俱伤的局面，也不愿意开战。但是，现在毕竟是他们已经陈兵在了黄河南岸，其狼子野心天下皆知，如果在这个时候，我们单方面宣布或者是表现出不愿意卷入战争的话，那么，我们大梁国就会受到全天下的嘲笑！”

臻华在说这一番话的时候，慷慨激昂，完全就是一位君临天下，让人不敢小觑的王者！他缓缓地站了起来，高大的身躯，威严肃穆，难以仰视。臻华又开口了，声音低沉缓慢，却不容置疑：

“所以，我的想法就是，在最短的时间里，打败西蜀国，然后逼迫他们签订停战条约！”臻华的声音森冷，此时，任何人听到他这种声音，都会觉得，现在的臻华并不是坐在大梁国中讨论战局，而是整个天下都已经尽入了他的掌控之中，他正在有条不紊地安排整个天下的大局。

大臣们也已经被臻华说服了，他们也承认，如果真能够一举打垮西蜀国极度膨胀的野心，然后继续和平稳定地发展，那将是最理想的局面，但是，这个局面怎样才能形成呢？正像臻华所说的那样，宇文端昊野心勃勃，如果不彻底地打败他，那么和谈是根本不可能的。可是，想在短时间内打败西蜀国，又谈何容易呢？人们都没有说话，但却纷纷把探寻而又殷切的目光投到了臻华的身上，现在，他们已经毫不怀疑地相信了——他们的臻华皇帝，是一定有办法达到这一目的的！

臻华看出了大家急切的心情，继续说道：

“所以，我才决定要全线出击，一举突破西蜀国的防线！你们来看。”臻华转身走到了地图前，大臣们也纷纷地围聚了上来。

臻华指点着地图：

“这里，是我们大梁国的整个疆域，”臻华用手在地图上一画，“在我们的北面，是辽阔的戈壁雪原，我们那里的前沿瞭望哨所，已经延伸出了近万里，所以，整个北方的局势都在我们的掌控之中，正因为如此，现在我们可以很肯定地说，目前，北方没有威胁。即使如果有一天，来自于北方的威胁真的出现的话，当消息传来以后，我们也会有充足的时间来做准备。”

众人纷纷点头，因为臻华说的的确是事实。

“而在大梁国的东方,”臻华的手指向了大海,“在这里,我也能够肯定,没有任何可以威胁到我大梁安危的力量。”

大臣们简直是越来越佩服臻华了——他们的皇帝，怎么会对整个天下的局势，都这么了解呢？而他们又哪里知道,作为一个现代人,臻华和每一个孩子一样,是从小就看惯了世界地图的,所以,他闭着眼都能说出来,在大梁国的周边,是怎样的格局。

“所以,”臻华继续说道,“在大梁国的东方和北方,肯定是安全的,而唯一环境复杂的,就是大梁国的西方。”臻华的手指向了西域那片广阔的领域:“这里,汇集了西域七十二城邦,而且,这七十二个城邦又刚刚联合建国,按说,他们会是我们一个很大的威胁。但是,”臻华的语音一扬:“我这次去回鹘,已经和回鹘国的皇帝秘密达成了协议,互不侵犯！”

臻华这最后一句话,就好似把一块烧热了的石头扔进了冰水中一样,群臣一下子就沸腾了起来——这么说来,他们的皇帝已经把一切都安排好了!

臻华静静地注视着群臣,心思百转,生平第一次,他深切地理解了什么叫做帝王心术。就比如说刚才,其实,他和无影也不过就是一夕长谈,大致交换了一下彼此对于现在天下大局的意见。只是凭着臻华对无影的了解,他相信,无影不会是趁火打劫的小人。可是,如果他把这件事如实地说出来的话,那效果肯定会比现在差很多。

“唉”,臻华不禁在心中长叹了一声,“面对着任何人,都不能再毫无顾忌地吐露自己的全部心思,这是不是就算是人们常说的孤家寡人？”

“我明白了”,开口的,是大梁国的大将军,刚才他一直在静静地听着臻华讲话,“正因为陛下确定了我国目前北、东、西三方的局势,所以,才敢于把大军全部都调到了黄河北岸。如果是这样的话,我们现在在黄河北岸的兵力,就是西蜀国的十倍不止,就凭这一点,如果我们只和西蜀国打一场仗的话,我们肯定能取得胜利。但是,取得胜利是一回事,彻底打垮宇文端昊的野心则是另外一回事。如果想打垮他的信心,就需要我们在极短的时间内,让西蜀国受到重创,只有这样,才会让宇文端昊明白,西蜀国绝对不会是大梁国的对手,他才会放弃自己的野心！”

现在,大臣们的思想已经都被调动起来了,所以开始纷纷地踊跃发言,大将军的话刚刚结束,就又有一位大臣开口了:

“将军说得没错,短时间内重创西蜀国是关键。因为我们像现在这样布兵的话,毕竟后防空虚,尽管现在除了南方的西蜀国之外,我们没有其他的威胁,但我们还是应该尽快把兵将调回去，以防万一。”

“对，早点儿把西蜀国解决掉，我们也就能够重新恢复我们的正常关防了。”

“是啊，等我们彻底打服了西蜀国之后，我们就可以继续专心地发展我们大梁国了。”

大臣们群情激奋，似乎他们现在已经打败了西蜀国，正在商量着怎么样接纳西蜀国的降书顺表一样。其实，出现这样的情形也是很自然的，现在，大梁国的大臣们已经是完全无条件地信任他们的皇帝了，既然皇帝说了，他有把握一举打垮宇文端昊的野心，那么他就一定能做到。

臻华微微一笑，他要的就是这个效果，虽说是骄兵必败，但是，现在他要打的这场仗，依靠的却是高度的自信心，所以，他第一步就是要把大臣们的信心都调动起来。现在，看大臣们都已经认同自己的观点了，臻华就又继续说道：

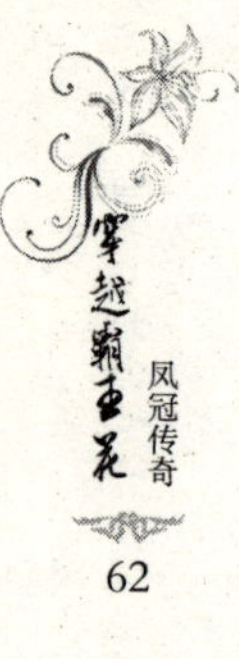

“各位爱卿说得很对，现在我们要做的，就是在极短的时间内重创西蜀国。所以，我才制订了这样的作战计划……”

原来臻华的计划，就是要充分利用现在大梁国兵多将广和拥有火器这两大优势，在黄河岸边，进行大规模渡河抢攻，一击得手，就全线撤退，再换另一批将士出战。

现在大梁国集结在黄河北岸的军队，足以应对这样的作战方式，而他们手中掌握着的火器，也保证了他们在突袭战争中可以立于不败之地。

这样的作战方式，在过去大梁国是从来都没有采用过的，所以，全新的战术，足以给西蜀国造成极大的混乱。

这样，大梁国就可以用极小的损失，造成西蜀国极大的失败。而这种在漫长边境线上展开的全面进攻，也会让西蜀国捉襟见肘，无从防起。

面对着这样的进攻，西蜀国很容易就会对大梁国的军事实力产生错误的估计，而臻华要的，就是宇文端昊的这种错误估计——只有这样，才会让宇文端昊产生压力，为下一步和谈打下基础！

因为臻华确定，端昊虽然野心勃勃，但绝对不是一个鲁莽的人，而且他还是一个极有耐心的人，当时机尚不成熟，或者是没有必胜把握的时候，他宁可继续等待！现在，臻华要的就是让端昊产生这样的判断！

而臻华制定这种作战方式的灵感，则是来自于若干年后的蒙古铁骑。那时，蒙古的铁骑几乎席卷了整个欧洲，所到之处，无不所向披靡，他们的成功固然有很多原因,但是臻华一直就认为,蒙古铁骑的速度,是他们获得胜利的一个关键。当然,这样的例子还有很多,二战的时候,希特勒在欧洲也是运用了这种战术,不过,当然,灵感的问题就不用拿出来跟大臣们讨论了。

臻华的全部计划都讲完了,大臣们也都完全听明白了,纷纷点头响应。而这时,臻华则拍案而起:

"我们感念上天有好生之德,不愿意多增杀戮,为了天下安宁,为了西蜀大梁两国的无辜百姓,我们选择和平,但是,我们绝不会用放弃尊严的方式去换取和平,所以,对于西蜀国的这场战争,我们只能胜,不能败!因为,我们要以胜利者的姿态去要求和平!"

臻华的这最后一句话,深深地说到了大臣们的心坎里,是啊,这些在草原戈壁上,在北国的寒风悍雪中出生长大的汉子,即使是最斯文的人,也有着一腔血性!他们是宁死也不会屈服的,所以,就像陛下刚刚所说的那样——用胜利者的姿态去要求和平!大梁国永远都会以高卓的姿态,屹立于黄河北岸,屹立于草原之上!

就这样,大梁国议定了对待西蜀国的策略,并且立刻开战——正如臻华所说的那样,知己知彼,百战不殆,而与之相对应的,就是出其不意,攻其不备。他们就是要打西蜀国一个猝不及防。

战争拉开了帷幕,而臻华还有另外一层心思,深深地埋在心里,没有对任何人说出来的。他希望能用这种方式,让人们真正地认识到火器的重要性,好达到自己的另一个目的——让火器正式退出战场,退出这一段历史空间。因为前段时间臻华去看了大梁国最核心的武器库,那一次参观,简直是让臻华备受震撼。看到的每一样东西,都是那样的触目惊心。

直到那个时候,臻华才明白,原来,完颜洪烈在大梁国的武器试验,远不是仅仅局限于一般的枪支手雷那么简单,他的尝试要比这疯狂得多。如果,大梁国真的把这些武器都投入到战场上的话,那后果不堪设想。

那简直就相当于,在现代世界的时候,有人用外星人的武器去打仗,那不仅仅是不公平的问题,那是屠杀,是毁灭,是灾难!

而现在,臻华就有足够的能力,在这个时空中,来制造一场这样的毁灭性灾难!

如果,是宇文端昊拥有了这些武器,那么,他一定会毫不犹豫地用它们去征服天下。去实现自己的野心和梦想!

但是,现在这些武器落在了臻华的手中,所以一切就都不一样了。臻华是无论如何也不会为了自己一个人的野心和利益,去做这种祸及百姓的事情的。

上善若水,厚德载物,仁者为君!古时上贤没有说错,只有这样的人才配做皇帝,才有资格掌握天下苍生的命运。

臻华现在的想法,就是要处心积虑的,把这些不该出现的武器,彻底地从这段历史中清除出去。——他们兄弟的归来,已经是一段无法逆转的错误了,那么,就让他尽量地把这个错误所造成的恶劣影响,降到最低吧。

黄河南岸!

在战争打响的那一刻,拓拔就全身心地投入到了战争中去了。人们总是爱说,战争是上天送给男人最好的礼物,也有人说,男人天生就是为了战争而生的。这两句话本来都没有错,但是,当这些原则遇到拓跋傲疆之后,就都变了。

这并不是说这两句话说错了,而是,当你看到了拓跋傲疆之后,你就会自然而然地对这两句话进行修正,修正成——拓跋傲疆是专门为了战争而生的,而战争则是上天为拓跋傲疆专门量身定制的礼物!

从大梁国的第一只快船进入了西蜀国瞭望台的视野范围开始,拓跋傲疆就好像整个变了一个人一样。

如果在这个时候,纯儿正在他的面前,那她一定就会很自然的,把拓跋和变形金刚,或者是机器恐龙这些形象联系起来,或者干脆就是等同起来。因为,拓跋在得到了消息的一瞬间,就已经变成了一架最完美的战争机器。

在得到了消息之后,拓跋并没有惊慌,只是稳稳地继续坐在位子上,整个人安详如山岳。士兵如穿梭般的往来于战场和他的行辕,不停地把各种消息传递回来,而这些消息汇集起来之后,就成了澎湃的岩浆。现在,这些岩浆聚集在拓跋的体内,把拓跋变成一座喷薄欲出的活火山!

但是,不管岩浆如何的炙热,都冲不破坚硬的岩体,拓跋也是一样,不管心中的火烧得如何的猛烈,他的外表始终都是沉稳安宁的——一如黎明前的黑暗,一如海啸来临前的凝滞!

大梁国的第一次突袭结束了,一切又都恢复了平静,拓跋这才走出了行辕,在硝烟仍旧弥漫的战场上一步步走着,战场上一片惨烈,尸横遍野。天上,没有星光,只有一轮冷月如钩,在密密的云海中,静静幽幽地散发着冷淡的光芒,默然地看着自己眼前所发生的这一切。

也许,天上的明月,已经看了太多的流血,太多的死亡,所以每当这个时候,它就用这种方式，表达出自己无声的愤怒——生而为人，为什么却不肯珍惜生命，不肯好好的生活?!

战场上布满了残肢、鲜血。拓拔傲疆始终都面无表情。

他看完了战场，并没有多说话，只是做了一番最基本的布置——例如厚葬阵亡将士之类的，然后就又独自回到了行辕。

当拓拔回到行辕后的第一件事，就是给端昊写信，如实地禀明了刚才发生的一切，在信的末尾处，拓拔郑重地写上了一句话:

"这已经不再是局部的小规模入侵了，大梁国已经做好了决一死战的准备。"

这就是拓拔傲疆，在第一时间做出了最准确的判断——战争提前爆发了。

在把给端昊的信寄出去之后，拓拔立即就去做了另一件该做的事——去见胡杨女!

现在，让他牵挂的只有胡杨女了，等他安排好胡杨女之后，他就可以了无牵挂地去面对战争了!

胡杨女仍旧住在那个小镇上，身为领军，拓拔当然不会自己首先无视军规，弄个女人回来。本来，还想等局势稍微稳定一些之后，就带胡杨女一起走，可是现在，连拓拔自己都说不清，未来究竟会怎么样了。

如果能活着，他愿意天天都和胡杨女厮守一起，可是，既然现在自己面临危险，那么，他第一个想到的，就是要把胡杨女送到一个安全的地方去，不让她受到一丝一毫的伤害。

马蹄声声，在黑夜中传得很远，更加显得古战场上分外的寂寥孤清。头上的明月，凄凄惨惨，似乎也在为这对多磨的恋人而伤感。

拓拔的容颜现在也埋在了夜色之中，所以，他终于可以把自己脸上那层坚硬的面具去掉了，丝丝伤怀，从他的眼睛中流露了出来。

曾经还以为，这次的相遇，是上天终于偏爱了他一次，让他终于能够有机会，和自己最爱的女人一起度过后半生，但是谁又能想到，才重逢了短短几天的时间，命运就又一次要让他们分离了。

他舍不得让胡杨女离开，但是他更舍不得让胡杨女面临危险。爱了，就要爱一生一世，爱了，就要永远把她护如珍宝，爱了，就要……

拓拔的眼睛竟然湿润了……

男儿有泪不轻弹，只缘未到伤心处。

拓拔傲疆，这位名震天下的大将军，铮铮铁骨傲立世间的好男儿，此刻竟然在伸手不见五指的夜色中，淌下了两行清泪。

“是不是自己真的老了？”黑暗中，拓拔这样问自己。

小镇中，胡杨女的临时居所里，胡杨女和纯儿都还没有睡。因为她们也听见了不远处的厮杀声。而且凭借拥有的无数实战经历，她们已经意识到了事情的严重性。

胡杨女一直就处在焦躁不安之中，前两天，突如其来的幸福，把她从一个冷血的女匪，一下子变成了一个柔肠百转的普通女人，而今天的鏖战，又让她成为了一个，为身处战场的丈夫，百般牵挂的普通妻子。

她紧张地握着纯儿的手，掌心中全是黏黏的冷汗，整整一晚上了，她都没有松开纯儿的手，她真想问问纯儿：

“纯儿，你说他不会有事吧？”

可是胡杨女不敢问，她怕纯儿会给出她相反的答案，她更怕纯儿虽然会安慰她，但是言不由衷，所以，她就这么一直攥着纯儿，心中万千心思，却又一言不出。

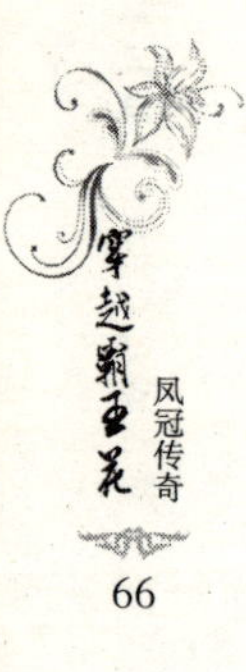

此刻，纯儿的心里也非常的混乱。因为这段时间纯儿过得太混乱了，所以，直到现在，纯儿也还不知道毒枭、圣域主人、完颜洪烈、臻华这几个人之间出现了那么多错综复杂的纠葛。

但是有一点，纯儿却是可以肯定的——大梁国中，有一个深谙现代武器的人，而且现代的武器技术已经运用到战争之中了。这个认知让纯儿恐怖。而被胡杨女派出去的手下，打探回的消息，更是让纯儿冷汗直流——这不是古代的作战方式，绝对不是！

整整一晚上了，纯儿一个字都不敢说，因为她怕自己一开口，就会情不自禁地去和胡杨女讨论这些关于战争的问题，因为她的心里太压抑了。——眼睁睁的，看着现代的作战方式和武器被施用于古代，肆意地荼毒着古人的生命，自己却无能为力，这种感受，是能够把身为特警的方子纯给逼疯的！

可是，她却又不能说，因为她明白，现在胡杨女的心已经像是被油煎了一样，自己如果再说出这样一番话来，那简直就是火上浇油！

两个女人就这样，各自忍受着自己心中的痛苦折磨，却谁都不说一个字，就这么默默地过了一个晚上。

忽然，一阵清晰的马蹄声传来，胡杨女情不自禁地哆嗦了一下，纯儿也紧张了起来，她生怕这陌生的马蹄声，会给她们带来什么可怕的消息。

“是他。”胡杨女忽然惊喊了出来,“是他来了。”

说着话,胡杨女已经丢开了纯儿的手,奔到了门口,而拓拔也恰巧出现了。

拓拔一把就把扑到了眼前的胡杨女拥进了怀中,紧紧地,紧紧地抱住她,似乎是想把她揉进自己的身体里一样。而胡杨女也紧紧地抱住拓拔,把自己的身体紧贴在拓拔的胸前,再也不愿意和他分开。

过了很久很久,拓拔和胡杨女忽然同时开口了:

“你和纯儿马上离开这里……”

“我要和你一起上战场……”

当两个人把各自想说的话都说出来之后,才意识到现在,他们的思想有着多么大的差别。

“韵琪,你听我说,我在军中是不能带女子的,那是违反军规。”拓拔不敢说出真实的理由,因为他知道,如果他说出是因为局势太危险,才让胡杨女离开的话,那么胡杨女肯定就更不会走了。

“我能够照顾好自己,不会给你添麻烦的。”胡杨女仍旧在坚持。

“韵琪,我相信,你一定能照顾好自己,但是,军法如山,这个时候我更不能带头违反军规,这样,韵琪,我相信你能照顾好自己,但是你也要相信我,我一定也能照顾好我自己,你现在先去一个距离战场稍远的地方等我,等局势稍微缓和了,我再去接你。”

胡杨女被说服了,因为她也明白军法的重要性,她也理解,拓拔身为领军,是不能带头违反军规的。

而这时一直沉默不语的纯儿开口了:

“姐姐,你先去收拾一下,师兄,我有几句话,想要问你……”

听纯儿说她有话要问,拓拔的心中不禁一沉……

在昏暗的灯光下,拓拔和纯儿彼此注视着,用目光做着无声的交流:

纯儿,走吧!乖乖的,听话。什么都不要再问了,赶紧离开这里,照顾好自己,再帮我照顾好她,就是对师兄最大的帮助了。拓拔的目光殷殷,里面包含的全是叮咛和重托。

可纯儿的目光却是那样的清澈而倔强:

不!师兄,你必须得告诉我,究竟发生了什么事情。其实,你不说我也能知道。师兄,告诉我吧,我能帮你,真的。

纯儿，我了解你的本领，但是，战争是男人的事情，只要师兄还活着一天，我就不会让你去战场上厮杀！

“师兄……”纯儿急了，大喊了出来。

而拓拔则直接打断了她：

“纯儿，你什么都不用说了，我再跟你说一遍，战争是男人的事情。我拓拔傲疆只要活着，就不会让自己的妻子和妹妹去上战场！”

“师兄，我也不是非要上战场，但是我至少可以了解一下事情的经过，也许我还能给你出出主意呢，要是万一能帮上忙，不是更好吗？”

“可是……”拓拔还想坚持，但话未出口就被胡杨女打断了：

“傲疆，纯儿说得有道理，你就让她帮帮你吧。”

胡杨女的这句话，让拓拔大感意外。因为他知道，胡杨女一直都是一个独立且自尊之极的女人，从来都不愿意牵累别人，她怎么会主动提出来，让纯儿来帮助拓拔呢？这和她平时的性格不符啊。

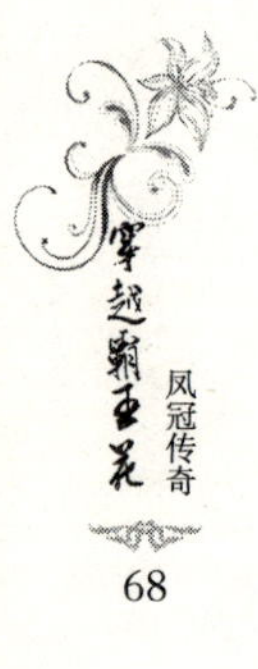

胡杨女看出了拓拔的不解，不禁惨然一笑：

“傲疆，你现在大敌当前，我真的很想留在你身边，就算是帮不上你，能够为你挡一阵刀枪也好。可是我知道，我不能留下来。因为我如果留下来，就会分你的心，而你现在大敌当前，是一丝一毫的精力都不能分散的。所以，不管我多么不愿意离开，为了你，我都必须得走。

因为我帮不上你，所以，我真的很希望在这个时候，有人能够帮助你。我知道，我现在让纯儿留下来的做法太自私了，但是，我却一定要这样做，哪怕你们为了我这个决定不肯原谅我，我也会这么坚持的。因为你是我的丈夫啊！在我的心中，全天下人的性命加起来，也没有你一个人重要。纯儿，你就原谅我吧，等你以后遇到你真正爱的人，就能明白我的这份苦心了。”

胡杨女的话未说完，泪水就已经打湿了面纱，纯儿走了过去，揽住了胡杨女的肩膀，安慰道：

“姐姐，你别多想了，你的心思我都明白，我一点儿也没有怪你的意思。留下来帮助师兄，本来就是我自己提出来的啊。”说着话，纯儿又看向了拓拔：“师兄，你就别再坚持了，你也看到了，如果我和姐姐真的就这么走了，那姐姐的心里一定会比死还难受呢。”

拓拔看了看纯儿，又看了看胡杨女，无奈地叹息了一声：

“好吧，韵琪，你先到隔壁去稍等一下，我简单跟纯儿说一说就行了。”

胡杨女明白，现在拓拔要和纯儿讨论的，肯定是一些不能随便被外人听到的军事秘密，所以，她并不坚持，也没有丝毫的介意，她现在只是感到由衷的欣慰：

“不管纯儿是不是真的能帮上忙，多一个人帮傲疆总是好的。”这个痴情的女人，现在心里面只有这样一个简单的念头。

胡杨女出去了，顺手还闭紧了房门。在房门刚刚关严的一刹那，纯儿就迫不及待地问道：

“师兄，跟我说说，刚才那场仗到底是怎么回事？”

拓拔并没有马上说话，而是长叹了一声，沉默不语，望着拓拔的样子，纯儿的目光变得锐利了：

“师兄，你也不用瞒我了，其实你不说我也知道，我从战场上传来的那个声音就能够判断出来，大梁国这一次大量地使用了火器！”

拓拔猛地抬起头，他没想到纯儿的听力竟然如此的锐利，其实这并不是说明纯儿的耳力如何，而是因为纯儿对枪炮声已经太熟悉了，这和一个高超的舞者，即使听见再轻微、再缥缈的旋律，也能找到节奏，迅速地投入进去，是一个道理。

纯儿不理会拓拔的错愕，继续说道：

“我不仅听出来火器现在已经被应用到了战争中，我还听出来了，大梁国这次改换了全新的战术方法，他们集中兵力火力发动强攻，一击得手，立刻就全面撤退……”拓拔的眼睛已经瞪圆了，他真无法想象，纯儿是怎样推断出这一切的，纯儿刚才所描述的，和战场上的真实情况是那样的接近，就好像她已经身临其境了一样。然而，纯儿的话还没有结束：

“而且，大梁国的这次退去，绝不是结束，而是开始。我相信，用不了多长时间，他们就会再次对西蜀国发动攻击，这样下去，用不了多久，西蜀国就危险了。”

随着纯儿的话，拓拔的神色愈加的沉重了，因为他知道，纯儿刚才所说的，全部都是事实。现在，拓拔已经不去想，纯儿究竟是怎么学会这些知识的事情了，他现在想的是另外一件更加严重的事情——现在，既然纯儿都这么说了，那就说明，自己对局势的判断是正确的——西蜀国危险！

纯儿的眼睛中闪动着冷幽幽的光芒，忽然之间，她的声音就从刚才的清晰有力，变得有些空灵飘忽了，因为，眼前刚刚发生的这场战争，勾起了她另一段远在另一个时空中的记忆。

"师兄,让我留下来吧。说实话,我也不喜欢战争,但是,我却不能够容忍这种不公平!"

"不公平?"

"对!师兄,你不明白,在大梁国中有一个人,他拥有着一些你无法想象的知识,我不知道他是谁,但是,我知道他不应该把这些知识运用到你们的战争之中去。他现在用了,就是对你们的不公平,我就要想办法去打败他,去制止他。"

拓拔这一次终于完全明白了纯儿的意思,是啊,如果纯儿说她是想追求一个公平,那么,拓拔是完全可以理解的,拓拔是武人,而武人最讲究的就是公平。拓拔重重地点了点头:

"纯儿,你的意思我都听明白了,但是,我还是不能让你留下来。"

"为什么?"这一次纯儿干脆大叫了起来,她原本还以为自己已经说服了拓拔了呢。

"如果,现在是除了你之外的任何一个人,对我说,他自认为能够和大梁国抗衡,准备用自己的力量,帮助西蜀国和大梁国进行一场公平的对决,我都会毫不犹豫地答应下来,并且深深地叩谢上苍,感谢他如此的雪中送炭。但是,纯儿,唯有你不行。"

"为什么?!"纯儿真的有些愤怒了。她不明白拓拔为什么要这么固执。

"纯儿,你别急,听我慢慢给你说。"拓拔在烛光下,怜惜地望着纯儿,轻柔地说道。眼前的纯儿,比起当日分别时,清瘦了许多,但是却比过去更加神采奕奕了。

"纯儿,你先回答我一个问题。你留下来,是只想让这场战争公平一些呢,还是为了陛下呢?"

纯儿愣了一下,才反应过来,拓拔所说的陛下是指的谁——宇文端昊!

直到这时,纯儿才惊觉,自从战争爆发以后,她还真没有想起过端昊来,从听到枪声的那一刻起,她脑子里唯一的念头,就是如何制止住那个大梁国中的现代人,让他不要再把现代的东西用到古代来,却把和西蜀国有关的另一个重要因素——宇文端昊给彻底地忽略掉了。

本来,纯儿的确还没想起端昊,但是被拓拔这么一问,她还真有些吃不准了:

"自己现在这么替西蜀国着急,究竟只是为了那些武器呢,还是在自己的潜意识中,仍旧在牵挂着端昊呢?"一时间,纯儿也没有了答案。

看到纯儿迟疑不语,拓拔又是一声长叹,良久之后才说道:

"纯儿,你知道吗?自从战争爆发的那一刻,我就在想一件事情。你还记得,那时我们一起穿过洪泽湖，来到黄河岸边时的情景吗？那时，你认出了这些武器，我们还在商量着，等回到京城之后，我们就一起研究出对抗这些武器的策略来。可是……”

拓拔没有再说下去，而纯儿也沉默了，因为接下来所发生的事情，都是他们两个人不愿意去想起的——纯儿和端昊决裂，美好的恋情转瞬间就分崩离析，而刚刚还在热恋中的两个人，一个毅然决然远走他乡，另一个留在宫中，人前强作欢颜，人后却黯然神伤。

正如拓拔所说的那样，如果，纯儿从来都没有离去，一直就留在了端昊的身边，那么，他们现在应该已经研制出了克敌制胜的武器了吧？

或者，他们已经领先大梁国一步，制定了出击的方案，就不会像现在这样，这么被动了。

拓拔又长叹了一声：

“纯儿，本来，有些事情我不想再对你提起了，但是，现在事情到了这一步，看来我也是非说不可了，如果我不说，恐怕你是不会离开这里的了。”

“师兄，到底是什么事？”纯儿不解地望着拓跋，自从和拓跋相识以来，她还真没见过拓跋如此黯然沉重过。

拓跋又叹息了一声，拉着纯儿坐到了桌旁：

“来，纯儿，你先坐下，听我慢慢说。”

直到纯儿坐定之后，拓跋轻轻地拨了一下蜡烛芯，蜡烛的火苗忽地跳了一下——屋子里又明亮了一些。就在这幽幽的烛光中，拓跋开口了：

“纯儿，你说你要留下来，我知道正像你所说的那样，你留下来是为了帮助我，也是为了你所说的——不能容忍不公平的决战。其实，就像我刚才所说的那样，这两个理由中的任何一个，都能说服我把你留下来。因为现在，我的确非常需要你的帮助，而且，我也要求公平的决战。但是，现在我必须让你走，只因为一个原因。”

“他？”纯儿问得简单明了。

而拓跋也回答得言简意赅：

“对，就是他，陛下现在正在途中，我估计，此时他已经接到我的战报了，所以，他更会加快行进的速度，很快，就会到达这里了。”

“而你竭力让我离开，就是为了避免我和他相遇？”

“对，我不想让你和陛下之间再产生什么纠葛了。”拓跋坚决地说道。

纯儿沉吟了片刻，幽然道：

“师兄，既然话已至此，我不妨也把我的心里话都说出来。”纯儿那一双明眸，静静地注视着无声跳动着的烛光，“师兄，我和他之间的事情，你是都知道的。这一次，胡姐姐约我来看你，我就已经下了绝不见他的决心。而当战争突然爆发的时候，我第一时间想到的，是你的安危，还有这些火器用到战争之中，对普通百姓和军士们所造成的伤害，我想尽我所能去阻止这种伤害。而我真的没有想到他。直到刚才，你向我提起他的时候，我才突然意识到，西蜀国原来是他的西蜀国，而他是西蜀国的皇帝，所以，我留下来，最根本的还是在帮助他。”

纯儿的眼神忽然变得迷离了，映在她那双漆黑瞳仁中的两簇小小的烛光，也显得那么孤零悠远：

“在我突然惊觉了这一点的时候，我也曾问自己，我还想不想留下来，我到底还恨不恨他。可是师兄，你知道吗？我得到的答案大大的出乎了我的意料——我竟然不恨他了。我觉得他有难，我想帮他。师兄，你能明白我的意思吗？”

拓拔点了点头：

“我明白了，你还是放不下陛下……”

“不，”不待拓跋说完，纯儿就打断了他，“我却和你想的正相反。”

“相反？你指什么？”拓跋不解地问道。

纯儿没有马上回答拓跋的问题，而是嘴角上浮现出了一丝莫名的笑意，说不清，她这一抹微笑，究竟是苦涩，还是解脱：

“师兄，你不明白，对于女人来说，很多时候，恨与爱是相互依存的。爱是根，而它结出的果实可以是爱，也可以是恨。但是，如果没有了根，肯定就没有了果实。”

拓跋似乎听懂了纯儿的意思，但是又觉得还是有些茫然，也是，纵然拓跋也是一个重情重义的人，但是他毕竟是一个气概豪爽的男子，又怎么能弄明白，纯儿心中那百转千回的少女情长呢？

干脆，拓跋也不再继续跟纯儿讨论这些感情的问题了，而是问了另外一件事：

“好，纯儿，现在我大概明白了，你是想说，你现在已经可以从容地面对陛下了。但是纯儿，师兄问你一个问题，你想过陛下如果再次和你相遇的话，会怎么对你吗？”

拓跋这种直白的问话方式，不禁让纯儿全身一震：

是啊，自己一直就是在想只要自己避开就可以了，却忘记了还有端昊的那一边……

“我……”纯儿迟疑了一下，“我原本想的是，暗中帮你，并不露面……”

拓跋直接打断了纯儿：

“陛下到来之后，你们朝夕相处在一处小小的行辕中，想不相遇，根本是不可能的。更何况，陛下所到之处，必定会坚壁清野，别说藏起一个大活人，就是连一只苍蝇都躲不过去。这也是我执意让韵琪离开的原因。她和陛下之间毕竟也是仇深似海，他们双方都想置对方于死地，所以，我必须要让韵琪离开。”

纯儿的目光一寒：

“怎么？他还是一心想要杀我？”

拓跋摇了摇头：

“我从来都不相信陛下会真的想杀死你，我怕的是，他还没有放下你！”

拓跋说话的时候直视着纯儿，而纯儿有些承受不住这个话题，不由得垂下了眼帘。

“纯儿，作为陛下的近臣，我了解他的每一点变化，所以，我知道，自从你失踪之后，陛下的日子不好过。这次如果真的再见到你，我觉得他说什么都不会放你走了。

如果，你们能够有情人终成眷属，那也不失为一件好事。可是我知道，你们两个的矛盾，是根结上的，他不会肃清整个后宫，就保留你一人，而你，也肯定不会答应去做他众多妃子中的一个。所以，即使再次相遇，等待你们的也只有痛苦。而陛下已经失去了你一回，我怕这一次，他会把你强留在身边！到时候，你就插翅也难飞了。”

纯儿一边听着拓跋的话，一边似乎是自语般地说道：

“也许，他现在对我已经没有那么深的感情了……”

拓跋惨笑了一声：

“纯儿，你怎么还不明白呐？他是一个皇帝，而对于一个皇帝来说，把一个女人留在身边，是不需要有太多的感情的！”

拓跋这句话，犹如一个惊雷在纯儿的耳边炸响，纯儿真的感到如醍醐灌顶一般：

是啊，自己怎么糊涂了？端昊是皇帝啊！皇帝想把一个女人留在身边的理由太多了，他可以单纯的因为喜欢某一个女人的容貌，或者是某一个女人的才情，或者是某一个女人的温顺，而把这个女人留在身边。他不是一个有责任心的现代人啊，如果是现代人，可能会选择一个自己的最爱，来相守一生一世，但是，古代的皇帝是不会这么想的啊，他们会认为，只要他们愿意，那么全天下的好女子就都应该是属于他们的啊！

纯儿不禁凄凉一笑：

自己真是愚住了！

拓跋透过烛光，清晰地看到了纯儿脸上的悲凉，他也不由得心生不忍，但是，拓跋现在是已经打定了主意，要把一切都告诉纯儿，好保护纯儿不受伤害，所以，他还是继续把话说了下去：

“纯儿，你知道吗，我刚才说陛下也许会因为心中还没有放下你，而留住你，其实这只是他想要留住你的一个理由。”

这一次，纯儿真的不解了：

端昊还有什么其他的理由，要留住自己吗？

看出了纯儿眼中的疑问，拓跋果断地说道：

“有！”

“什么理由？”

“你别忘了，你还有一个身份——西蜀国宰相的女儿，严纯儿！”

拓跋此言一出，纯儿又是一惊——她确实已经忽略了这件事，她现在一直都是把自己当成方子纯的，真的忘了自己穿越回来之后，还有一个正式的名字——严纯儿。

拓跋又开口了，声音又快又急，似乎是想一下子就把心里话全都倒出来：

“纯儿，你我初相逢时，你对我说你叫方子纯，而我自认阅人无数，却一点儿也没有看出来，你会是宰相府的千金、后宫中的美人。即使后来我知道了，但是我仍旧愿意认你做方子纯——一个来自于江湖的洒脱少女。我不问，也不想知道你究竟为什么会成为严纯儿，我信任你，因为雕花小箭和落蕊神针的渊源，更因为一番交往下来，你我意气相投，我曾经对你说过，我们江湖儿女只讲一个情意之交，没有那么多世俗的繁琐！但是，纯儿，你必须得明白，我能做到这一点，可是别人做不到，所以，在陛下的眼里，在所有西蜀国人的眼里，甚至在严丞相和鹂妃娘娘的眼里，你都是严纯儿！

而现在，岭南梨氏被彻底的镇压，严氏已经成为了新的外戚集团，现在的严氏已经走上了梨氏的老路！而且，鹂妃娘娘身怀六甲，掌管后宫，严丞相更是位极人臣，为百官之首。表面上，严氏一门风光无限，可事实上，他们现在已经成为陛下心中新的警戒。据我所知，陛下已经开始在暗中监视并且控制严氏家族中的一些重要人物，一有异动，他们就会把这些人马上缉拿！甚至……”

拓跋停住了，似乎是在想接下来的话该不该说出来，但是犹豫了一下，拓跋还是继续说道：

“甚至连一直漂泊在外的严冰，都被卷进了这场旋涡，据我刚刚得到的消息，严冰已经被陛下软禁了！”

“什么?! ”

第四章　夺妻之恨，不共戴天

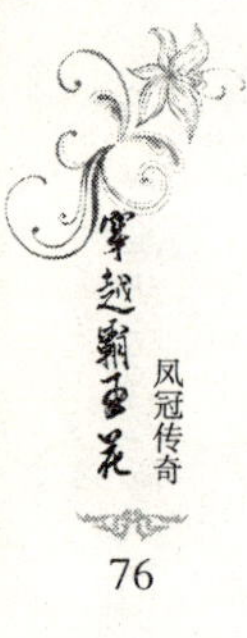

一听到严冰被端昊软禁的消息，纯儿悚然变色。

严冰虽然也是严丞相的儿子，但是，由于他多年来一直四海漂泊，所以，纯儿并没有把严冰和西蜀国中那些残酷而丑陋的权力斗争联系起来。而今，突然听到严冰被软禁的消息，纯儿最本能的反应就是意外和震惊，震惊之余，纯儿更是感到了一种深深的悲哀——就凭身为严氏之子，身上流淌着严氏的血液这一点，就注定了严冰这一生都无法太平，除非他能永远不踏入西蜀国。否则，只要严冰一进入西蜀国，他的身份就不会再是一个普通的成功商人！这一点是任何人都无法改变的。这就是他们作为宰相之子的命运！

想明白了这些，纯儿不禁惨笑了一声，因为她不得不悲哀地承认，只要一涉及到国家、王权……这些东西，端昊就变成了彻彻底底的冷血动物！心中没有了情感，甚至连他的想法都和普通人不同了，他整个人都变成了一架为了皇权而高速运转的冰冷机器，在这个时候，世界上的每一个人，在他的眼中，都已经不再是人，而是棋子，可以任意摆布，任意凌辱的棋子！

而这样的端昊，正是纯儿所最不能接受的！

拓拔一直在聚精会神地望着纯儿，烛光下，他清晰地看到，纯儿的眼神在一瞬间就变得冰冷而凄厉了，拓拔不禁在心中长叹了一声。说实话，他也不愿意这么直接地伤害纯儿，可是在现在这个非常时刻，拓拔必须这样做。正如人们习惯说的那样——长痛不如短痛，刮骨疗毒才是最根本的解决办法。

“我要去救四哥出来。”纯儿脱口而出。

拓拔似乎已经预料到了纯儿会说出这样的话，所以也不太吃惊，只是轻轻地摁住了纯儿的胳膊，说道：

"纯儿，你别冲动，这件事没那么简单，虽然现在严冰被软禁在了陛下的身边，但目前他还是陛下座上客的身份，而不是囚犯，所以，你现在直言要救他，于礼不合，这是其一。其二，想从陛下身边带走一个人，那是难如登天。三、……"拓拔的语调突然一沉："现在，严氏仍旧是国家栋梁、股肱之臣，所以，严冰虽然被软禁，但是还没有性命之忧，可是如果他擅自离开，或者被你救走，那他的叛国罪就算是坐定了，不仅你们两个会身犯重罪，而且还会祸及严氏满门。"拓拔一口气把理由都说了出来，然后透了口气接着说道：

"所以，纯儿，严冰的事情你不要管，把他交给我，就目前而言，陛下还不会慢待他。如果有朝一日，京中的严氏真的有什么异动的话，我向你保证，我负责严冰的安全。"

纯儿无奈地叹息了一声，她承认，拓拔说的都有道理，她现在如果突然插手严冰的事情，只会把事情弄得更加混乱。她强压下心中的怒火，点了点头说道：

"好吧，师兄！我听话，决不插手四哥的事情。"

拓拔欣慰地点了点头，又继续说道：

"纯儿，你明白了吗？你不仅仅是不能插手严冰的事情，你现在是无论如何也不能留下来，因为你也是严家的人，至少整个西蜀国还有陛下都认为你是严家的人，就凭这一点，你就和严冰一样！所以纯儿，你现在必须走，如果你真的留下来，那么，你不是被卷入感情的旋涡，就是被卷入权力斗争的旋涡，别无选择。而这两种情况，对你，都只有伤害。"

纯儿还想说什么，可是拓拔不容她讲话，就又继续说道：

"我知道，你执意留下来，是不放心我，想要帮我。也许，在你的心中，也还在牵挂着陛下，但是，纯儿，你可以这样想一想，今天的这场战争，并不是因为你的出现，才会爆发的，这已经是十年前就注定的事情了。所以，不管这场战争多么的不公平，我们都要去面对它！纯儿，你能明白吗，不论是我，还是陛下，不管我们身上有多少各式各样的缺点，我们至少还都是男人，而男人，是一定会用勇气去承担属于自己的责任的！现在眼前的这场战争，就是我们的责任！"

纯儿终于被拓拔说服了，她长叹了一声：

"好吧，师兄，我答应你，我陪胡姐姐一起走。但是，我也不想就这么回西域。"

"纯儿……"

“师兄，你听我说，我在来的时候就发现，从这里往西不远的地方，有一处山谷，很适于隐兵埋伏，我们就到那里去。”果然是特警本色不改，走在路上，都要习惯性地去研究地形。“随时关注着战争的进展，一旦，你们真的战败，我还是会回来，至少我要尽我的力量，保护你和四哥的安危。”

拓拔本来还想阻止纯儿，但是转念一想，能劝胡杨女和纯儿两个人离开战场，已经是很不容易了，恐怕胡杨女也不会答应回西域的。不如就让她们先去那个山谷隐居下来，毕竟等待战争有结果，还是一个很漫长的过程，其他的事情，再从长计议吧。

然而，用不了几天，拓拔就会发现，他真的想错了，这场战争，很快就会结束！

端昊来到了军中，军中的一切已经布置妥当了，就等着端昊的到来。进行完一些必要的安排之后，端昊和拓拔开始了密谈。

拓拔眉头紧锁，面容沉重地说道：

“陛下，恕臣直言，您现在来到战场，实在是时机不对。”

和拓拔的沉重比起来，端昊反倒显得神采飞扬：

“哦？为什么？”然后端昊不待拓拔解说，就自问自答道：“我明白你的意思，你是说现在前敌危险，是吗？”

“是。”

端昊长笑了一声：

“难道，我还会惧怕这大梁国带来的区区危机吗？”

“可是，陛下……”拓拔以为端昊并没有理解眼前局势的重要性，还想要进一步解释，可是端昊却挥手打断了他：

“傲兄……”

拓拔一愣，这个称呼，一直是他私下里和端昊在一起的时候，端昊对他的称呼，而现在两个人正在行辕中密议国事，按说，是君臣分界很清晰的时候，他没想到在这个时候，端昊竟然会喊他一声“傲兄”。一时间，拓拔竟然有些不知如何是好了。

看出了拓拔的局促，端昊坦然一笑：

“傲兄不用如此，在人前我们是君臣，在人后，我们一直都是兄弟。”端昊又开始施展他的帝王手段了，“更何况现在我们正面临着一场如此艰苦卓绝的战争，如果战争胜利了，那当然我还是君，你还是臣，可是，如果战争失败了，我们君臣即使侥幸能够不死，也得亡命天涯了，到时候，你还能认我做一个兄弟，我就非常知足了。”

“陛下！”拓拔惊呼了出来，“现在大战在即，陛下怎能出此不祥之言?!”拓拔是真的被吓到了，陛下是不是糊涂了，怎么会说出这么动摇军心的话来，这也就是陛下，换第二个人，在这个时候，说出这样的话来，那是会被立刻杀头的！

看出了拓拔的紧张，端昊又淡淡一笑：

“好了，傲兄，我是因为这里只有你我兄弟两个人，才这样说的。在人前我肯定不会做这样的议论。”端昊的神情忽然一黯，“傲兄，说实话，你也知道，我这次来只是巡边。可是，就在我即将到达战场的时候，战争突然爆发，如果在这个时候，我再撤回到京城去，那不仅会让整个西蜀国嘲笑，也会受到全天下的嘲笑。所以，我必须得来，不管我这次来战场，会遇到多么大的危险。”

拓拔也无语了，因为此时，他也体会到了端昊作为一个皇帝的艰难与压力。身为皇帝，就一切都不属于自己了，一举一动，都被摆在了众目睽睽之下。

端昊的话还在继续，只是声音更加沉重了：

“虽然，我从你的战报中，就已经想到了战局的危机，但是，直到我亲自到了这里，才意识到形势比我预计的还要严重得多！大梁国这次似乎是下定了决心，要把他们的火器都用上了，而我们面对火器，真的是束手无策，只能乖乖受死。”端昊忽然长叹了一声，声音中压抑的情绪让人心颤：“傲兄，你知道吗，这些天，我一直在想，如果纯儿在就好了，她懂得火器，一定能够想出制敌办法的。就算是不能扭转战局，她能够想办法让我们的将士少一些伤亡也好啊，看着这些将士们血肉横飞的样子，我……”

端昊说不下去了，而他这最后一句话，也深深地说到了拓拔的心里。想起了战场上的那一幕幕悲惨情景，拓拔不禁心中恻然。

端昊一直在暗中关注着拓拔的神色变化，他当然也看出了拓拔的黯然，于是，就又继续说道：

“我记得过去纯儿曾经跟我提到过，这种火器造成的伤口，如果治疗及时，方法得当，可以避免很多伤亡，哎！”端昊长叹了一声，“如果纯儿现在在这里就好了，那样，我们的很多将士，就不用截去肢体，终身残疾了。”

端昊的话再一次触动了拓拔：

“是啊，如果纯儿留下来，至少可以指导着随军的医官救治将士，那样，就可以避免很多伤亡了。”拓拔忽然升起了一个念头：“也许，自己让纯儿离开的决定是错误的？看陛下现在的样子，还是非常挂念和倚重纯儿的，如果能趁这个机会，让纯儿留下来，没准儿既能让纯儿救治将士，又能让纯儿和陛下再续前缘，一举两得呢？”

拓拔的心思真的动摇了，就在这时，端昊忽然悠悠长叹了一声：

“唉，只是不知道，现在纯儿究竟在哪里呢？这么长时间了，她四处漂泊，一定受了不少苦。”端昊的声音中包含着情意，“真希望她能早点回来，也免得我这么日夜挂念着她。”

也许真的就像是人们所说的那样，越是平时不常表现出感情的人，一旦真情流露，就能得到事半功倍的效果，平日里，端昊在拓拔的眼中，一直都是高高在上，几乎从来都没有凡俗间的那些七情六欲，而此刻，端昊的这一抹惆怅，看在拓拔的眼中，就显得分外的惊心动魄了。

“陛下……”拓拔想要安慰端昊几句，可是一时间却又不知道该说点儿什么，而端昊仍旧沉浸在那幽幽的愁绪之中：

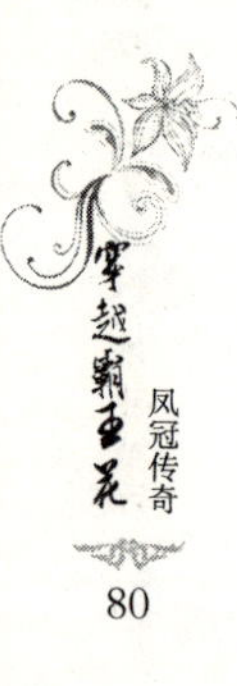

“唉，不说了，但愿今晚我能梦到纯儿，好把我的心里话好好跟她说一说，我已经太久没有她的消息了。”

烛光闪动，照亮了端昊那布满了愁思的面庞，此时的端昊已经不再是那个高高在上的帝王，而只是一位被相思所折磨的普通男子。

望着端昊的样子，拓拔的心中涌起一阵不忍，他已经下定决心了，去把纯儿找回来！因为，陛下对她的确是真心的！

“不过，现在纯儿音信皆无，我枉自拥有四海，却无论如何也找不到她，哪怕，能让我知道她平安无事的消息也好啊。”

拓拔再也忍不住了，开口说道：

“陛下，你不用这么担忧，纯儿没事的……”

“怎么，你知道她在哪里？”端昊刷的一下抬起了头，眼中射出了两道雪亮的光芒，拓拔的眼神一接触到这两道寒光，就不禁心中一颤！因为这种光芒他太熟悉了！那是野兽看到了猎物时才会有的光芒，那是高手对决时，发现了对方的破绽，才会有的光芒！

陛下是别有用心！

忠厚并不意味着愚蠢！拓拔虽然生性忠厚纯良，但是，多年的江湖经历，宦海的沉浮，也让拓拔历练出了一身的心机和胆识，所以，虽然端昊只是眼神稍稍一变，但拓拔的心中，却立刻就敲响了警钟！

陛下的行为不合常理啊？自己也深爱着胡杨女，所以，战争一爆发，自己最先想到的，就是送胡杨女离开，无论如何，也不能让她陷入到危险之中。可是为什么，陛下的行为却恰恰相反呢?连他自己刚才都说,这场战争的结局是无法预料的,西蜀国形势危急,他为什么还要让纯儿在这个时候回来呢?

拓拔的心在一点点地向下沉!

无情最是帝王家!端昊之所以对自己说这些话,就是为了让自己帮他找出纯儿,而他现在急于找到纯儿,只是因为纯儿掌握着火器的知识,他需要这些知识!

想明白了这一切,拓拔不禁遍体生寒!

拓拔也是心思极其敏锐的人,所以这一切念头都不过是产生在电光火石之间,对面的端昊还在殷殷地等待着拓拔的答案。

拓拔又开口了,虽然此时他的心思已经全变了,但是他说话的语气却是一点都没有改变:

"……我想,陛下万金之尊,所念之处,必定都会鬼神让路,陛下现在这么挂念纯儿,就等于是在保佑着纯儿,所以,纯儿一定会没事的。"

只言片语,拓拔就把自己知道纯儿行踪这件事,掩盖了过去。

果然,听了拓拔的话之后,端昊那双刚刚亮起来的眸子,一下子就又暗淡了下去,他刚才这一番作为,的确是想试探出拓拔是否知道纯儿的行踪,如果拓拔真的知道的话,就打动拓拔,把纯儿找出来,端昊已经千思万想了很多遍了,如果想对抗大梁国的火器,就必须得用到纯儿。可是现在,这个希望也破灭了……

端昊和拓拔分开后,已经是深夜了,他几乎都还没有合眼,外面的天空就露出了霞光。

反正也是睡不着,端昊索性披衣而起,在内侍和护卫的簇拥下,朝着黄河岸边走去。

现在这个时候,人们是肯定不会让端昊再接近黄河的,而端昊又想望一望黄河水,所以,他就漫步走上了一个不大不小的山丘,站在山丘上眺望河水。黄河像一条黄色的带子一样,蜿蜒而来,滚滚的浊浪,奔涌不休。黄河就这样浩浩荡荡地流淌了千百年,无数的前人们,曾经在黄河边上流血厮杀,一个个国家在黄河岸边兴盛,又在黄河岸边灭亡……

不知道,这一次,西蜀国和大梁国的这场战争,会是怎样的结局呢?这两个国家,究竟谁会更加兴盛,谁会灭亡呢?

就在端昊的思绪越飞越远的时候,忽然听到背后传来了一声断喝:

"什么人!站住!"

端昊被这喊声震了一下,但也只是震一下而已,因为他并不认为,在拓拔傲疆的辖区中会出现什么危险的事情,对拓拔,这点信心,端昊还是有的。

但是,端昊还是慢慢地转过了身,想看看身后到底是什么人这么大胆,竟然敢突然闯来惊扰自己。

可是,当端昊看清了来人之后,他的心脏就仿佛被人重重地踹了一脚,整个脸霎时就变成了苍白色,冷汗浸满了全身。

一时间,端昊几乎都站不住了,他的双手紧紧握住,指甲都已经刺进了手心里,要不是已经形成了习惯的帝王尊严还在支撑着他,现在,恐怕他已经像一个普通人那样,握住身边内侍的手,来借以稳定住自己身体的平衡了。

因为,在他背后出现的那个人,竟然是——丝、丽、苔!

当然,端昊并不知道丝丽苔的名字,但是他知道,就是这个女人,曾经反复出现在他的梦里,和他云雨交合,尽兴贪欢!

而且,就是为了摆脱掉这个诱人却恐怖的梦魇,端昊还专门请来了高僧作法,高僧还送给了他一卷古时的经卷,帮助他克服邪佞。

这两天,端昊还真的没有再梦见过丝丽苔,端昊以为就是像方丈所说的那样——军中数十万热血男儿的刚正之气,才可以抵御得了这股阴柔的邪恶之气。而事实也正是如此,本来从驿站起,丝丽苔就认为,现在她和端昊近在咫尺了,总可以自由地出入端昊的梦境了,可是她却没有想到,随着他们越来越靠近战场,她也就越来越无法进入端昊的梦中——睿智的法师,虽然他没能参透丝丽苔的来历,但是,他却凭着多年的修为,找到了抵御丝丽苔邪术的方法。所以,今天丝丽苔通过水晶球看到端昊来到了这座小山丘散步后,干脆就直接闯了过来。

有谁有过这种经历——一个曾经反复出现在你梦中的陌生形象,竟然活生生地站在了你的面前?!

当端昊第一眼看到丝丽苔的时候,他最直接的感觉就是自己又睡着了,又梦见了那个女人。作为一个皇帝,端昊当然不能干出那种当众拧自己一把的事情来,所以,他只是暗中咬了一下舌尖。

——一阵疼痛直钻心底,那也就是说,自己现在是清醒的。

难道是自己看花眼了,眼前出现的这个人,只是某个长得类似那个梦中人的女人?

不会,眼前这个女人,眉含情,眼含笑,分明就是梦中那个妖娆女子,而且她的那分神情，更是端昊分外熟悉的，在梦中，每一次见到她这样巧笑，那么，接下来……

眼前的情景，和端昊梦中的情景活生生地重合了起来——

一个艳若春花的女子，一脸妩媚至极的笑容，一束轻轻摇曳着的柳腰，再加上一双含满春水的明眸，两片似开似合的樱唇，还有轻轻捻动着松松的系住长裙的丝带的玉指，组合在一起，就是一个不折不扣的红尘尤物、一把夺男人性命于无形的刮骨钢刀。

一群侍卫已经围在了丝丽苔的身边，纷纷钢刀出鞘，而且最近的刀尖，已经快要刺到丝丽苔的胸口上了。这些侍卫，都是经过精心挑选和严格培训的，在他们的眼中，人是不分男女美丑的，只分为两种，不会威胁到皇上安危的人和会威胁到皇上安危的人！所以，他们现在面对着丝丽苔的时候丝毫也没有怜香惜玉的心情，有的只是冷酷无情的戒备和随时都可以勃发出的杀心！

而丝丽苔对这些已经伸到了眼前的钢刀长剑，却似浑然不觉，她的眼中似乎只有端昊，她依旧那样巧笑着，直勾勾地盯着端昊，一步步地向前走着，一边走还一边轻解罗衫。还好，她现在这种宽衣解带的动作只是形式上的，做做样子而已，否则，以现在丝丽苔身上穿戴的衣服的那种单薄程度，早就已经把自己脱光了。

侍卫们把目光投向了端昊，想得到一个明确的指示，可是，现在端昊根本就没有看侍卫，他的眼神已经完全集中到了丝丽苔的身上。此时的丝丽苔已经冲破了侍卫组成的第一道防线，更靠近了端昊一些。

现在，丝丽苔已经突破了一般人和皇帝接近的安全距离了，侍卫们的眼睛中都已经显出了杀气，在这个时候，任何接近皇帝的人，除非得到了皇帝的特赦，否则，将被就地正法！

侍卫们再一次看向了端昊，而端昊的脸色仍旧是一片青白，而且还嘴唇紧抿，目光冰冷，脸上的线条也显得愈发的清晰冷硬。这些侍卫都是跟随了端昊多年的，所以，马上就看了出来，皇上现在对这个不速之客并没有什么好感。

既然这样，那就好办了。

侍卫们合作多年，配合默契，既然到了动手的时候，就没有一点的拖泥带水，纷纷举刀，移步换形，准备一招之内，就把这个看似弱不禁风的女子，毙于刀下！

然而，所有的侍卫都看错了，这个女子看上去，娇柔得如同春天里绽放的第一枝迎春花，可是，她体内所聚集的力量，却是让人无法想象的庞大！

那些刀剑在即将到达她的身体的那一瞬间，就都莫名地改变了方向，侍卫们几乎同时都感到了一种巨大的力量，从刀尖一直就冲到了刀柄，直打得他们手臂发麻，几个功力稍浅的侍卫，整个身子都被震麻了，不约而同地纷纷踉跄着向后退去。

而丝丽苔脸上笑容不改，依旧那么飘飘摇摇地朝着端昊走去。

端昊的那些侍卫也真是不简单，第一批侍卫败下阵来之后，其余的侍卫根本就没有迟疑，立刻就组成阵形，向丝丽苔发动了第二轮更加猛烈的攻击！

可是，不管攻击如何的猛烈，还是被丝丽苔轻而易举地化解于无形了。

就剩下一直守候在端昊身边的最后几名侍卫了，他们平时的任务，就是守候在端昊的身边，不管发生了多大的变故——哪怕是他们的父母妻子就死在眼前，也不得离开端昊半步。

此刻，他们也都已经掏出兵器，分护在了端昊的身边。只是这些侍卫们，虽然身形还是那么稳健，步伐还是那么的有条不紊，握住兵器的手也还是那么有力，但是，他们的眼睛中已经有了恐惧！

——无法理解的事情，往往才是最可怕的事情！这些侍卫被训练多年，可以说任何危险和残酷都吓不倒他们，可是眼前这种不可思议的诡异情景，却激起了他们内心深处最隐秘的恐惧！

端昊在侍卫们的簇拥下，直直地注视着丝丽苔，端昊毕竟是一位胆识气魄超于常人的男子，经过了最初的慌乱之后，他的目光慢慢地稳定了下来。虽然，他现在还不知道丝丽苔究竟是什么人，甚至他都还搞不清楚，丝丽苔究竟是不是人，但是有一点，他却是已经肯定了，那就是，丝丽苔肯定不会是为了杀他而来——因为如果丝丽苔的目的在于端昊的性命，那么她早就动手了——这里的侍卫包括端昊本人，都不会是她的对手。但是，她并没有要杀人的心思，就连对那些侍卫，也只是点到为止，并没有伤人的打算。

而且，刚才端昊身边的侍卫中，已经分出人来，飞骑去向拓拔报信，搬救兵了，丝丽苔也看见了，但是并没有阻止。所以，这一切都说明，丝丽苔并没有要杀害端昊的心。

"不管她究竟是个什么东西，也不管她究竟想要干什么，只要她没有杀心，事情就还有回旋的余地！"端昊这样想到。

所以说，端昊也的的确确是一个非常优秀的男人，一个非常优秀的帝王，面对如此仓促的变故，他还能迅速地恢复冷静，也实属不易了。

此时，丝丽苔已经距离端昊很近了，眼看着，就要和端昊的那些近身侍卫们再次发生冲突，侍卫的心都已经提到了嗓子眼了。

可是，就在马上要走进侍卫的防护圈的时候，丝丽苔却站住了，她袅袅婷婷地站立在端昊的面前，望了端昊片刻，忽然展颜一笑，同时深深一礼：

"臣妾丝丽苔见过皇上，臣妾是严冰的未婚妻，碰巧路过这里，惊扰了陛下，还望陛下原谅。"

丝丽苔的汉话说得不错，但是她行文的方式和行礼的姿态，却都是波斯风格的。而这一下子，也就解释清了端昊心中的疑问——在梦中的时候他就总觉得这个人是一个异族女子。

严冰的未婚妻？难道，她就是严冰所说的，那个波斯姑娘？

就在这时，一阵纷乱急促的马蹄声传来，拓拔亲自带着援军赶到了。拓拔正在行辕中处理公务，忽然听到飞报，说是端昊遇险，当下就惊出了一身冷汗。他什么也来不及多想，就直接带着军士们冲了出来。

可是，当拓拔赶到了山丘上的时候，却愣住了，因为山丘上，并没有他所想象的那种骇人的场面，只是有一个貌似弱不禁风的女子正大礼于端昊的面前，此时还没有站起来，看来是还没有得到端昊的允许。

拓拔一愣神的工夫，已经飞身下了战马，身经百战的大将军，可没那么好糊弄。拓拔经过了第一时间的错愕之后，立刻就发现了，端昊的那些侍卫，此时脸上慌张无措的神情。而且，他们的目光都是盯着眼前的这个女人的！

拓拔的目光霎时也就变得锐利了起来，他在没有得到端昊命令的情况下，当然不会轻举妄动，但他还是握住佩刀，站立到了端昊的身侧，同时，拓拔带来的亲兵，就仿佛得到了指令一样，迅速呈扇面形围在了拓拔和端昊两人的身旁。

看到拓拔赶到，端昊的心一下子就松弛了下来——他对拓拔就是有这份信心。而现在，危机暂时解除了，端昊就开始考虑，怎么解决眼前这个波斯女的问题了。

她既然说了，自己是严冰的未婚妻，那么应该不是谎话。可现在的问题就是，严冰的这个未婚妻，究竟是什么来头？为什么会反复出现在自己的梦中？而且看起来，她对自己并没有恶意，既然没有恶意，那她刚才一次次地击败侍卫，就是为了炫技了，可她一大早的跑来向自己炫技，又是目的何在呢？

一大堆的问题在端昊的脑海中盘旋，却一个答案都没有。现在最需要解决的问题就是，这个波斯女还跪在这里，拓拔就站在自己的身边，如果自己一声令下，拓拔立刻就可以把这个波斯女斩杀于刀下，可是，自己要不要下这个命令呢？端昊心中犹豫不决。

端昊望着丝丽苔，丝丽苔姿势曼妙地跪在地上，上身深深地伏着，愈发的显得纤细的腰，丰满的臀，还有裙衣盖着的那双修长的腿，每一次都那么用力……

端昊的心中不禁一荡，这才惊觉自己竟然想起了这些最不该想的事情。

可是，人往往就是这样，越是明知道不该去想，就越是控制不住地要去想，现在，在这荒山之上，一个跪伏着的妖娆女子，尤其是她现在看上去是完全的不设防的，是那样的诱惑，就好像任何男人只要愿意，就都可以在她身上肆意地云雨一番……

端昊在暗中狠狠地掐了一下自己的掌心，警告自己不要再胡思乱想——君乱臣纲，有悖纲常！

眼前这个波斯女，不是一个普普通通的女人——她是西蜀国宰相的儿媳，就凭这一点，那些风流绮念就想都不该去想！而这个念头，也恰恰从另一个方向提醒了端昊——

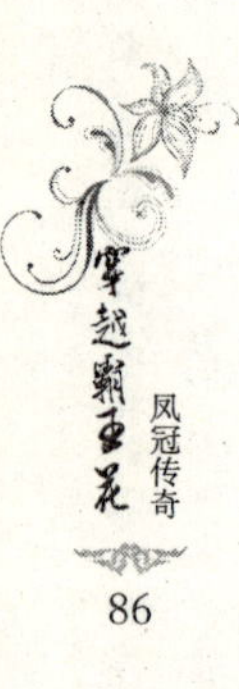

对啊，她是严冰的未婚妻，是严丞相的儿媳妇，现在，自己如果就这么不明不白地把她乱刃分尸于刀下，那自己又该怎样向严家、向天下交代呢？

说她惊驾，一个弱女子无知惊驾，就被击毙于当场，这似乎有些不近情理。

说她有妖术，那皇帝是怎么知道她有妖术的呢？因为她老是闯到皇帝的梦里去，和皇帝云雨交欢？这个理由，可是打死也不能说的啊？

所以，现在的唯一之计，就是先赦免了丝丽苔，然后再把她牢牢地控制起来，从长计议。

主意打定，端昊才淡淡地开口了，开口前，他先是笑了一声：

“呵，拓拔将军不用惊慌。刚才是一场误会，这一位，就是宰相府的四公子严冰，从波斯国带回来的妻子。今天，碰巧她也到这里闲游，因为不懂得我们中原的礼仪，所以闹出了一些误会。好了，这位姑娘，你也平身吧。”

丝丽苔也听出了端昊是在刻意隐瞒事情的真实状况，而她现在想要的，就是端昊的这个态度。于是，丝丽苔柔柔地一笑站了起来。

旁边的那些侍卫，当然也听出来了，皇帝是不想多说早上发生的事情。这些侍卫们侍君多年，早就已经练出来了——平日里带着眼睛，带着耳朵，就是不带着嘴，所以，他们更不会说出什么和皇帝相反的意见。于是，一场风波就这样被端昊消化于无形了。

当然，端昊的最终目的，可不是把这场风波平息了就算没事了。放过丝丽苔，只是因为有种种顾忌。他还是会把丝丽苔这件事情，弄个水落石出的。

于是端昊平静地吩咐道：

“拓拔将军，你现在亲自护送这位姑娘到严冰的住处，向四公子说明早上发生的事情，并且告诉他，侍卫们鲁莽，让夫人受惊了。然后，请四公子和夫人到我这里来，我正好想听一听关于波斯的奇闻异事！”

拓拔心思缜密，当下就听出端昊话中的意思，一、必须亲眼盯着这个女人回到严冰那里，确定好，她到底是不是严冰的妻子。二、如果是的话，向严冰解释清楚早上发生的事情，免得造成不必要的误会。三、解释完之后，立刻带严冰和这个女人一起去见端昊，端昊有话要说！

——现在战局这么紧张，端昊如果有心思去管什么波斯国的奇闻异事，那才真是见鬼了！

既然领会到了端昊的真实思想，拓拔就不敢怠慢了，他亲自把丝丽苔送回到了严冰的住处，而且一路上都不错眼珠地盯着她。

严冰看到丝丽苔被拓拔傲疆亲自护送了回来，不禁大感意外，赶紧迎了出来。拓拔言简意赅地向严冰说明了事情的始末，末了，拓拔说道：

“陛下特意命我转告四公子，刚才侍卫们鲁莽，冲撞了夫人，还请四公子见谅。”

皇帝竟然让大将军带来这样的口信，使严冰感到有些诚惶诚恐。从小在权力斗争的漩涡中长大，已经让严冰不可能会天真地认为，陛下笑的时候就是高兴，陛下不笑的时候就是生气……皇帝的事情，可没那么简单。

例如现在，严冰可不会单纯地认为，皇帝道个歉，这件事就算过去了。严冰立刻就更衣，准备带着丝丽苔来见端昊。

临出门的时候，严冰又拽住了丝丽苔——丝丽苔穿的还是早上那套淡薄的纱衣——“阿丝，在我们西蜀国见皇帝，是不能穿戴得这么随便的，现在虽说是在边关，一切礼仪都会简化，但是，你穿成这样也是不合时宜的。快去换套衣服。”

丝丽苔心中不愿，但是也无可奈何，只好磨磨蹭蹭地回到内房，换上了一套蓝色的锦缎长衫，外面罩上了一件粉色的同款纱衣，只是一头漆黑的长发仍旧披散着，妆容也还是波斯国的扮相。

端昊一看严冰和丝丽苔这么快就相携而来，心中一时间说不清是失望还是轻松，五味杂陈。

刚才在等待拓拔回来的时候，端昊一直在想关于这个波斯女人的事情。他的心情是复杂的，一方面，他希望丝丽苔的确是严冰的妻子，这样事情就会简单很多。而另一方面，他又不希望丝丽苔是严冰的妻子——这样的女人，如果专属了任何一个男人，对于其他的男人，都会是一个很大的打击。

端昊的临时住处内。端昊、严冰、丝丽苔相对而坐，拓拔就陪在端昊的身边——经过了早上这一场变故，端昊是不想再让拓拔离开自己身边了。

毕竟是当着严冰的面，丝丽苔也收敛了很多，只是一直坐在一旁，并不多说话。端昊表面沉静，但是实际上，却是目光如电，认真地观察着严冰和丝丽苔。

很快，端昊就确定了，严冰只是把丝丽苔当成了一个普通的女子，丝丽苔那一身异能，还有满腹的心思，严冰是一概不知。而且，可以很明显地就看出来，严冰是真的被丝丽苔迷住了。不过话说回来，丝丽苔这样的女人如果想要迷住一个男人，那简直是太容易了。

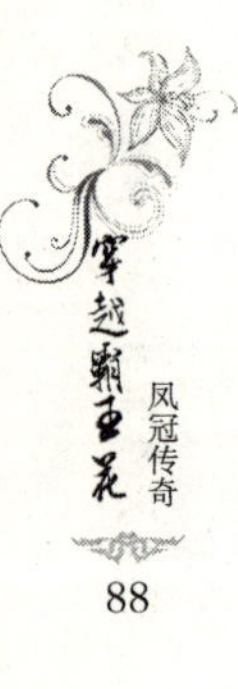

看透了严冰的心思，再看丝丽苔。却感觉丝丽苔，始终像是一团飘飘悠悠的雾一样，让人看不明白。但是现在有一点端昊是可以确定的了，那就是，丝丽苔绝对是别有用心的！

因为，有几次，在端昊和丝丽苔偶尔四目相对的时候，他清清楚楚地从对方的眼中读出了那咄咄逼人的野心和欲望！

"陛下，这件事是臣的错。本来我是想让阿丝先回京城的。可是，她却说什么都不肯走。说是背井离乡，在偌大的西蜀国只认识我一个人。说什么也不肯离开我的身边。结果，今天就闯出了这么大的祸来，还请陛下责罚。"严冰再次说道。

端昊微微一笑：

"严卿家过虑了。其实当时内侍已经向我禀明了，尊夫人要随行的事情，我当时也答应了，只是今天这件事太过于突兀，我一时没有想到而已，没什么么的。夫人说的也对，她一个人去国万里，背井离乡，难免会心中惶然，不愿意离开你左右，也是人之常情。"

话虽然这么说，但是端昊心中却很明白，丝丽苔执意跟到这里来，绝不是因为什么惶恐，肯定是别有用心！

现在，端昊的想法就是，怎么样才能再单独见丝丽苔一回，好把丝丽苔心中的秘密给挖出来。

因为，丝丽苔那灼热的目光中，分明就是在对端昊说：

留下我，如果你留下我，我会给你很多很多！

而且端昊还很清楚地意识到，丝丽苔的这个“很多”，并不是单纯的在指欲望，甚至她根本就没指欲望，而是指的其他的，更能吸引端昊的东西！

“难道，她认为自己可以改变这场战争的结局吗？”端昊心中暗暗猜测。

机会如果找，总是会有的。更何况，丝丽苔是一个非常执著的，而且是非常善于制造机会的人。所以，丝丽苔和端昊很快就又相遇了。

这一次是在午后，端昊正和拓拔在军营中漫步，谈论着什么。所有的侍从都自觉地跟他们保持着一定的距离。

就在这个时候，丝丽苔就像是从地底下冒出来一样，一下就出现在了端昊的面前。

端昊一惊，他虽然很想和丝丽苔单独谈谈，但是身为一个皇帝，单独和一位大臣的未婚妻说话，这是绝对不可以的。

端昊一时踌躇难决，拓拔却好像突然想起了什么似的，对端昊说道：

“陛下，刚才那边好像有什么异动，我带人过去看看，很快就回来，请陛下稍等片刻。”然后，他又对着丝丽苔说道：“还请夫人暂时不要随意走动，等我回来后再离开，这样安全一些。”

一番合情合理的布置，就给端昊和丝丽苔创造了独处的空间。这就是拓拔傲疆，永远深谙帝心，永远知道，皇帝现在最需要的是什么，永远知道，自己应该怎样去做！

“自己这一生，就只有在纯儿这件事上，是违背了陛下的心愿。”拓拔这样想到。

拓拔又哪里想得到，在不久的将来，就会发生那么多的变故！

端昊深谙拓拔的用心，而丝丽苔也是心机伶俐之人，现在这两个人又都心怀鬼胎，正可谓长明灯前，不点就透。谁都不用把话说明了，都清楚眼前的这个机会来之不易，所以两个人也没有客气，没有寒暄，直接就进入了主题。

“你到底是什么人？”端昊直接明了地问道。问话的时候，他的眼睛并没有看丝丽苔，而是紧紧地盯着前面路口的方向，生怕有什么人会冲破了拓拔的防范，闯到这里来，看见他和丝丽苔单独在一起。

这个时候，丝丽苔也不敢卖弄风情，耽误时间，所以说起话来，也是言简意赅：

“我的确是叫丝丽苔，是波斯人，这一点我没有骗严冰，但是我不是一个普通的落魄商人的孤女，我是一个女巫，是波斯国的第一女巫。”

端昊的脑子有些乱，因为一说到女巫，他很自然的就和那些靠骗人为生的巫婆神汉联系起来，所以，端昊的态度变得有些踌躇了：

“你是，女巫……”

丝丽苔和严冰相处了这么长时间，所以，也大概明白了中原人对于“女巫”这个词的概念，于是飞快地解释道：

“这件事一言半语的也跟你说不清楚，反正，你只要知道，我的本领非常非常的大就可以了。前段时间，我能够自由地进出你的梦境，就是我在作法的原因。”

丝丽苔直接指出了这一点，本意是想向端昊证明自己的本事。可是，她一提起这件事，却让端昊心里整个翻了个个——只是作作法，就能自由地控制自己的梦，这也太可怕了吧？幸好，当时在梦中，丝丽苔只是要和他鱼水欢和，如果，她是铁了心，要在梦中让他精力被耗干而死，那自己是不是现在就已经不在人世了？

端昊心念急转，来不及细想，就直接打定了主意说：

“好，我不管你有多么大的本事，也不管你有多么大的来头，现在，我们是在军中，正在打仗，所以，不适于有女眷随行，我马上就通知严冰，让他送你回京城。”端昊这一番话说得又快又急，好像是生怕自己说慢了，就会禁不住丝丽苔的诱惑，改变了主意一样。

丝丽苔对于端昊的这种态度并不吃惊，只是悠悠地甜笑了一下：

“你……真舍得我走吗？”这短短的几个字里，却包含了无数的风流绮念，听得端昊不禁心头一荡——他的确没有对丝丽苔动情，但是他的确是有些迷恋丝丽苔的肉体，和丝丽苔所带给他的那种让人充满了犯罪欲的快感。

“你是严冰的未婚妻！”端昊重重地说道，他在提醒丝丽苔，但是更是在提醒自己。

丝丽苔又是一声轻佻的笑声：

“我和严冰在一起，只不过是为了利用他。”

“利用他接近我？”端昊脱口而出。

“说实话，最初我并不是为了接近你，只不过我和大梁国的完颜臻华有深仇大恨，我们势不两立！我一定要让他死！”丝丽苔的声音忽然变得阴冷，而且充满了仇恨！“而严冰和完颜臻华私交不错，所以，我才选择了严冰，作为我复仇的工具。”

“那你现在来找我，是不是因为，发现我是更好的复仇工具？”端昊问道。

“可以这么说。”丝丽苔并没有否认端昊的说法，“但是，我觉得更贴切的说法，应该是合作——你现在需要打败大梁国，而我需要报仇，所以，我们的目标是一致的。在面对共同的仇人的时候，陌生人也是可以结为盟友的。”

端昊不置可否地点了点头，又换了一个话题，问道：

“如果真像你说的那样，你功法高超，为什么不直接作法弄死完颜臻华，却要费这么大的周折呢？”

“因为我不是想弄死臻华，我是想吞并了他的国家，还想得到他这个人！”丝丽苔在心中说道。当然，这一层思想，她肯定是不会说出来的，而是说谎道：“因为如果真想惩罚一个男人的话，最好的办法，并不是让他直接死掉，而是让他失去所有的一切之后，再杀死他！”

“所有的一切？”

“对，权力、国土、财富、自信、尊严甚至肢体，所有的这一切都失去了之后，最后再让他失去生命！”丝丽苔字字冰冷。

而端昊也听了个遍体生寒——最毒莫过妇人心！果然如此！

“好了，我该说的都说完了，时间有限，你最好现在就告诉我，你到底要不要合作？”

端昊仍旧没有下定决心，因为丝丽苔的功法，丝丽苔的性格，这一切，都让他觉得这个女人太可怕了。今天，她能够跟完颜臻华为敌，也许明天，她就会把自己当成第二个完颜臻华，这种女人是不可以信任的。最好的办法，还是让她走，让她走得远远的，永远地退出自己的生命为好。

看到端昊久久不语，丝丽苔冷笑了一声，她似乎已经洞察了端昊的心思，于是冷笑道：

“没关系，我有信心，我相信今天午夜之前，你就会做出对你最有利的决定！哦，还有”，丝丽苔从袖中摸出了一个小小的水晶球，说道，“你们中原那些乱七八糟的规矩太多了，我和你见面太困难，你拿着这个，如果想和我说话的时候，只要把它拿出来，轻轻地敲一敲，就可以了。”说完话，丝丽苔媚笑一声转身欲走，可是，她刚一转身，却仿佛突然想起了什么似的，面对着端昊娇笑着问道：

“在你收集的，所有完颜臻华的情报中，有没有一条，是关于完颜臻华的情人的？”

端昊一愣，他没想到，丝丽苔为什么会提起这个。的确，按照情报上的说法，在完颜臻华的世界中，还真的没有出现过任何女人！这一点还曾经引起了端昊特别的关注，因为对于一个皇帝来说，身边没有女人尤其显得不正常。

丝丽苔不等端昊回话，就又开口了，这次她是一个字一个字地说的，咬字分外的清晰，似乎是生怕端昊听不清一样：

“其实完颜臻华有一个女人，是在西域认识的一个野丫头，她的名字叫方、子、纯！”丝丽苔说完之后，头也不回地扬长而去，抛下了端昊，独自一人僵立在这里，如同一座石雕一般——真的，就在丝丽苔把方子纯那三个字说出来之后，端昊整个人就仿佛在一瞬间被石化了一样！

直到拓拔再次出现在了端昊的面前，端昊都没有任何反应。拓拔被端昊的脸色给吓坏了，最开始，他以为是那个古怪的波斯女人，给皇上施了什么妖法了，暗害了皇上！

可是立刻，拓拔就否定了这个念头，因为，现在端昊虽然脸色铁青，难看之极，连嘴唇都变成了青色，但是他的眼睛中，却仿佛是有两把疯狂的火焰在燃烧，那是仇恨的火焰！是要复仇的火焰！

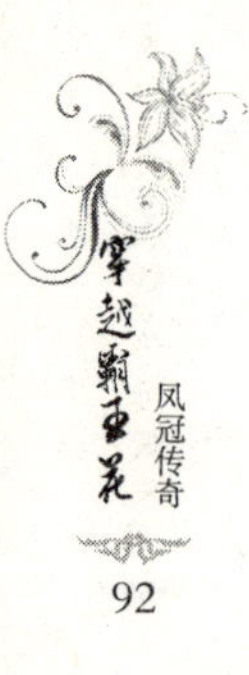

拓拔也是男人，所以，他很清楚这种火焰的含义——一个男人只有在面对自己不共戴天的仇人的时候，才会有如此赤裸裸的仇恨的目光！

拓拔没有看错，现在，端昊的确是在面对着自己不共戴天的仇人——他心中在不停地出现着完颜臻华的身影和样貌，那么英俊，那么飘逸，那么傲然！纵然，端昊在心底有成千上万个不愿意，但是，他还是不得不承认，完颜臻华是一个难得一见的美男子！尤其是他那双永远明亮坦诚的眼睛，其次是他那一身洒脱磊落的气势！

端昊觉得自己的指尖正在微微的发抖！

杀父之仇，夺妻之恨，男人最恨莫过于此了！夺妻之恨，夺妻之恨！完颜臻华，你真是好眼力！普天之下，有多少美女供你享用，你却一眼就看中了我的纯儿，不管你是谁，你敢碰我的纯儿，我就让你死！

端昊全身都因为愤怒而颤抖了：

“没人能碰我的纯儿，谁都不能！完颜臻华，我一定要亲手把你碎尸万段！”

端昊已经不知道是怎么回到自己寝处的了。一进门，他就直接坐到了床上，混乱地挥了挥手，把所有的内侍都遣了出去，只留下了拓拔傲疆一个人。

端昊把自己全部的力气都用来压制心中的妒火，他几乎连话都说不出来了。端昊觉得，自己心中的火随时都有突破自己设下的那些防线冲出来的危险。如果怒火一旦自由肆虐，自己一定会不顾一切地发出命令，让西蜀国的军队全线进攻大梁国——他只有亲手把完颜臻华碎尸万段，才能彻底发泄出积郁在心中的愤怒！

拓拔傲疆面对着端昊有些不知所措，在端昊身边为臣这么多年了，他不是没见过端昊愤怒的样子，但是，却从来没有见过端昊有过今天的情景。

平日里，端昊最讲究的就是深沉稳重，所以，不管他面对着多么突如其来的变故，心中承载着多么巨大的怒火，他都是隐而不发的。可是此时的端昊，整个人完全就是一团燃烧着的火——熊熊燃烧的怒火！拓拔也是男人，所以他深信，现在端昊的心中一定是正在恨着一个人，而且，毫无疑问，那个人如果现在出现在端昊面前的话，立刻就会被端昊的怒火烧成灰烬！

尽管心中的妒火已经快把他淹没了，但是作为一个皇帝，端昊还是保持着一丝清醒的。他重重地闭了一下眼睛，声音暗哑地问道：

"自从纯儿走后，你到底有没有见过她？"在说这句话的时候，端昊一丁点帝王的风度都没有了，怎么看，都像是一个被妻子戴了绿帽子的普通丈夫。

果然是和纯儿有关！拓拔的心一沉，他刚才看到端昊如此的反常，就已经在担心这一点了——因为在拓拔的记忆中，能让端昊失态的只有纯儿！

"没有！"拓拔脱口而出。说完之后，拓拔才意识到，自己刚才回答得太快了，也许会引起端昊的怀疑。

不过端昊倒没有什么表示，只是仍旧暗哑地说道：

"你知不知道她自从离开西蜀国后，都和什么人在一起？"

和胡杨女！这是最直接的答案，但是拓拔也不敢说啊，一是他刚刚表示了没有见过纯儿，二来，胡杨女更是西蜀国曾经处决过的死刑犯。

"唉。"拓拔不禁在心中叹息了一声，他这才意识到，纯儿似乎总有本事，能把自己和这些大逆不道的事情，联系在一起。

看着拓拔垂首不语，端昊又冷笑了一声，这一次，他更是像极了一个吃醋吃翻了的丈夫：

"有人说，她和完颜国的皇帝——完颜臻华关系密切！"

"啊?!"这一次，拓拔是真的吃惊了。他茫然地抬起头，一时间有些无法消化这个信息。纯儿？和完颜臻华？还是关系密切？这可能吗？如果这是真的话，那自己真要好好研究一下了，为什么纯儿总能和这些皇帝发生纠葛。

当然，研究这是后话，也是闲谈，拓拔的首要任务，是先稳定住端昊的情绪。现在，拓拔已经彻底地弄清楚，端昊情绪反常的原因了。

果然是因为纯儿，而且还是所有情况中最严重的一种——端昊认为纯儿有了别的男人！拓拔深知，自负傲慢如端昊者，是无论如何也不能接受这种事情的。

不等拓拔说话，端昊就又气怒交集地开口了：

“哼，哼哼，”端昊连连冷笑着，“好！很好！纯儿，倒是会挑得紧，”现在，端昊语气里的妒意，就连傻子都听得出来了。“一选就选了个大梁国的皇帝！”

端昊“腾”的一下站了起来，大步地在屋子里转着圈子，一边转，一边大声怒喝道：

“纯儿太不像话了，一点儿妇道都不知道遵守，自己在外面漂流了这么长时间，已经够不像话的了，还不知道检点，竟然还和大梁国的皇帝不清不楚！”端昊转了一个圈子，一拳重重地砸到了桌面上，桌面上摆着的茶壶，都被震了起来：

“我不是有多么在乎纯儿，只是她应该顾及一下我宇文皇族的脸面，她毕竟是皇族的王妃，毕竟是我的妃子……”

拓拔很想提醒端昊一下，其实现在纯儿的身份，早就不是什么皇妃了，而是西蜀国的和亲公主，当初纯儿离开西蜀国时，所肩负的使命就是去给大梁国的皇帝当妃子。只不过，当时似乎是所有的人都疏忽了，谁都没有想到完颜洪烈会这么快退位，所以，也就没有注明纯儿应该去给大梁国的哪位皇帝当妃子。只是说明了是嫁给大梁国皇帝，所以，现在即使纯儿真的跟大梁国的皇帝之间发生了些什么，也应该算是正常。

不过想归想，这些话，拓拔是死也不敢说出来的。因为他已经把端昊此时的嫉妒看了个清清楚楚，明明白白，如果现在他敢提醒端昊关于纯儿和亲的这件事，恐怕端昊会不顾现在国家正是用人之际，直接把他这个主帅斩杀于阵前的。因嫉妒而狂怒的男人，还是不惹为妙。

这边，拓拔心思百转，而那边，端昊仍旧在继续发泄着心头的妒火：

“她就算是想胡来，也不应该找大梁国的皇帝啊！完颜臻华现在和我们西蜀国势不两立，她知不知道！？她如果找一个普普通通的贩夫走卒，或者江湖男人，我连问都不会问一句的，她为什么非要和大梁国皇帝纠缠在一起呢？这是我最不能容忍的！”

拓拔仍旧无语，因为他很清楚，这是端昊在为自己的嫉妒寻找借口，事实上，如果纯儿真的找回一个贩夫走卒，或者是江湖男人，恐怕真的就会逼得端昊发狂的！至少现在，纯儿找了完颜臻华，这个对手还不算辱没他宇文端昊。

端昊已经宣泄了很久了，但是心中的妒火不仅一点都没有平息，恰恰相反，端昊清晰地感觉到，自己心中的刺痛越来越重了。因为他每提一次纯儿和完颜臻华，心头就像是被人重重地砍了一刀一样！这种撕裂心肺的痛，是那样的陌生，却又是那样的强烈。让端昊无力抵御，只能深陷其中无法自拔，任凭嫉妒肆虐地折磨着自己。

终于，拓拔认为自己必须得说点什么了，如果，再不想法阻拦住端昊的话，端昊一定就会先被自己心中的妒火烧死的。

于是，拓拔轻轻地干咳了一声，故作无所谓地说道：

"说纯儿和完颜臻华在一起的这个谣言，陛下究竟是从哪里听来的呢？"拓拔不动声色的，就把这件事归结为了谣言。

"是……"端昊顿住了，因为他也没法说，是丝丽苔告诉他的，所以，端昊犹豫了一下，才说道："是情报中说的。"

拓拔脸上仍旧是一片平静，但是事实上，他一点都不相信端昊的这句话，本来端昊还好好的，也就和丝丽苔独处了半盏茶的工夫，就闹出这么大的乱子来，白痴都能想到，是丝丽苔在搬弄是非！

这个女人，还真是需要好好防备。拓拔暗暗打定了主意，不过既然端昊不想说，他肯定是不会当面揭穿皇帝的。所以，拓拔只是依旧按照自己的思路继续下去：

"陛下，不管这条情报的来源是什么，臣都以为，这条情报有误！"拓拔说得斩钉截铁。

"哦，为什么？！"端昊的眼睛一下子就亮了起来，像任何一个深陷情网中的男人一样，只要没有亲自捉奸在床，都会心甘情愿地相信妻子偷情的事，其实是别人搞错了，端昊也不例外。所以，虽然拓拔只是这么简简单单的一句话，就给了端昊无限的希望。

拓拔也是男人，当然也明白男人的这种心思，所以，一开口就选对了路子，只听拓拔继续非常坦然地说道：

"请陛下恕臣冒犯。"

"不管你说什么，我都不会怪你的。"

"谢陛下。"礼不可废，拓拔向着端昊微微地行了一下礼，才继续说道："请陛下恕臣直言，当初，纯儿执意要离开西蜀国，唯一的理由，就是不能容忍陛下身边还有那么多的宫眷。正如在洪泽湖时，纯儿所说的那样，她的心愿，就是要找一个一心一意，一生只和她一个人相守的男人。我相信，这个原则不管到了什么时候，纯儿都是不会放弃的。所以，纯儿即使会再选择一个男人，也绝对不会去选择一个皇帝，甚至一般的王公贵族她都不会选，因为那些王公贵族都做不到她的这个要求，更何况一国之君呢。"

拓拔说得坦坦荡荡，有根有据，每一句都深深地说到了端昊的心里去了。——当一个人特别愿意相信一个观点的时候，那么，不管这个观点如何被表述出来，都会让人听得分外的真实可信。

没错，的确是像拓拔说的这样，纯儿是不可能再找一个皇帝的，自己险些就被丝丽苔给骗了。此时就仿佛有一大桶清水，倒进了端昊心中的醋海里……

拓拔的这一番解释，却非常有效地平和了端昊心中的怒火。

拓拔退出去了，端昊刚想休息一会儿，忽然，他觉得袖中一阵灼热，端昊一惊，手本能的一抖，一个不大的水晶球滚落了出来，落到了桌子上。端昊这才想起，在丝丽苔和他分开的时候，匆忙地递给了他一个水晶球。此时，这个水晶球上，正弥漫起一阵乳白色的雾气。

端昊心中谨慎，不敢轻易地去碰触这个莫名其妙的怪东西，只是向后退了几步，距离小水晶球更远了一些，然后认真地望着它，想看看它下一步又会发生什么变化。

与此同时，丝丽苔正在自己的房间中专心作法，她面前的那个大水晶球上，也升腾起了同样的烟雾——丝丽苔就是用这种方式，来实现和端昊的沟通。

果然，片刻之后，端昊面前的小水晶球里，出现了一个小小的丝丽苔的影像。水晶球中的丝丽苔似乎也看见了端昊，她对着端昊妩媚一笑，娇声说道：

“这样不错吧，现在，我们不管聊多长时间，都不用担心会有人说闲话了。”

面对着如此妖异的情形，端昊的心中也难免不安，但是他的脸上却平静如常，一点儿也看不出他害怕来，他只是冷冷地望着丝丽苔，冷声说道：

“你又要和我说什么事情？”

“为什么对我这么冷淡？我们在一起的时候，很快乐的啊。”丝丽苔故意做出娇俏的样子来，想重新勾起端昊心中的欲火。

端昊不为所动，只是冰冷地说道：

“你到底有什么事情？”

“我是想问问你，到底考虑好了没有？”

“考虑什么？”

“咦？你竟然忘记了，中午分手时，我不是说我要帮助你打败大梁国，让你好好的考虑一下吗？”

“原来是这件事，”端昊点了点头，“我已经考虑好了。”

“哦？”丝丽苔的眼中射出了兴奋的光芒。

而端昊则语音平静地继续说道：

“我其实当时就已经做出了决定，我不需要你的帮助。”

“为什么？“丝丽苔喊了出来，她一点儿都没有想到，端昊竟然会拒绝她，“你为什么不让我帮你？我有足够的把握，能帮你取得这场战争的胜利，乃至最后打败大梁国，我相信我有这个能力。”

面对着丝丽苔的不解与愤怒，端昊依旧形容不变：

“也许你的确有本事帮助西蜀国，但是，你行事的方式太过于阴谋诡异了！我们西蜀国，我们宇文皇族，行的是堂堂正正的光明之道，所以，我们要在战场上，靠自己的能力，去光明正大地取得胜利，这样，即使败了，我们也虽败犹荣。可是，如果我们靠阴谋妖法，取得战争的胜利，那么，我们即使拥有了整个天下，也是会被人耻笑的。”

端昊的这一番长篇大论，说得义正词严，可是他没想到，当他说完之后，换来的，竟然是丝丽苔的一阵放肆的大笑声：

“哈哈哈哈……”丝丽苔几乎都要笑出眼泪来了，“端昊，你这些话去骗骗那些愚昧的大臣和百姓还行，骗我？就休想了。”

端昊听到丝丽苔竟然直接呼喊自己的名字，不禁感到非常的不适应：

“你叫我什么？”

“端昊啊。这难道不是你的名字吗？”

端昊心头一震：

没错，这的确是自己的名字，可是，已经很多年，没有人敢这么称呼过他了。只有纯儿和他临分别的时候，这样喊过他。那时的纯儿，一身大红的嫁衣，眼中泪光盈然……想着纯儿那时的模样，端昊不禁心头一阵疼痛。

端昊甩了甩头，暂时不去想纯儿，先专心面对丝丽苔：

“你刚才的话是什么意思？”

丝丽苔不屑地冷笑了一声：

“端昊，现在这里只有我们两个人，你就不要再装了。你和臻华不一样，事实上，你和我更相像一些，我们才是同一种人。我们都有野心，都会为了目的不择手段，在这个世界上，我们最爱的人都是我们自己，除了我们自己之外，其他的一切人都可以成为我们的工具。他们的生命、感受、感情，我们都不会放在心上。所以说，我们两个才真正是天生的一对，地设的一双。也正因为如此，我才决定要和你合作。”

端昊被丝丽苔说得哑口无言，因为他知道丝丽苔每一句话说得都对，他的的确确就是这样的人。而端昊也是生平第一次，遇到了一个像丝丽苔这样的人——能够把如此不耻的行为，描述得如此的天经地义。

也就是说，端昊和丝丽苔，一个是不折不扣的伪君子，一个是地地道道的真小人！

沉吟了半晌，端昊才又问道：

"好，既然你也说了，你做的每一件事，都是为了达到自己的目的，那么，我想问一问，你现在非要帮助我打败大梁国，又是什么目的呢？"

丝丽苔展颜一笑：

"我的目的很简单。我和臻华有仇，所以我要让他先亡国，再丧命，这是其一。其二就是，我热爱权力，所以，我要你娶我做你的皇后，和你一起享有整个天下。或者在事成之后，册封我为西蜀国的国师，让我位居一人之下，万人之上，受人敬仰供奉。"

丝丽苔这句话说的也是半真半假，因为她的真实目的，是等西蜀国吞并了大梁国之后，由她来登基做女皇，让端昊和臻华都成为她的面首，当然，丝丽苔也知道，这一层思想，现在还是无论如何都不能表露出来的。

端昊沉默不语，他不想和丝丽苔结为盟友的理由其实也很简单，他现在还一点儿都不了解丝丽苔，而丝丽苔所表现出来的一切，又太过诡异，太不可理解了。她根本是端昊无法控制的。使用一个根本无法控制的人——太危险了。

丝丽苔似乎也看穿了端昊的心思，笑道：

"没关系，你仍旧可以不马上回答我。我相信，等到大梁国下一次进攻之后，你就会愿意和我合作了。"忽然，丝丽苔话锋一转：

"我跟你说的方子纯的那件事呢，你做何感想？"

端昊故作冷淡的一哂：

"方子纯的事，我没兴趣，不过你说的我也不相信。"

纯儿的事，丝丽苔是从严冰那里挖出来的——严冰在迷药的作用下，曾经在无意识中，向丝丽苔吐露了很多东西，只是他自己并不知道。

所以，丝丽苔对于纯儿和端昊的事情，知道得也不是很清楚，中午的时候，把这件事抛出来，只是想着让端昊更加忌惮她的手段，认为她是无所不知的。可她没想到，端昊竟然是这样一番态度。只好说道：

"我不关心你对方子纯有没有兴趣，但是，她和臻华的事情，却的确是真的。我可以证明给你看。”

“你怎么证明？”

“我可以让你通过水晶球看到一些事情。”

端昊又是不屑地一声冷笑：

“我怎么知道那些情景会不会是你制造出来的。除非……”一个有些罪恶却分外刺激的念头闯进了端昊的脑海之中。

“除非怎样？”

“除非你能带我到方子纯的梦中去瞧一瞧。”

丝丽苔愣了一下，她没想到端昊会提出这样一个要求来，她犹豫了一下，仿佛下定了很大的决心似的，一咬牙说道：

“好！我答应你！”

“你真能做到！”端昊的整个心都拧紧了，因为他清楚地记得，当丝丽苔闯入他梦中的时候，曾经发生过什么，如果现在他闯入纯儿的梦……端昊只觉得自己的身体中一阵燥热。

丝丽苔微微地闭了一下眼睛：

“正好，她刚刚睡着，我们就趁现在！你闭上眼！”

丝丽苔的话说得又快又急，端昊也来不及多想，直接闭上了眼睛，然后，端昊就觉得有人抓住了自己的手，他一睁眼，发现丝丽苔已经站在了他的身边，正紧紧地抓着他。

端昊眼前出现了纯儿的睡颜，只见纯儿眉头紧蹙，脸颊苍白，额头上全是黄豆大的汗珠，她的脸孔已经痛苦得扭曲了，看来纯儿是在做噩梦。看着纯儿的样子，端昊好心疼，情不自禁就要走过去，紧紧地把纯儿抱进怀里，永远都不松开……

第五章　惊天变

与此同时，丝丽苔也不知又施展了什么法术，端昊的眼前赫然就出现了纯儿的梦境！

只见在纯儿的梦中，竟然是一片骇人的战争场面，战火硝烟中，无数的军士拿着火器在向对面的人射击着。那些被打中的人，痛苦地倒在了血泊中。在这些死伤的军士后方，拓拔傲疆已经血染征袍！脸上布满了烟尘之色，眼看着就要战死在沙场上了……

原来，纯儿如此惊恐，是因为梦到了西蜀国战败的场面……

端昊心头一甜，这个意外的发现，让他惊喜之极——纯儿，他的纯儿，虽然现在她的人没有在自己身边，可是她的心里却仍旧是在心心念念地关切着西蜀国，关切着自己。端昊只觉得自己忽然之间就被巨大的幸福所包围了，眼前和心中都是一片明亮和温暖……

端昊真想唤醒纯儿，告诉她，不用怕，也不用担心，自己已经来了，现在就在她的身边，自己可以陪着她，再也不让她去承受那些因相思而生的担忧和痛苦。

可是，就在端昊刚想走上前的时候，他的身体忽然重重地跌落了，端昊一惊，等他再定睛一看的时候，自己已经又回到了行辕里的住处，眼前也没有了纯儿，只有那个小小的水晶球，和水晶球中，正铁青着脸的丝丽苔！

丝丽苔真是被气坏了，她是因为知道纯儿和臻华之间已经有了情愫，才会带端昊去到纯儿的梦中的，希望端昊见到纯儿在梦中和臻华恩爱的情景之后，好对自己死心塌地。可是她没想到，纯儿此时正梦见西蜀国所面临的战事。

“早知道是这样的话，根本就应该带臻华去纯儿的梦里看一看，好让臻华对纯儿早点死心！”丝丽苔恶狠狠地想到。

与丝丽苔正相反，此时的端昊却是眉目舒展，眼中含笑。他犹自沉浸在刚才的梦境所带给他的巨大幸福之中。

过了半晌，端昊才想起要问丝丽苔一件事：

“你能带我去纯儿的梦里，那是不是就说明，你知道纯儿现在在哪里？”这是现在端昊最关心的事情——知道纯儿究竟在哪里，好早一些把纯儿带回到自己的身边。

“我？”丝丽苔愣了一下，忽然，她神秘莫测地笑了：“没错，我知道她在哪里，但是我不会告诉你。”

“你！”端昊气结。

“除非你跟我合作。”

端昊的目光也冰冷了：

“我不会和你合作的。”

丝丽苔又笑了：

“不要说得那么肯定，很快，又一场更加残酷的战争就要来临了，到时候，你会想和我合作的。”说完话，丝丽苔也不理会端昊，径直一挥袍袖，就从水晶球中消失了。而小小的水晶球在冒过一阵白烟之后，也就恢复了平静。只留下端昊一个人，愣愣地坐在分外静谧的屋子中。

在胡杨女和纯儿暂时隐藏的那个山谷中。胡杨女正在焦急地呼喊着纯儿，一边喊，还一边轻轻地拍着纯儿的脸颊：

“纯儿，你醒醒，快醒醒。”

原来，胡杨女碰巧来到了纯儿的房间，看见纯儿正在做噩梦，就过来想叫醒纯儿。

纯儿终于被唤醒了，她猛地睁开了眼睛，稍一定神，就看到了胡杨女，纯儿一下子就跃了起来，紧紧地抱住了胡杨女，心有余悸地说道：

“姐姐，我刚才梦到师兄了，师兄在打仗，好可怕，太可怕了……”说到后来，纯儿的声音已经细不可闻了。

听了纯儿的话，胡杨女的眼神也黯然了，她拥住了纯儿，安慰地拍了拍纯儿的后背：

“纯儿，不用为你师兄担心，他不会有事的。”

“真的？”

“真的。他还没有好好陪我过几天清净日子呢，所以他一定会好好活着的，他得活着才能还清欠我的债，所以，他不会死，我不会让他死的……”

说着说着，胡杨女的眼泪也落了下来——她也在为拓拔日夜担心啊。两姐妹就这样相拥而泣。

看来，这一次，端昊真的是自作多情了，纯儿只是在为拓拔傲疆担忧。

行辕外，忽然金鼓齐鸣，端昊刷的一下站了起来，而与此同时，内侍也闯了进来：“陛下，大梁国又开始了新一轮进攻，拓拔将军已经到前线了。”

端昊的心中一惊，因为他记得很清楚，就在不久之前，丝丽苔才刚刚对他说过，一场更加残酷的战争，马上就要开始了，难道说的就是这一场战役吗？如果丝丽苔说的是真的，那么，这场战役，又将为西蜀国带来多大的伤亡呢？

身处战场之上的拓拔傲疆，现在已经双目尽赤！这一次，大梁国用多于上一次数倍的人马和火器，强攻而来！

能够打出弹子的火器，能够喷出火的火器，能够喷射出黑色黏稠液体然后肆意燃烧的火器，还有被抛出来之后，能够整个爆炸的火器……这些现代人耳熟能详的武器，在千年前的古人眼中，无异于来自于地狱的杀人魔鬼。

拓拔高大的身躯不禁在微微的发颤，他的军士们一批批的倒下，每一条生命，每一具残缺的身躯，都像是一把把钢刀，插在拓拔的心上。

面对着这些失去了生命的军士，拓拔心疼，但他更自责！作为一名主帅，他无法面对这样的惨烈，如果不是战役还需要他继续指挥下去的话，他真的会当场就自尽身亡，以谢那些殉国的部下！

“完颜臻华，你是不是疯了？”拓拔在心中嘶吼，“你难道要在这一场战役中，用上你们大梁国所有的火器吗？”

而此时，臻华并没有多么关注战场上的情景，他正率领着几名武将，站在大梁国的武器库中，在臻华的面前，是一排排被遮盖得严严实实的庞然大物！

臻华久久地注视着这些庞然大物，良久才说道：

“前线怎么样了？”

“回禀陛下，战况很好，和我们预想的完全一样。”

“那就好，不要恋战，按计划撤兵，再让西蜀国休整一下，然后就该用到我们这些真正的武器了。”臻华的目光落到了那些被遮盖着的武器上。

“是啊，”一位大臣也有些感慨，“如果我们真的把这些武器投入到战争中的话，那不要说一个西蜀国，整个天下，都会被我们征服的！”

“但是，我不能那么做。”臻华没有说话，只是在心中暗暗地想到：“我没有资格改变历史，这些火器出现在这里，就是一个错误。我必须要替我们兄弟来改正这个错误……”

大梁国又撤退了，他们这种来了就打，胜了就走的方式，已经快把西蜀国逼疯了，拓拔很清楚，自己的军心，已经快在完颜臻华这种疯狂的打法面前，彻底地崩溃了。

拓拔和端昊并肩站在战场上，已经很久了，两个人谁都没有说一个字，因为他们都不能开口，眼前的景象太惨了，这种惨象，让统帅心痛，更是对王者的侮辱！

他们就这么站着，从黄昏一直站到了夜色朦胧。最后，拓拔不得不强压住心中的痛苦，请端昊回营，因为他还要考虑到皇帝的安全。

“陛下，请回吧，胜败乃兵家常事。这只是最初的一场战役，我们还有机会。”拓拔说着连自己都无法相信的话。

“你真的认为我们还有机会吗？”端昊直盯着拓拔，眼睛中发出冷森森的光。

拓拔不敢正视端昊的目光，低下了头。

端昊长叹了一声：

“傲兄，现在，我不当你是臣子，只当你是兄弟，你告诉我，我们是不是没有希望了。”

拓拔沉默了良久，才涩声说道：

“除非大梁国会自动放弃所有的火器，否则……”

“否则，我们就只有亡国这一条路了，是吗？”

端昊又逼问了一句，拓拔无语。半晌，拓拔忽然扬起头来，眼中射出了两道决绝的光芒：

‘陛下，请准许我率领青衣卫进入大梁！”

“你要刺杀完颜臻华?！”

“对，现在这种局面，只有杀死完颜臻华，让大梁国群龙无首，我们才能有机会扭转战局！”

端昊的目光也是分外的冰冷：

“万不得已，我们也只有这么做了。不过你不能去，西蜀国的军队，需要你的统领，在这个时候，你绝对不能离开。”

"那？"

"我想，我已经找到了一个适合的人选，去杀死完颜臻华！"端昊声音冷酷至极！

端昊和拓拔就这样面无表情地谈论着完颜臻华的生死。这倒也不是他们太冷血，要怪，也只能怪这场战争太过于无情。而且在这个时候，端昊认为自己想要暗杀臻华的企图，是完全的正当的——眼前，这些伤亡的军士，等于都是死在了臻华的手里！如果，他没有当大梁国皇帝；如果，他没有指挥这场战争；如果，他没有这么多神鬼莫测的离奇战术；如果，他的手中没有那些比魔鬼还要可怕的武器，那么，西蜀国怎么会一次次失败呢？这些逝去的将士怎么会无辜惨死呢？所以在端昊看来，完颜臻华是这一切的罪魁祸首，他现在是百死难辞其咎！

端昊在心中痛恨着完颜臻华，却全然忘记了，他——宇文端昊——才是这场战争的真正始作俑者！也许，世界上的事情永远都是这样吧，暂时处于弱者的那一方，总是会误认为自己占据了更多的正义。

黄河口岸，硝烟弥漫，杀声震天，而在遥远的回鹘国中，却是另外一番景象。

现在，刚刚统一的回鹘国，就好像一个朝气勃发的少年一样，正在精神百倍地亲手开创着自己的新生活。回鹘国中，到处都是一片欣欣向荣的景象。

无影和唐婉云，这对回鹘国的最高统治者，一直都严格地信守了他们的诺言——白天，是两位最合格的皇帝和皇后，而晚上，则做一对不折不扣的假夫妻！

唐婉云的心机深沉，把一切想法和愿望都深深地埋在了心底，她知道，现在她的一切野心都还只是遥远的梦想，所以，现在需要做的，就是尽可能地得到无影的信任，得到回鹘国全体臣民的信任，千方百计地把她这个皇后做好！

当然，她也真的做到了！

登基后不久，唐婉云就展示出了她治国的实力。唐婉云曾经在圣域主人也就是完颜洪烈身边受训多年，学得了很多来自于现代的治国本领。现在，正好给了她一个机会，让她把这些本领都用到了实践之中。所以说，世界上一切事物都是双刃剑，只要存在伤害的一面，同时也就存在了建设的一面。就比如这一次臻华兄弟从现代归来，他们带回了杀伤力巨大的现代武器，在古人中造成了一次次无情的杀戮。可是同时，他们又带回了现代先进的治国之术，为大梁和回鹘两国带来了高速的发展，缔造出了一代盛世，带动起了整个一个时代的繁荣和兴盛。

唐婉云不仅在治国上凸显出了非凡的能力，而且在做人上，也极为老到。身为一位皇后，她不气盛，不骄纵，平等地对待臣子，宽和地对待下人，很快，唐婉云就赢得了整个回鹘国的爱戴和信任，走在回鹘国中的任意一个角落，都能听到臣民们对他们新皇后的赞誉之声。

在处理和无影的关系上，唐婉云也极其的恪守本分。她用最真诚的兄妹之情对待无影，从不肯跨越过雷池一步。随着时间的推移，无影越来越信任唐婉云了，他相信，唐婉云就是像她自己当初所诉说的那样，只是为了振兴回鹘国，为了身为方巴族女继承人的责任，才来做这个皇后，才来和无影一起，同心协力地共同建设回鹘国！

唐婉云的第一步目的——在回鹘国打下根基，牢牢地站稳脚跟——终于实现了！

当然，唐婉云是绝对不会因为回鹘国全体臣民和无影都对她信任有加，就放弃自己心中那些罪恶的企图的。她就像是一朵毒花，除非凋谢，否则永远都要做害人害世的毒物。

所以，唐婉云在做足表面功夫的同时，一刻都没有放弃暗害无影的企图，为了能够无声无息地害死无影，唐婉云已经把自己压箱底的手段都用了出来。

但凡换个旁人来做回鹘国的皇帝，做唐婉云的冒牌丈夫，恐怕早就被阎王叫走了，而且真是死都不知道是怎么死的，而唐婉云也早就顺理成章地成为了一个快乐的寡妇。只可惜，唐婉云这次遇到的对手，是无影！

无影从小在护龙山长大，可以说从婴儿时起，就接受了作为护龙使者的专门训练。这其中一项很重要的功课，就是要百毒不侵！所以，无影可以说就是在各色毒药中泡大的。别说一般二般的毒药，就是三般四般的独门功法，都奈何不了他。而且面对着唐婉云的一次次暗下杀手，无影根本就是在不知不觉中，就把这些毒药给化解了。

唐婉云真的快疯了，到目前为止，她给无影用的毒药，已经都能够毒死几万人了，可是无影却一如既往地该干什么就干什么，连一点点反应都没有！只气得唐婉云一阵阵咬碎银牙。

不过，唐婉云也的确是一个意志和信念都极为坚定的人，真的是具有百折不回的勇气，虽然在暗害无影的战役中，她屡战屡败，但是，她仍旧执著地屡败屡战，誓要把无影铲除掉，才肯善罢甘休！

日子就在他们俩这么无休止的下毒与解毒中，飞快地溜走了。

刚才还说黄河口岸的硝烟弥漫不到遥远的回鹘国，可是，随着一骑披满了征尘的快马，血腥厮杀的气味就传进了回鹘国的宫廷。

唐婉云正在自己的偏殿中处理事情，忽然侍女来报，说是皇帝陛下请她过去议事。唐婉云很快地来到了无影这里，一看无影的样子，唐婉云不禁一愣。眼前的无影面色冷峻，目光深沉。现在的无影也练就出了一身帝王心术，所以像这样明白地显露出心中情绪的时候，还真的是非常少见。

“出什么事了？”唐婉云走到无影身边，轻声问道。

无影没有马上说话，只是微微地摇了摇头。刚才的快马带来了端昊和拓拔的亲笔信，他们分别在信中列数了大梁国的所作所为，同时，向回鹘国请求支援。

本来，在西蜀国和大梁国的这场战争中，无影是下定了决心保持中立的。因为端昊是他的旧主，拓拔更是他的好友，他当然不能帮助别人去攻打他们。而他虽然和臻华认识的时间不长，但却非常信任臻华的人品，认定臻华是一位难得的正义君子。所以，无影一早就确定了自己的立场，就是谁也不帮。

可是刚才，端昊和拓拔的来信却深深地震撼了他！

“难道，臻华现在真的已经变成了一个视人命如草芥的冷血君王了吗？难道，皇权真的会让一个人产生如此大的变化吗？”无影痛苦地想到。

而在痛苦之中，无影也毫不迟疑地作出了决定——既然，臻华现在已经变了，那他也就没有必要再保持中立了，他将即刻出兵，亲自协助西蜀国打败大梁国！

无影并没有向唐婉云多做解释，只是简单地告诉了她自己的决定，并且嘱咐她，在自己不在回鹘国的这段时间里，暂时监国，代替自己处理国事——所以说，无影现在对唐婉云是非常信任的了。

而奇怪的，却是唐婉云自己的心情。

本来，无影离开回鹘国一段时间，这应该是唐婉云梦寐以求的好事，而且，无影还是去战场，刀枪无眼，没准一个不留神，无影就在战场上丧命了呢。那样的话，唐婉云就可以轻而易举地当寡妇了。

不管怎么说，唐婉云在听到这个消息之后该高兴才是。而唐婉云也认为自己一定会很开心。可是事实却把唐婉云吓了一跳——因为她惊异地发现，自己在听到这个消息之后，不仅没有感到高兴，相反，她的心情还情不自禁地变得灰暗了。因为她想到自己会有很长时间见不到无影了，因为她担心无影会在战场遇到不测，因为……

天啊，唐婉云被自己的这些莫名其妙的念头吓出了一身冷汗，自己一直都是要杀死无影的啊，难道，自己竟然……

唐婉云不敢再想下去了……

接到了无影即刻就将出兵救援的消息之后，端昊和拓拔二人相互一望，心中不禁都感到了一种久违了的轻松——现在，完颜臻华调集所有兵力，来攻打大梁国，必然后防空虚。在这个时候回鹘国的援军就显得至关重要了，大军从西方压境而来，完颜臻华势必就要调集军队去西面迎敌，这样的话，西蜀国的压力就会缓解很大一部分，甚至西蜀国，就可以趁势反击了。

安排好了无影这边，端昊就开始着手做另外一件事情——联络丝丽苔！

现在，端昊已经决定了，和丝丽苔合作，杀死完颜臻华！

虽然，在端昊看来，丝丽苔仍旧是危险的，但是，和河对岸那个恐怖的完颜臻华比起来，丝丽苔无疑又显得安全了许多。所以，现在先让丝丽苔把完颜臻华除掉，然后，再伺机除掉丝丽苔！端昊暗自打定了主意。

而丝丽苔更是在迫不及待地等待着和端昊的合作，现在，两个人真是一拍即合！

“你是要杀死完颜臻华吗？”端昊问道。

“不，”丝丽苔媚笑了一声，“我有比杀死他更好的方法！”

丝丽苔当然不想杀死臻华，虽然她恨臻华，但是，在这深深的恨的背后，她其实还是爱他的。在丝丽苔的内心深处，仍旧期盼着能够收服了臻华，让他完完全全地拜倒在自己的石榴裙下，任自己驱使。

所以，丝丽苔一早就想好了对付臻华的办法。在丝丽苔所修习的法术中，有一种极为高深的法门，这种法术可以彻彻底底地把一个人的思想改变掉。但是这种法术极为复杂，施展起来并不容易，而且属于禁忌法术，当年丝丽苔的师傅曾经告诉过她，决不许去碰触这类法术，否则一定会受到上天的惩罚。可是丝丽苔从来就没有重视过她师傅说过的话，对于她来说，只要是能达到自己目的的事，她什么都敢干，而且，她一点儿也不相信那些所谓的上天的惩罚！在丝丽苔看来，这个世界上，只有强者和弱者之分，其他的，都是虚无缥缈，不值得信任的。

这种禁忌法术对于承受人的伤害极大，但是，丝丽苔才不会管这些的，她只知道，自己爱臻华，所以就要得到臻华，至于臻华会受到什么伤害，她才不在乎呢。只要臻华能活着，能够陪她上床，对丝丽苔来说，就足够了。

“我自然有我的方式来为你除掉完颜臻华，”丝丽苔又在通过水晶球和端昊做交流，“但是，我需要你的帮助。”

“好，你说，你需要我怎么样帮助你？”

丝丽苔罗列出了一长篇需要准备的东西。这些东西非常繁琐，而且还有几样极其古怪的东西，但是，肯定是难不倒皇帝的。

“好，这些东西，我很快能给你准备好。等这些东西准备好了之后，你就可以去除掉完颜臻华了吗？”端昊现在有些心急了，他实在是不想再让完颜臻华活在这个世界上了。

“我还需要一段作法的时间。”

“多久？”

“从这些物品全部到位开始算，十三天之后，就可以了。”

端昊有些烦躁了：

“要这么久？”

“这是没办法的事，不管干什么事情，肯定都需要一定的准备时间。”

端昊虽然急切，但是也无奈，他心中暗自算了一下，十三天，再加上他准备东西的时间，怎么也需要二十天左右。

“不能再快一些了吗？”

“那你就只有尽量缩短寻找这些东西的时间了，我作法的时间肯定是固定的。”停了一下，丝丽苔又加了一句：“你就算是派刺客去大梁国刺杀他，走到大梁国，再找到机会下手，基本也得用这么长时间，而且，还不一定成功。用我的方法，我可以向你保证，只要时间一到，完颜臻华立刻就会魂飞魄散！”

端昊沉吟了片刻，他知道丝丽苔说的也是事实，有些事情也是急不得的，于是说道：

“好吧，我们现在就开始准备！”

这边，端昊和丝丽苔商量好了暗害臻华的计划，另一方面，端昊也通知到了拓跋：

“拓跋将军，你无论如何都要在三十天之内，阻挡住大梁国的进攻。”为了以防万一，端昊把丝丽苔所需要的时间延长了十天。

拓跋何等的敏锐，当下就听出了端昊话里的重点：

“三十天，难道陛下已经找到了克制大梁国的方法？”

端昊点了点头，但是并没有正面回答拓跋。毕竟他现在是在和一个来历不明的女人，联手用妖术害人，这种事情，无论如何也摆不到桌面上来。

拓跋侍君多年，当然一眼就看出来，皇帝并不想回答自己这个问题。皇帝不想说的，就是臣子不该问的，这是常识，也是本分，所以，拓跋再也没有多说话，径直就退下了。可是拓跋又哪里想得到，就是端昊此时心中盘算着的这个念头，为以后埋下了无数的祸根。

回鹘国皇帝亲自带兵出征的消息，也传到了大梁国，大梁国朝中一片恐慌。唯有臻华一个人，仍旧是坦然的。

"陛下，回鹘此次出兵，目标就是我国的西部，他们是不是想趁我们正在和西蜀国打仗的机会，趁机作乱，抢夺我们的国土呢？"一位大臣忧心忡忡地问道。

"不会，回鹘皇帝日下无影为人正直，是不会做出这种乘人之危的事情来的。"

"那他出兵是为什么？"

"他和西蜀国有旧交，所以，他这次出兵，只是为了帮助西蜀国。"臻华笃定地说道。

"啊?！"大梁国的众位大臣，一时都僵住了，因为他们实在是不知道，他们的皇帝，现在的这种态度，究竟该算是临危不乱，还是该算是幽默！

看出了人们的心思，臻华飒然一笑：

"众位大人不用太过于担忧，一切都尽在我的掌控之中，我们现在需要做的，就是打好和西蜀国的最后这一仗。"臻华一边讲话一边心中暗笑：

自己现在的态度怎么那么像纯儿啊。纯儿就总是把"信我者得永生"这句话挂在嘴边上，堂而皇之地，把上帝的台词都拿来用了。

无意间想到了纯儿，不仅让臻华的心头一下子就涌满了柔情：

是啊，已经太久没有纯儿的消息了。这段日子里，自己每天忙于处理国事，只有到了夜深人静的时候，才能有时间想一会儿纯儿，而晚上对纯儿这片刻的思念，就已经成了臻华每日里最幸福的时光。纯儿，你还好吗？这么长日子了，你有没有想起过我呢？我没有和你商量，就自己决定了解决西蜀大梁两国战争的方法，你会支持我这么做吗？纯儿，我知道，你一定会同意我这么做的——因为，你虽然是专门和恶势力做斗争的特警，但我知道，其实在你的心里并不喜欢这种打打杀杀的生活，你投身于战斗，只不过是为了争取更长久的和平与安宁——就和我现在所做的事情一样。

纯儿，那天面对你的时候，我退却了，事后我真的非常后悔，因为我不应该退却的。活了两辈子，我只爱过你一个人，我应该全心全意地追求你，等待着你愿意留在我身边的那一天。纯儿，我很快就会把西蜀国的事情处理完了，到时候，我一定会去找你，向你求婚。呵呵，纯儿啊！放心吧，我虽然现在身为古人，但是我的心，仍旧还是现代人的心，所以，我懂得求婚的艰难，我会一次次地争取，直到你愿意嫁给我的那一天。

臻华一愣神，这才发现，自己刚才竟然在大殿上走神了，而殿内的群臣都在专注地望着他，因为他们觉得，皇帝经过了这么久的沉思，一定会作出什么惊人的重大决定。

臻华的脸上不禁涌起了一层暗红，他干咳了一声，掩盖住自己的窘迫，说道：

"明天正午会有暴雨，是吗？"

"是，天象显示，明天正午一定会有一场极大的暴雨。"

"好，那就按照原计划，在那个时间，向西蜀国发动总攻！"

"是！"

西蜀国的行辕中：

"明天会有暴雨吗？"拓跋问道。

"回禀大将军，天象显示，明天中午会有极大的暴雨。"

"那就好……"拓跋微微地点了点头，暗自沉吟道：

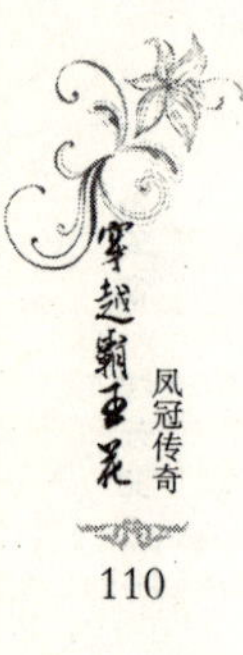

大雨瓢泼之中，大梁国的火器就发挥不出威力来了，所以，至少今明这两天，大梁国是不会采取什么攻击行为的了。

既然端昊说了，要把战局稳定三十天，那拓跋就得一天天数着日子过了。

知己知彼，才能百战不殆！只是由于拓跋对现代武器的不了解，对大梁国库存武器的不了解，完全错误地估计了局势。

第二天一大早，臻华就和大臣们一起来到了大梁国的武器库中，武器库中那个高大的家伙仍旧矗立在那里，此时，一群军士正在节奏默契地揭开它上面蒙着的遮盖物。

遮盖物一点点地被掀开了，一个古怪的东西出现在了众人的面前，大臣们虽然都不是第一次见到这个东西，也知道，这个大家伙是完颜洪烈皇帝当初亲自画图，亲自督促建造的，但是他们仍旧看不出来，这究竟是个什么东西。

倒是臻华，在第一眼看到这个大家伙的时候，就认出来了，而且，也由衷地被他这个大哥的想象力和活学活用的能力给震撼了！

大哥竟然把书上曾经描述过的、好莱坞大片中曾经不厌其烦仿制过的、中世纪的时候曾经在海上纵横称霸过的——传说中的海盗船给制造了出来！

所以，臻华才要在风雨中发动总攻！因为他需要风浪来助长海盗船的威力！

臻华的目光分外的冷峻，因为他已经很清楚这艘海盗船的威力，如果他愿意的话，西蜀国的军队，很快就将在他的炮火中，全军覆没！

海盗船静静地停靠在黄河岸边，像是一个来自于地狱的庞然大物。而事实上，臻华却知道，这艘海盗船虽然不是来自于地狱，却是来自于一个比地狱还要可怕一万倍的地方——现代世界！地狱，只是古人想象出来的虚幻空间，而现代世界，却是实实在在地存在着的，任何一点来自于现代的东西，都能打乱这个世界的平衡，让一切都陷入到混乱之中。

就比如眼前的这艘海盗船。

这艘海盗船，船身巨大，上面搭建起了三层高大的塔楼。每一层塔楼的两侧上，都布满了黑黝黝的发射孔。这每一个发射孔中，都隐藏着一个可以伸缩的炮筒，而每一个炮筒的后面，都站着两个士兵，一个专门负责向炮筒中添加炮弹，另一个负责点燃导火索。

在海盗船的船头和船尾，还各自矗立着一个高高的，类似于孔雀开屏形状的屏障。屏障上，还真的有一个个类似于孔雀尾巴上的，那种眼睛似的花纹。

每一个类似于孔雀尾巴上的那种眼睛形状的花纹，都是一个毛瑟枪孔，那里面，都装着最新式的毛瑟枪，这种毛瑟枪不用像老式的毛瑟枪那样，每打一枪，就要填充一回子弹，这种毛瑟枪是可以连续射击的……

臻华有些无奈地回忆着书中对于海盗船的描述。虽然，臻华一直都不知道，关于书中的这一段描述，究竟是历史上真的出现过这样的海盗船，还是出于作者丰富的想象力，但是不管怎么样，他的大哥，是真正地忠实地，按照书中的描述复制出了这艘海盗船！

唉，天才的大哥，只差一点点，他就成为了古人永远的噩梦！

天已经接近正午了，今天，天空一直就是昏蒙蒙的，也不知道从哪里总是吹来一阵阵阴冷冷的凉风，凉风中带着浓浓的水汽。而此时，滚滚黑云，正在从西方的天空中翻卷着涌了过来，就像是有一双无形的巨手，在慢慢地推动着一张覆盖了整个天空的黑色大幕，徐徐的，就要把天完全的都遮蔽起来了。随着黑云的袭来，天地间霎时就狂风大作，狂风在催动着黑云的同时，也在河面上卷起了滔天的巨浪！

而这巨浪狂风，则带给了海盗船巨大的动力，海盗船就着风势，稳稳地离开了河岸，乘风破浪地向着对岸驶去。在海盗船的两侧，还有数只战船在紧紧地跟随着它。

黑云压过来了，现在的天空中已经没有了一丝亮色，天地间整个都变成了黑漆漆的一片，黄河中那原本黄色的浊浪，现在也几乎变成黑色的了。狂风卷着暴雨倾泻而下，暴雨中还夹杂着巨大的冰雹，这些冰雹拍打在海盗船上，发出啪啪的声音，而更多的冰雹则落在了河水中，硕大的冰球就随着风浪漂浮着。

对岸上，在大雨即将来临的时候，兵将们就已经纷纷地避入了大营中，只留下了哨兵在坚守岗位。

在这样的天色、大雨和风声中，士兵的视力和听觉都会受到极大的影响，海盗船已经驶过了黄河的中线了，哨兵们还浑然不觉。

在海盗船上负责指挥的大梁国将军伫立在船头，他就暴露在大雨中，全身都已经湿透了，可他却似浑然不觉。只是面容坚硬，目光冷然地注视着河对岸。他的手中紧紧握着令旗，他知道，快到发起攻击的时间了。一会儿，只要自己手中的令旗轻轻一晃，那海盗船上所有的炮火就将同时射向对岸！

终于，西蜀国的哨兵们觉察出了黄河中的异样，他们看见似乎是一座山在向着他们的方向飘了过来。

山?这是根本不可能的啊?哨兵们有些茫然，但是，不管那究竟是个什么怪物，还是先向将军报告了再说。

当拓跋赶到黄河岸边的时候，海盗船已经走了超过三分之二的路程了。拓跋在深黑色的雨雾中，向前打量着。当然，他也看不出，那个黑漆漆的庞然大物是什么东西。但是，拓跋认出了海盗船周围，那些紧紧地围靠着海盗船的东西——那是大梁国的战船！

拓跋的心在下沉：

完颜臻华，你是个疯子！

“传令，迎战！”拓跋大喝了一声！

虽然，拓跋的传令声还是那么威严，但是，他的心里却非常的清楚，即将开始的这场战争，将和上两场战役一样，不是双方的交手，而是单方面的屠杀！

时间终于到了，站立在海盗船船头上的那位大梁国将军也举起了令旗。此时，由于海盗船又距离河岸近了一些，所以，拓跋基本已经看清楚了，来的这个怪物究竟是个什么样的东西！

虽然，拓跋不认识海盗船，但是，他却精研过所有能收集到的大梁国的火器，所以，拓跋一看到那些炮口和枪口的尺寸，就已经遍体生寒了——武将的本能告诉他，那些黑黝黝的洞口后面，一定都装配着致命的火器。

直到目前为止，拓跋还一直是和单一的火器作战，而此刻，当他看到大梁国竟然把这么多火器组合起来，准备发动攻击的时候，他彻底地绝望了——西蜀国的军队，是无论如何也抵挡不住这样猛烈的炮火攻击的。

大梁国的将军一声令下，海盗船的船头灵活地一调，不再正对着河对岸，而是稍微向着西面偏了一点，然后，在船舷右侧的炮口全部都打开了，一根根黑漆漆的炮筒伸了出来。拓跋站在河岸上，木然地望着这一切，从那些炮筒的形状和质地上，他已经认出了它们大概是什么东西。

拓跋抹了一把脸上的雨水，心底惨笑了一声：

一根细细的火器就能轻而易举地杀死一排兵将，现在，这些如此粗大的火器，足足有上百根排列在一起，那会产生什么样的威力?!

在风雨中，拓跋清晰地感受到了，他身边的将士们似乎都在战栗。拓跋知道，其实，这并不是将士们真的在战栗，而是一种发自内心的恐惧情绪，正在他的军士间迅速地传播着。

“迎战，”拓跋再次断喝了一声，“为国而死，是我们军人的天职！”

拓跋那坚定的声音刺穿了风雨，传进了每一个人的耳膜，听到了大将军的断喝声，每一位军士心底里的豪情都被唤了起来，而且，他们也相信，他们的大将军，已经下定了在今天殉国的决心！

“为国而死，是军人的天职。”军士们纷纷拔出了佩刀，虽然，他们也知道，在大梁国那噩梦般的火器面前，这些刀剑是没有任何作用的，但是，身为一名军人，他们就算是死，也要握着武器死，也要抗争到生命的最后一刻！

海盗船上的那位大梁国的将军，也清楚地看见了此时发生在黄河岸上的这一幕，虽然，他听不到那些人们在说什么，但是，那些西蜀国军士们脸上所流露出的坚毅和决绝，却说明了一切。

作为一名军人，大梁国将军也不禁为西蜀国军士的这种豪情壮志而击节喝彩。同时，他也深深地为皇帝陛下的一番苦心安排而感动——要不是皇帝陛下思虑周详，那这些西蜀国的热血男儿，就会在下一刻全部都化成炮灰了。

大梁国的将军又是一声令下，这一次，海盗船右舷那些已经伸展出来的炮筒，竟然同时调整起了方向，原来，这些炮筒的基座，都是可以自由调整角度的，炮筒伸出来之后，旋转角度可以接近180°！

现在，这些炮筒一律都指向了黄河南岸偏西处的一处小小的山丘——就是端昊和丝丽苔偶遇的那一座小山丘。与此同时，船舷左侧的炮筒也伸展了出来，直对着河岸！

大梁国将军第三次发出了命令，这一次，令出如山倒，随着一阵震耳欲聋的轰鸣声，船舷右侧的火炮同时开火，目标直指那个小山丘，小小的山丘，转瞬间就被夷为了平地！

而船舷左侧的炮筒，从始至终，都冷冷地对着黄河岸上的西蜀国军队。

无情的炮火终于让西蜀国人真正见识到了什么叫火器的战争！虽然，包括拓跋在内的所有人都不明白，为什么大梁国不直接向着军营发动攻击，但是有一点，他们却是可以肯定的，那就是，如果刚才这一轮攻击打到自己军队方向的话，那等待西蜀国军队的就将是全军覆没的厄运！

这就是臻华的目的——以绝对强者的身份，来要求西蜀国放弃战争，来换取西蜀和大梁两国的和平！

端昊、拓跋等人坐在行辕中，桌子上摆着臻华的亲笔信，刚才战场上的那一幕，人们还心有余悸，黄河中，那艘噩梦般的大船，仍旧停留在那里。

西蜀国似乎已经别无选择！

端昊久久无言，他当然不想就这么窝里窝囊地承认失败，可是，他也知道，仗如果真的打下去的话，西蜀国只有死路一条。

只是拓跋心中却感到非常的安慰，因为在大梁国的使臣带来的信中，没有任何称臣、纳降等非分的要求，看来，大梁国的完颜臻华，只是想休戈止战，还百姓一个太平。

在臻华写给西蜀国的信中，明确地表达了大梁国愿意休兵止战的强烈愿望，和为了实现这一愿望而抱的真诚态度。大梁国表示，和西蜀国继续望黄河而居，隔河相守，互不侵犯。

“西蜀国大梁两国，各有风俗，各守资源，本可以各自安居……”臻华在信中写道，“如果，为君者一意孤行，那么带来的将是百姓涂炭。”

讲明白道理之后，臻华又不失时机地说明了大梁国的优势，因为臻华心里很清楚，对于宇文端昊这种人，光讲道理是没有用的，他要打仗，并不是不懂道理，而是为了实现自己的野心。所以，对于宇文端昊，最好的办法，就是威胁——用他难以对抗的武力来逼他就范！

“我大梁洪烈皇帝在位时，曾建造各种威力巨大的武器，现在，用在战场上的，只是其中的一小部分，如果西蜀国一意孤行，那么我们就将把这些武器全部都投入到战争之中，到那时，西蜀国战败，将成定局！

但是，如果西蜀国愿意同大梁国签订停战合约，约定三十年之内，互不侵犯对方领土，我大梁国愿意承诺，就此封存所有火器，三十年不再使用！”

可以说，臻华的来信中的这最后一条，太诱人了——承诺封存火器三十年！那就无异于承诺了，三十年之内，保证西蜀国的安全，因为，自从见到了那艘海盗船在一眨眼间就毁灭了一座小山丘的那一刻起，西蜀国的人们就明白了，他们的性命等于已经攥在了臻华的手中，只要臻华稍微一动要解决西蜀国的念头，那些要命的炮口轻轻一转，等待西蜀国的，就只有全军覆没了。

所以，西蜀国的人们在庆幸之余，也都情不自禁地深深叹服臻华的磊落气度！

可以说，这一封信，让臻华赢得了西蜀国国中数不清的钦佩和敬意。

而这封信，在送出之前，在大梁国中也曾经引起了极大的争议，大臣们也知道和平的重要性，但是很多人却不同意封存火器。

“如果没有了火器，我们就将失去制约大梁国的资本。”一位大臣说道。

“也正因为如此，陛下只说是要封存火器啊，我们又没有说销毁这些武器。”另外一位大臣解释道。

“三十年中不再使用，那和销毁有什么区别？”

“当然有区别，武器放在那里，如果西蜀国以后再敢进犯的话，我们随时都可以再使用这些火器。”

大臣的引论，让臻华一阵阵心中发沉，因为，他之所以费尽苦心地安排这一切，就是为了让这些可怕的火器永远地退出这一段历史，但是，现在看来，这一目的究竟能不能实现，在很大程度上，还要取决于宇文端昊的态度，如果宇文端昊仍旧一意孤行的话，那臻华还是必须得把这些火器投入到战争中，因为他毕竟是大梁国的皇帝，所以，他在为古人负责，为他们兄弟闯下的祸事负责的同时，还必须为大梁国的整个百姓负责！

而在西蜀国中，只有一个人在接到臻华的信之后是愤怒之极的，那就是宇文端昊！

虽然臻华的措辞已经非常的委婉了，但是在端昊看来，这仍旧是一个极大的耻辱，战败的耻辱！因为，现在不是他西蜀国兵临城下去逼大梁国和谈，而是在大梁国的炮口之下，接受大梁国的和谈条件，这对于一个皇帝来说，是不能容忍的！

可是，现在端昊又不能不接受和谈，因为局势明明白白地摆在这里，如果不和谈，大梁国就要马上发动总攻，到时候，等待端昊的命运，就只剩下了一个——亡国之君！

是战是和，端昊气恨难决！

端昊独自一人坐在室内，心潮起伏动荡，思绪已经成了一团乱麻！

现在，大梁国的炮口就对着西蜀国的军队，如果端昊在这种情形下，还一意孤行，拒绝和谈，那么他将成为西蜀国的罪人，端昊对现在西蜀国人的心思看得很清楚，所以，他毫不怀疑，如果他敢在这个时候继续坚持战争的话，恐怕西蜀国的军士们都敢马上发动一场政变废掉他，另立明主。

可是，如果同意和谈，那就等于承诺了三十年之内，再不发动对大梁国的战争！三十年啊，等过完这三十年，自己就已经成为了年近古稀的老人了，还谈什么霸业，谈什么抱负?！也就是说，如果同意和谈，那么今生今世，端昊就都将无法完成自己统一天下的梦想！

端昊烦躁地在屋中踱着步，心越来越烦，脚步也就越来越快。就在端昊心绪混乱的时候，忽然，一个冷森森，脆生生的声音，闯进了他的耳鼓：

"什么大不了的事，也值得你这么烦恼。"

端昊被这突如其来的声音吓了一跳，因为他确定现在屋子里只有自己一个人，端昊本能地握住了身上的匕首，同时就想要高声喊护卫进来护驾。

可是，端昊刚一张开嘴，却发现自己的喉咙好像是被一只大手钳住了一样，根本发不出声音来。

难道是白日见鬼了？端昊心中惊恐，脸色也被扭曲成了青白色。

而就在这时，那个冷森森的声音又传了出来：

"你这么紧张干嘛？我们是盟友啊，我怎么会害你呢？"

这一次，端昊终于听出来了，原来，这竟然是丝丽苔的声音。知道了不是妖魔作祟，端昊才稍微松了口气，镇定下来之后，端昊才发现，原来不知何时，放在桌子上的那个小水晶球，已经冒起了白烟，而丝丽苔的影像也已经出现在了水晶球之中。此刻，她正笑盈盈地望着端昊，但是不知道怎么了，端昊总觉得她笑得很妖异。

"你要干什么？"端昊对于丝丽苔的这种突然闯入很是气恼，"我不是跟你说过吗，除非我找你，否则你不要随便来！"

丝丽苔冷冷一笑：

“等着你找我？那恐怕你都已经被完颜臻华给害死了都不自知呢。”

“你这是什么意思？”

丝丽苔冷哼了一声，先是恶狠狠地说了一句：

“虚伪！”然后才开口说道，“我知道完颜臻华现在在逼你和谈，我也知道你现在非常的为难，但是，其实你是可以把这件事当成一个机会的。”

“什么机会？”

“趁机杀死完颜臻华，彻底征服大梁国的机会！”

端昊的目光变得深沉了，他紧紧地盯着水晶球中的丝丽苔，目光复杂。

丝丽苔直视着端昊那咄咄逼人的目光，不仅毫不退缩，而且还充满了讥诮，她不屑地冷笑了一声，说道：

“你不用这么看着我，其实，你的心里也在这么想，只不过你太虚伪了，所以不敢承认而已。”丝丽苔的柳眉一挑：“可是我不会，我是不做伪君子，只做真小人！”

听着丝丽苔的话，端昊的心重重地一跳，没错，丝丽苔刚才的话说到了他内心的深处！其实，端昊的心底里，又何尝不想着利用这最后的机会，进行反击呢？可是，端昊毕竟不是个小人，很多事情，他做不出来，甚至连想都不敢想。可是现在，丝丽苔不仅也这样想了，而且还光明正大地说了出来。

很多时候，身边人的态度，对一个人的思想会起到决定性的作用，就如同现在的端昊和丝丽苔。

“可是那样做，不是为王者该有的方式。”端昊的内心还在挣扎。

丝丽苔听到他这句话之后，却笑了，还笑得那么放肆：

“为王者应有的方式?！你这种想法真是可笑至极！什么叫王？成者为王败者为寇，如果你现在还固守着你那种所谓的王者应有的方式的话，你就再也当不成王了，只能流落一方去当寇了！”

丝丽苔字字如刀，刀刀都刺在了端昊的心上。

端昊心中，那道德的天平倾斜了……

丝丽苔心思灵动，她也看出了端昊正在一点点地被自己说服，而在这个时候，需要给他一些帮助。所以丝丽苔又妩媚地一笑，说道：

“好了，我知道你是君子，很多事你做不来，没关系，那些事我来帮你做。你只要把你的事情做好就行了。”

“我的事情？”

“对，既然大梁国要和谈，那你就去和谈，但是你一定要记住一点，那就是，你必须要让完颜臻华亲笔下一道诏书，诏书上写明：以后，在完颜臻华的有生之年，只有完颜臻华亲口下达命令，大梁国才可以重新动用火器！这一点，你必须坚持，否则，你就拒绝和谈！”

“为什么？”端昊有些茫然。

“为了能让你早日征服大梁国！”丝丽苔一字字地冰冷说道。

端昊虽然想作出一副喜怒不形于色的样子来，但是，丝丽苔的这句话还是让他的眼睛里发出了光来：

“你真的能做到?！”

丝丽苔的桃腮上显出了一个美丽的酒窝：

“只要你把我要的东西拿到手，五十天之内，我让你兵临大梁国王城！”

拓拔傲疆真的被端昊做出来的假象给蒙蔽了，他一点儿都没想到，在端昊的心中还埋藏着一个那样巨大的秘密。端昊表面上不动声色，因为丝丽苔告诉他了，一切都要等到她作法之后再说，现在端昊唯一要做的，就是想方设法的拖延撤军的时间。

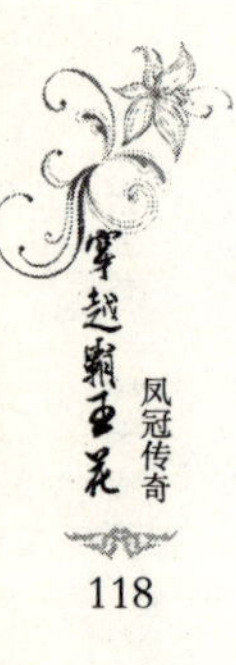

拓拔在这些天里一边安排撤军的各项事宜，一边派人给胡杨女和纯儿送去了平安的消息。本来，他是想亲自去接胡杨女回来的，经过了这一场场的生离死别，他再也不想和胡杨女分开了。可是，拓拔当然也不会忘记，胡杨女和端昊之间的深仇大恨，所以，现在端昊迟迟不离开军中，拓拔也就不敢轻举妄动。无奈，拓拔只好勉强压制住自己的相思之苦。

还好，一想到眼前的分别之苦只是暂时的，他马上就可以和胡杨女自由自在地生活在一起了，拓拔也就不觉得这种孤单的日子有那么难熬了。

胡杨女和纯儿得到了拓拔的消息之后，也都分外的开心。尤其是胡杨女，压在心头的恐惧和不安一下子就都烟消云散了，她每天就是伴在纯儿的身边，没完没了地对着纯儿憧憬自己未来的生活，那种情态一如一个情窦初开的少女。看着她的样子，纯儿觉得好笑，也觉得感动，更多的，却是由衷地为拓拔和胡杨女两个人感到庆幸。

竹管和竹箫两个人受臻华的委派，来保护纯儿，她们一直都隐藏在纯儿的附近。这两个女孩子多年来一直在黄河两岸活动，对这里的地形非常熟悉，她们成功地瞒过了纯儿和胡杨女，不断把这里的最新消息传递给臻华。所以，臻华才会这样有恃无恐地向西蜀国发动总攻，因为他一直都能确定纯儿不会受到伤害。

本来，臻华想大局一定，就立刻去寻找纯儿。可是，当和谈结束他才发现，他还有那么多事情需要去做。因为当初大梁国全国上下都已经陷入到了战争的筹备之中，现在一切筹备骤然停了下来，一下子千头万绪都涌到了臻华的面前。无奈，臻华只好和拓拔一样，暂时按捺住相思之苦，先忙过眼前再说。

就在这样一片安宁祥和的气氛之中，七七四十九天的大限，到来了！

在这段日子里，端昊和丝丽苔成为了最坚固的盟友，他们彼此信任，而且也配合得非常默契。每天，他们都要通过那一大一小两个水晶球进行沟通，终于，到了第四十八天的时候，端昊集结大军的任务终于完成了！西蜀国的边防重军，都集中到了黄河口岸！

今天是第四十九天，丝丽苔准备作法的日子！一大早，拓跋就起来了，他当然不知道今天丝丽苔要做些什么，但是多年来身经百战，已经铸造了他独特的敏锐，本能地他就从空气中嗅到了一丝不祥的气息。

拓跋在军营中巡视着，晨曦中的军营庄严、静谧，一切都那么正常。士兵们进进出出，往来有序，带兵多年，拓跋一眼就能看出，这些士兵们的脸上所呈现出来的欣喜是真实的，是一种久违的游子终于要离开战场回到家中的欣喜。

看来，士兵们虽然被陛下集结在了这里，但是并没有得到要继续打仗的命令，他们都还在做着回家的准备，这就好。本来，拓跋是担心，端昊暗中下达了什么命令，不过现在看起来并不像是这样的，拓跋的心也就放下了——看起来是自己多虑了。他长长地出了一口气，回到了自己的住处。

拓跋终于还是失算了，他的直觉没有错，一场巨大的灾难，已经来到了眼前！

丝丽苔在自己的房间内专注地作法，这间房子已经被她彻底改造过了，整间屋子就像是一个完全密封的罐子，丝丽苔的面前摆着她的水晶球，此时她披头散发，脸上的妆容赤红，柳眉高竖，眉眼间再也没有了惯常的那种妩媚，一双杏眼圆睁，里面射出凄厉的光芒。

丝丽苔的口中念念有词，随着她的咒语越来越复杂，丝丽苔的额头上也渗出了一层层细密的汗珠。

同一时间，大梁国中，臻华正和群臣早朝议事。经过了这一段时间的整顿，大梁国的一切事物已经重新走上了正常运转的轨道，所以，臻华准备今天安排完国事之后，就动身去找纯儿。

一想到很快就要见到纯儿了，臻华不禁春风满面，容光焕发。

“好了，就这样吧！我最多十余天就会回来，这段时间，还请各位大人多多操劳。”

臻华说着话就站了起来，准备结束今天的早朝。忽然，他感到自己的心脏像是被什么东西重重地撞击了一下，一种触电似的麻木瞬间就袭遍了他的全身。

好个臻华，并没有一下子被这种突如其来的打击砸懵。因为在现代的时候，臻华就比较喜好玄学，总是看些灵异方面的书，而且，毒枭也有意识地让他经受过这种应对突然打击的训练（当然，当时的主要目的，是为了让臻华增强抗刑讯的能力），今天阴差阳错，或者说是机缘巧合，臻华在上一世的这些爱好和专训，竟然在这一世帮了他大忙！——虽然，这些技能没能救了他的命，但是，却为他赢得了一分多钟的宝贵时间！

在心脏遭受到了攻击的那一刻，臻华没有像常人那样，一下子就被击溃，而是非常本能地紧紧咬住了舌尖，一阵刺痛，让臻华的大脑又保持了片刻的清醒，就在这片刻的清醒中，臻华扭头向身边的人，说出了他生命中最后一句话：

"到圣域，找雪姬，让她送纯儿回家……"

话音落处，臻华已经重重地跌倒在了地上。大殿中霎时一阵大乱。人们都冲了上来，同时，也都把目光投到了臻华身边的那个人身上——刚才臻华交代最后一件事情的人——臻华的女弟子竹笙！

笙管笛箫四人，只有竹笙留在了臻华的身边，其他三人被分别派到了圣域和纯儿那里去执行任务。竹笙这段日子里，一直都守候在臻华的身边，寸步不离。大梁国的大臣们也都已经把竹笙当做了臻华的贴身侍卫和亲信。

竹笙还算沉着，她先是检查了臻华的伤势，发现臻华的气息已经非常微弱了，但是毕竟还是一息尚存。不管怎么说，臻华总算是还活着。

大臣们把臻华安置到了寝宫中，御医也看过了，找不出原因，但是可以肯定臻华暂时没有生命危险。

看到臻华的生命暂时还没有危险，大臣们的心思就又都转到了另一件也非常重要的事情上——刚才，他们都亲耳听见了臻华向竹笙交代的话。皇帝在这个时候说出来的话，很可能就会关系到大梁国未来的命运。

"刚才陛下说的那个纯儿是谁？"大梁国的宰相屏退了众人，只留下了当初臻华指定的那几位辅国重臣，望着竹笙沉声说道。

竹笙深深地吸了一口气：

"她全名叫方子纯，是……"竹笙顿了一下，说道："是皇后娘娘。"

"我这么说应该也不算错吧，"竹笙心中悲凉地想到："要不是刚才主人突然出现意外，那他马上就要启程去接方姑娘了，等他接回方姑娘之后，方姑娘可不就是皇后娘娘了吗。”

宰相的眼中忽然一亮：

“既然，陛下刚才让你去接皇后娘娘，那就是要让皇后娘娘回来暂时摄政了？”

“不会的，”竹笙毫不迟疑地说道，“主人是让我们送皇后娘娘回家。”

“那皇后娘娘的家是哪里呢？”

“我不知道。”竹笙是真不知道。

宰相继续循循善诱：

“皇后娘娘的家当然就是大梁国啊，陛下让你送皇后娘娘回家，就是让你把皇后娘娘护送回来。”宰相这么做，也有他的想法——国不可一日无君，既然陛下如此牵挂皇后娘娘，那这位皇后娘娘一定就是可以信赖的，所以，现在最现成的办法，就是让皇后娘娘回来暂时主持大局。

竹笙悲哀地摇了摇头：

“不会的，主人最在乎的就是方姑娘，他现在既然遇到了危险，那他是无论如何也不会让方姑娘回来的，他只会让方姑娘远离危险。”

竹笙没有说错，臻华的确是这个意思，虽然在那一瞬间，他还不知道究竟是谁向自己下了杀手，但是，臻华却能够感觉到，一场天大的危机，已经向自己扑来。所以，他最先想到的，就是，让雪姬想办法送纯儿回现代，远远避开这些危险。

唉，这个痴情的男人啊，他的痴情一直延续到了他生命的最后关头。

宰相的目光深沉如黑夜，其实他又何尝不知道他们的皇帝，是多么的重情重义呢，所以他也知道竹笙是正确的，臻华在最后关头，是想把那位方姑娘送走。可是没有办法，现在为了大梁国，他不得不违背皇帝的心愿了……

宰相望着床上的臻华，沉吟了良久才转回身，目光沉重地凝望着竹笙。

竹笙这个女孩子天性高傲，再加上容貌出众，武艺高超，可以说她从初解情事那天起，心里眼里就只有臻华一个人。除了臻华，她什么人也看不见，什么人也不在乎。所以，刚才宰相所说的那些，什么叫纯儿回来主持大局的话，她根本就没往心里去。她才不在乎这个老头儿说些什么呢，她只知道，主人是让她送纯儿“回家”，至于其他的，谁说什么也没有用。

可是现在，宰相深深地注视着她的那种隐隐的目光，却把她震撼了。望着宰相那斑白的两鬓，满面的尘霜，竹笙心中忽然莫名的一悸。往日的宰相，是那样的从容不迫，充满智慧。可是，刚才发生在臻华身上的，那突如其来的变故，似乎一下子就把宰相给击垮了，他突然之间就显得那么的苍老，那么的疲惫，怎么看，都是一位已经累极了的老人，揣着一颗为大梁国操碎了的心。

望着宰相那双疲倦却执著的眼睛，这个孤傲的少女被震动了，她不由得站直了身子，这是竹笙生平第一次向臻华以外的人表示敬意。

宰相上前一步，抓住了竹笙的双手，宰相的心里很清楚，大梁国未来的命运，在很大程度上，就落在了这个比自己的孙女还要小的女孩子身上了：

"好孩子，我知道你最关心陛下了，我也明白你的心思，你从来不会违背陛下的心愿。但是，你得明白，这一次和往常不同。"宰相对竹笙耐心地解说着，每一句都语重心长：

"孩子，我也了解陛下，我知道，陛下对待群臣百姓都那么仁爱，那么有责任心，所以，对待他所爱的女人，一定也会如此。因此，他才会在自己遇到危险的时候，最先想到的，就是皇后娘娘的安全。可是孩子，你想过没有，我们作为陛下的臣子，不仅要服从陛下的命令，更要时时处处地为陛下着想。现在，虽然陛下暂时遇到伤害，但是我相信，等过一段时间，陛下的身体一定会恢复的。可是你想想，如果陛下醒过来之后，大梁国已经变成了一盘散沙，或者一盘败局，那么，陛下会多么地失望啊。"

宰相的最后一番话打动了竹笙！是啊，主人当然不会就这样永远睡去的，如果自己真的送走了方姑娘，那等主人醒来以后又该怎么办呢？

于是竹笙问道：

"宰相大人，你觉得方姑娘真的能带领大梁国度过这次危机吗？"

"当然能啊，"宰相毫不犹豫地说道，"我相信，能被陛下看重的女子，一定不是普通的女子，她一定和主人一样善良，一样聪慧，所以她一定能在这段时间里，帮陛下处理好国事的。"宰相嘴上虽然这么说，但是他现在心里想的却是：不管皇后娘娘有没有能力担当起这份重任，只要她能回来就行。只要她回来了，大梁国就有了凝聚力，有了精神力量，剩下的事情，他们这些大臣就可以做了。

竹笙毕竟年轻，哪里有宰相那样多的城府和心思。宰相说了半天，她就只听明白了一件事——纯儿如果回来的话，那对主人非常的有好处！

那还犹豫什么？当然是让纯儿回来了。

主人，对不起，我要违背您的心愿了，不过，宰相大人说了，方姑娘回来，对您会有帮助的。所以，我也顾不得了，您也知道，我的心里从来都是只有您的，连方姑娘都没有。等方姑娘帮完了您之后，我情愿受您的责罚！

竹笙在心中对臻华默默地说完之后，抬起头望向了宰相：

“宰相大人，那我现在就去找方姑娘，请您照顾好主人。”

“这没问题，”宰相赶紧说道，“陛下这里你就放心吧。倒是你，你要去哪里接皇后娘娘呢，要不要我为你派些兵马保护。”

“不用了，”竹笙摇了摇头，“皇后娘娘现在所在的地方，人去多了，反而不好。而且我相信，有我们姐妹几个保护着，方姑娘一定会安然无恙的。”

“那就好。”宰相点头道，“等你们带回皇后娘娘之后，千万不要张扬，先悄悄地把她带回宫来。”宰相嘱咐道。

“我知道了。那我现在就走。”

“好，你多加小心！”宰相再三叮咛。

西蜀国的行辕中，端昊在焦急地等待着消息。丝丽苔刚才通过水晶球告诉他，她已经成功的作法，让臻华陷入了永久的昏迷。

“为什么要让他昏迷，不让他直接死掉？”端昊问道。

“我觉得让他昏迷着比让他死了，对我们更有好处。”丝丽苔敷衍道。其实，丝丽苔让臻华昏迷，只是出于她自己的私心，她可不想让臻华死，她还等着，在征服了大梁国之后，让臻华成为自己的裙下之臣呢。

端昊也无奈，毕竟现在作法的是丝丽苔，他没有办法去制约丝丽苔让她听命于自己，所以也只能让丝丽苔按照她自己的意愿做事。

只好等到挥兵大梁国之后，再杀死完颜臻华了。端昊想到，因为像完颜臻华这样的人，还是死了，才能让人比较踏实。

当然，端昊是不会简单地听信丝丽苔的一面之辞的。他已经发出了讯号，让潜伏在大梁国的探子们，不惜一切代价打探出完颜臻华的最新消息。

而臻华选出的那几个监国重臣，也不是省油的灯。他们一早就把臻华遇险的消息紧紧地封锁住了，所以，西蜀国的探子们费尽了九牛二虎之力，也打探不着臻华的具体消息。

三天时间过去了，探子们带回的唯一消息就是：

完颜臻华皇帝，已经三天没有上朝了。但是大梁国对皇帝没有上朝这件事，做出了非常合理的解释。

听到了这个消息，端昊的眼睛中射出了一道寒光！

三天没有上朝，也就是说完颜臻华真的是出事了！当然，也有可能真像大梁国的人们所说的那样，完颜臻华是因为某种原因而没有上朝。不过，机不可失，时不再来，端昊总不能等亲眼看到完颜臻华的尸体之后，再发兵！战争本来就是要冒险的，那个醉人的称霸天下的梦想在诱惑着端昊，所以，端昊选择了信任丝丽苔！

"来人！传令！向大梁国发兵！"端昊冰冷地发出了命令！

竹笙的密信，通过专门渠道送到了圣域，雪姬看到信之后，整个人都傻了！——臻华遇险，昏迷不醒?!

天啊，雪姬眼前一黑就昏了过去，这个女人，上一世，在现代的黑道称雄，这一世，身为圣域的首领之一，性格是何等的顽强，心志是何等的坚硬！可是，一旦遇上和臻华有关的消息，马上就柔肠寸断，乱了方寸！

因为，臻华是她的爱人啊，是她深深地爱了两世的男人，为了他，她不顾一切地从现代追到了古代。为了他的一个请求，她不惜含泪委屈自己去做了别的男人的小妾，而他求她去做妾，只不过是为了让她替他守护好他的心上人……

这些苦，雪姬都能忍受，也真的都承受了下来，只因为她的心中只有一个愿望——盼着他能好，只要臻华能过得好，能过得幸福，那她什么样的委屈都可以受，她都不在乎。

可是为什么，在她做了这么多之后，臻华还是会遇到不测呢？难道，是她做得还不够多，不够好吗？

当雪姬醒来之后，不禁泪流满面。

"姐姐，你先别哭了，现在不是哭的时候，"竹笛摇晃着雪姬的肩膀，焦急地说道："竹笙姐姐的信上不是都说了吗？主人让我们去找方姑娘，而且，大人们也说了，如果把方姑娘带回到大梁国，是能够帮助主人的，我们快去吧。"

竹笛也是深爱着臻华的，只不过，因为她还年轻，所以对臻华的爱不像雪姬这么苦，竹笛的心思很单纯，只要能帮助主人，那就怎么着都行。

雪姬知道竹笛说得有道理，她擦干眼泪，想了想，说道：

"要是主人现在在这里就好了。"雪姬口中的主人，指的是完颜洪烈，自从上一世起，她就追随在完颜洪烈的身边，所以，不管心中对臻华如何的痴情，她一直是把完颜洪烈当做自己的主人的。

可是，完颜洪烈为了挽救圣地，已经在圣山上闭关了，并且封闭了通往圣山的路途，本来，完颜洪烈这么做的本意，是担心臻华会硬闯来救自己，或者要和自己一起去挽救圣地,会遇到危险,这样,他封闭了路径,别人就都无法进入了。可是他却无论如何也没有想到,臻华会遇到这么大的危险!

“看来,主人是帮不上我们了。那好,我们现在就去和竹笙她们会合,然后去找方子纯!”雪姬下定了决心。

西蜀国中,拓跋得到了端昊发出的要出兵大梁国的命令,不禁惊得目瞪口呆!

虽然现在陪在端昊身边的所有大臣,对于他刚才提出的,要出兵攻打大梁国的命令,都感到意外和不可思议。但是,毕竟君臣有序,所以,纵然心中再有疑惑和不解,他们也不敢公然地去质问皇上,只能是沉默不语地待在一旁,不知道如何是好。

而此刻,唯有拓跋傲疆没有那么多顾忌,他笔直地站在端昊的面前,他那明亮的目光直视着端昊,话语中充满了勉强压制住的怒火:

“陛下,恕臣愚钝,我不明白您的意思。”

其实端昊也早就想到了,他如果想撕毁和谈协定,必须得先过了拓跋这一关,因为拓跋太正直了,在端昊看来,他已经正直到了有些愚蠢的程度,总是去讲究那些所谓的信誉操守。当然,从皇帝和大臣的角度来说,拓跋这样,肯定是正确的,够得上一个好大臣的标准,但是,在做出重大决定的时候,例如现在,拓跋的这种性格,就比较惹人厌烦了。

端昊看了看拓跋,故意轻描淡写地说道:

“你没有听明白我的意思吗?我是说,即刻起兵,攻打大梁国!”

拓跋的脸色也变得非常的阴沉了,他望着端昊一字一字地分外清晰地说道:

“可是,臣以为,我国已经和大梁国订立了和约,相互承诺三十年之内互不侵犯。”

端昊有些恼羞成怒了,他毕竟是一个皇帝,无论如何也不能接受一个大臣这么当众质问自己,更何况对方所指责的,也的确是端昊的错处。

端昊的脸黑了:

“此一时彼一时。”

“臣还是不解!”面对着端昊的怒火,拓跋丝毫也不退让。

端昊气急:

“当初之所以订立和约,是因为大梁国的炮船已经到了我们的门前,我们是被逼无奈,而现在……”

“而现在大梁国已经承诺了不再使用火器,所以我们就可以背信弃义,转而去攻打大梁国了，是不是?！”拓跋不等端昊说完，就毫不留情地问道。

端昊这一次，真的被拓跋的这种直白给震怒了，他的手重重地拍在桌子上。端昊的脸上青红不定，心中似火烧油煎，可就是说不出话来。

因为拓跋说的，的确就是事实所在，可是这个事实，却是端昊无论如何都不能承认的。

端昊深深地吸了一口气，努力保持着自己帝王的尊严，他终于放缓了声音，说道：

“拓跋将军，朕做事自有分寸，我所做的每一件事，肯定都是对西蜀国有利的。这些朝政你就不用管了，你只负责用心地带好兵，打好仗就行了。”

在座的群臣都已经听出来，皇帝对于拓跋的忍让已经达到尽头了，他们都不禁暗暗替拓跋捏了一把冷汗，这些大臣们平素和拓跋都非常的交好，所以，现在都在紧张地想着，如何救拓跋一把。

拓跋并没有被端昊的怒火所吓倒，也没有被端昊的怀柔所打动，他仍旧笔直地站在屋子中央，冷眼望着端昊。

拓跋和端昊两个人一时僵持住了。

这时，拓跋的副手坚持不住了，他瞅准了一个机会，快步走到了拓跋的身边，拖住了拓跋的一条胳膊，说道：

“将军，现在出征命令已经传达下去了，我们还有很多事情要做，不如我们先去处理分内的事情，有什么不明白的，回头再来向陛下请教也不迟。”说着话，副将就要拽着拓跋朝外走。

拓跋却挣脱开了副将，说道：

“出征的命令已经下达了，我们要去做分内的事情了？这样说来，你的意思就是说，我们真的要去执行这种命令，真的要去进行这场战争吗？”

副将的脸被吓得惨白了，他真没想到拓跋竟然会说出如此激烈的言辞来。无奈之下，副将不禁苦笑了一声：

“将军，我们是朝廷的命官，拿的是国家的俸禄，听命于皇上是我们的本分啊。”

拓跋冷冷一笑：

“正因为我是朝廷的命官，拿着国家的俸禄，我才要问一问清楚，陛下这么做，到底是为什么?”拓跋的语气又激烈了起来：“陛下说是为了百姓?可是百姓根本就不希望战争，如果说是为了我们的国家，那就不应该去做这种背信弃义的事情，这会让全天下的人耻笑我们西蜀国的。”

拓跋的这句话说得太重了，他这一番话，真就好似是一记耳光打在了端昊的脸上，端昊的脸色一下子就变了，变得恐怖之极。他那阴冷的目光望向了拓跋，可是拓跋却毫不退缩！

端昊和拓跋就这样四目相对着，良久，端昊才冷森森地说道：

“好，很好。”

说着话，端昊那冰冷的眼神离开了拓跋的脸，一点点地移向了站立在两旁的大臣们身上，他逐一地打量着这些大臣，不论是文臣还是武将，都情不自禁地在端昊这种目光的注视下发起抖来。

大臣们都在端昊目光的逼视下低下了头，就仿佛凛冽的秋风吹过了已经枯黄的芦苇，而芦苇都在秋风的淫威面前，情不自禁地弯下了腰。

看到群臣对自己的畏惧，总算是让端昊稍微找回了一些帝王的尊严，望了群臣良久，端昊又开口了。阴冷的声音在整个空间中回荡：

“你们还有谁觉得不应该出兵大梁国？”

大臣们不语。因为每个人都知道，拓跋说的是对的，但是，却没有一个人有勇气，像拓跋那样，把话说出来。所以，他们只能沉默。

“你们还有谁觉得不应该出兵大梁国？”端昊又一次问道，他不允许沉默，他要的是绝对的臣服！

这次端昊的声音又提高了一些，而且更加的阴冷了，每个人都能感觉到，此时端昊心中那隐忍着的怒火。

大臣们都畏惧了，毕竟在这个世界上，只有一个拓跋傲疆！

呼啦啦一声，大臣们都跪倒在了地上，同时，口中说道：

“臣等遵从陛下的旨意——”

而在跪倒的人丛中，只有拓跋还是站立着的，就好像严冬中，最后一棵没有被风雪压倒的劲松！

端昊的目光终于又落回到了拓跋的身上，良久，端昊才问道：

“怎么，拓跋将军，你还是要违背朕的意愿吗？”

拓跋久久不语，时间一分一秒地过去了，忽然，拓跋一掀战袍，单膝跪倒在了地上！

端昊心中暗自松了一口气：

还好，这个拓跋总算是不再坚持了。

可是，端昊的这口气还没有松完，就听拓跋声音稳健地说道：

"陛下，臣才疏学浅，无力承担起将军的职责，所以，特向陛下请求解甲归田！"

拓跋此言一出，室内一片哗然！端昊和大臣们都愣住了。他们谁也没有想到，拓跋竟然会这么执著，为了不打这场仗，竟然不惜辞去大将军的职务！要知道，拓跋的这个大将军，在西蜀国之中，可是真正的一人之下，万人之上，是硬碰硬的实力派啊。他竟然就这么着请辞了?!

端昊也僵住了，他其实只是想逼拓跋就范而已，并不想让拓跋辞职，因为他非常了解拓跋的能力，他知道，如果真的想征服大梁国，拓跋是最好的领军人选。

可是现在，拓跋就当着群臣的面，跪在自己的面前，自己该怎么办呢?

端昊沉默了良久，才深深地吐了一口气，沉声说道：

"朕不是昏君，也不做昏君，朕知道，拓跋将军一贯就是爱兵如子，正是因为这分爱兵之心，才让拓跋将军不愿意再展开一场战争，这也是人之常情。所以，拓拔将军的这份心情，朕能够理解，朕也不怪罪，你们先下去吧，各司其职，做好自己分内的工作。拓拔将军留下来，朕再和你好好聊聊。"

端昊也算是给自己找了个台阶下。而大臣们也都松了口气，这至少说明，拓跋暂时没有危险了。

当人们都走了之后，屋子里就只剩下端昊和拓跋两个人了，这两个人一站一跪，谁都没有动。过了好久，端昊才走到了拓跋的面前，作势要亲手扶起拓跋，同时语调沉痛地说道：

"傲兄，你让我说你什么好啊？"

拓跋是个耿直的人，见到端昊不计前嫌，还这么对自己，不禁心中也一阵后悔——毕竟端昊是皇帝，自己刚才那么做事，也的确是太不给他留面子了。

所以，拓跋并没有顺势站起来，而是又深深地叩拜了下去：

"臣刚才冒犯了皇上，请皇上责罚。"

端昊又叹了一声：

"唉，我不是早就说过多少次了，人前你我是君臣，人后你我就是兄弟。现在我们只论兄弟，还有什么责罚可言啊。"

端昊的这一番造作，让拓跋心中的悔意更深了，要不是这一次端昊要做的这件事实在是太过分了，拓跋恐怕现在就答应带兵出征了，只不过这一次，这件事，让拓跋实在是无法让步。

“陛下，难道，您真的要这么做吗？”拓跋仍旧希望端昊能够改变主意。

“傲兄，你为什么要反对呢？称霸天下，是我们多年的梦想啊？！”

听了端昊的话，拓跋不禁暗自长叹了一声，因为他明白了，自己是不可能说服皇上的了，因为在皇帝的心目中，称霸天下的梦想，是高于一切的。

看到拓跋沉默不语，端昊继续说道：

“傲兄，我们相交已经十几年了，彼此信任相知，你应该和我知道得一样清楚，大梁国一天不除，就始终会是我们的心腹大患。卧榻之侧，岂容他人酣眠！”

“可是现在大梁国已经主动提出缔结和约，约定双方三十年之内不再互相侵犯了啊？”拓跋还在坚持。

端昊冷笑了一声：

“和约，哼。”端昊不屑地冷哼了一声，“傲兄，你是一个好人，是一个刚正无私的大丈夫，是一位好的统帅，但是，你却不懂得权谋之术。像我们和大梁国之间缔结的这个和约，订立的本身就是为了撕毁的。”

“什么？”拓跋一下子没有听明白端昊的话——什么叫订立的本身就是为了撕毁呢？拓跋无法理解。

看出了拓跋的疑问，端昊就进一步解释道：

“傲兄，你也是一国的统帅，掌管着整个西蜀国的军队。那你设身处地地想一想，如果你已经在战场上把对方逼到了绝地了，你还会订立什么互不侵犯的和约吗？所以，完颜臻华和我们订立这个和约，本身一定就是个阴谋！”

拓跋被端昊搅得有些混乱，他自语般地说道：

“如果，真是像陛下所说的那样，那大梁国的这个和约就是一个阴谋。可是，阴谋都是有目的的，大梁国这么费尽心机，那他们的目的又是什么呢？”

端昊被拓跋逼问得有些说不出话来了，因为他也知道，其实大梁国的这次和谈，真的是善意的，只不过是他自己一心想要撕毁和约，趁机吞并大梁国。

也是端昊心机深沉，想了一下，就又有了说辞：

“我不知道他们阴谋的目的究竟是什么，但是我知道一定会有阴谋，而我就是为了要弄清楚这个阴谋，所以，才要对大梁国用兵。因为在战场上，一直都是先下手为强，后下手遭殃的，如果我们不先一步动手的话，等到了大梁国开始施展他们阴谋的时候，我们就太被动了。”

这一次，拓跋终于听明白了——原来，端昊只是假设大梁国会有阴谋，而他反过来，又把这个假设作为了撕毁协定，攻打大梁国的理由！

想清楚了这些以后，拓跋不禁苦笑了一声：

说来说去，其实就是一句话，皇上是非攻打大梁国不可，谁也别想拦住他。

拓跋又叹息了一声，开始试图为劝阻端昊做最后的努力：

“可是陛下，您想过没有，如果我们撕毁了互不侵犯的协定，那么大梁国也就可以撕毁不再使用火器的承诺！我们上一次之所以会被大梁国逼到绝境，主要就是因为大梁国的火器。可是如果我们再次发兵，而大梁国再次使用火器的话，我们还是会失败的。”

“如果你是在担心火器的话，那你就大可不必了。”端昊阴沉地冷笑了一声。

“为什么？”

“难道你忘了吗？完颜臻华已经下达了诏书，只有他亲笔签署命令，大梁国才可以重新动用火器。而现在，完颜臻华是不可能再亲笔签署任何命令了。”端昊的声音锋利如刀。

“为什么?！”这次拓跋真的吃惊了。

“因为我刚刚才得到了消息，完颜臻华不知道是由于什么原因，忽然间昏迷不醒了。而且，似乎是永远不会再醒过来了！”

端昊的这句话，无异于在拓跋的面前炸响了一个晴空霹雳！拓跋直盯着端昊的眼睛，明亮的目光就像是闪电一般灼人，他注视着端昊，一字字地问道：

“完颜臻华为什么会昏迷不醒？”

说实话，即使是现在只有拓跋和端昊两个人单独相处，拓跋的态度也是太过于无礼了。但是，也许是因为端昊心虚的缘故吧，他不仅没有勇气斥责拓跋的无礼，甚至连直视拓跋的勇气都没有。

端昊回避开拓跋那逼人的目光，强作镇定地说道：

“我怎么知道原因。只是昨天，我们派驻到大梁国的探子送来了这个情报，我才知道的。”

端昊也知道，这个理由是无法说服固执的拓跋的，本来，他以为拓跋还会追问下去，可是出乎端昊意料的是，拓跋竟然忽然间什么都不问了。甚至于，连拓跋的眼睛都变得暗淡了下来，他深深地望了端昊一眼，就什么话都不再说了。

室内，霎时陷入了一片让人难挨的沉默。

此时，就连强硬如端昊，都不禁在这逼人的沉默之下感到有些窒息了。

拓跋就那么久久的沉默着，到最后，端昊甚至都希望拓跋能够像刚才那样，再和他争吵一番了——一个率直之极的汉子，忽然什么都懒得说了，这本身就让人不安。

终于，端昊坚持不住了，他主动开口了：

“傲兄，你还有什么要说的吗？”

“没了。”拓跋毫无表情地吐出了两个字。

虽然拓跋不知道为什么突然不再那么激烈了，但是端昊绝不会就此认为他已经把拓跋给说服了，因为拓跋现在脸上所呈现出来的神情并不是服从，而是一种发自内心的心灰意冷。

世界上的事情往往就是这样，一贯软弱的人突然爆发，带给人的冲击力可能比一贯激烈的人的爆发要强大得多，同理，如果一贯激烈的人突然沉默了，那也是让人非常不安的。

现在端昊的感受就是如此，拓跋就像是一座火山，喷发着，端昊倒还熟悉。可是，火山一旦沉寂了，反倒让端昊有些心里没底了。

“傲兄，我是一直拿你当兄弟的，所以，我真的希望你能够对我把心里话都讲出来。”

拓跋听了端昊的话之后，当下并没有什么反应，过了很久之后，才惨然一笑：

“陛下，你忘记了一件事情。”

“什么事？”

“这里是行辕，所以一切关防都是由我亲自负责的，甚至往来的消息都会先送到我那里，无一例外。这倒不是臣越权，事实上，这是我们西蜀国的铁律！”

端昊一时间还是没弄清楚拓跋到底要说什么，于是问道：

“这些我都知道啊，而且你的这种权力，是国家是朕授予的，就是为了让你能更好地主持战局，也是为了能更好地保证朕的安全。所以，朕也并没有责怪你越权的意思啊？”

拓跋又是一声惨笑：

“我知道陛下没有责怪我越权。我刚才的意思是想说——因为我掌管着行辕内进出的所有消息，所以，我知道，我们派驻到大梁国的探子，是今早送回的消息，并不是昨天，而且，我还知道，探子送回的消息上，只说明了完颜臻华三天没有上朝，并且对此，大梁国朝廷还做出了专门的解释。所以，探子并没有说，完颜臻华昏迷不醒，甚至是再也不会醒过来,这样的事情。”

拓跋话音未了,端昊就明白自己的错误犯在哪里了——他一时不慎,把丝丽苔告诉他的臻华目前的状况,给说出来了。拓跋是何等心思敏锐之人,一听之下,就已经把什么都想明白了。果然,拓跋接着说道:

“陛下,臣明白了。大梁国的和谈也许不是圈套,但是我国同意和谈,并且坚持要求完颜臻华作出承诺,只有他亲自下达命令,大梁国才能再使用火器,这才是真正的圈套,恐怕就是因为陛下已经‘预见’到了完颜臻华很快就会昏迷不醒,所以,才会这样做的。而且,我国军队不按期撤离,而是不断地向黄河口岸集结,也是为了完颜臻华的这次昏迷吧。”拓跋的声音中,充满了疲惫和倦怠。

端昊一时无言。其实端昊知道,刚才拓跋在说这一番话的时候,是非常无礼的,他完全可以借此大大地训斥拓跋一顿。但是,端昊却没有这么做,因为他非常清楚地看出来,拓跋现在所呈现出的,是一种无所谓的神情,眼前的拓跋似乎已经对一切都无所谓了——什么那些所谓的皇权、君臣,甚至生死,都已经无所谓了。面对一个对一切都无所谓了的人,如果再用那些世俗的东西去压制他,是否有效暂且不论,首先,这种行为就已经是非常可笑的了。

拓跋说完话之后,又再一次重新跪下了,同时声音低落地说道:

“陛下,臣已经决定了,要解甲归田,还望陛下恩准。”

“怎么,你还是要走?”

“对,”拓跋肯定地点了点头,“尽管我无力阻止这场战争,但是,我至少可以做到让我自己不参与到这场战争之中!”

“可是,傲兄,你为了筹备这场战争,花费了十年的时间,你真舍得就这样一走了之?”

拓跋苦笑了一声:

“这也许就是我和陛下最大的不同,我和陛下都经过了十年的厉兵秣马,但是,陛下的目的是为了称霸,而我的目的只是为了保证我的国家不受侵犯。”

端昊的目光再次阴冷了:

“可是,你走得了吗?”

拓跋轻轻一笑,云淡风轻:

“我知道,我走不了……”

端昊久久地望着跪在自己眼前的拓跋,沉默了很久之后,才冷森森地说道:

“虽然，你让我非常失望，但我也不想强求你，我们西蜀国是绝对不会缺少愿意建功立业的好男儿的。”

拓跋当然也听得出来，端昊是话里带刺，但是，他现在已经不想再为了这些事情争辩了，只是再一次深深叩拜了下去：

“谢陛下恩准。”

是啊，作为一个武将，作为一个多年来一直纵横沙场的汉子，端昊现在的话，无异于就是侮辱。但是，拓跋心中明白，解甲归田是自己的选择，也是自己现在能做的唯一选择，所以，即使是承受着莫大的侮辱，他也不会改变初衷。因为，拓跋现在心中只有一个信念，那就是，无论如何也不能去统帅军队，去进行这场背信弃义的战争。

端昊望着拓跋，目光中全是阴冷，他就这样任凭拓跋跪在地上，很久之后，才缓缓地说道：

“拓跋将军，你也是为帅多年的人，我想问你，军中十斩，第一斩是什么？”

听了端昊的话，拓跋不惊不怒，他统帅三军多年，而且这么多年来又一直都追随在端昊身边，所以，在他提出要解甲归田的那一刻起，他就很清楚，等待自己的会是怎样的命运。但是，为了固守自己心中那一道永远都不会改变的正义的原则，他还是选择了去违背皇帝的意愿。

“回禀陛下，动摇军心者斩！”

端昊点了点头：

“很好，你说得没错。动摇军心者斩！今天，你在群臣面前，当众顶撞朕，力阻出征，这就是动摇军心。大战在即，你身为大将军，却要卸任而去，这也是动摇军心！所以，二罪归一，按照国法军规，我就应该在出征前杀你祭旗！”

拓跋再次叩首：

“臣的确有罪。”

端昊望着拓跋，其实他也不是真心要杀拓跋，他还真是舍不得杀死这个大将军，他只是希望能够吓住拓跋，让他回心转意。可是，端昊失望了，拓跋从始至终，神情都是那样的平静、从容。“不以物喜，不以己悲”说的，就应该是拓跋现在的这种状态吧。

“唉……”端昊不禁深深地叹息了一声，“拓跋将军，你为什么这么固执呢？你知道，我是多么希望我们兄弟能够一起去争霸天下吗？”

“人各有志。”拓跋简单地说完这四个字之后，就不再说话了。

端昊把目光移向了窗外，良久之后，才说道：

"虽然，你是大罪当诛，不过念在你有功于国家，又是纯儿的师兄，我这次不杀你，但是，我也不能放你走。"端昊又深深地呼出了一口气："我会暂时把你羁押在军中，以定军心！"

拓跋现在已经把生死置之于度外了，听到端昊这样说，也没有什么特别的感觉，只是再次叩拜，平静地说道：

"谢陛下不杀之恩。"

端昊的目光又重新投回到了拓跋的身上，深沉地说道：

"傲兄，我再次尊你一声兄长，希望你能在羁押的这段时间里，再好好想一想，不要再那么固执了，只要你还愿意回来，大将军的位置，我始终都是留给你的。"这一次，端昊的态度倒是分外的真诚。因为他说的也的确是真心话，纵观西蜀国中，确实没有人比拓跋傲疆更适合这个大将军的位置了。可是，这次拓跋连话都没有说，只是重重地叩了一个头，然后就双手捧出了早已经准备好的印信！

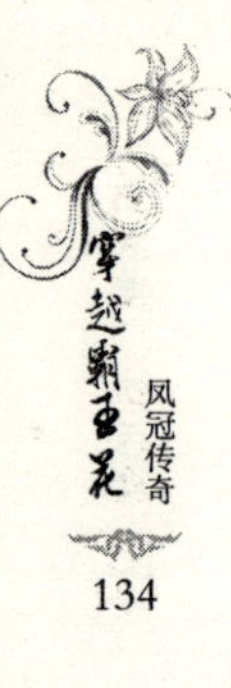

端昊看着印信，不由得惨笑了一声：

"看来，你是来的时候，就已经把一切都准备好了。"

"是。"

端昊和拓跋都没有再说话。

很快，一个消息就像是长了翅膀一样，飞遍了西蜀国的军营，飞到了西蜀国的京城，也飞到了大梁国中——西蜀国的大将军拓跋傲疆，因为言行不慎，动摇军心，被皇帝羁押，除非遇到特赦，否则死罪难免！

消息传出，西蜀国上下一片哗然。因为，不管在西蜀国中，各个政治派系之间的关系如何的复杂，人们都不约而同地有一个共识，那就是，拓跋傲疆是一个不折不扣的好人，是一个真正的忠君爱国的将军。人们无法想象，拓跋傲疆竟然会因为言行不慎，而动摇军心获罪！每个人心中都清楚，这件事里一定是另有隐情，而且，很有可能是拓跋因为某种原因而触犯了君威！可是，这种猜测，人们只敢埋在心里面，谁都不敢说出来——拓跋傲疆身为大将军，多年来立下了赫赫战功，尚且被定为死罪，那别人的命运，就更加的莫测了。

大梁国中的几位监国大臣，此刻也正聚集在一起，议论着拓跋傲疆的这件事情。

"宰相大人，这件事您是怎么看？"一位大臣问道。

"树欲静而风不止！"宰相面色沉重地说道，"如果我没有猜错的话，这将是一个非常危险的讯号。"

“您的意思是……”

宰相深深地吸了一口气，说道：

“我们和西蜀国抗衡了这么多年，对于拓跋傲疆，可以说已经是相当了解了，我相信，各位大人也都知道，这位拓跋大将军，是一位难得的正直之人，如果说他会做出不利于西蜀国的事情来，我，不相信。”

大臣们纷纷点头，因为宰相说出了他们的心声，他们也都认为拓跋不会干出危害西蜀国利益的事情来。

宰相继续说道：

“所以，我认为拓跋获罪，一定是因为得罪了宇文端昊，可是，拓跋一直就是宇文端昊的心腹大臣，他又怎么会得罪宇文端昊呢？”

这时，另外一位大臣接着说道：

“虽然拓跋将军是我们的敌人，但是，我们都必须承认，他是一个好人，而宇文端昊却不然。所以，肯定是宇文端昊要做什么违背道义的事情。”

宰相的脸色阴沉：

“这也正是我所担忧的，现在西蜀国的军队不肯回撤，一直都集结在黄河口岸。而且战争明明已经结束了，西蜀国却突然做出羁押三军统帅的事情来，这不是好兆头啊。”

“宰相大人是在担心，西蜀国会对我们大梁国做出背信弃义的事情来？”

宰相长叹了一声：

“皇帝陛下突然间昏迷，直到现在，御医都找不到原因。西蜀国又做出这么一系列反常的行动来，我的确是担忧啊。”

大臣们听了宰相的话，也都沉默不语了，过了好一会儿，另外一位大臣才又说道：

“宰相大人和各位大人也不用太多虑了。西蜀国毕竟也是一方大国，所以我想，宇文端昊做事还不至于那么荒唐，他应该不会这么快就单方撕毁停战协定，他也要顾及西蜀国的脸面啊。”

“但愿如此吧，”宰相又长叹了一声，“不知道竹笙她们找到皇后娘娘没有，但愿她们能快些把皇后娘娘找回来，现在正是多事之秋，我们需要皇后娘娘这样一个象征，来凝聚大梁国的民众。”

在纯儿和胡杨女隐居的那个山谷中，却丝毫都没有听到拓跋已经被羁押的消息。因为，当初拓跋为了她们两个的安全起见，只安排了一个心腹往来传递消息。现在，拓跋一被羁押，他的心腹自然也就难逃厄运了。

纯儿和胡杨女所得到的最后一个关于拓跋的消息，还是说，西蜀国和大梁国两国已经缔结了停战协议，很快，拓跋就可以来接她们了。所以，她们两个人还沉浸在快乐之中。

山谷中与世隔绝，每天都有着打发不完的时光，而胡杨女和纯儿两个，又都是闲不下来的人，可是在这荒山野岭之中，她们又实在是找不到事情可做。于是，胡杨女就趁这个机会，专心地教起纯儿鞭法来。纯儿的玲珑鞭法，本来就是在拓跋的指导下，跟着鞭谱学的，所以很多地方都练得似是而非，在看胡杨女完整地演练了一套玲珑鞭之后，纯儿当下就彻底地服了，马上就踏踏实实地跟着胡杨女认真学习了起来。这样一来，两个人也就不觉得日子难熬了。

这一天，纯儿正和胡杨女在一块空地上练鞭，忽然，胡杨女的一个手下飞奔而来，口中还大呼着：

"首领，不好了，有人闯进来了。"

胡杨女柳眉一竖，喝问道：

"怎么回事？"

这时，那个手下已经奔到了她们的近前，只见这个手下已经衣冠不整了，脸上和背上还都挂了彩，不停地有鲜血渗出来：

"首领，刚才不知道从哪里就突然冒出来几个黑衣人，也不说话，就要往山谷里闯！我们拦阻他们，可是他们实在是太厉害了，而且出手毫不留情，我们的人在拼死抵挡，我来报信。怎么办啊？"

纯儿和胡杨女大感意外，相互一望：

"会是什么人？"胡杨女问道。

纯儿的心中一寒：

"黑衣人，难道又是青衣卫?!"青衣卫三字刚一出口，纯儿就已经怒气勃发，在黄河口岸和圣域，她两次被青衣卫劫杀，都差点儿丧命，也正因为如此，才让纯儿对端昊彻底地绝望了。

"什么，青衣卫，就是那个混账皇帝的奴才!?"胡杨女也断喝了出来。

第六章　寻回前世的记忆

纯儿也曾经对胡杨女提起过青衣卫，所以胡杨女一听到青衣卫这三个字，马上就联想到了宇文端昊。而且胡杨女和宇文端昊之间，还埋藏着一段深得无法化解的恩怨——胡杨女才是宇文皇族的正牌公主，端昊只不过是一个从民间抱来的普通男孩。当初，要不是年轻的胡杨女迷恋上了拓跋傲疆，她早就已经成了端昊的妃子了。后来，端昊派拓跋去缉拿胡杨女，并把她送上了刑场，还差一点儿就要了胡杨女的命！这笔账，胡杨女也算到了端昊的头上。

现在一听说端昊竟然敢派他的青衣卫到这里来捣乱，胡杨女不禁一时间新仇旧恨都涌上了心头，她一撩衣袍，提刀就向着山谷口走去，一边走，口中还一边说道：

"纯儿，你要是不愿意见他们，就在这里等一会儿，我现在就去把那几个青衣卫杀了给你出气。"

胡杨女的性格爽朗豪气，她现在一心想着的，是如何去替纯儿打抱不平。

可是纯儿的动作比她还快，只见纯儿已经握着玲珑鞭飞身而起，同时说道：

"我是不愿意见他们，可是他们既然找到我的门上来了，我可没有躲着的道理。姐姐，我和你一起去。"

唉！这两个人，一个曾经是纵横现代世界的女特警，一个是驰骋在沙漠戈壁的女匪首，都是天不怕地不怕的人物，现在，竟然有人敢找到她们的门上来闹事，也算是自寻死路了！

纯儿和胡杨女两个，很快就赶到了山谷的入口处，只见那里果然有两群人混战在了一起，从衣着上，可以很容易地就分辨出来，一群已经被打得落花流水的，是胡杨女的亲信手下。而另外几个人，都是一袭黑衣，全身上下，被黑布严严实实地裹了起来。乍一看之下,也分不清是男是女。

纯儿和胡杨女都是身经百战的人,经验十分老到,只看了一眼,他们就已经瞧出来,这几个黑衣人其实是对胡杨女的随从们非常的手下留情了。

看出了这一点,胡杨女不禁心中骇然。因为她心里有数,这些随从都是她一手调教出来的亲信,每个人的身手都非常厉害,可是现在,对方明明是处处留情,他们还被打成这样,可见来人的功夫高到了何等的程度。

纯儿因为对胡杨女随从的功夫并不是很了解,所以也就没有像胡杨女那样,受到多么严重的震撼。她的身形根本就没有停下来,而是在看到了那几个黑衣人的第一时间,就朝着他们扑了过去。

这就是典型的方子纯的风格——一旦见到敌踪,就绝对不会迟疑。

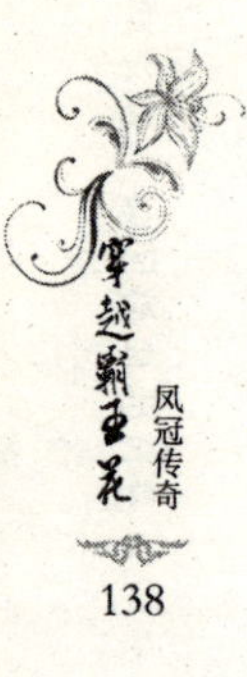

胡杨女虽然心中惊骇,但她也不是软弱怕事的女人,现在看到纯儿已经扑上去了,也就毫不迟疑地纵身而上。

可是,就在胡杨女身形跃起的那一刹那,她突然呆住了,硬生生地在半空中收住了身形,同时还大喝了一声。

纯儿手中的长鞭已经甩了出去,眼看着鞭梢就要打到为首的那个黑衣人了,就在这时,她的耳边忽然传来了胡杨女的一声断喝:

"纯儿回来,他们不是青衣卫!"

纯儿听见了胡杨女的话,不禁一愣,可是手中的招式已经用到了,鞭子是收不住了。那个被纯儿攻击的黑衣人,面对着已经刺到了面前的玲珑鞭,并没有太大的惊慌,而是微微一闪身,用手中的武器格挡开了玲珑鞭的鞭梢。

双方这一交手,纯儿立刻就感觉到了,这个黑衣人并不想伤害她。纯儿也心中疑惑,本来,她还以为是青衣卫来了,可是现在看来,这几个黑衣人的确是另有来头。与此同时,胡杨女已经来到了纯儿的背后,她伸手就挽住了纯儿,把她拖到了自己的背后,然后才目光冷森地注视着面前的几个黑衣人,充满戒备地问道:

"你们来自于圣域?"

纯儿一听胡杨女这句话,不禁比刚才还要吃惊!

因为如果是青衣卫来了,那充其量,不过是端昊察觉了她们的行踪,要再下杀手。可是,圣域的人竟然会到这里来,这就真让纯儿有些摸不着头脑了。

这几个黑衣人也不回答胡杨女的问题,而是同时揭开了脸上的面纱,这一下,纯儿真的呆住了!

她目瞪口呆地盯着眼前这五个女人，连话都说不出来了，而站在最前面的那个女人，注视着纯儿，目光也是分外的复杂。

两边的人就这么互相望着，过了很长很长时间，纯儿才发出了声音来，只听她轻唤了一声：

“雪姨，你怎么来了？”

原来这几个黑衣人，正是雪姬和笙管笛箫。

雪姬张了张嘴，却没说出话来，纯儿的问题貌似简单，可是如果真要回答起来，却不是一言半语能说清楚的。

稍后，纯儿的目光又望向了笙管笛箫四人：

“姐姐，原来是你们？你们是来找我的吗？”

因为在纯儿的记忆中，笙管笛箫已经有两次在危急时刻救了自己的性命了，所以，纯儿对她们四个一直是心怀感激的。

雪姬和笙管笛箫还没有来得及说话，胡杨女却开口了：

“你们找到这里来，到底有什么事情？”

胡杨女的声音分外的冰冷，她自小在圣域中长大，当然认识雪姬，而且身为圣域的叛徒，她更是本能地就认为她们几个是来找自己的麻烦的。

雪姬望了胡杨女一眼，有些疲惫地说道：

“是柯韵琪吧。”自从雪姬嫁到西蜀国之后，她们两个还没有再见过面，兼之胡杨女又已经毁了容，所以，雪姬才会有此一问。

“我现在叫胡杨女。”胡杨女冷冷地说道。

雪姬也不和她废话，直接说道：

“好，不管你叫柯韵琪，还是叫胡杨女。我们今天来都不是为你而来，我们是来找纯儿的，我们有非常重要的事情要对纯儿说，请你暂时回避。”

胡杨女仍旧一动不动地挡在纯儿的身前：

“你们要找纯儿做什么？”然后不等雪姬回答，胡杨女就又接着说道：“纯儿现在和我在一起，不管你们有什么事情，都得当着我说，我不放心把她交给你们！”

胡杨女对于圣域是一点儿好感也没有。现在，因为拓跋的原因，她更是把纯儿当成了自己的亲妹妹，所以面对着雪姬，毫不退让。

看到胡杨女这种态度，雪姬也有些恼火，因为她心里记挂着臻华，恨不得一下子就把纯儿带到大梁国去，所以实在是没有心思跟胡杨女废话：

“我再跟你说一遍，我现在要单独和纯儿说些事情，你退下！”言语中，雪姬情不自禁地又带出了当年在圣域的威严。

可胡杨女现在可不吃这一套了，她冷笑了一声：

“雪姬，我叛离圣域已经十多年了，现在还用这种方式吓唬我是没用的。”

雪姬还想说什么，可是笙管笛箫却已经急了，在这四个少女的心中，除了臻华，其他人谁都没有。现在，她们一门心思地带纯儿回大梁救臻华，所以，一见胡杨女竟然敢阻拦她们，不禁心头火起。竹笙大喝了一声：

“别跟她那么多废话，直接杀了她！”

话到人到，笙管笛箫四人几乎同时拔地而起，手中四件奇门兵器，同时刺向了胡杨女。

胡杨女冷笑了一声，抽刀就迎了上来，她们一打，纯儿也急了。

她已经被眼前的情景弄得混乱不堪了——

她没想到雪姬竟然会突然出现在这荒山野岭之中，她也没有想到，数次出手搭救自己的几个侠女竟然会和雪姬熟识。她更没有想到，雪姬和这四个侠女姐姐竟然都是圣域中人。而且最让纯儿没有想到的就是，一直被她在心中崇拜礼赞着的这几个侠女，竟然突然之间，就变成了杀人不眨眼的女魔头……

这个世界，怎是一个“乱”字形容得了的！

眼看着胡杨女和笙管笛箫已经打到了一处，纯儿也顾不上吃惊和诧异了，赶紧大喊了一声：

“姐姐住手！”说实话，现在纯儿都不知道自己这一声姐姐，究竟是在喊谁。因为她一直都喊胡杨女做姐姐，又把笙管笛箫喊做侠女姐姐。

可是胡杨女和笙管笛箫却谁都没有住手的意思，这几个女人，才是真正的女魔头对上了女魔头，此时她们心里转着的都是同一个念头——先把对方这个碍事的家伙杀了再说。

纯儿是真的无奈了，她长叹了一声：

唉，要是把这几个女人送回到现代去建立恐怖组织，实施恐怖活动，那自己这个特警，恐怕就只有辞职一条出路了——她们都实在是太生猛了。

心里想着，可是纯儿的动作却没停下来，她眼看着自己喊不住她们，干脆一纵身，跳到了战团之内。

这一次，倒是起作用了，因为不管是胡杨女还是笙管笛箫，都唯恐伤到纯儿，所以纯儿这一下子突然闯进来，逼得她们双方，都不得不硬生生向后退开了几步，暂时停手。

胡杨女对纯儿大喝道：

“纯儿，你退开！这几个人是圣域的门徒，肯定都不是好东西，我先把她们料理了再说！”

纯儿知道胡杨女那性如烈火的脾气，于是飞快地说道：

“姐姐，这里面可能有误会，雪姨是我的庶母，而这几个姐姐也都多次救过我的性命，她们对我应该没有恶意的。姐姐，你先别动手，我们先听一听，看她们到底有什么事情。”

雪姨曾经是严丞相的九夫人，所以的的确确算得上是严纯儿的庶母，可是这个关系在胡杨女听来却有些混乱，不过既然纯儿这么说了，胡杨女也就暂时停下了手，对着笙管笛箫喝道：

“那好，你们要对纯儿说什么，就快说吧。”

笙管笛箫相互看了看，又看向了雪姬，看起来，她们都不想当着胡杨女跟纯儿说话。最后，还是雪姬说道：

“胡杨女，你先回避一下，我们要和纯儿单独谈谈。”

听了雪姬的话，胡杨女当下就冷笑了一声：

“单独谈谈?！哼，把一只羔羊留给一群草原狼？我才不会做这种蠢事呢！”胡杨女从小在西域长大，所以也习惯了游牧民族的这种语言表达方式。

雪姬尽量克制着自己的情绪，继续对胡杨女说道：

“胡杨女，我保证我们对纯儿没有丝毫的恶意，而且现在人命关天，你就不要再胡缠了。”

一听雪姬说自己是在胡缠，胡杨女当下就又冒起火来，她杏眼圆睁，刚要和雪姬理论，纯儿赶紧走过来拦住了她：

“放心吧姐姐，我相信雪姨不会害我的，你先暂时回避一下，我先问明白，到底出什么事了，再和你商量。”

胡杨女虽然很不放心，但是，她也看出来了，雪姬她们是非要跟纯儿单独谈话不可，如果自己硬要阻拦的话，她们还会再和自己大打一场的。虽然胡杨女不在乎跟她们打架，但是那样的话，难免会浪费时间，多生事端，毕竟现在她和纯儿是隐居在此，而且她们两个都还是西蜀国的罪逃之人，这样的身份，实在是不能多惹麻烦的。

想到了这些，胡杨女无奈地轻叹了一声：

“好吧，纯儿，你就在这里问她们有什么事情，我退到那边去。”说着话，胡杨女一挥手，就带着自己剩余的那些部下，退到了几丈开外。然后目不转睛地盯着雪姬，同时手中也握紧了弓箭，随时准备着，如果情况一旦有变，她就立刻射杀雪姬。

雪姬当然也明白胡杨女的心思，但是她现在没有心思去理会胡杨女了，那边的臻华还危在旦夕，雪姬的心已经像是在热油里煎着一样了。

看胡杨女走远了，纯儿才认真地望着雪姬，问道：

“雪姨，你怎么会到这里来了，到底出什么事情了？我上次听到你的消息，还是四哥跟我说的，说在我离开西蜀国之后，你也就离开了丞相府。难道，你真的也是圣域中的人吗？”

纯儿一口气问出了一大串问题，而雪姬则一直都在定定地望着她，目光又酸又涩，百味杂陈。

“纯儿，你不要再叫我雪姨了，还是像她们一样叫我雪姬吧。”

纯儿望着雪姬也愣住了，现在的雪姬不论是容貌还是声音都和在丞相府的时候完全一样，可是唯有她的眼神却变了，变得那么的陌生。

“可是，雪姨……”

“我说过不要再叫我雪姨了。”

“为什么？就因为你已经离开了丞相府？”

雪姬点了点头：

“现在我已经不再是丞相府的九夫人了，而你也不再是严纯儿了，我是圣域的雪姬，你是方子纯，所以现在你我之间，既没有雪姨，也没有庶母了。”是啊，现在，雪姬和纯儿只是由于对臻华的爱，而联系起来的两个女人，如果再以庶母称呼，那的确是太古怪了。

纯儿也觉出来了，现在的雪姬对自己再也没有往日在丞相府的时候的那种亲热和宠溺。反倒是，疏冷中还带着无法释怀的敌意。纯儿不知道雪姬的敌意所为何来，只好直接切入主题：

“那，你们找我到底有什么事情呢？”

“我们来找你，是为了臻华。”雪姬说道。

“臻华，他怎么了？”纯儿一听臻华的名字，不禁惊呼了出来，关切之情溢于言表。看到纯儿的这一份真情流露，雪姬也分不清，她的心中是应该为臻华欣慰，还是应该为自己辛酸。

雪姬定了定神，抛开了心中盘旋着的那些悲伤的情感——现在自己是次要的，救臻华才是主要的！

“臻华遇害，现在昏迷不醒，他临昏迷前留下话，让我们送你‘回家’。”

“送我回家？”

“对，”雪姬点了点头，“我想，臻华所指的这个家，应该说的就是现代吧。”

雪姬说得很平淡，可是听在纯儿的耳朵里，却无异于一个晴天霹雳，因为雪姬竟然轻描淡写的，说出了要送纯儿回现代这句话。

她怎么会知道现代这个概念，难道……

雪姬看出了纯儿的疑问，不禁苦笑了一笑，说道：

“你不用这么看着我。我知道你在现代的时候，曾经深入研究过毒枭的所有资料，那你应该知道，在毒枭的身边，曾经有一个最得力的助手，名字叫做‘影子’！”

雪姬的这句话，就好像忽然之间在黑夜里升起了太阳，纯儿的思维一下子就全都被照亮了：

影子：毒枭的心腹，据传是个女人，身份百变，即使是毒枭身边的人，都说不好，在他们周围的这些女人中，究竟哪一个才是影子！

“难道，‘影子’就是你？”纯儿惊问道。

“对。”

纯儿突然感到了一阵眩晕，一种荒唐！天啊，毒枭究竟把多少人带回了古代？不会是整个贩毒组织的核心人物都穿越回来了吧？

方子纯毕竟是方子纯，虽然错愕，但也只是片刻的事情，她几乎是立刻就恢复了镇定，望着雪姬淡淡一笑：

“幸会，上一世，我曾经苦苦追踪过你，但是，都没能发现你的真实身份。所以，我一直都很佩服你。”

这一刻，雪姬也不得不佩服纯儿的洒脱和镇定——难怪臻华能为了她痴迷两世，光是这一份潇洒的风度，寻常女子，就无法比拟！

雪姬再一次压下了心头的酸楚，说道：

“今天我来找你，不是为了和你叙说上一世的恩怨，我是为了臻华而来。臻华曾经交代我们，让我们立刻送你‘回家’！”雪姬说话的时候，紧紧地盯着纯儿，她也是现代人，所以她深深了解重返现代对于纯儿的重要性，她希望能够看到纯儿在听到这个消息之后的反应。

“你能够送我回现代吗？”纯儿沉吟着问道。

“能，圣域中自然有办法。”

“但是，我现在还不想回去。”纯儿脱口而去。

“为什么？”雪姬逼问道。

“为什么？”纯儿重复了一遍雪姬的问题，本来，她本能地是想先问问臻华的情况，可是，不知道怎么的，她一想到臻华，就不可控制地想起了丝丽苔。想到了臻华和丝丽苔相拥的那一幕，纯儿就什么都说不出来了。甚至于，她自己一时间都分不清，她不想回现代，究竟是因为放心不下臻华，还是因为放心不下目前还在战场上的端昊了。

看着纯儿沉吟不语，雪姬也不再问了，只是说道：

“虽然臻华留下了这样的命令，但是，我和她们几个还是商量要告诉你一些事情。”

“什么事情？”

“跟我走，到一个地方，我们再告诉你。”

“不能在这里说吗？”

“不能。”雪姬肯定地说道。

“那要去哪里呢？”

“等到了地方，你就知道了。”

纯儿犹豫了片刻，就下定了决心：

“好，不管去哪里，我跟你们走就是了。”

胡杨女听说纯儿要跟雪姬她们走，当下就大大地表示反对，她是信不过圣域中的任何人的。

“放心吧，姐姐，我心中自有分寸，她们不会伤害我的。”

“你怎么知道她们到底会怎么样？”

“她们是臻华的手下，”纯儿忽然有些赌气地说道，“如果臻华最忠诚的部下，都想置我于死地，那我也没什么可说的了。”

纯儿也不知道，自己怎么竟然会说出这样一句话来。似乎在她的潜意识里，就是有这样一个念头——不管臻华和丝丽苔之间的关系多么的暧昧不堪，臻华就是不会也不能伤害自己！连纯儿自己都说不清，为什么自己会有这样一份自信。

胡杨女听了纯儿的话,眼神忽然变得若有所思了起来。纯儿没有注意到胡杨女神情的变化,只是说道:

“姐姐,我这就走了,尽量快去快回,你自己在这里,一定要多加小心,如果师兄来找你了,你尽管跟着他走便是了,到时候,我再让四哥帮我联络你们。”

胡杨女点了点头,两姐妹就此分别。

纯儿跟着雪姬和笙管笛箫四人,一路疾行,迅速进入了大梁国的境内,纯儿心中不解,因为她现在还不知道臻华已经成为了大梁国皇帝的事情。但是,多年的特警生涯,已经锻造出了她超出常人的沉着与稳健。

——宰相府的九夫人竟然是圣域中人,竟然还是上一世的老对手!曾经对自己关爱有加的“雪姨”,在和自己久别重逢之后,却突然间变得那么疏离。两次救过自己的四位侠女,竟然也和圣域有着千丝万缕的联系!?

太多的意外都堆积在纯儿的心头,要是换作旁人,恐怕会先把雪姬拽住,把一切都问明白了再说。可是纯儿不会,因为她已经习惯了用特警的工作方式去处理问题——越是一团乱麻,就越不要去漫无目的地清理它,因为草率的清理,只会让事情更加的混乱,最正确的方式,应该是仔仔细细地去找到它的源头。纯儿知道,现在她正是在朝着这一切谜团的源头进发,所以,纯儿不着急。

雪姬这一路上,都是走在这一行人的最前面的。因为她的心里最着急。同时,她也不得不深深地钦佩纯儿的镇定:

她真的不问青红皂白,就敢跟着我们走!也难怪臻华对她如此的一往情深,这个方子纯的确是有她的独到之处。

越往前走,纯儿就对眼前的景物越熟悉,她们已经快走到大梁国的京城了。当初,纯儿第一眼看到大梁国京城的时候,就被它的繁华和富庶所震撼了。

“唉,”纯儿不禁在心中暗自叹息了一声,“想当初,自己初到大梁国的时候,是一门心思地想要当侠女,现在,这么长时间过去了,自己虽然没有当上侠女,但是自己的生活,恐怕比任何一位侠女都要丰富多彩得多了。唉,人生啊,真的是不可预料,也不可设计。”

雪姬她们并没有带着纯儿进入京城,而是沿着护城河绕到了京城的另一边,走不多远,一座高入云霄的塔楼就出现在了纯儿的面前!

不知怎的,第一眼看到这座塔楼,纯儿的心就仿佛被重重地震了一下,似乎这座塔楼和她有着莫大的关联,可是,纯儿又实在是想不起来,自己在什么时候见到过这座塔楼。

雪姬她们带着纯儿来到了塔楼前，笙管笛箫四人，先是恭恭敬敬地对着大门行礼之后，才推开了门。

虽然，现在臻华并不在这里，但是她们几个仍旧还像是过去一样，对这座主人曾经居住过的塔楼，顶礼膜拜。

纯儿跟随在她们的后面，也走进了塔楼，一路走，她一边不断地四下里打量着。

这里究竟是什么地方，为什么会让自己产生这么熟悉的感觉呢？难道，自己曾经来过这里吗？

渐渐地，纯儿干脆甩开了雪姬和笙管笛箫她们，凭着自己的直觉，径直地向前走去。雪姬她们几个则都若有所思地跟在纯儿的后面。

纯儿一步步地向前走着，屏气凝神，调动起自己一切的感觉器官，用眼睛看，用耳朵听，用心去感受，她要尽快地了解这个带给她无限异样感觉的空间。

眼前是一条长廊，脚下铺着厚厚的波斯地毯，人走在上面，发不出一点声音。纯儿静静地在前面走着，忽然，她本能地伸手推开了左边的一扇房门。

房门后面，是一间豪华的卧室——金色的丝绸幕顶，绚烂的云锦，红木的大床，整人高的铜镜，雕花的妆台，还有巨大的瓷瓶中插着的美丽的孔雀尾羽。

"这间卧室的装饰风格非常混乱，是主人的爱好独特，还是在刻意掩盖自己的来历？"纯儿暗自沉吟。

不期然的，一个非常微弱的声音，在她的心头响起：

"你把房间布置成这个样子，如果不是因为你是暴发户没有品位，就是你要故意掩盖自己的来历……"

纯儿的心头蓦地一震：

难道说，自己真的来过这里？那是什么时候的事情呢，怎么自己一点印象都没有了呢？

纯儿踱到了床边，也不知道为什么，抬手就扣动了一个非常隐秘的机关，墙壁上立刻出现了一个门洞，一个超大的浴室出现在了纯儿的面前。

光洁的石台，清澈的池水，池边还放着一篮新鲜的花瓣。入口处，几件丝绸的薄衫曳地。

"这里，是你寻欢的地方？"纯儿的记忆深处，那个声音又响了起来：

是自己曾经问过这样一句话吗？那么当时自己问的是谁呢？

纯儿从卧室里退了出来，继续沿着长廊前行，然后右转，再直着向前走，一间奢华的餐厅就出现在了纯儿的面前。餐厅的墙壁上，是熊熊燃烧的火烛，屋子中央摆放着一张长条的桌子，桌子上端端正正地放着几个银盘，银盘中放着十来根银针，银针的型号各不相同。

纯儿下意识地坐到了桌子的一端，信手捻起了一根银针，突然出手如电，银针飞向了对面。

纯儿的眼睛中射出了两道寒光——眼前的这一切再次和她记忆中的某一处情景重叠！

纯儿忽地一下转过了头，发现雪姬正站在她的背后，目光深邃地凝望着她。

纯儿看着雪姬，眼神冷静透彻，她一个字一个字地对着雪姬说道：

"我一定有一段关于这里的记忆遗失了，你们带我来，就是为了帮我找回这段记忆，对吗？"

纯儿虽然是在问，但是她那肯定的语气却不容置疑。

雪姬望着纯儿，悠悠地叹息了一声：

"方警官果然是不同凡响。"

一句方警官，再次让纯儿的心头重重一震，这一个简单的称呼，就把雪姬和纯儿的前世今生紧紧地联系了起来。

一时间，纯儿望着雪姬，心中百感交集，不知道该说什么才好。紧接着，雪姬又开口了，她的声音有些沉重：

"方警官，上一世你是特警，我是恐怖分子，我们是不死不休的冤家对头，誓不两立。"

看到雪姬终于开口了，纯儿知道，到了谜底被揭开的时候了，于是目光也变得深沉了：

"那这一世呢，我们究竟是敌还是友？"

要是放在以前，还在丞相府中的时候，纯儿是绝对不会问出这样的话的。因为那时候，纯儿刚刚回到古代，在她的心目中，雪姬是比母亲还要亲的人。可是现在，纯儿却不敢再这么想了。因为她实在是判断不出来，雪姬现在对她究竟是什么样的态度！而且看雪姬的神情，分明是善者不来！

前一刻的亲人，下一刻却变成了不得不生死相对的仇敌，人究竟该怎样去抵御这份人生的无常和伤害?!

雪姬避开了纯儿的目光：

“现在，你我是敌是友并不重要，我也不关心这个。你说得没错，你的确有一段记忆遗失了，而我们带你来，就是要帮你找回这段记忆，至于，你我是敌是友，那就看你找回记忆之后自己是怎么定夺的吧。”停了一下，雪姬又加了一句：

“在你找回记忆以后，不管我们将是敌人还是朋友，现在我都要告诉你一句话——我佩服你。因为在你被圣域魔法洗去了记忆之后，竟然还能保留住记忆的痕迹，这份意志力，就是我可望而不可即的。”

雪姬的话，纯儿听得似懂非懂，但是有一件事却是可以确定的，那就是不知道由于什么原因，她的确是失去了一段记忆，现在，雪姬她们就是要帮她找回这段遗失的记忆！

好，找回记忆总比失去记忆要好得多！这就是纯儿，越是面对危险磨难，越是开朗达观。

纯儿跟着她们来到了一间完全封闭的屋子中，屋子里空空荡荡的，没有自然光，只是在屋子的当中摆着一个巨大的香炉，香炉中青烟缭绕。

这个场面，纯儿倒是很熟悉，她在圣域中的时候，曾经见到过这样的场面，那次，是圣域主人要修改她的记忆。

“看来，和圣域有关的地方，一定就有香炉。”纯儿暗自沉吟。

雪姬引着纯儿来到了香炉前，和她相对而坐，笙管笛箫四人，则围坐在她们的身边。

“我并不会圣域中的那些法术，只是掌握着一些基本的常识，所以，我只能帮你客观地把记忆展示出来。”雪姬这样解释。

纯儿听了雪姬的话，暗暗地舒了一口气：

“这样最好，你们把我丢失的记忆，客观地给我反映出来就行了，剩下的事我自己去做。要是你们也能像圣域主人那样，给我制造出一段记忆来，我才真是麻烦了呢。”

不知道雪姬给香炉中投放了什么东西，香炉中冒出的白烟更浓了，渐渐弥漫在了整个房屋之中，到最后，房子里干脆就变成了白蒙蒙的一片。与此同时，在纯儿的脑海中，就像是放电影一样，出现了一幕幕的情景，不过让纯儿意外的是，这些情景并不是和这座塔楼相关联的，而是，来自于现代！

…………

在黄河岸边西蜀国的行辕中，有一处简陋的房屋，现在这件房屋的门窗都被木条钉死了，门口也站上了警卫，这里已经成为关押大将军拓跋傲疆的临时牢房。拓跋傲疆独自一人坐在狭小的牢房中，透过窗子上的木条的缝隙，射进来的几缕微弱的光线，是牢房中唯一的光源。每天三次，穿过门上的一个小洞，送进来的一份食物，则是拓跋和外界唯一的接触。

牢房距离黄河岸很近，夜深人静的时候，黄河的涛声就会传到牢房中来，风平浪静时是细细碎碎的水声，风急浪涌时，是能冲击到人心深处去的怒吼。现在，这波涛声，就是拓跋唯一的陪伴。

这么多年了，拓跋从来没像这几天这么清闲过，少年时，忙着闯荡江湖，扬名立万。刚刚步入青年，就平步青云，一路成为了国家重臣，直到今天。

尤其是最近这十年，不论是白天还是黑夜，不管是睡着还是醒着，他的脑子里就只装着一件事——厉兵秣马，精忠报国！

“呵呵。”拓跋忽然苦笑了一声，“厉兵秣马，精忠报国。可是到头来，等到大战临头了，自己却因为坚决反对出兵，而被关进了监牢里，而且，还有可能被杀了祭旗！”

作为一名武将，拓跋不怕死，甚至于，他都曾经设想过各式各样的死法。但是，拓跋做梦都没想过，自己的结局，竟然是被杀死祭旗！

后悔吗？拓跋这样无数次地问自己，可是每一次的答案都是相同的——自己没有做错，纵然被斩，也不会回头！将军百死为国家，这是武将的本分！可是，不能背信弃义，兴这种不义之师，这却是做人的原则！不管到什么时候，人都得守住自己的道德底线和原则！

在被关押的这几天里，拓跋并没有太多的想到自己，他想得最多的，是胡杨女。想他在青涩年华时和胡杨女相逢相恋；想他为了忠于宇文端昊，而狠心断绝了和胡杨女之间的恋情；想他为了保护西蜀国的利益，在大漠戈壁万里追杀胡杨女；想他即将监斩胡杨女前的那一夜，曾经痛断肝肠；想他发现胡杨女在刑场上被人偷梁换柱，救走之后，本能地冒着杀身之祸，掩藏下了这一惊天大案；想当他知道了胡杨女听说他受了重伤，立刻不远万里来救他时，自己心中的感动……

发生在他和胡杨女之间的故事太多了，而且桩桩件件都是他对胡杨女的亏欠！一幕幕，都是胡杨女为他付出的，那难以回报的深情！原以为这一次，他和胡杨女总算是守得云开见月明了，终于可以厮守在一起了。可是谁又能想得到，事情竟然会发生这么大的变故！

“韵琪，对不起。这一次，我又失信于你了，我又负了你。”想到胡杨女，拓跋这个铁打的汉子，眼睛也不禁湿润了。

当即将走到了生命尽头的时候，拓跋才发现。原来在这个世界上，他心中唯一的挂牵，唯一的不舍，就是胡杨女。想着胡杨女，他的心中百感交集，乱成了一团。

拓跋一会儿觉得，应该尽快想办法，把自己被羁押的消息传给胡杨女，好让胡杨女明白，自己并没有负她。因为他怕胡杨女又因为误会他而伤心。

可是，一转念，拓跋又觉得，还是干脆让胡杨女误会他更好一些，这样，胡杨女就会恨他，会尽快地忘了他，就会早一些开始自己的新生活。

但是，一想到胡杨女会恨他，这就又让拓跋心如刀割！

“唉，”拓跋深深地叹息了一声，人们常说，情到浓时情转薄。直到今天，拓跋才明白了这句话的真正含义，这句话并不是说情到了深处就会转薄，而是说，当情到了深处时，反倒不能再无所顾忌地去爱，因为对对方有了太多的情感和牵挂，所以，每一个举动就都有了顾忌，唯恐会伤害到对方一丝一毫。就如同现在的拓跋傲疆！

与此同时，端昊也正在自己的居处中心烦意乱。

当他决定和丝丽苔合作，当一回真小人的时候，他就预计到，会遭到来自于拓跋的阻力。但是，他没有想到拓跋的反应竟然会这么激烈！竟然宁可被杀，也拒不出征！

而且拓跋这种激烈的反对态度，也让端昊犹豫了起来。说实话，端昊也知道，自己这次做的事情，非常的不对。可以说，如果不是因为遇到了丝丽苔，他就算是心中有这个心思，也不见得就会落实成行动。毕竟，端昊是自幼就受正面而且传统的中原文化教育长大的。在这样的教育体系之中，是绝对不允许他做出这种毁约背信的事情的。

“也许，自己这一次真的做错了。”端昊在心中说道。

虽然，现在站出来反对的只有一个拓跋傲疆，但是，端昊看得很清楚，其实几乎所有的大臣心里，都对毁约出兵这件事不以为然。失民心者失天下，现在，如果因为自己的一意孤行，而失去了所有大臣的敬重，那就算自己真的能夺下大梁国的江山，恐怕也将是后患无穷！

可是，这一次，肯定是自己吞并大梁国的最后一次机会了，如果放弃了这次机会，在自己的有生之年，恐怕是不可能再有机会称霸天下了！

怎么办？一边是称霸天下的野心，一边是为人为君的准则，端昊陷入了两难之中。

这些天，一直窝在自己卧房中的丝丽苔，却是一会儿都没闲着，她在严密地观察着端昊的一举一动，她渴望出兵大梁国的心情，比端昊还要迫切！

可是，已经好几天了，端昊却依然纹丝不动，丝丽苔不禁心中焦躁。这天，她找了个机会，又启动了和端昊联络用的水晶球。

“为什么还不出兵？”丝丽苔的影像刚一出现在端昊面前的小水晶球中，就迫不及待地问道。

端昊对丝丽苔这种咄咄逼人的锋利态度很是反感，但是，他很清楚，现在还没到他和丝丽苔决裂的时候，所以，端昊只能暂且地忍让一下。

“还有些事情没有安排好。”端昊敷衍着丝丽苔。他不能承认，现在其实是他自己的心中还在犹豫究竟该不该出兵。

听了端昊的话，丝丽苔毫不客气地冷笑了一声：

“你就不要再骗人了，伪君子。你现在是胆怯了，不敢出兵了！”

端昊本来就心情烦躁，现在听了丝丽苔的话，不禁更恼火了：

“我没有时间听你胡言乱语！”

丝丽苔又冷笑了一声：

“我没有胡言乱语，我说的都是事实。你想要出兵，想要利用这次难得的机会，可是你又怕大臣们会反对你，怕其他的国家会嘲笑你！

端昊，你清醒一点吧。你根本看不透你自己的心，你其实并不是觉得现在出兵有什么不对，你只是担心别人的看法。可是你想过没有，如果你出兵征服了大梁国，也许当时人们会嘲笑你，但是，等过几年一切都稳定下来之后，你成为真正的天下霸主的时候，谁还会嘲笑你?！可反过来，如果你现在退回到西蜀国去，那你就一辈子，只能做一个小小的西蜀国的皇帝，那就算人们再尊重你，又有什么用?！”

丝丽苔这一番赤裸裸的唯我独尊的理论，又一次打动了端昊，端昊轻叹了一声：

“今天先到这里吧，你让我再好好想一想。”

丝丽苔无奈，只好又消失了。

丝丽苔虽然暂时从端昊的面前消失了，但是她的脑子却一刻也没有停下来，她独自在自己的卧室里琢磨着，思考着如何才能彻底地把端昊的思想给扭转过来。

“拓跋傲疆！”忽然一个挺拔的身影出现在了丝丽苔的脑海：“一定是他，这个宁死也不愿意出兵的固执男人，在干扰着端昊做出决定！”丝丽苔愤怒地想到：“为什么自己总是会遇到这种莫名其妙的，所谓正义的男人，来坏自己的好事呢?！”

不行，必须得尽快除掉拓跋，只有拓跋死了，端昊才会不再左右摇摆，才会一心一意地去征服大梁国！

丝丽苔打定了主意，就又一次出现在了端昊面前的水晶球中：

“你打算什么时候杀死拓跋？”丝丽苔开门见山地问道。

端昊现在已经对丝丽苔的这种经常性的突然闯入厌烦不已，要不是现在还需要继续利用丝丽苔，他早就把那个小水晶球砸掉了！

“这是国事，你就不要管了。”端昊不耐烦地说道。

“可是这件国事关系到了征服大梁国，所以我一定要管！”

端昊真的烦了：

“那好，我告诉你，我现在羁押拓跋，只是为了逼他就范，事实上，我绝对不会杀拓跋的。”

“为什么？”丝丽苔叫了出来。

“拓跋对朕对西蜀国都是赤胆忠心，这样的人我不会杀。”

丝丽苔的目光变得阴冷了，心中暗道：

好，端昊，既然你不肯杀他，那就只好由我来动手了！

但是，丝丽苔也很清楚，虽然现在端昊把拓跋羁押起来了，但是事实上，拓跋在端昊心中的分量极重，除非有万不得已的理由，否则，端昊是绝对不会杀死拓跋的。所以，要想真正的杀死拓跋，还真得好好下一番工夫。

丝丽苔学的就是巫术，做起事情来，也总是挑着最阴险的路去走，所以，当她决定要谋害拓跋之后，最先做的，就是去考察拓跋过去所有的历史。

“拓跋为官多年，一定干过很多错事，只要把这些错事挖出来，端昊就不会再这样信任拓跋了。”丝丽苔这样想到。

说干就干，丝丽苔立刻就催动水晶球，去研究拓跋的过去。可是，一番折腾下来，丝丽苔终于失望了——拓跋的过去，竟然真的就像是一块无瑕的美玉一样清白！

天啊，世界上怎么还会有这样的男人?!难怪端昊会这么信任他，看起来，如果想找到拓跋的错处，进而逼端昊杀死他，基本是不可能的了。

可是，就在丝丽苔即将绝望的时候，一个女人的身影出现在了水晶球中！

其实，这个女人在刚才已经出现过一次了，丝丽苔也只知道她是拓跋的情人，但是她并没有太在意。可是这一次，丝丽苔实在是走投无路了，所以，决定从拓跋的情人身上下工夫，看能不能找到治死拓跋的方法！

这一次，丝丽苔终于成功了！

随着在过去的十几年中，拓跋和胡杨女之间的一幕幕不断在水晶球中出现，丝丽苔简直都要兴奋得大叫出来了！

“竟然还有这样的事情，看来真的是连老天都要帮我了！”丝丽苔的心情激动不已：“这个女人原名叫柯韵琪，现在叫胡杨女。她是拓跋最爱的女人，而她的来历非常的复杂，她竟然是西蜀国中，宇文皇族的长公主！当年，当时的梨贵妃为了能够母凭子贵当上皇后，不惜把自己的亲生女儿送走，然后从民间抱来了一个男婴冒充自己的儿子，就是现在的宇文端昊！现在，这个胡杨女就被拓跋隐藏在了战场附近的一处山谷之中！”

“拓跋傲疆，这一次你死定了！”丝丽苔发出了一阵阴冷的笑声。

当端昊听小水晶球中的丝丽苔说明了这一切的时候，脸色简直是比死人还要难看了！

端昊最大的心病，就在他并不是宇文皇族的亲生孩子这件事上！本来端昊还以为，铲平了岭南梨氏的叛乱之后，这个秘密就算是彻底地掩埋住了。可他真没想到，今天，这个秘密竟然又被翻了出来，而且，那个正牌的长公主，就近在咫尺！还和西蜀国的大将军情深义重！

他怕这个秘密被传扬出去。如果秘密真的传扬出去后造成的无数可怕后果，在端昊的心中不断地涌现着，只吓得他遍体生寒！

看着端昊的脸色变成了青白色，一层层冷汗不断地涌出来，丝丽苔得意地笑了：

“你其实也不用这么害怕，现在，你只要杀死那个正牌的公主，就什么问题都解决了。”

没错，端昊点了点头，现在的当务之急，就是把那个胡杨女杀死，这样才能死无对质！

“好，告诉我藏身的具体地点，我这就派人去杀了她！”端昊毫不犹豫地说道。

可是丝丽苔并没有马上给端昊地址，而是继续闲闲地说道：

“你不觉得，现在除了杀死那个胡杨女，你还有一件更重要的事情，需要去做吗？”

“什么事？”端昊不解。

“拓跋傲疆！”丝丽苔冷冷地吐出了这四个字，“你别忘了，拓跋傲疆和那个胡杨女是什么关系。如果你杀了胡杨女，拓跋会放过你吗？如果，他一心想要给胡杨女报仇呢？而且，他们两个人认识了这么久，也许胡杨女已经把自己的身世秘密，告诉拓跋了，那样，拓跋也就是知道这个秘密的人了。你难道还要留下一个知道这个秘密的人，让他继续活在这个世界上，威胁你吗？”

“你的意思是……？”

“把他们两个一起杀死！”丝丽苔断然说道。

这一次，端昊没有再反对丝丽苔的意见，只是沉沉地说道：

“把胡杨女藏身的地方告诉我。”

“你要派人去杀她？”

“不，我要亲自去杀她！”端昊已经决定了，为了这个秘密不再继续外泄，他不能再借任何人的手来做这件事了，他一定要亲手杀死胡杨女！

深夜，端昊带着自己的亲信青衣卫，借着夜色的掩护，直扑胡杨女藏身的那个山谷！

夜虽然已经很深了，但是胡杨女还没有丝毫的睡意。纯儿已经走了好几天了，一点儿消息都没有，她不禁为纯儿担忧。而更让她忧虑的，还是拓跋傲疆。她已经有很长一段时间没有得到拓跋的消息了。自从她隐居在这个山谷之后，不管战局多么的紧张险恶，拓跋都会定期送来他平安的消息。可是现在，战争明明已经结束了，为什么拓跋反倒是音信皆无了呢？

胡杨女的心不禁揪成了一团，要不是她当初答应了拓跋，无论如何都不擅自离开这个山谷，胡杨女肯定早就闯到战场上去了，她不怕面对危险，也不怕面对宇文端昊这个宿仇，相比起来，她最怕的，就是这么漫无目的地等待，再这样下去，她会被自己心中那无休无止的恐怖的幻想逼疯的。

“苍天啊，我们两个好不容易熬到了能够相守的这一天了，求求你，千万不要再折磨我们了。”胡杨女在心中祈祷着。

夜已经很深很深了，已经到了黎明前最黑暗的时候，就在胡杨女几乎已经确定了，自己将度过又一个不眠之夜的时候，一个轻微却警觉的声音在窗外响了起来：

“首领，有人入侵！”

胡杨女经过了这么多年的强盗生涯，已经培养出了非常强的警觉性，所以，当她一听到报警声，整个人立即就弹了起来，同时，手中已经握住了一条乌黑的长鞭——纯儿曾经要把玲珑鞭还给胡杨女，但是胡杨女拒绝了，她说多年来，她已经用惯了这条乌黑色的长鞭。

胡杨女一下子就窜到了窗前，但是她并没有急于出去，而是沉声问道：

“是不是带走方姑娘的那些人又回来了？”

“不是，这次来的人像是职业杀手，出手狠辣！已经折了我们好几个姐妹了！”

“什么!？”一听说手下被杀，胡杨女心中又惊又怒，“他们现在到什么地方了？”

“已经快到您这里了。”

胡杨女一听，当下就有了主意，她拉起身上那件从不离身的黑色斗篷，挡住了面颊，然后就像只猫一样无声地跃出了窗外，轻盈地落到了屋脊上。

——听说手下遇难，胡杨女比谁都着急，但是，胡杨女知道，越是乍逢强敌，越不能鲁莽行事。所以，现在胡杨女不是急于闯入战团，而是首先想到，要寻找一个有利地形，先看清楚形势再说。

胡杨女伏在屋脊上，在夜色中极目远眺。果然，一群黑衣人正在逼近这边，自己的手下们显然不是这些黑衣人的对手，正在且战且退。胡杨女的实战经验也非常的丰富，只看了一眼，她的心就已经变得冰冷了。胡杨女沉声对一直跟在自己身边的那个随从说道：

“告诉姐妹们，不要再抵挡了，快撤。这些人是寻仇来的，如果和他们硬打，今天一个活口也不会留下！”

胡杨女的眼光极准，来的这群黑衣人，正是端昊亲自督率的青衣卫，而今天青衣卫得到的命令就是——见人就杀，一个不留！

胡杨女的命令传出，下面的局势立刻就又有变化，胡杨女的那些随从们不再拼死抵抗，而是纷纷地借机撤走，可是那些攻进来的黑衣人却不肯善罢甘休，仍旧在追逐杀戮。

胡杨女心中明白，肯定是自己的仇人找上门来了，只是她一时还想不出来，自己在什么时候，和什么人结下了这么重的深仇大恨，竟然一心非要把这里的活口全部都杀死不可。

胡杨女的目光一一扫过这些黑衣人，同时在记忆中寻找着可能会重合的影子。多年的大漠生涯，已经练就了她极强的目力，所以，虽然是在黑暗中，她仍旧对这些黑衣人的身形看得非常清楚。

“这个，是陌生人，这个，也是陌生人，这个，还是陌生人……”胡杨女逐一地看着，忽然，一个高挑的身影闯进了她的视线。这个人和其他人的衣饰没什么区别，也是一身黑色的夜行衣。但是，胡杨女还是一眼就认出了他！

“竟然是他！”胡杨女认出了这个人，就再也不肯停留在房顶上了，她一挥长鞭就朝着那个人跃了出去。在她认出了这个人的那一刻，她心中的怒火已经被彻底点燃了，数不清的前仇旧恨一一在她的脑海中闪过，再加上今天刚刚造成的血债，胡杨女的心中怒气勃发！

这一切，只是因为她认出来了，这个男人，正是西蜀国的冒牌皇帝——宇文端昊！

当青衣卫刚一和胡杨女的手下交上手，端昊就知道，今天的事情会很容易解决的，因为胡杨女的这些女随从，根本都不是青衣卫的对手。

可就在青衣卫马上就要把这些女子都杀光的时候，一个黑影忽然从一处屋脊上，径直朝着自己飞了过来。端昊吓了一跳，好在守护在他身边的青衣卫都训练有素，当下就把端昊簇拥在了中间，挡住了胡杨女。

胡杨女也不和青衣卫纠缠，和青衣卫过了一招之后，就定住了身形，定定地望着端昊，沉声说道：

“宇文端昊，你终于还是来杀我了。”

端昊没想到，胡杨女竟然在这样的黑夜中都能一眼认出自己，一时间有些错愕无言。

不等端昊说话，胡杨女就又说道：

“既然，你亲自带人来了，就说明，你今天是非杀死我不可了。”胡杨女的声音中忽然添了一缕萧瑟，“其实，自从我知道了自己的身世之后，就已经想到了，你杀死我是早晚的事情。这么多年过去了，我还以为你已经忘记我了。没想到，今天你还是来了。”

胡杨女昂了昂头，继续对着端昊说道：

“你杀我，我能理解，我也不怪你，要怪，只怪我自己生错了人家，认错了父母，是我的亲生母亲太过于无情无义，才造成了我一世的悲惨。看来今天这阵势，你是有备而来，是非杀死我不可了，那我也就不抵抗了，但我有一个条件，跟着我的人，她们什么都不知道，你放她们走，等她们都走了之后，我马上自裁！”

端昊久久地望着胡杨女，一时也怔住了。

他这还是第一次真正面对胡杨女，而胡杨女与生俱来的这种无所畏惧的气势，却把端昊打动了。强者总是欣赏强者的，即使是不共戴天的仇敌也不例外。在这一刻，端昊觉得，如果胡杨女不是宇文皇族的女儿，那自己真的会放过她，因为胡杨女所表现出来的这种气度，太让人钦佩了。

但是，自己应该放过胡杨女的那些随从吗？虽然胡杨女说了，她们什么都不知道，但是，自己应该冒这种风险吗？端昊心念急转，然后迅速地打定了主意：

不能！身为王者决不能心存妇人之仁！

主意打定，端昊对着胡杨女说道：

“你现在没有资格跟我谈条件，今天，你得死，她们也都得死。”说完话，端昊轻轻一挥手，青衣卫会意，立刻就又展开了杀戮。

胡杨女双眼冒火，怒喝道：

“好，好你个宇文端昊，你倒真不愧是被她教养长大的，跟她一样心狠手辣！”

端昊也知道，胡杨女指的是已经去世的梨太后，所以，他也不说话，只是再次发出了剿杀的命令。

胡杨女冷哼了一声，纵身而起，同时长鞭出手。在胡杨女这一跳一落之间，端昊和青衣卫们都呆住了——他们都低估了这个女人的武功。就胡杨女刚才这一下子所展示出来的功力，绝不是这些青衣卫可以抵挡的。这一下子，端昊真的紧张了——

这一次，他等于已经正式和胡杨女结下了仇怨，如果再让她逃走，依胡杨女那暴烈的脾气，自己的麻烦可就大了。

而胡杨女现在也已经打定了主意：

今天自己想要杀死端昊，是不可能的，所以，现在最要紧的就是全身而退，留得青山在，不怕没柴烧。来日方长，回头再跟这个狗皇帝算账！

主意打定，胡杨女就开始边战边退，她要是下了走的决心，这些青衣卫还真拦不住她。

眼看着胡杨女马上就要飞出罗网了，端昊心中大急！情急之下，端昊突然喊道：

“你就不管拓跋傲疆的死活了吗？”

其实端昊也只是这么试着喊一下，他心里并不认为这句话能够阻拦住胡杨女。明摆着的事情，胡杨女现在马上就要逃出去了，可她如果留下来就肯定是死路一条！

但是，不可思议的事情发生了，端昊的这句话刚一喊出来，就好像给胡杨女使了一个定身法一样，胡杨女竟然硬生生地停了下来，直瞪着端昊，冷声问道：

“他怎么了？”

胡杨女这一停下来，那些青衣卫立刻就扑了上去，把胡杨女围在了中间，这一次，胡杨女是真的插翅也难飞了！

在这一刻，端昊忽然感到了一种深深的嫉妒，对于拓跋的嫉妒！因为，有一个女人竟然可以为了拓跋连死都不在乎。作为一个男人，如果能得到一个女人这样的爱，那应该是死也无憾了吧？而自己呢，虽然后宫佳丽无数，谁又肯为了自己而死呢？曾经，纯儿也许会，可是现在，纯儿消失得无影无踪，她对自己还有这份深情吗？恍然间，端昊忽然发现，自己在感情上，竟然是如此的失败。

当然，心潮起伏毕竟也只是片刻的事情，端昊瞬间就又恢复了他的冷硬和无情：

"拓跋傲疆违犯军规，我可以杀他，也可以赦他，可是，如果你现在逃走了，那我立刻就回去杀死他！"

胡杨女听了端昊的话，什么都没有说，就垂下了手中的长鞭，准备束手就擒，同时，对围绕在外圈的那些随从说道：

"姐妹们，别怪我，我只是个普通的女人。男人们可以为了很多东西去牺牲自己的女人，而女人，却可以为了自己的男人牺牲全世界。我知道，即使我跟他们回去，也很可能救不了他的性命。但是，既然他这么说了，我就得跟他走，因为我不能不去救我的男人，不管能不能救，不管有没有用，我都得去。"

为首的那个随从说话了：

"首领你放心去吧，我们不怪你，我们的命本来就都是你救的，能多活这么多年，我们已经知足了。"

胡杨女重重地闭上了眼睛，不忍再看自己的随从惨遭青衣卫屠杀！

当一切又都恢复了平静的时候，胡杨女才对端昊说道：

"我只有最后一个要求，让我再见他一面。"

按说，端昊是不应该答应胡杨女的，但是这一次，他是真的被这个女人所打动了，于是说道：

"好吧，我带你回去见他。"

这时，天光已经泛亮了，晨曦中，胡杨女和端昊四目相对，这两个人，本是同年同月同日生。本来，他们都可以过得很幸福，一个做她千娇百宠的公主，一个做他自由自在的普通人。可是，却因为一个女人的野心，彻底地改变了他们两个人的命运，让他们的人生都变得这么混乱，这么艰难，这么痛苦。在这一刻，他们竟然不约而同地涌起了一种同病相怜的悲哀。

当胡杨女走出山谷的时候，心中是庆幸的：

"幸好雪姬她们带走了纯儿，否则，如果纯儿还在这里的话，那真不知道，还会发生些什么。”

而端昊则是彻底地没有想到，他一直心心念念牵挂、寻找着的纯儿，就在不久之前，还生活在这里。

纯儿坐在那间烟雾缭绕的密室内，很多人的记忆闸门，在这一刻都被彻底地打开了。

而纯儿，作为这些记忆的旁观者，完整而明了地看到了关于她和臻华之间的所有纠葛。

她清楚地看到，在现代，自己化装成了舞娘，在一个夜总会中执行任务，自己在灯光中跳起狂热的舞蹈，而站在人流中的臻华，已经被自己深深地迷住了。忽然，臻华拔出手枪，射杀了那个朝自己射击的杀手，而自己则跃到了臻华的面前：

“我现在必须得走了，你拿着这个，凭它，你在世界上任何一个大城市的警局中都能联络到我……”说完话，纯儿就匆匆地消失了。

而这，就是在上一世，纯儿对臻华所说过的唯一一句话。

一座豪华却冷清的别墅中，一个高大丰满的美人正在和臻华激烈地争执着，这个美人正是上一世的雪姬。

美人正在对着臻华愤怒地吼叫着：

“你就死心吧！方子纯现在已经去亚马逊了，那里已经布置下了天罗地网，她死定了！”

而臻华在听到了这句话之后，不禁面若死灰……

亚马逊河畔的断崖上，毒枭面容阴冷地扣动了手中握着的微型引爆装置，已经跃到了半空中的方子纯，霎时就被炸成了碎片，而就在方子纯的身体碎裂的那一刹那，臻华赶到了，他第一眼就看到了，方子纯那美丽的身躯已经化成了血雨！

“啊！不——”臻华双目尽赤，他发疯般地冲了上去，似乎是想把方子纯那支离破碎的肢体全部都拥进怀里，然后，再让她还原，但这是根本不可能的。那漫天的血雨，纷纷地散落着，残酷地刺激着臻华神经，刺痛着臻华的心。臻华再也控制不住了，发出了一声又一声的惨叫，这恸人心肺的惨叫声，在亚马逊河上久久地回荡……

旁观这段记忆的纯儿，不禁被臻华在那一刹那所表现出来的哀伤惊呆了！她真没有想到，自己只是和臻华一次瞬间的相逢，就会让臻华动情至斯。

第七章 两世痴情可撼天

纯儿正在为臻华的深情所惊愕，忽然，眼前的场景一变，她又看到了一间宽大的房屋，这间房屋纯儿倒是认得，这是毒枭在亚马逊的总部，纯儿曾经见过这处房子的资料照片。

而在这间房间中，臻华正在跟毒枭力争：

“如果你能让她在现代复生，你就救活她，如果你不能让她在现代复生，我求你，你就还她一个安宁吧。但你不要送她回古代，她不适合古代，不要让她回去！”臻华越说越激烈，而且在说话的时候，眼中已经有泪光在闪动了。

毒枭冷眼看着臻华：

“你从小到大，从来都没有求过我，我真没想到，你竟然会为一个素昧平生的女警察这样求我，为什么？”

“因为，”臻华停了一下，低声说道，“因为我爱她……”

臻华在说出“我爱她”这三个字的时候，神情分外的温柔低回，就仿佛哪怕只是心头掠过了一抹方子纯的倩影，就都会让他陷入到无边的温情与爱恋之中。

而站在毒枭身边的那个美女——雪姬，在看到了臻华这个样子之后，则是脸色阴沉，一看就是妒火中烧！

毒枭望着臻华，若有所思，良久才说道：

“我肯定要送她回古代去，我要让她再经受一世的折磨，作为她这一世跟我作对的惩罚！”

“你一定要这么做？”臻华的目光也变得冰冷了。

“对！”

"那好,我也去!"

这次毒枭愣住了:

"你去哪?"他是真没明白臻华的意思。

"你送方子纯去哪里,我就去哪里,不管她在古代会受到什么样的折磨,我都陪着她!"臻华的态度不容置疑。

而毒枭和雪姬不禁都愣住了,连正在旁观这段记忆的纯儿都呆住了:

原来,臻华是为了陪自己才会来到这个时代,天啊,怎么会这样?纯儿觉得自己的眼睛有些湿润了。

毒枭和臻华继续争论着,过了很久,毒枭才阴冷冷地说道:

"好,既然你非要回古代,那我成全你,但是,我有一个条件。"

"什么条件?"

"你必须放弃你的所有功法和这一世的记忆!"

臻华愣住了,愣了好一会儿他才问道:

"一定要这么做吗?"

"对。否则,我现在就让方子纯魂飞魄散,再也不能重生!除非你答应不回古代。"

臻华点了点头:

"那好吧,我答应你。"

"你答应不回古代了?"

"不,"臻华的神情淡定从容,"我是说,我答应你,放弃一切功法和记忆,只作为一个普通人那样,回到古代。"

"你疯了?!"这次毒枭怒吼了出来,"你知道,如果你像一个普通人那样回到古代的话,会遇到多少危险吗?"

"我不在乎,只要能和她回到同一时空,我什么都不在乎……"

纯儿一直站在一旁看着,当她听到臻华的这句话之后,泪水情不自禁地流了下来,她记得,当她在商路上刚和臻华熟识的时候,臻华给她讲起的,他小时候在波斯皇宫中饱受欺凌的痛苦记忆。

臻华,你是为了我才放弃了那些功法,所以,才会受到那些磨难的,对吗?纯儿泪如雨下。

"你要不要休息一下?"

正在纯儿心中充满了无尽哀伤的时候,一个声音在她的耳边响了起来,纯儿一惊，睁开了眼睛，这才发现，雪姬正在凝望着她，目光复杂。纯儿愣了一下，才想明白，她已经从关于臻华的记忆中出来了。

看过了那些记忆的片段，纯儿才明白，原来雪姬也深爱着臻华，这个认知，让纯儿在面对雪姬的时候，顿时就倍感尴尬了。雪姬移开了目光，注视着香炉中的袅袅青烟，说道：

"主人洗去了臻华的所有记忆，可是我们都没有想到，臻华虽然把上一世的事情全部都忘掉了，但是，他却独独记住了你！"

"啊?！"纯儿吃惊了，"真的？"

雪姬惨笑了一声：

"你自己继续看吧。"

说着话，香炉中的烟雾又变浓了，这一次，出现在纯儿眼前的，是十七八岁的臻华，看到这个臻华，纯儿不禁眼前一亮——好一位少年英俊的翩翩佳公子。

可是，当纯儿再看到站在臻华身边那个人的时候，不禁当下就心头火起，原来，那个人正是丝丽苔。十几年前的丝丽苔，已经显现出来了天生丽质，貌美如花。

臻华和丝丽苔并肩站在一起，还真是般配！纯儿心中莫名的一酸：

原来这两个人还真是旧相识了，都认识这么多年了。

纯儿只顾着泛酸，却忘记了，自己才和臻华是真正的旧相识，他们是实实在在的从上辈子就认识。

此刻，丝丽苔正在朝着臻华嘶吼：

"为什么，你说，我有什么不好，你为什么不爱我?！"

看来，丝丽苔已经问了若干遍这个问题了，因为看起来，臻华对这个问题已经感到厌烦了，他有些烦躁地说道：

"我不是都告诉你了，我已经有喜欢的女孩子了。"

"不可能，"丝丽苔继续气急败坏地大叫道：

"从上次你说你有喜欢的女人了，我就开始盯着你，可是我都盯了你这么久了，你身边一个女人都没有出现过！"

臻华叹息了一声：

"丝丽苔，你听我说，这种感觉很奇怪。的确，我身边没有出现过任何女孩子，但是，我的心里一直以来就有一个影子，我也不知道为什么，我就是认定了，只有她才能成为我的妻子，一直以来，我对所有的女人都不假以辞色，就是因为我的心在守候着她。”

“她到底是什么人？她现在在哪里？”丝丽苔愤怒地喊着。

“我不知道，我真的不知道。”臻华的脸上显出了痛苦的神情，“我只知道，她叫方子纯，从我一记事起，她的影子就一直存在于我的脑海中，我的梦中。我知道，她一定是正在某个地方等待着我，我能够感觉到，她需要我。也许，她是我上辈子的妻子吧，因为上辈子她对我太好，或者我亏欠她太多，所以，我才会直到这辈子还记挂着她。我已经想好了，等我一旦能够自由地离开波斯，我马上就去找她，不管天涯海角，我一定要找到她，然后陪着她，不让她受苦，不让她孤单……”

听着臻华那执著的表白，纯儿再一次泪眼模糊了，她的心在战栗：

不，臻华，上辈子我没有对你好过，而你更是什么都不亏欠我，是我亏欠你，是我亏欠了你太多，太多……

纯儿眼前的场景变换，又一段记忆出现在了她的眼前，记忆中的人物换成了臻华和雪姬，雪姬真的是驻颜有术，不管在什么时候出现，永远都是那么容颜娇美。

此刻，雪姬直直地瞪着臻华，神情中充满了痛苦：

“臻华，我爱你，我从上辈子爱到了现在……”

臻华回避开了雪姬那炙热的目光：

“对不起，以前的事我都不记得了……”

“可是，你却还记得方子纯！”

听雪姬说出了方子纯的名字，臻华竟然情不自禁地深深叹息了一声，随着他这一声叹息，整个人一下子就被浓得化不开的愁思紧紧围裹了起来。一个堂堂七尺男儿，忽然之间就变得如此的痛苦，如此的脆弱不堪，这情景，真是会让铁石心肠的人也为之动容！

就连已经痛苦之极的雪姬，也顾不上自己的心思了，她望着臻华，急切地问道：

“臻华，你这是怎么了？”

臻华低沉地说道：

“雪姬，你知道吗，我好担心，好担心。大哥说，方子纯会转世成一个叫严纯儿的女孩子，而这个女孩子这一生的命运都非常的不幸，从童年起就非常的不幸。可是，大哥又不许我现在去找她。所以，我每时每刻都在担心，担心她遇到伤害，担心她经受痛苦。天啊！”臻华忽然像野兽一样嚎叫了出来，他一拳砸在了身边的一棵大树上，“大哥说，十年后，才会让我去见她，十年啊，三千多个日夜，我该怎么熬啊?!”

看着臻华那痛苦不堪的神情，雪姬的泪水流了下来，过了好一会儿，雪姬仿佛是下定了决心似的，说道：

“臻华，你不用这么难过，我可以帮你。”

“你帮我？”

“对，我到严丞相府去，去做严丞相的侍妾，严纯儿的庶母，这样，我就可以在这十年里，替你照顾好她了。”

“真的？”臻华的眼睛一下子就亮了起来，“你真的这么做吗？”

“真的，”雪姬说话的声音分外的虚弱，就好像刚才的这个决定，已经掏空了她所有的气力，“因为我爱你，所以，只要能让你不这么痛苦，我什么都可以做。”

而臻华却仿佛没有听到雪姬的表白一样，只是一个劲地说道：

“那太好了，如果你能去保护她，我就放心了，雪姬，谢谢你，真是太谢谢你了……”

纯儿目睹着这一切，真的呆住了：

天啊，臻华，难道你心里就只有我，除了我就谁都没有吗？你难道就不知道雪姬是爱你的吗？你知道你在干什么吗？你在让一个爱你的女人，去做别的男人的侍妾，而目的，就是为了替你照顾你爱的女人！臻华，你对雪姬好残忍，臻华，你对我的这份痴情，让我如何报答？

如何报答？如何报答？这个问题还没有得到答案，纯儿眼前所看到的记忆就又发生了变化，这一次，纯儿不禁惊叫了出来，因为此时，出现在她眼前的，竟然是黄河口岸！这一次，纯儿看到的记忆和前几段不同，前几段记忆，都是属于别人的，而唯有这段记忆，是属于纯儿自己的。只不过纯儿的这一段记忆，曾经被臻华刻意地修改过。所以，纯儿才会把它们遗忘掉。此时，雪姬她们帮助纯儿重新找回了这段记忆，于是，一幕幕情景，加上纯儿心中的万千感受，一下子就又都回到了纯儿的心头！

黄河口岸，那个曾经让纯儿刻骨铭心的地方！

眼前的情景是那样的熟悉，青衣卫携带着端昊的密旨，万里追杀而来，大梁国的那些使臣和侍卫拼死也要保护纯儿。纯儿被端昊的无情伤得万念俱灰，又不忍心看到那些和自己素昧平生的大梁国人为自己丧命，情急之下，纯儿只想一死了之，所以，纯儿不顾一切的撞向了青衣卫的刀口。眼看着自己就要命丧在青衣卫的刀下了，在这一刻，纯儿并不恨这些青衣卫，因为他们只是在执行命令，纯儿现在唯一恨的，只有一个人——宇文端昊。

可是，就在纯儿已经闭目等死的那一刹那，四个黑衣人出现了，他们从青衣卫的刀下救出了纯儿，接下来，纯儿则完完整整地回忆了一遍，她被笙管笛箫救后的情景！

很长很长时间过去了，纯儿一直都在紧紧地闭着眼睛。以至于，雪姬和笙管笛箫都有些担心了，她们不知道纯儿为什么总是闭着眼睛，她应该已经把失去的全部记忆都找回来了啊。

"你，没事吧？"雪姬试探着问道。

"我没事，"纯儿仍旧紧闭着眼睛，"我想自己待一会儿，行吗？"

雪姬和笙管笛箫四人互相看了看，还是由雪姬说道：

"那好，你就在这里吧，我们先出去了。"说着话，四个人就站了起来，鱼贯着向外走去。就在最后一个人将要走出门口的时候，纯儿忽然叫住了她们：

"等一下。"

"什么事？"

纯儿并没有转过身来，只是背对着门口说道：

"他平时最喜欢的那个塔顶在什么地方？我想去看一看。"

竹笙愣了一下，似乎在考虑该不该告诉纯儿，但是很快的，竹笙的嘴角就浮现出了一丝苦笑：

她是谁？她是主人最爱的女人啊！就凭这一点，在这座塔楼中，还有什么地方是她不该去，不能去的呢？主人的心，都任由她自由地来去了，更何况其他呢？

"出了这个门口，向左走，有一道很窄的楼梯，上去以后就是了。"竹笙回答道。

"好，我知道了，这么多天奔波，你们也累了，先去休息一下吧，我一会儿就来。"

听起来，纯儿的声音倒是挺平静的。可是雪姬和笙管笛箫却没有想到，当她们关紧了房门，退出去以后，纯儿的泪水就像是断了线的珠子一样，不断地滑落了下来。

当确定雪姬她们已经走远了之后，纯儿才抹了一把脸上的泪水，刚才当着雪姬她们的面，她不敢睁开眼睛，是因为她知道，只要自己一睁开眼睛，就一定会再也抑制不住眼中的泪水。

纯儿深深地吸了一口气，站了起来，沿着竹笙指点的方向，很容易的就找到了那道小小的楼梯，拾梯而上，小梯盘旋曲折，一级级把纯儿带入了臻华的世界……

小梯的尽头，就是那间近似于圆形的小房间了，这里是塔楼的最高处，一扇圆形的窗子，可以看见外面茫茫的云海，这里曾经是臻华最喜欢的地方。

纯儿也来到了那扇圆形的窗前，刚才，她已经在记忆中知道了，臻华就是站在这里，做出了那个震惊了所有人的决定：

同时抹去自己和纯儿的记忆，让自己和纯儿就做一对陌生人，到底要看一看，自己和纯儿是否有缘，看一看自己的这段感情到底会不会有一个美好的结局。而且，还再次封闭起了自己所有的异能，让自己像一个普通人那样，去和端昊竞争！

“纯儿，我马上就要这么做了，很傻，是吗？但是我一定要这么做，因为我不相信，我会输给宇文端昊！我要光明正大的，把你从他的手里争回来。我相信，我一定能！如果，最后的结果，你还是选择了宇文端昊，那我也不怪你，那只能说明，他的确是比我好，的确是能带给你幸福，如果真的是那样的话，我也输得起！”

这是臻华放弃自己关于纯儿的记忆之前，说过的最后的话。

此刻，纯儿仿佛是看见了臻华当时下定决心时的情景，她站在窗前，一边不断地流泪，脸上一边浮现出了美丽至极的笑容，口中喃喃地说道：

“臻华，我回来了，你没有输，你也永远都不会输……”

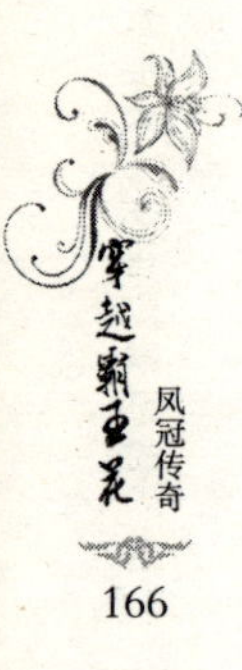

雪姬她们几个在焦躁不安地等待着纯儿。

“姐姐，方姑娘怎么还不下来啊？”年龄最小的竹箫最沉不住气，担心地问道，“她会不会出什么事情啊？”

竹笙若有所思地摇了摇头：

“出事倒是不会，但是突然让她知道了这么多的事情，她总是要好好想一想的。”

“那她会怎样决定呢？”竹箫又问。

竹笙苦笑了一下：

“谁知道呢？主人说过，是让我们送她回家的。而回家的吸引力，对于每一个人来说，都会是很大的吧。”

“尤其是对她来说，回家的吸引力更大！”一直默不作声的雪姬忽然开口说道。这是雪姬的真实想法，因为在这几个人里，只有她最明白“送纯儿回家的”真正含义，所以也只有她才能够真正理解，现代对于纯儿的意义！

因为，她曾经亲眼目睹过纯儿在现代世界的飒爽英姿，也曾经亲自经历过，她荡平那些恐怖组织的纵横叱咤。这样一位优秀的女特警，应该是做梦都想回到属于她自己的世界吧。

就在雪姬她们胡思乱想，心神不宁的时候，忽然一声轻唤传来，原来是纯儿从塔楼上下来了，正在喊她们。

几个女子赶紧迎了出去，她们急于想从纯儿的脸上看出来，她到底是怎么决定的。可是，纯儿脸上的泪痕已经全部被擦干了，神情也已经恢复了平静，整个人平和淡定，从她的态度中，还真看不出，她心里到底在想些什么。

“现在能带我去见他吗？”纯儿问道。

“谁？”雪姬愣了一下，但是马上就反应了过来，“你是说臻华？”

纯儿点了点头：

“对，带我去见他，可以吗？”

“哦，好吧。”雪姬说道。

最后还是竹箫心直口快，直接问了出来：

“方姐姐，你见完主人以后呢？是像主人说的那样，让我们送你回家吗？”

纯儿望着竹箫，半晌，温柔地笑了：

“回家，好啊！”

“啊?!”竹箫惊叫了出来。

而纯儿则又悠悠地接着说道：

“但是他必须得亲口告诉我，他想让我离开这里，想让我离开他，想让我回家。否则，我回家的事，他连想都不用想！”

纯儿语调轻松，笑靥如花。竹箫毕竟是小几岁，一时没弄明白纯儿的意思，而竹笙和雪姬这两个年纪大一些的，却是一下子就明白了，她们同时看向了对方，而且，她们都在对方的眼睛中看到了相同的东西。

——先是兴奋的火花一闪，因为纯儿终于答应留在臻华的身边了，这下子，当臻华醒来之后，终于就不用再为情所苦了。而紧跟着，她们的眼神就又都暗淡了下来，是啊，纯儿终于答应留在臻华身边了，有情人终成了眷属，那她们这些痴恋着臻华的女人们，就尤其显得可怜了。

虽然心中酸楚，但是在她们几个女人的心中，最重要的根本不是自己，而是臻华，所以，现在一看到纯儿要见臻华，她们只伤心了片刻，就强压下了自己心中的痛苦，立刻带着纯儿朝着大梁国的皇宫进发。

“咱们这是去哪里？”

纯儿被她们带上了一辆非常豪华的马车，而且马车前还有侍卫开道。纯儿毕竟也是在西蜀国做过御妻当过公主的人，所以，她一眼就看出了，这驾马车和这份气派的不同凡响。不禁心中疑问。

纯儿发现，自己和雪姬她们所乘坐的马车，和出行的排场，气派非凡，不禁心中狐疑，就向雪姬询问。

而被纯儿这么一问，雪姬才想起来，纯儿直到现在，还不知道，臻华已经成了大梁国皇帝的事情，看了看，现在距离到达皇宫还有一段时间，不如趁这个时间，把这件事情跟纯儿解释清楚，毕竟，在大梁国的皇宫中，还有一群国家重臣在等待着纯儿呢，也应该让纯儿提前有一个思想准备。于是，雪姬说道：

“有件事，你可能还不知道。”

“什么事情？”

“就是完颜洪烈已经把皇位传给了臻华，所以，现在臻华已经是大梁国的皇帝了。”

纯儿倒是已经从刚才的记忆中知道了，圣域主人就是完颜洪烈，但是，她的确是没有想到，现在，臻华竟然已经继承了这个皇位。纯儿不禁愕然道：

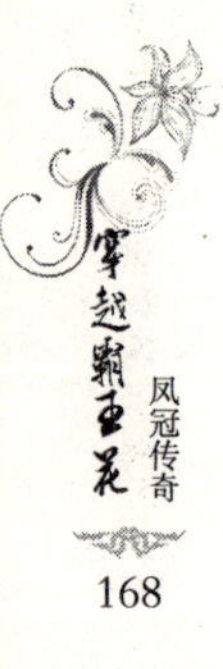

“怎么会这样？”

看着纯儿的神情，雪姬的心不由得一沉，暗道了一声：

“坏了！”

因为雪姬曾经在严丞相府里，和纯儿朝夕相处，所以很清楚地知道，纯儿对于嫁给皇帝这种事情是如何的反感。因为这毕竟是在古代，皇帝的婚姻，基本就等同于无数个女人围绕着一个男人，而这一点，纯儿是肯定无法接受的。

而且，纯儿在上一世的时候，是一个非常典型的现代女子，独立卓越，自尊自强，要是按照现代的小说或者电视剧中的情节，当这样的一个女孩子，知道了自己的男朋友有着深厚背景之后，总会作出非常激烈的反应，更有甚者，会突然玩儿消失，以此来证明自己是不贪图权势，不爱慕虚荣的。

当然，按照电视剧上演的情节，那些男主角会历尽千辛万苦地去找到女主角，然后让女主角回心转意，最后两个人终于会走到一起。但是在现在这个时候，臻华还昏迷着，如果此时纯儿真的去玩儿个性，玩儿失踪，那谁把追她回来呢？总不能她们几个女人，把这件事也代劳了吧？而且，这种事情也代劳不了啊。

雪姬神情不定地望着纯儿，仔仔细细地观察着纯儿，可是让雪姬意外的是，纯儿在经过了最初的错愕之后，很快又恢复了平静，就好像什么事都没有发生过一样。

马车又向前走了许久，车厢中始终是一片寂静，终于，雪姬忍不住了，干咳了一声，有些艰难地说道：

"我，我知道，有些话也许我不该问，但是，我还是想要一个答案……"

纯儿抬起了头望着雪姬，自从，她看完了臻华的记忆，明了了雪姬的心之后，她和雪姬之间，就陷入到了一种让人无所适从的尴尬之中。就比如现在，雪姬跟纯儿说话的时候，总是会采用这种没有主语的句子。而纯儿，也实在是不知道，现在该如何称呼雪姬。

曾经她是她的雪姨，是她刚一回到古代的时候，最依赖最信任的人，可是现在，作为爱着同一个男人的两个女人，如果她再喊她一声雪姨的话，那是不是就太……

"什么事？"一番思量下来，纯儿还是也选择了这种无主语的句子。

雪姬的目光飘离到了车窗外：

"现在，你既然已经知道了臻华是皇帝的事情，你，还会留下来吗？"

雪姬尽量让自己的言辞平和一些，因为她知道，其实纯儿的性格也非常的敏感，她唯恐自己的话刺激了纯儿。

可是让雪姬没想到的是，纯儿听了她的话之后，竟然笑了，笑容轻松愉快。但是，纯儿只是那样轻笑着，并没有回答雪姬的话。

马车并没有走皇宫的正门，而是来到了一处僻静的角门，走到门口处，连停都没有停，就直接驶了进去。

臻华寝宫的最外面，是一处临时会见大臣们用的偏殿，现在，大梁国的宰相等几位重臣，正焦灼不安地等待在这里，他们已经得到了消息，知道竹笙带回了那位陌生的"皇后娘娘"。

现在，皇后娘娘已经回来了，但是，这位皇后娘娘，究竟是什么来历呢？她能不能担起眼下大梁国的这副重担呢？其实，她即使担不起这副担子，也没有关系，只要她肯听从这些监国大臣的安排，自己就有把握能够稳定住大梁国的局势。可是，即使是这样一个看似简单的要求，这位皇后娘娘能做到吗？她毕竟是一个女人啊，而且，还是一个非常年轻的女人，在这种大灾大变面前，她能够不惊不惧地保持镇定吗？能够像自己所希望的那样，以大局为重吗？宰相的心中焦虑不安，越想越觉得心中忐忑。

而这时，纯儿所坐的马车，已经到了偏殿的门口了，不管这几位大臣在心里面，对这位即将到来的"皇后娘娘"多么的没有信心，但是，毕竟国礼为重，所以，以宰相为首，这几位监国的重臣，纷纷起立，向着门口的方向，只等着"皇后娘娘"一出现，就跪下行礼。

纯儿终于出现了，宰相第一眼，只看到了一个年轻貌美的女子，毕竟是"皇后"，宰相也不能一直盯着看，所以只是轻轻地瞥了一眼，就赶紧低下头去，准备行礼，可是虽然只看了这一眼，也已经够让宰相悬心的了：这位皇后娘娘太年轻了。——毕竟方子纯穿成了严纯儿，直到现在，也不过十几岁的年纪——这样一位年轻的"皇后娘娘"，她，能行吗？宰相的心中不禁忧虑更甚了。

可就在宰相心中倍感烦躁焦虑的时候，他的背后忽然发出了一声惊呼！宰相听得很清楚，这声惊呼，正是另外一位监国大臣发出来的。

宰相大怒，心中暗道：

"纵然皇后娘娘的确是年轻得让人失望，可她毕竟是陛下钦定的皇后啊，怎么能做出这样君前失仪的事情来呢？"

于是，宰相低喝道：

"皇后娘娘驾到，大人请自律。"宰相的声音充满了威严，按说，他这一发话，不管那位大臣此刻遇到了多么吃惊的事情，都该先压住再说了，可是，出乎宰相意料的是，那位大臣不仅没有纳言收声，而是继续惊异道：

"她就是皇后娘娘?！"

宰相终于听明白了，原来这位大臣竟然认识"皇后娘娘"。宰相一闪身，望向了大臣，希望得到进一步的解释。而就在他闪身的同时，那位大臣已经从宰相的背后走了出来，径直来到了纯儿的面前，恭恭敬敬地一施礼，口中说道：

"见过鸿雁公主，公主别来无恙。"

原来，这位发出惊呼的大臣，正是曾经去西蜀国迎娶和亲公主的那位使臣。曾经，纯儿还以为他已经在黄河口岸遇害了，可是，直到她刚才看完了事情的全部始末才明白，当时的那一幕，不过是笙管笛箫为了不引起西蜀国的怀疑而故布疑阵，其实大梁国中的人都还活着。

意外重逢，也算是一件惊喜——毕竟在这陌生的宫廷之中，纯儿找到了一个熟识的人。

于是纯儿对着这位大臣盈盈拜倒：

"大人安好，当日在黄河口岸，青衣卫追杀我，蒙大人拼死相救，纯儿还一直没有谢过大人。"说着话，纯儿又是深深一拜："多谢大人。"

那位大臣赶紧还礼：

"不敢，原来公主就是……"

大臣说不下去了，因为他接下来要说的话，是很没有礼貌的，他心里想的是：

这位当初莫名失踪的鸿雁公主，怎么又会遇到了臻华陛下，还成为了臻华陛下的皇后娘娘了呢？而且，她毕竟是西蜀国的公主，现在西蜀国正在对大梁国虎视眈眈，在这个时候，让她来作为皇后统领大局，这合适吗？

而这时，宰相也听明白了，原来，这位看上去年纪幼小，娇娇怯怯的皇后娘娘，竟然就是当初那位鸿雁公主。当时，使臣回来以后，也曾经讲述过不少关于这位鸿雁公主的轶事，当时，人们都觉得，这位鸿雁公主称得上是一位很传奇的少女了——会武功，懂暗器，面对高手刺杀决不胆怯，而且，在黄河口岸，眼看着大梁国的侍卫们就要为了保护她而丧命，她竟然不惜自尽，也要保全这些无辜侍卫的生命，这一切，都让大梁国人深感叹服。

可是现在宰相担心的却是另外一个问题，一个和那位大臣相同的问题：

西蜀国的鸿雁公主，在这个时候来当大梁国的皇后，这合适吗？

纯儿是何等的冰雪聪明，又经历了上一世无数的历练，所以片刻之间，就已经把宰相等几位大臣的心思看了个通透。于是，纯儿淡淡一笑，直面着宰相说道：

“各位大人，请容我说几句话，我本来也不是西蜀国宇文皇族的子嗣，甚至连宗室之女都不是，我只是一个平凡的女子，出于偶然才被选为了和亲公主。而且，使臣大人也知道，我当初已经被宇文端昊皇帝密旨赐死，是臻华安排人救了我，所以，我现在对西蜀国而言，只是一个身犯死罪的待罪之人。而大梁国对我则不同……”

纯儿忽然顿住了，她希望大臣们能够明白自己的意思，因为毕竟接下来她要说的话，有些难以启齿，可是这些大臣却偏偏谁都不说话，都直直地望着纯儿，等待着她的下文——人们都很想知道，现在，在纯儿的心目中，大梁国对她究竟有什么不同的意义。

纯儿无奈，暗中咬了咬牙，心想：

看来有些话还是非说出来不可了，虽然有些难以启齿，但是现在臻华和大梁国正是危急时刻，要想帮助臻华度过这场危机，最首要的，就是得到这些大臣们的信任。

于是，纯儿心一横，声音不大，却坚定地说道：

“我和臻华已有婚约，正所谓出嫁从夫，所以这一辈子，臻华都会是我的丈夫，而大梁国，就是我的家。”

话说了出来，纯儿的心也不禁一阵轻松，她在心中暗暗地向着臻华说道：

臻华，其实你我还没有婚约，但是，我已经决定了，我一定要嫁给你，这辈子，你甩不掉我的了……

纯儿所表现出来的这种痴情专一的态度，当下就让大梁国的这些监国重臣们，大大地松了一口气。虽然，他们现在还不能十分确定，这位年轻的“皇后娘娘”的胆识才智到底如何，但是，在大臣们看来，只要有她对皇帝陛下的这份痴心就足够了。有这份心意在，“皇后娘娘”就一定会陪着皇帝陛下，度过这场劫难的。

纯儿又看了看这些大臣，大臣们的心思如何能逃过她的眼睛，她明白自己已经初步得到了这些大臣们的认可，可是如果想让他们彻底地信任自己，则还需要时间。

“没关系，我不急，”纯儿的嘴角浮现起了一丝温柔的笑意，“我能看出来，这些大臣们都是忠实于臻华的，这就好。他们忠实于臻华，而我已经决定了，今生今世都和臻华不离不弃，所以，我一定能和他们都相处好的。从今天起，大梁国，就是我的家……”

纯儿看向了宰相，问道：

“大人，臻华在哪里，我想见见他。”纯儿现在真的好想看到臻华，虽然，这次他们两个分别得还不算是太久，但是，当纯儿在看过了那么多动人的记忆之后，忽然之间就觉得，她和臻华已经分别了很久很久了，久得已经让她无法承受。现在她迫不及待地想要见到臻华，好一解心中的相思之苦。

宰相亲自引着纯儿，进入了臻华的寝宫，臻华正仰躺在床上，面色平静，呼吸均匀，就好像是睡着了一样。纯儿走到床边，望着床上的臻华，目光中充满了柔情。

宰相望着臻华，神情沉重：

“陛下就是那天突然之间就晕倒昏迷，直到今天。他一直不吃不喝，也不醒来，所有的御医都看过了，但是谁都看不出来，陛下到底是什么病。”

纯儿轻轻地点了点头，从她进入了寝宫之后，她的目光就再也没有离开过臻华那俊美的脸庞。床上的臻华看起来是那么的沉静，那么的安详，如同传说中那最高贵的王子一样。

臻华，你只是睡着了，对吗？传说中，公主睡着了之后，王子用自己的吻唤醒了她。那么，王子陷入了沉睡中，是不是公主的一个吻也能够唤醒他呢？如果能的话，我的吻能够让你苏醒吗？我虽然不是公主，可我是你的妻子啊。

此时，在纯儿的心目中，她和臻华已经是夫妻了。

正在这时，一位年纪稍长的宫女脚步轻盈地走了进来，她的身后还跟着几个小宫女，小宫女的手中还各自都捧着脸盆、毛巾等事物。

纯儿一愣，问向宰相：

"宰相大人，这是……"

宰相见此赶紧说道：

"回禀皇后娘娘，这一位是暂时负责皇帝陛下起居的女官，现在，到了她每天定时为皇帝陛下擦洗的时间了。"

宰相向纯儿解释完之后，又转头向着女官说道：

"你还不知道吧？这是刚刚回宫的皇后娘娘。现在皇后娘娘回宫了，以后，关于皇帝陛下起居的一切事情，要听皇后娘娘的懿旨。"

女官听了宰相的话，赶紧朝着纯儿跪倒。

纯儿看了看这几个跪下行礼的宫女，温声说道：

"都起来吧。这些天里，一直都是你们在照顾臻华吗？"

"是。"女官低头答道。

"那有劳你们了。请起吧。"

"不敢。"宫女说完后，站了起来，恭恭敬敬地站在了一旁。

"你们这是要做什么？"纯儿望着她们手里捧着的东西问道。

"回禀娘娘，我们正准备给皇帝陛下擦洗身体。"

"是全身吗？"

"是。"

"那好，你们把东西留在这里就可以了。然后你们就退下吧，我来为他擦洗。"

纯儿此言一出，女官、宫女和宰相都不禁感到非常吃惊。

宫女们面面相觑一时不知如何是好。最后还是宰相开口了：

"娘娘，这些杂役就不用娘娘亲自动手了，让她们去做就行了。"

纯儿没有看任何人，她的目光一直都停留在了臻华的脸上，此时，听了宰相的话，纯儿温柔地笑了，笑容中还带着深深的骄傲：

"这不是杂役，照顾我的丈夫是我的本分，就像替他守住他的国家，也是我的本分一样。我是他的妻子，而这种事情就是该由妻子来做的，我是他的妻子啊。"

纯儿的声音是那么的轻柔低回，所说的词句中，也没有任何的豪言壮语，可是，在场的每一个人却都被她刚才的话深深地撼动了。

他们都由衷地向着纯儿深深地施下一礼之后，鱼贯离去了。

当人们都走出去了之后，纯儿才走到了臻华的身边：

"臻华,我来了,你听见了吗?你的妻子来了,我知道,我来迟了……"

纯儿侧坐在臻华的床头,深情地望着臻华,纤纤素指一一解开臻华的衣纽,十指灵巧,却动作生疏。

臻华此刻只穿着贴身的睡衣,所以,纯儿的手指很快就触到了臻华那光滑紧绷的肌肤上,虽然纯儿那一颗芳心已经默许给了臻华,但是,她毕竟还是个姑娘家,就这样和一个男人独处一室,为这个男人宽衣解带,这终究是件让人脸红的事情。纯儿的脸颊上情不自禁地涌起了两坨醉人的红晕。

昨夜暖风初破冻,杏眼梅腮,已觉春心动……

李清照一定是也有过这番将为人妇的女儿情怀,所以才能写出如此传神的诗句吧?

纯儿一点点地解开臻华的衣衫,每一次,当她的指尖无意中触到了臻华肌肤的时候,纯儿都能够清晰地感受到,一阵战栗从指尖直接就传到了心底。外面,已是夜色低垂,室内,依旧灯火宛然,照耀着这一对俊美而多情的男女。

男的静静地仰躺在床上,而女的,则正轻柔地解开着丈夫的衣衫。如果此刻,把那对烛台换成红烛,再让床上躺着的男子睁开双眼,那么,这一定就会是一幅最完美最香艳的洞房花烛图了吧。

只可惜,烛台上明亮的灯火,床上男子那紧闭着的眼眸,还有此刻寝宫外那些宫人、大臣们焦灼不安的目光,破坏了这一切的和谐与完美。

随着臻华的肌肤越来越多地暴露在纯儿的面前,纯儿的心也越跳越快了。

臻华,今天,就当是你我的洞房之夜吧。

纯儿心中一横,就解开了臻华最后的束缚。

纯儿四下里望了望,就打定了主意,她走到了烛台前,烛台上燃着七彩的龙烛。纯儿熄灭了几乎所有的蜡烛,只保留了两盏红色的烛光。寝宫中,霎时就被笼上了一层暗红色的光影。

纯儿在烛光下,细心地脱下了自己的衣裙,露出了里面樱桃红色的贴身长裙。然后,纯儿游走到了一面铜镜前,细致地盘起了自己的一头长发。

纯儿站在铜镜前,专注地望着自己,镜子中的纯儿,只穿着一件樱桃红色的长裙,长裙腰身裁剪得非常合体,一直长及脚踝,长裙没有袖子,低低的鸡心领,露出了她象牙般细腻、白净的双臂和脖颈。

纯儿的长发被挽到了头顶,上面没有任何珠翠,脸上没有丝毫的脂粉,唯一的装饰，就是她那双饱含着真情的眼睛。

纯儿朝着镜中的自己莞尔一笑：

臻华，红烛已经点亮了，而我也换上了嫁衣，现在，我终于可以正式嫁给你了。

纯儿跪坐在了臻华的身旁，一边用一块洗好的毛巾为臻华擦拭着身体，一边对着臻华喃喃低语，就好似一对小夫妻在洞房里呢喃着情话一样。

"臻华，现在你是我的丈夫了，所以从今以后，这些事情必须要由我来做。这辈子，除非是你跟我承认了，你不再爱我，而是爱上了其他女人，否则，我绝对不会允许别的女人碰你，不允许别的女人看到你的身体。"

"臻华，你知道吗？今天雪姬告诉我你已经是大梁国皇帝的时候，是多么紧张吗？我能看出来，她真的很怕我会因为你是皇帝而决定离开你。臻华，她真是太不理解我了，现在，既然我决定了爱你，那我就一辈子都会跟着你，不管你是皇帝还是强盗，是英雄还是庸人，我的决定都不会改变的。因为我爱的是你这个人，所以，不管你背负着何等的身份，只要你还是你，只要你没有亲口告诉我，你不再爱我，我就一定会留在你的身边。"

终于纯儿帮臻华擦拭完了，她开始为臻华换上一套干净的衣服：

"臻华，你知道吗？我真的好傻。在我看到了那些记忆之后，我才明白，我一定早就爱上你了，只是我自己没有觉察。其实我早就应该看明白自己的心了。那样，你就不用再多受这么多的苦了。

过去，在西蜀国的时候，当我亲眼看到了端昊的不忠之后，我痛苦，我心如刀绞，我的心中充满了仇恨，我恨不得肋生双翅，一步就逃离端昊的身边，在当时，一辈子都不再见到端昊就是我最大的心愿。

可是，在我误以为你和丝丽苔有私情之后，我却连痛苦的力气都没有了，在那个时候，我的心麻木成了一片空洞，可即使在那个时候，我却连想都没有想过要仇恨你，更没有想过，要立刻逃离你，永远都不再见你。

我不知道我是从什么时候开始爱上你的。也许是你我在大漠中一起并肩驰骋的时候，也许是早在商路上你我共同面对危险的时候，也许更早，就像你对我一样，也许上一世你就已经存留在了我的记忆之中，只是我自己没有觉察。

不过，现在这些已经不重要了，因为我们毕竟已经走到一起了，而且，当我再次回到了你身边的时候，我才真正懂得，什么，才叫做爱情。

纯儿终于帮助臻华料理好了一切，然后，她唤来宫女收拾走了那些水盆毛巾类的东西。才又回到了臻华的身边：

“臻华，夜深了，我也累了，咱们休息吧。明天，我们还有好多好多事情要做……”

说着话，纯儿就依偎在臻华的身旁，睡着了。

纯儿睡着了，可是另外一处地方，却有几个女人，彻夜未眠。

雪姬和笙管笛箫几人，正枯坐在灯前发着呆。

即使是现在，臻华已经昏迷不醒，但她们的痴心，却一点儿都没有更改，因为她们相信，臻华一定会醒来的，即使臻华永远都不能再苏醒过来，她们也愿意像纯儿那样，服侍在臻华的身边，以他的女人的身份，为他做些事情。

这些女人就这样各怀心事，最终还是竹管开口了：

“雪姬姐姐，你是最了解皇后娘娘的人，你说，如果我们提出来，要服侍主人，她会答应吗？”

雪姬望着这四个犹如仙子的少女，不禁在心里长叹了一声：

唉，这些痴情的女孩子啊，她们终究还是古代人。在她们的心目中，只要得到了正妻的认可，她们就可以成为一个男人的侍妾，她们又哪里知道，臻华和纯儿的特殊性呢？这两个人可是从现代回来的啊。

雪姬还没有说话，竹笛就又开口了：

“皇后娘娘应该会答应吧。”竹笛闪动着一双天真的大眼睛，“我们又没有恶意，只是想服侍主人。而且，主人现在身为皇帝，总不能只有一位女人吧？全天下也没有一位皇帝只有一位妻子啊？如果，皇后娘娘那么嫉妒，不允许皇帝陛下再有其他妃子的话，那大梁国的大臣们也不会答应啊。”

竹笛的话让雪姬的眼中一亮：

对啊，现在，臻华的身份已经不是现代的那个优秀男人，或者是当初的那个自由自在的波斯王子了。他现在是不折不扣的大梁国皇帝！而在古代，一位皇帝是不能只有一位女人的啊?！如果那样的话，朝臣们和皇亲宗室都不会答应的！

雪姬的心中一阵狂跳：

难道，自己真的还有希望嫁给臻华?！

而这时，心思最缜密的竹笙开口了，她一直都在用心地观察着雪姬，雪姬眼中那突然闪动出的希望，丝毫也没有逃过她的眼睛，竹笙说话的声音不大：

“雪姬姐姐，我自幼在主人的身边长大，主人的心思我最明白，我也知道，主人的心中一直就只有皇后娘娘一个人。如果，让主人来做主的话，他很有可能拒绝我们，但是现在，正处于非常时期，主人昏睡着，所以，给不给我们这个名分，皇后娘娘就可以做主啊。”

雪姬不禁说道：

“可是纯儿会答应吗……”

竹笙的眼睛紧紧地盯着雪姬：

“如果我们去求皇后娘娘，那她也许不会答应，但是，如果我们去求别人呢？”竹笙步步深入。

“求谁？”

“宰相大人。”

“他？”

“对。”竹笙的眼睛中闪动着坚定的光芒，“宰相大人是不会反对我们为妃的。而皇后娘娘初来乍到，正在一心想着得到宰相他们的信任，在这个时候，她是不会反对宰相大人的意见的。”

“这样行吗？”雪姬仍旧在犹豫，她毕竟也是个现代人，对这种事情的认知程度不算太高。

“一定能行！”竹笙肯定地说道，“我去跟宰相大人说！”

竹萧开口了：

“可是姐姐，如果我们非要嫁给主人的话，那皇后娘娘会不会生气呢？她如果生气了，我们会不会被责罚呢？”

竹笙摇了摇头：

“皇后娘娘也许会不开心，但是她也不会有多么生气的。她也应该懂得，皇帝是不能只有一个妻子的。而且，”竹笙的眼中忽然寒光一闪，“正所谓双拳难敌四手，只要我们姐妹们同心协力，那皇后娘娘也会忌惮我们的。”

听了竹笙的话，不知怎的，雪姬的心中蓦的一寒，因为她突然发现，不知不觉间，竹笙的心在悄悄地发生着变化……

“竹笙，你过来，我单独跟你说几句话。”雪姬忽然冷声说道。

可是竹笙并不买雪姬的账：

“现在我们姐妹一心，雪姬姐姐有什么话，在这里说就可以了，如果，你不想给主人为妃的话，你现在可以退出。”从竹笙的话里不难听出来，这个竹笙一旦泼辣起来，也是个非常难缠的角色。

只可惜，竹笙遇到的是雪姬——这个上一世，恐怖组织的二号人物，这一世，圣域主人的左膀右臂，她可不是那么容易被人吓唬住的，可以说，要不是雪姬两世都因为臻华而为情所困的话，那么，天下第一女魔头的名号，她是当仁不让的。

雪姬一看竹笙竟然敢驳斥自己，不禁心头火起，反手就擒向了竹笙的手腕，竹笙也不示弱，身体轻灵地一闪，就要反攻雪姬。

而就在她反攻雪姬的那一瞬间，雪姬的另一只手抬了起来，一只小巧的手枪出现在了她的手中，乌洞洞的枪口直指着竹笙的额头。

竹笙当然不知道这件东西叫手枪，但是她也能认出来，雪姬现在手里所拿的东西，和圣域的魔鬼暗器非常的近似。所以，竹笙也不敢轻举妄动了，她盯着雪姬，冷冷地说道：

“你不用给我用狠，我知道，你也想嫁给主人。”

雪姬的脸上一热：是啊，自己当然想嫁给臻华，怎么会不想呢？自己已经爱了臻华两辈子了啊。

“既然你也想嫁给主人，那你为什么不跟我们合作呢？”竹笙步步紧逼。

雪姬的心头有些茫然了，因为她真的不知道自己现在该怎样去做了。

看出了雪姬心中的矛盾挣扎，竹笙微微一挥手，对着另外三个女孩子说道：

“你们三个先出去，把住门口，我和雪姬姐姐单独说几句话。”管笛箫三女向来是以竹笙马首是瞻，言听计从的，所以，一接到竹笙的指令，立刻就走了出去。

当三女全部都走出了房间之后，竹笙才又对着雪姬说道：

“现在，这里只剩下我们两个人了，我现在还不会伤害你，你可以先把这个放下了吧。”竹笙用眼神一扫顶在自己额头的枪管，她还真是很忌惮这把手枪。

雪姬冷笑了一声：

“竹笙，你还是不太了解我的来历，我从来就不相信任何人，甚至我连自己都不相信，我只相信自己手里的武器。”说着话，雪姬的手枪又向着竹笙的额头逼近了一寸：“竹笙，我和你无冤无仇，所以我也不想伤害你，我只是想弄明白，你怎么会突然升起要给臻华为妃的念头？”

“怎么是突然升起的？”竹笙淡淡地反问道，“这个念头我是由来已久了，只是主人一直不肯答应而已。不过现在，正像我所说的，主人昏睡不醒，皇后娘娘主持大局，正是一个难得的机会，所以，我一定要抓住这个机会。”

“竹笙你有没有想过，你这样做会伤害很多人？”

竹笙无所谓地一笑：

“我不会伤害任何人的，我想嫁给主人，又不是要害他，只是想对他好。”

雪姬真是被竹笙的固执打败了：

“纯儿爱臻华，所以，如果你不择手段地也成为了臻华的妻子，那对纯儿就是伤害！”

“皇后娘娘如果真的爱主人的话，就应该宽厚地接纳更多的好女人来服侍主人，为主人生儿育女，这才是一位皇后应该做的。”

“竹笙！你也知道臻华对纯儿的感情，如果纯儿因为你而再次出走，让臻华再一次失去纯儿，那臻华会痛苦的。”

“如果，皇后娘娘仅仅是为了这种小事就离开主人，那就说明她并不是真爱主人。主人那么聪明，那么明白事理，是不会为了一个不真心爱他的女人而痛苦的。”

雪姬气急了，她真的是不明白，这些古代女人的脑子究竟都是用什么做的。不等雪姬再次说话，竹笙就又开口了：

“好了，你不用劝我了，我已经决定了，或者说，我早就决定要这么做了。先娶妻后纳妾，这也是大梁国的风俗，而我一直就在等着主人娶妻，现在，皇后娘娘已经当众承认她是主人的妻子了，所以，为主人纳妾就是她的本分。你就只告诉我一件事就行了，你到底要不要和我们一起嫁给主人。”竹笙说完话之后，用挑衅的目光望着雪姬，她那眼神中的意思非常的简单——你不用说得冠冕堂皇，你还不是一样想要嫁给主人做妾吗？

“不要。”竹笙万万没有想到，雪姬竟然毫不犹豫地吐出了这样两个字来，这一下，竹笙真的吃惊了：

“为什么？”

竹笙紧紧地盯着雪姬的眼睛，想要判断出来，雪姬刚才所说的究竟是真心话，还是在故布疑阵。因为她根本就没有想到，雪姬竟然会说出这样的话来。竹笙也是一个为情所困、为情所苦的女人，所以，她看得很清楚，雪姬的心思和自己是一样的，她也是深深陷落到了对臻华的爱情之中，不能自拔。既然如此，她应该和自己一样，也渴望着能够嫁给臻华啊，可她为什么会拒绝呢？

想着想着，竹笙的目光变得冷森了，因为她认定了雪姬一定是另有阴谋！该怎样才能把雪姬的真心话给套出来呢？竹笙心思转动。

就在竹笙努力动脑子的时候，雪姬忽然望着她嘲讽地一笑：

"好了，你就不用费力气了，我说的都是真心话，我的确不想嫁给臻华。"

"我不信！"竹笙脱口而出。

"信不信是你的事情。"和在丞相府里做九夫人时一样，雪姬总是会不经意间，在举手投足中流露出一种把一切都不放在心上的傲气。其实也是，活了两辈子了，除了臻华之外，还真没有什么东西值得她放在心上。

竹笙一时被雪姬噎得有些说不出话来，僵在了那里。隔了半晌，雪姬才又悠悠地开口了：

"竹笙，我倒想问你一个问题。因为我知道，你一直以来，都是对臻华忠心耿耿，死心塌地的，永远都是以臻华的心愿和命令为天，所以，我真的很想知道，究竟是什么改变了你？让你竟然突然间就这么疯狂地要和纯儿去争夺臻华。"

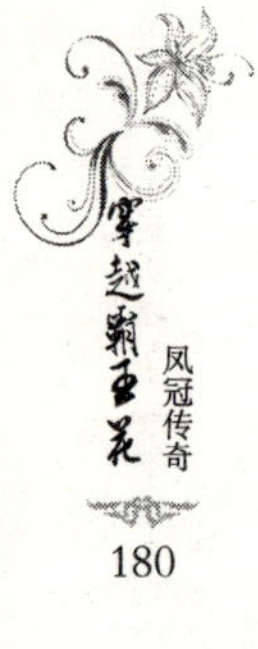

竹笙望着雪姬，她的心中也在飞快地思量着：

"现在究竟该用什么样的态度来对待雪姬呢？"竹笙望着雪姬，目光深沉：雪姬也来自于圣域，所以像雪姬这样的人，是既不能为敌也不能为友的。为敌，自己恐怕不是她的对手。为友？竹笙冷哼了一声，她心里很清楚，她和雪姬根本就不可能互相信任，所以也就根本不存在成为朋友的可能。

所以，对付雪姬，只有一个办法，那就是和她结成利益共同体，然后一起为了一个共同的目标而合作！而现在，自己和雪姬唯一的共同目标就是——臻华！

主意打定，竹笙的态度也就坦然了：

"我承认，过去我的确是一心为着主人，其实现在我也没有变，我也是会一心忠实于主人的，为了主人我可以做任何事情，我甚至随时都可以去死。"

"我相信你对臻华的心意没有变，我只是不能理解，你为什么突然之间非要嫁给臻华？据我所知，你留在臻华身边的这么多年里，从来都没有提出过这个要求。"

"没错，"竹笙毫不犹豫地承认道，"因为那时候，主人身边并没有其他的女人，虽然我也知道主人一直都在记挂着方子纯，但是，那时的方子纯，毕竟还只是一个遥远而虚幻的影子，所以，对于她，我并没有太深的感受。甚至于，我当初为了促成主人和方子纯，不惜给方子纯下迷药，还有这次，为了能够帮助主人，我千里奔波找回方子纯……在我做这些事情的时候，我都没有想太多。可是……"

竹笙的声音忽然变得低沉了：

"可是，就在今天，就在方子纯遣走了所有的宫女，要亲手为主人更衣擦洗的时候，我突然感受到了人们常说的那种嫉妒！那种灼人的，能把人逼疯了的剧痛。在那一刻，我突然间就感觉到，从那时起，主人就是属于她一个人的了。而在这之前，主人还是谁都不属于的！

我，可以容忍一个心中虽然爱着她人，但身边没有任何女人的主人。但是，我却无法容忍一个已经属于了某一个女人的主人！”说到最后，竹笙的声音中已经带了哭腔。

雪姬这次听明白了，原来，在过去的那么多年里，竹笙其实一直都没能真正理解，臻华爱纯儿究竟是什么样的含义。在那时的竹笙看来，臻华对纯儿的向往，无异于就是一个男人对于一种虚幻理想的向往，那种向往只是存在于梦中的，也许，男人穷其一生，都无法实现它，所以，那时的竹笙并不觉得方子纯是个威胁。而此刻，当方子纯真正和臻华到了一起之后，竹笙的一切心理防线都崩溃了。想想也是，竹笙可能从初解情事那天起，就爱上了臻华，可突然之间，自己深爱的男人和另外一个女人成亲了，而且此时此刻，他们两个还正在深夜里同处一室，这份痛苦，的确是能够把人逼疯的。

想及此，雪姬不禁长叹了一声，同为女人，她非常能够理解竹笙的这种痛苦，也非常同情她，所以，雪姬放柔了声音，劝慰道：

“竹笙，我比你大几岁，你现在听姐姐一句劝。说实话，你的苦我都明白，因为正如你说的那样，我也爱臻华，爱得也非常的痴，非常的狂。但是，你现在非要不择手段地嫁给臻华，这种方式是不可取的。刚才，你问我，为什么不和你们一起嫁给臻华为妃。说实话，在你们刚刚提出来，要这样做那一瞬间，我也动心了，毕竟，能够做臻华的妻子，也是我梦寐以求的事情。

但是，当我冷静下来之后，我就明白了，这件事情无论如何也不能做。”

“为什么？”竹笙一点儿也理解不了雪姬的想法。

雪姬望着竹笙，目光痛楚，看着竹笙那固执而倔强的神情，她就好像看到了上一世的自己，雪姬继续柔声说道：

“竹笙，你知道吗？其实我、臻华还有纯儿，我们早就认识，我们三个，还有圣域主人，我们四个人一起来自于一个非常遥远的地方。在那里，我就爱上了臻华，那时的我和你现在一样固执、骄傲，整个世界，和世界上所有那些除了臻华之外的男人，我都不放在眼里，我固执地相信，我和臻华是最般配的，臻华只要真正和我在一起了，我就会带给他无限的幸福。

不瞒你说，那时，为了得到臻华，我可以说用尽了一切手段，我引诱过他，逼迫过他，甚至想要灌醉他，但是，不管我用多少心机和手段，臻华始终都没有多看过我一眼。从这一点来说，你已经比我幸福多了，因为，你现在虽然得不到臻华的心，但你毕竟还是臻华的弟子，是他的亲信，而我那时，在臻华的心目中，什么都不是。”

雪姬深深地叹息了一声，叹声中包含着无限的心酸：

“后来，我们四个人又来到了这里，说实话，臻华就是为了追随方子纯才来的，而我，则是为了追随臻华而来。到了这里之后，虽然我们的身份，外界的环境都变了，可是，唯一没有变的，就是臻华对纯儿的那一往情深！

我永远也不会忘记，十年前，当我对臻华说，我要去西蜀国保护纯儿的时候，臻华在我面前所流露出的那种欣喜和感激。那是我两辈子都没有得到过的啊。在漫长的岁月中，臻华对我始终都是视若无物的。

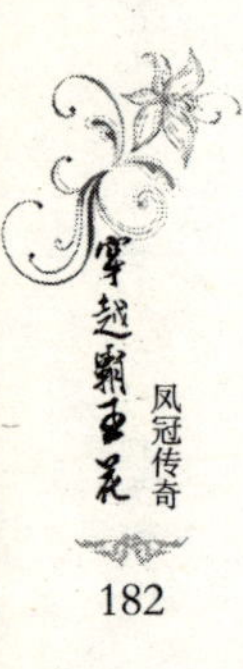

所以，当我看到臻华望着我的目光，竟然是那样的充满温情的时候，我就知足了，我真的知足了。也是从那一刻起，我就彻底地明白了，究竟该如何和臻华相处。”

雪姬的目光分外的明亮：

“我要做他的知己，做他的朋友，做他的助手，今生今世，哪怕是来生来世，只要臻华不先对我动情，我都绝口不会再提起这个情字。我要把这份情深深地埋在心底。然后，再像亲人，像朋友那样，去守护臻华和纯儿，去帮助他们。只有这样，我还能得到一个留在臻华身边的机会！否则，恐怕我连为臻华做事的机会都没有了！”

雪姬的眼中涌起了一层泪光，但是，她的目光中所流露出的信念却依旧是那样的坚定：

“竹笙，我希望你，也能像我这样。现在，臻华这样信任你，这就是你的福分，你应该好好地守护住这份福分。竹笙，你相信我，我活了两辈子了，已经把一切事情都看明白了。爱一个人，不一定非要成为他的妻子，还有很多种其他的方式的……”

“那是你的想法，在我看来，爱一个人，就是要成为他的妻子，因为我爱他，而且我相信，主人其实也是爱我的！你刚才不也说了吗，主人最信任的人就是我！他如果不爱我，又怎么会信任我呢？”竹笙的声音还是那样的狂躁。

雪姬心中冷哼了一声：

幼稚！圣域主人在这两辈子里最信任的人都是我！可是我们谁也不爱谁！

不过雪姬并不准备在这件事情上和竹笙争执，因为在雪姬看来，竹笙还是太年轻了，一个太过于年轻又自视太高的女孩子，总是难以说服的。而今天，雪姬只想解决掉竹笙和臻华之间的问题，所以，雪姬态度深沉地说道：

“竹笙，你知道吗？你现在是在以爱的名义，去伤害我们所爱的人！”

“我伤害谁了？”

“我刚才就说过了，你伤害了臻华！”

“我不会伤害主人的，我会一辈子忠实于他，一辈子对他好！”

“可是你这么做，就会伤害到方子纯，哪怕方子纯受到一丁点的痛苦伤害，最终心痛的，还会是臻华！”

“如果方子纯不接受主人有其他的妻子，那就说明她不是真心的爱主人，她如果真心的爱主人，一定就会像我这样，希望主人得到幸福！”

雪姬无话可说了，她沉默了半晌，才叹了一声，问道：

“竹笙，如果真心爱一个男人，却要和其他的女人一起分享他，那究竟是幸福还是痛苦？”

“如果我真心爱一个男人，那不管他身边有多少个女人，只要能让我成为其中的一员，我就会感到非常幸福！更何况，像主人这样完美的男人，本来也就不是一个女人可以独占的，上天注定，他的身边，就应该有很多很多的好女人服侍他，为他付出一生！”

雪姬彻底地被竹笙打败了，也是，不管怎么说，雪姬都是一个有着现代思想的女人，而且也是非常独立非常有个性的那一种，所以，不管多么爱臻华，在她的脑子中，始终期待的都是，臻华能够回心转意从而爱上她，然后两个人一心一意，天长地久。像竹笙的这种属于古代女人的想法，她从来没有过，也实在无法理解。

但是雪姬也明白，就像是她无法理解和接受竹笙的想法一样，竹笙也无法理解她的想法，毕竟在她们两个人之间，时间跨越了一千年。

“竹笙，你真的决定了？”雪姬不再看竹笙，她的目光投向了桌上的烛火，声音轻悠悠地问道。

“决定了，”竹笙的头一昂，显现着无与伦比的孤傲，“明天一早，我就去找宰相大人，求他做主，然后让皇后娘娘认可我们姐妹几人的身份！”

“恐怕，你没有这个机会了……”雪姬的声音依旧是那样的飘忽、清冷。

“你这话是什么意思？”竹笙心中一惊，就要去怀中掏兵器。可是已经迟了。

就在雪姬说话的时候，她手中那把乌油油的小手枪已经举了起来，枪口又指向了竹笙的额头，而且这一次，子弹已经上膛了。

“别动，你一动，我就开枪，除非你想试试，是你的刀快，还是我的枪快！”在这个时候,现代恐怖组织二号人物的风范,又不自觉地回到了雪姬的身上。

竹笙无奈,放下了已经握住了兵器的手,恨声问道:

“你要干什么?”

“杀死你。”

“为什么?”

“因为我无法说服你,让你放弃给臻华做妾的想法。”

“就为这个你就要杀死我?!”竹笙也愤怒了,“我说过了,你如果愿意,我明天可以也代你去求宰相大人!”

“我再说一遍,我不愿意。除非是臻华主动要娶我,否则,我肯定不会嫁给他。而且,我也不许你去做这样的事情。”

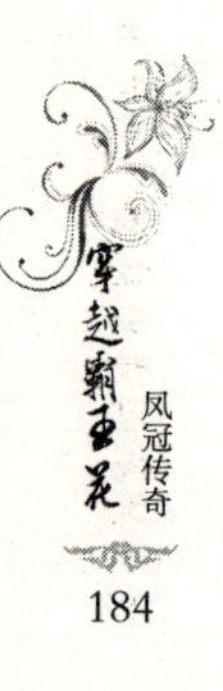

“你凭什么?!”竹笙火冒三丈!

“就凭我爱臻华,因为我爱他,所以我就要保护臻华,保护方子纯!”雪姬的声音仍旧是不疾不徐。可竹笙却真的快被她气疯了,毕竟她才是被枪指着的那一个:

“雪姬,你爱他,我也爱他,但是你不能要求我们都用同一种方式爱他吧,我有我的方式啊!”

“不行,我不允许,你只能用我这种方式来爱他。”

“你的方式!?”

“对。一生一世,恪守本分,只做他的弟子和助手,不做任何伤害他的事情!”

“这种事能够强求吗?你到底讲不讲道理?!”

面对着竹笙的质问,雪姬竟然笑了:

“讲道理?你去打听打听,影子什么时候讲过道理?”

竹笙听不太懂雪姬在说些什么,但是有一点她还是听明白了,那就是,雪姬明确地告诉了她,她肯定不讲道理。

竹笙也是心思极其敏锐的人,也很懂得见机行事,现在一看跟雪姬动硬的不行,索性就话锋一软:

“那好,我现在打不过你,所以,我不和你争,我放弃,明天我不去找宰相大人了,我和你一样,等主人醒过来,我让主人自己做决定,看他到底会不会娶我。”

听了她这话,雪姬又笑了,而且笑容竟然有些欢快:

“很高兴你能这么想,但是,我现在还是要杀死你。”

“为什么?!”竹笙都喊出来了。

“因为我信不过你,我怕你出尔反尔,宁可错杀一千,也不能放过一个!这是我们的原则!”

这的确是恐怖组织的原则,臻华,我知道,你最不接受我这种冷酷的方式,纯儿,我也知道,作为特警,你最仇恨我们这种狠毒,但是,现在为了你们两个能够安宁地享受幸福,我顾不得了。

竹笙彻底无语了,其实她的确是这么想的——先把雪姬哄住,然后再避开雪姬去找宰相。到时候生米成了熟饭,自己成了臻华的人了,雪姬也就不能再伤害自己了。

按说,她这招缓兵之计没有用错,只可惜,她对错了人,她遇上的,是雪姬!

雪姬解释完之后,再不多说话,直接就要扣动扳机,而与此同时,窗外突然响起了一个熟悉之极的声音:

“住手!”

乍一听到这个声音,雪姬和竹笙两个都愣住了,因为她们都没有想到,这个声音会在此时此地出现。而就在雪姬一错愕的工夫,竹笙已经猝然发难,衣袖一甩,一把飞刀就朝着雪姬的小腹直刺了过去,雪姬躲过飞刀,枪口也就偏了。

见她的枪口一偏,竹笙毫不迟疑,手中的铁箫就朝着雪姬的心口直刺了过去。

可忽然,竹笙觉得自己背后一疼,她清楚地感受到,一个锐利之极的东西,已经顶住了她的后心:

“你要杀她,我就杀你!你可以试试,咱们两个谁更快。”

“当然是你快,因为你的兵器已经刺到了我的身上。”竹笙心中暗道。

竹笙深深地吸了一口气,收回了铁箫,冷声问道:

“方子纯,你怎么来了?”

来的果然是方子纯,而紧随方子纯身后的管、笛、箫三人,也已经各持兵器冲了进来。

不知道如果臻华能够亲眼目睹这一幕,他究竟会做何感想,此时此刻,在这间不大的斗室之中,在昏黄温和的烛影之下,六个美得各具特色,而且都对他一往情深的女子,纷纷拔刀相向——开始是那些一心想给他做小老婆的人之间的混战,转眼间,大老婆突然出现,并且一出手就控制住了整个局势,这样的情景,怎是一个乱字了得。

说实话,这里的六个女人中任何一个,不论是脾气、武功,都不是普通男人所能消受得了的。可是,在未来,臻华很有可能要同时消受她们六个!

"最难消受美人恩",说的,是不是就是臻华未来所需要面对的这种悲惨的境地。

看到纯儿已经制住了竹笙,雪姬的枪口再次对准了竹笙的额头,然后才向着纯儿问道:

"你怎么到这里来的,你来了多久了?"她想判断出,刚才自己和竹笙的谈话,究竟被纯儿听去了多少——因为雪姬也是一个生性高傲之极的人,她可以为臻华付出很多很多,可是,她却不愿或者说不屑于当着人,尤其是当着纯儿承认这一点。

纯儿似乎非常了然雪姬的心思,她望着雪姬,目光温和,说道:

"我已经来了一会儿了。"

"这么说,我们刚才的对话,你已经全都听到了?"雪姬问。

"差不多吧。"

"那你还要救她!"雪姬喝了出来。

这一次,纯儿并没有马上答话,而是极轻地叹了一声,对着竹笙说道:

"竹笙,现在你我同时收刀,我保证不伤害你,你也不要再用飞刀指着雪姬姐姐了。"

雪姬心中一动,她敏锐地发现,纯儿对自己的称呼已经发生了改变。

不过竹笙现在可没有心思管那些称呼上的事情,她正因为自己在一招之内就被纯儿制住,而恨怒交加,所以恨声说道:

"单是你我同时收刀还不行,她还在用那个鬼东西指着我,"竹笙狠狠地瞪了雪姬手中的手枪一眼:"你告诉她,让她也把武器收回去。"

"哦?你是想让雪姬姐姐,也和我们一起收回兵器。"方子纯若有所思地说道,雪姬刚要拒绝竹笙的这个提议,可是没想到,还没等她说话,纯儿就又悠悠地开口了,语调甚至是轻松愉快的:

"那是不可能的,因为我不信任你,我怕你会出尔反尔,再次找机会攻击我们。明明占据了主动权,却要放弃这个权力,那是电影中的情节,不是特警的行事法则!特警法则是——一旦成功制敌,就决不会再给敌人任何反扑的机会!"纯儿顿了一下,又望向了雪姬,问道:

"你们平时做事也是这样吧?"

雪姬明白,纯儿指的是雪姬在现代恐怖组织时候的情景,所以很自然地点头答道:

“差不多吧，只不过我们处决敌人的速度要比你们快，我们都是在套取完了敌人的价值之后，直接杀了了事。”

纯儿点了点头：

“那倒是，你们杀人不受司法程序的制约。但是，”纯儿忽然眼光一寒，“如果到了必要的时候，我杀人的速度也不慢，同样是手起人亡。”

听了纯儿的话，雪姬也不禁有些欷歔：

“没错，当初你的确是如此。”

竹笙气急，她真不明白，自己怎么这一晚上净碰上这样的人了：

“原来你们两个是一伙儿的！”竹笙已经从纯儿和雪姬的对话中听了出来，两个人似乎非常的熟悉，所以才会产生这个念头。

可是竹笙却不明白，事实上，她这句话错得简直是太离谱了——方子纯和雪姬，一个名震世界的女特警，一个世界上最大的恐怖组织的二号人物。曾经，她们是势不两立的冤家对头，一个一心想把对方绳之于法，而另一个，则不择一切手段，也要把对方杀死解恨。

可是现在，因为对同一个男人的爱，她们又的的确确地站到了一起。

不管竹笙对方子纯和雪姬关系的认知究竟有多么错误，但是，有一点她没有看错，那就是——现在方子纯如果想杀她是易如反掌，她根本是抵抗不了的。

索性，竹笙也就收起了飞刀，同时说道：

“好，方子纯，既然刚才我和雪姬所说的话，你都听到了，那我也无话可说，你杀了我吧。”

就在竹笙收刀的同时，感到自己的背后一松，原来，纯儿也同时收起了自己的武器，转到了竹笙的面前——在刚才，她一直都是站在竹笙的背后。

当纯儿走到了自己的眼前，竹笙才看明白，原来，纯儿手中握着玲珑鞭，而刚才，她正是用玲珑鞭的鞭梢抵住了自己的后心。同时，纯儿的另一只手中，还握着落蕊神针的针筒，也就是说，就算雪姬手中没有武器，竹笙也是根本没有机会扭转败局的。

“没想到，你的实战经验竟然这么丰富。”

看着方子纯的双手，竹笙由衷地说道。

方子纯没有说话，心中却有些感叹：

上一世出生入死积攒来的救命经验，到了这一世，却被用来对付这些对自己的丈夫心怀不轨的女人。唉！

方子纯坐到了竹笙对面的椅子上，直对着竹笙，而雪姬则侧开身，仍旧用手枪指着竹笙——两人配合得天衣无缝。

“竹笙，我承认，刚才你和雪姬姐姐所说的话，我全都听到了，现在，我只想向你说明白这么几点。

“第一，我不会杀你，如果我想杀你，刚才我就不会喝止住雪姬姐姐。如果不是我出言阻止，恐怕现在你已经命丧黄泉了。”

竹笙不语，她承认，纯儿说的是事实。纯儿继续说道：

“第二，你想给臻华为妃，我不会阻拦，你仍旧可以按照你的计划，去找宰相大人，如果，宰相大人同意，并且来找我的话，我会立刻依照大梁国的习俗，接纳你们……”

听了纯儿的话，竹笙大感意外，她刚要开口，可是纯儿不容她说话，就接着说道：

“只不过现在臻华犹在病中，大梁国危机重重，所以，我不能在这个时候册封你们，你们可以入宫待选，最后的册封，要等到臻华苏醒以后，由他来定夺。”

竹笙简直都不敢相信自己的耳朵了，她真没想到，纯儿竟然会这么轻而易举地就答应了她们想要当妃子的要求，虽然只是入宫待选，那也足够了。竹笙相信，只要纯儿答应了，那主人肯定不会拒绝她们的。

“但是，我这么做是有条件的。”停了半晌，纯儿才又淡淡地说道。

“什么条件？只要能嫁给主人，我什么都答应你！”竹笙毫不犹豫地说道。

纯儿静静地望着竹笙，目光依旧是那么清澈，却又深不见底：

“现在，臻华遇害，大梁国危急，你们一旦入宫待选，也就等于成为了大梁国皇室的一员，所以，我希望你们也能够起到你们该起的作用，和我一起通力合作，共度危难！”

纯儿在说最后这一番话的时候，皇后之风已然凛然而出。

而在竹笙看来，纯儿的要求却是再正常不过的了。所以，竹笙在听完纯儿的话之后，径直就单膝跪倒在了纯儿的面前，真诚地说道：

“皇后娘娘给了我们姐妹服侍主人的机会，我们姐妹心中感激不尽，从今天起，我们一定忠心于主人，忠心于皇后娘娘，忠心于大梁国，听命于皇后娘娘，和皇后娘娘一起，共同协助主人，度过艰难。”

看竹笙跪倒了，管笛箫三人也都跪倒在地，竹笙想了想，又继续说道：

“皇后娘娘明鉴，其实，刚才是雪姬误会我们了，我们姐妹真的没有对皇后娘娘不敬，或者是存了要逾越皇后娘娘的心思，我们只是想和皇后娘娘一起服侍主人。而且，我们发誓，我们一定会恪守本分，永远都会忠于皇后娘娘，敬重皇后娘娘。”

纯儿居高临下地看着跪在地上的笙管笛箫，淡淡地说道：

“我知道。正因为我明白你们对臻华的忠诚，所以刚才才会容你们不死，我也希望，你们以后能永远地保持住对于臻华的忠诚。”

“是。”

“好了，天已经亮了，你们去找宰相大人吧。我要休息一下了。”

“是。”笙管笛箫答应了一声，又朝着纯儿行完了礼之后，才毕恭毕敬地退了出去。

直到她们四个人的脚步声已经彻底地听不见了，纯儿才重重地靠在了椅背上，脸上流露出了淡淡的疲惫。

雪姬始终在注视着纯儿，不难看出，此刻纯儿的脸色略显苍白，她低垂着睫毛，长长的睫毛在她的脸上投下了两道半月形的阴影，愈加地显出了纯儿的虚弱。甚至连她的嘴唇，都不像往常那么红艳了。

此时的纯儿，看上去是那样的单薄、脆弱，和刚才杀人于谈笑之间的气魄判若两人。是啊，毕竟这一世的纯儿，才只有十几岁大，可是她却担起了这么沉重的担子。

“在想什么？”正在假寐的纯儿，忽然开口问道。雪姬犹自出神，没有想到纯儿会突然发问，所以不禁愣怔了一下，才意识到纯儿的确是在跟自己说话。于是，雪姬也捡了一把椅子坐了下来——折腾了一夜，她也累了，——然后才疲倦地说道：

“不知道为什么，我突然想起了你刚刚穿越回宰相府的时候的样子，那时的你，虽然顶着严纯儿那一副怯懦的外形，可是骨子里却是天不怕，地不怕，一副唯恐天下不乱的架势。那时的你和现在的你，差别太大了。”

“在严丞相府的时候，你真的很宠我。为什么？”纯儿调整了一下坐姿，重新又睁开了眼睛，定定地望着雪姬，只是眼神还是无力的。

雪姬轻叹了一声：

“为什么？是啊，为什么呢？”雪姬的目光迷离了，她也坠入到了关于严丞相府的那段回忆中。

“你现在已经知道了，我去严丞相府做妾，就是为了臻华，我是代替他去照顾你的。当你真正到来的时候，其实我的心里是矛盾的。毕竟，上辈子我们两个一个是警察，一个是罪犯，不共戴天，而且，你我之间还有一个臻华。

但是，对臻华的爱让我放弃了一切个人恩怨，只要是对他有好处的事，我都会去做。所以，我帮你了解了严纯儿的身世，还帮了你很多很多。如果说我当时有什么私心的话，我就是希望，你能够尽早地找到属于你的生活，然后可以和臻华永远的错过。但是……”

雪姬苦笑了一声：

“现在我相信了，你和臻华是不可能错过的，你们太有缘了。”

面对着雪姬不经意间流露出的酸楚和伤情，纯儿有些无措，她低喃道：

“谢谢你，对不起……”

听着纯儿这有些混乱的语言，雪姬也不禁失笑了：

“你到底要说什么？”

纯儿没有笑，仍旧真挚地说道：

“谢谢你，为我做了这么多事情，而臻华因为我的原因，那样的伤害你，我又觉得愧疚。”

听了纯儿的话，雪姬却淡然一笑，笑容超脱：

“你不用觉得对不起。我早就想明白了，在感情中，其实都是自己在伤害自己，而不是别人在伤害自己。就比方说，我和臻华吧，从上一世到这一世，臻华从来就没有接受过我的感情，他一直都是在拒绝我，可我却执迷不悟，一直都深陷在了对他的感情之中。所以，要怪只能怪我自己。”

听了雪姬的话，纯儿也无语了：

是啊，雪姬说得没有错，其实在感情中，伤害自己的不是对方，而永远都是自己。

“好了，不说我了，”雪姬精神一振，改换了话题，“说说你吧，你怎么突然闯到这里来了？”

“我在臻华那里待了一会儿，睡不着，心里有很多事想要和人商量，就想来找你们，因为我知道，你们都是真心关心臻华的。好不容易等到东方有些发白，我就来了。可是快走到门口的时候，忽然听到屋里有你和竹笙的争执之声，而那三个女孩子又神情戒备，我一时不知道发生了什么状况，就干脆制住了她们，想先看个究竟。”

雪姬有些无奈地一笑：

“能一出手就制住她们三个，你的功夫还真是不浅。”

“那倒也不是，只不过是我在这方面的经验比她们丰富一些。”

“既然，我和竹笙的对话你都听见了，你为什么还要放过她们？说实话，留着她们，你只能是给自己找麻烦。”

纯儿苦笑了一下：

“我又何尝不明白这些道理，我这么做，也实在是无奈之举。”

“怎么说？”

“雪姬姐姐，我曾经和西蜀国皇帝有过一段时间的交往，在我们交往的过程中，争论最多的一件事就是——身为皇帝，不可能只有一个妻子！而现在，臻华也做了皇帝，就也面临着这个问题。大梁国的朝臣、皇族，都会出于各种需要，而要求他尽可能多地纳妃。”

雪姬承认，纯儿说的的确是事实：

“那你呢？难道就允许臻华广蓄后宫？”

纯儿惨笑了一下：

“我怎么会允许呢？正如你刚才对竹笙所说的，我们来自于现代，而一个现代女子是无法接受和别人一起分享自己的丈夫的。”

“那你刚才又……”

“雪姬姐姐，你听我说。现在，臻华昏迷不醒，大梁国陷入了严重的危机之中，所以，我现在首先要做的，就是替臻华保住他的江山。而如果想达到这个目的，我就必须要得到监国大臣们的信任。

这些大臣们是不会反对臻华纳妃的，甚至还会支持。他们也不会理解我为什么要反对臻华纳妃，所以，如果我反对的话，他们就会直接给我栽上一个不识大体，生性嫉妒的罪名，而使我失去朝臣的信任。那样的话，我就没有办法再帮助臻华了。”

雪姬点了点头：

“这一点我也想到了，我知道，如果竹笙一旦向宰相提出来，要给臻华为妃，宰相是不会反对的。毕竟现在臻华只有你一个皇后，后宫空虚，这本身就不合规矩。所以，我才想直接杀了她们了事！”

“雪姬姐姐，我知道，你杀她们纯粹是为了帮我的忙，但是姐姐，我们却是无论如何也不能杀她们啊。”

“为什么？”

纯儿苦笑了一下：

“这四个女孩子并无大恶，如果，只是单纯的因为她们爱臻华，我就杀死她们，那我成什么人了？”

雪姬刚想反驳，纯儿就又接着说道：

"再说了，她们四个是臻华的弟子、亲信，多年来，一直追随着臻华，立下了汗马功劳。如果我刚一入宫，就杀臻华的心腹，大臣们会怎么想？臻华醒来以后，又会怎么想？"

这一次，雪姬沉默了：

是啊，臻华醒来会怎么想呢？从女人的角度来说，方子纯杀死笙管笛箫四女，是无可厚非的——不为别的，就凭你敢对我的男人怀有痴心妄想这一条，杀你就是天经地义！可是，正如纯儿所说的，臻华会怎么看待这件事呢？从一个男人的角度来说，女人爱他，总算不上是错误吧？

想及此，雪姬不禁长叹了一声：

男人薄幸啊！就连臻华对纯儿痴情至斯，可是，一遇到其他那些爱臻华的女人，两个人的思想还是难以统一。

过了良久，雪姬才又开口问道：

"那你打算怎么样，难道，你就真的决定委曲求全，答应她们给臻华做妃?！"

纯儿没有马上回答雪姬的话，而是把眼光投到了窗外，天光已经大亮了，灰白色的晨光，透过窗棱射了进来。

"唉，"纯儿的心中不禁长叹了一声，"整整一个不眠之夜，从此后，等待着自己的，还将有多少个这样的不眠之夜？"

纯儿轻轻吹熄了桌子上的蜡烛，然后专注地望着蜡烛芯上那缕缥缥缈缈的青烟，直到青烟最后散尽了，纯儿仍旧出神地望着那个渐渐冷却的蜡烛芯，曼声吟道：

"昨夜洞房停红烛，待晓堂前拜舅姑。妆罢低声问夫婿，画眉深浅入时无？"

雪姬一愣，她不知道纯儿怎么会突然想起这样几句诗。而纯儿则很快就给出了她解释：

"雪姬姐姐，你知道吗，我是把昨夜当成我和臻华的洞房花烛夜的。如果在现代，我和臻华今天就算是开始蜜月了，可是，我们却偏偏回到了古代。即使回到了古代，如果他能做一个普通人，我也情愿为他做一个普普通通的新娘。但是，他却偏偏成为了一个国家的皇帝。而就因为他是皇帝，还是一个遇害了的皇帝，所以，我的洞房花烛夜需要做的，竟然是为他纳妃！"

纯儿说话的声音不大，但是，说到后来，心痛之情已经是溢于言表了。

看着纯儿不经意间流露出来的痛苦，雪姬的心里只觉得一疼，她情不自禁地走上来,把纯儿搂进了怀中。现在,她渐渐地已经不再把纯儿当成是自己的情敌,自己的仇人了。而是爱屋及乌,出于对臻华的爱而也开始一同关爱起纯儿来。

纯儿依偎进了雪姬的怀中,消瘦的肩膀此刻尤其显得分外的单薄:

“雪姬姐姐,幸好还有你。你知道吗,其实我心中好怕,好怕我没有能力来帮助臻华,好怕我帮不了他……”

雪姬也无话可说,因为她也知道,现在臻华所遇到的问题非常复杂,她也是真的不知道,臻华能不能被救醒,大梁国能不能被保住。所以,雪姬只能毫无意义地拍着纯儿的后背,以示安慰。

过了很久,纯儿才抬起了头来,她捋了捋鬓边的乱发,淡淡地说道:

“姐姐,刚才你问我,是不是真的就要委曲求全,让笙管笛箫四人给臻华做妃。这件事,我是这么想的……”纯儿站起来,走到了窗前,然后又转过身来,窗外灰白色的天光成为了她的背景,而在这个背景之下,纯儿只剩下了一个淡黑色的剪影,虽然是剪影,可是却依旧是那么清丽脱俗。雪姬望着纯儿,不禁看得呆了:

不论何时何地,都能如此美丽动人,也难怪臻华会为她两世痴狂。

纯儿倒没有意识到,自己这一个无心的动作,在雪姬的心中造成了如此强烈的震撼,她只是犹自说道:

“正如我刚才所说的,我现在还不能真正的给笙管笛箫她们确实的名分,我只是给了她们一个进宫待选的机会。现在,臻华遇害,大梁国危急,国家正是用人之际。笙管笛箫的所作所为不管对我有多么大的伤害,她们对臻华都是绝对忠心的,这一点毋庸置疑,而我现在所取的,也就是她们对臻华的这一点忠心!

直到现在,我都还想不出暗害臻华的那个敌人,究竟隐藏在哪里,所以,我需要这种对臻华忠心耿耿的人来和我一起保护臻华。”

雪姬点了点头:

“我明白了,你让她们进宫待选,只是一个权宜之计。而她们未来真正的去留,是要等到臻华醒过来之后,由他来做主。”

“对,我就是这个意思。”

雪姬的目光中充满了忧虑:

“可是纯儿,你想过没有,男人都是很容易心软的,等臻华醒来以后,如果知道了笙管笛箫四女为他做了这么多事情,又为了他不顾名节,进宫待选——毕竟待选而落选,不是什么好听的名声。到时候,如果臻华一心软,不忍心拒绝她们四个了,那她们可就真的成了臻华的妃子了。”

纯儿淡淡一笑：

“这些我都想过了。现在臻华是否能醒过来，还是未知数，如果他一直都沉睡了，那就什么都不用想，什么都不用说了。如果，他真的醒过来了，而我也尽了我的力量，帮助他保全了大梁国了，到了那个时候，如果真如你所说的，臻华心软了，不忍再拒绝笙管笛箫她们，那，我会走！”

雪姬听了纯儿的话不禁大吃一惊：

“什么？你会走?！你是什么意思?！”

纯儿又是那样一笑，淡淡苦涩如深秋的菊花：

“正如你那时向竹笙说的那样，我们是在现代长大的女人，我们可以为了爱的男人付出一切，却独独不能忍受和其他的女人一起分享自己的男人！

现在，臻华需要我，为了救他，为了他的大梁国，我什么委屈都可以受，可等到了臻华醒来了，等到他不再需要我的那一天，如果，他不能和我一心一意，两厢厮守，那么，我会离去。”

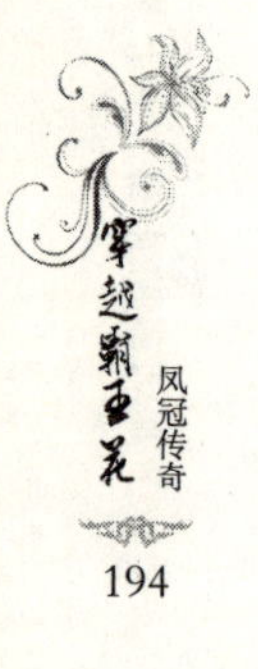

纯儿说得清清淡淡，可是听在雪姬的耳中，却如同晴天霹雳，雪姬愣了半晌，才说道：

“我明白了，在你从我的枪下救出竹笙的时候，就已经决定了，当你帮臻华度过这场危难之后，你就会彻底地从他的生活之中消失。”

纯儿恬静地点了点头，不难看出来，这个决定已经在纯儿的心中酝酿良久了，所以，再也不会在纯儿的心中兴起任何波澜了：

“我曾经和西蜀国的皇帝宇文端昊交往过，那时我们分手的原因，也是因为他有无数嫔妃这件事，他也曾经反反复复地讲解过，他不得不广纳嫔妃的无奈与苦衷，但是，我不接受，也不肯原谅，最终，我毫不犹豫地和他决裂，从此天各一方。

可是这一回，当我又再次面对相同问题的时候，我却发现，我的心意变了。同样是皇帝，同样是关于妃嫔的问题，同样是我这个人。但是，在我面对臻华的时候，我却一点儿也不恨他，也不怪他，反倒是替他想了很多很多，觉得他有多得数不清的苦衷，觉得我就是应该体谅他，成全他。我是他的妻子啊，我如果再不体谅他，那还有谁会体谅他呢？

所以，我不会难为臻华，我会竭尽全力地为他做好每一件事情，然后，在他不再需要我的时候，我会自己离开，不让他因为我而为难，因为我而痛苦。”

雪姬彻底地被打动了：

“纯儿，真不枉臻华等你两世，你这份真情，足以回报他了。”

纯儿仍旧笑得那么淡然：

“不，还远远不够，比起臻华为我付出的，比起你为臻华付出的，我做得还远远不够。我也是从你们的身上学会了，什么才叫爱，人究竟该如何去爱。”

雪姬点了点头：

“现在，我只盼着，当臻华醒来之后，能够坚守住你们的爱情，不为了旁的女人而心软心动，能够顶住王室与皇族的压力，和你一心一意地白头偕老。”

纯儿的笑容依旧是那样的纯粹：

“好了，这些事情，暂且不去管他了，等臻华醒来以后，一切自然都会有结果的。毕竟到时候做决定的人是他，我们也不知道他究竟会如何抉择，现在，我们还是先说说眼前的事情吧。”

“眼前的事情？”

“对，雪姬姐姐，你有没有想过，究竟是什么人暗害了臻华？”

“我想过，不仅想过，还和笙管笛箫反复讨论过，但是都没有结果，而且不光我们找不到答案，宰相大人他们也都找不到原因。”

“而未知的敌人，才是最可怕的敌人。”纯儿感叹道。

“没错。”

“雪姬姐姐，有一件事我想和你商量。”

“什么事？”

“我想请完颜洪烈皇帝回来暂时主持大局。”

雪姬听纯儿突然提到了完颜洪烈的名字，不禁目光一跳——毕竟在上一世，纯儿和完颜洪烈是不共戴天的仇人。没等雪姬说话，纯儿就继续说道：

“我已经听宰相大人说了，完颜洪烈皇帝禅位于臻华前，在大梁国中的威信极高，所以，我想，如果能请他回来，应该可以稳定住大梁国的局势。”

雪姬点了点头：

“话是没错。可是，完颜洪烈皇帝当初一心想要挽救他们的家族圣地，而且他因为怕臻华去救他而遇到危险，所以，已经封闭了到圣地的唯一通道。这次，笙管笛箫找到我的时候，我本来也是想先去找完颜洪烈的，结果却没能进去。”

纯儿悠悠道：

“也许我能进去。”

“啊？为什么？”雪姬真的感到吃惊了。

“知己知彼，百战不殆，上一世，我们两个作为敌对双方，苦苦纠缠，也许，我才是这个世界上最了解他的人。或者说，我也许不了解他的心，但是，我了解他的一切战术，而且在圣域的时候，我们曾经有过一次深谈，所以，我相信，我能够找到通往圣地的方法。”

见纯儿主动提起了她和完颜洪烈之间的纠葛，雪姬也就不再隐瞒自己的担忧了：

“纯儿，这么说起来，你也已经知道了，完颜洪烈就是上一世的毒枭，你的死对头，也正是把你送来了古代，害惨了你的那个人。你真的准备去找他吗？”

“我真的要去！”纯儿肯定地说道，“为了臻华，我情愿放弃一切我个人的恩怨，只要能救臻华，我什么都可以做！”

从古至今，每个女人的经历都不相同，但是，每一个女人的痴情，却又都那么相同。

就在纯儿用这种独特的方式嫁给臻华的时候，在西蜀国中，也正在举行着一场特殊的婚礼。

胡杨女跟随着端昊回来之后，就直接要求去关押拓跋的地方。

“我不能让你去，你们两个只能在别人的监视下见面。”端昊这样说道。

“为什么？”

“拓跋将军是端方的君子，说一不二，但是你不同，你的心中没有忠于西蜀国的这个思想，而且你又一身功夫，我怕你会胁迫拓跋逃走。”

胡杨女冷哼了一声：

“你以为我胁迫得了他吗？”

“按说你胁迫不了，但是，万里有一，所以我不能不防。”

胡杨女又冷笑了一声：

“我真为傲疆不值，他多年来，竟然选择了忠于你这样一位帝王，你现在会怀疑傲疆，本身就说明你不具备光明磊落的胸襟和度量。”

端昊被胡杨女这样痛骂，心中气恼，但又无话可说，胡杨女继续说道：

“你说得没错，如果我有一线机会，我都会让傲疆逃走的，但是，我没有这个机会。之所以没有机会，并不是因为你的防范，而是因为傲疆的为人！我了解他，所以我知道，他是宁死也不会做出背叛西蜀国的事情。在这个时候，如果有人认为傲疆会逃走，那本身就是对他最大的侮辱，所以，作为他的女人，我绝不会做出这种侮辱他的事情。可是，你作为一个皇帝，竟然如此地侮辱手下的重臣，真是让我失望！”

端昊冷冷地看着胡杨女：

“够了，你不要因为我对你的纵容，就如此的愈加放肆！”

胡杨女仍旧在冷笑，笑容中充满了嘲讽，似乎自从她来到了西蜀国的行辕中之后，就只剩下了这一种表情。胡杨女望着端昊，一字一顿地说道：

“你纵容我，只不过是因为在你的心中，对于宇文皇族的真正血脉还心存一丝畏惧！”

端昊被胡杨女刺到了痛处，不禁勃然大怒：

“你住口，不要以为我不会杀你！”

“你当然会杀我！”面对着端昊的怒火，胡杨女毫不畏惧寸步不让：“而我既然敢来，就没有想活着离开。”

两人一阵沉默，过了一会儿，胡杨女才又放缓了声音说道：

“算了，我不和你争了，我只求你看在我那心狠手辣的亲生母亲面上，给我一个真实的答案。”

“什么答案？”

“他肯定会死，是吗？”

端昊目光阴郁，沉默了良久，才说道：

“是。”

听了端昊的这个“是”字，胡杨女的眼神不禁一黯，端昊继续说道：

“其实他本来可以不死的，我也不忍杀他，但是……”

“但是，因为他和我这位倒霉透顶的长公主有了纠葛，所以他才会非死不可的。”

端昊无言，但是也就相当于默认了。胡杨女长叹了一声：

“到底还是我害了他。”

胡杨女沉默了很久，才仿佛下定了极大的决心般地说道：

“端昊，我求你最后一件事，让我到他的牢房里去，陪他住三天，只三天。为了让你放心，你随便怎样都可以，你可以给我带刑具，也可以废了我的武功，我都答应你。”

端昊没想到胡杨女竟然会自己提出废武功来，不禁意外，问道：

“你为什么非要去牢房里住三天呢？”

“因为，我要嫁给他。黄泉路上又黑又冷，所以，我要以他的妻子的身份，陪着他上路……”

不管端昊是如何的自私无情，此刻面对胡杨女所表现出来的这种凛然大爱，也不禁心中震撼。他愣了半晌，才叹息了一声，说道：

“好吧，我答应你，就给你们三天时间，让你们度过了新婚燕尔，再送你们上路。我只给你带上刑具就行了，也不废掉你的武功，留着你的功夫吧，在黄泉路上，你们两个也好有个照应。”

当拓跋傲疆看到出现在他面前的胡杨女的时候，不禁大吃了一惊，他怎么也不会想到，胡杨女竟然会突然出现在这里。眼前的胡杨女一身黑褐色的衣服已经多处被撕扯破了，上面还沾染着片片血污，而胡杨女从不离身的那块黑色面纱，也已经在鏖战中被扯碎了，现在，她只能用从斗篷上撕下来的一块布，勉强蒙住了自己那破损不堪的面庞，而这些都还不是让拓跋最震撼的，最让他觉得惊心动魄的，是在胡杨女的脖子上、手腕上、脚腕上，都挂着沉重的铁链。铁链是用生铁打造的，每一个铁环都有茶碗口粗细，饶是胡杨女一身武功，在这么沉重的铁环的压迫下，也不得不弯下了腰。

拓跋整个人都呆住了，他似乎是不敢确定自己究竟看到了什么一样，愣了很久，都挪不开双脚，没法朝着胡杨女走上一步。就好像拓跋的心中有一个期望——希望胡杨女的突然出现，只是一场梦境，只要他不走过去，不亲手触摸到胡杨女，那么胡杨女就只会停留在他的梦中，不会真正出现在这间牢房里——自己已经身陷囹圄了，无论如何，他也不希望胡杨女也遭受到同样的命运。

而胡杨女则好像非常明了拓跋的心思一样，所以，尽管拓跋在看到她以后，并没有立刻走到她身边来，但是胡杨女却没有一点儿失望和怪罪的意思。相反，她仍旧是深情地望着拓跋，同时，还步履艰难地一点点地朝着拓跋移动着。

拓跋终于忍不住了，看着胡杨女的这副样子，他鼻子一酸，差点儿就落下泪来。拓跋紧走了几步，冲上去，把胡杨女紧紧地抱在了怀中。

纵然拓跋的心中对于胡杨女也陷入了牢狱之中，有着千般的不忍、不愿和不舍，但是，当拓跋这一抱住胡杨女之后，却是再也忍不住了，被拓跋压抑在心中的无限情感，在他拥住胡杨女身体的那一刹那，就爆发了出来，他紧紧地抱住了胡杨女的身子，用力地揉搓着，挤压着，像是要把胡杨女挤压进自己的身体里一样，十几年积累起来的相思，都在这一刻倾泻了出来。

过了很久很久，拓跋才喘息着低声问道：

“到底出什么事了？你怎么会被抓到？”

胡杨女贪恋着拓跋怀抱中的温暖，不愿离开，仍旧把脸埋在拓跋的怀里，低声说道：

“我的身世一直就是端昊的一块心病，这一次不知道是谁泄露了我的行踪，端昊竟然亲自带着青衣卫杀来了。万幸，在端昊到达之前，纯儿已经离开了，端昊并没有和纯儿遇上。本来，姐妹们是要拼死保护我脱身的，可是端昊却说，我可以走，但是他回来后就会立刻处死你。你想想，如果你死了，就算我还能继续活着，那又有什么意义呢？所以，我就放弃了抵抗，条件就是让他带我回来，见你最后一面。”

听了胡杨女的话，拓跋的心中又是感动又是悲酸：

“你真傻，为什么要自投罗网？我是国家的大臣，犯了国法死罪，被处死是应该的，你为什么要来陪着我死？”

胡杨女冷哼了一声：

“哼，什么国法死罪，端昊已经向我亲口承认了，其实他本来并不想杀死你的。只是因为知道了你和我的关系，他心中忌惮，所以才决定要杀你。”

拓跋惨笑了一声：

“陛下真是多虑了，其实，自从我十几年前和你初相遇时，你就已经告诉了我这个秘密，然而这么多年来，我还不是一如既往的，对他，对西蜀国忠心耿耿。”

胡杨女话中带恨：

“你就是太愚忠了，或者说，你忠心没有错，但是端昊实在不是个明主，你太不值了。当年，你如果肯听我的，我们一起反出西蜀国，也许现在，西蜀国早已经是我们的天下了。”

拓跋疲惫地摇了摇头：

“我不肯那么做，倒不是我多么的对陛下忠诚，我是不愿意为了自己的一己私利，而让整个西蜀国的民众陷入到战争中。就像是这一次，我违背陛下的意愿，以至于被陛下囚禁，也是为了这个原因。”

“可这也正是端昊不能接受你的地方，其实，你所忠实的并不是宇文端昊，而是西蜀国。可是，端昊所要求的，只是要忠于他个人。”胡杨女直指要害。

“也许吧。”拓跋叹息了一声，“好了，不说这些了。你说纯儿已经离开了，是怎么回事？”

“哦，是这样，纯儿在西域的时候，认识了一位波斯的王子，那位王子相貌英俊，心地善良，最难得的是，他对纯儿一往情深。其实早在西域，我就看出来王子对纯儿的感情，但是纯儿却始终没有作出一个明确的答复。而这次，是王子的随从来找纯儿的，纯儿就跟她们去了，我想，这一次，也许纯儿和那位王子之间，会有结果了。”

听了胡杨女的话，拓跋不禁双眼发光：

“真的吗？如果是那样的话，真是太好了，纯儿有了归宿，我也算是又了结了一段心事。”

胡杨女又在拓跋的怀中依偎了良久，拓跋才又说道：

“韵琪，你走吧。”

“走，”胡杨女咯咯一笑，“你以为端昊会让我走吗？”

“我去求他……”

不等拓跋说完，胡杨女就打断了他：

“你就死了这条心吧，你难道还不明白，其实在端昊的心中，我比你要该死一万倍！”

忽然，胡杨女的声音变得温柔了：

“端昊已经说了，他肯定会杀你我，好永绝后患，而他也答应我了，给你我三天时间，让我们完婚。”

“完婚?！”拓跋大吃一惊，因为他还真没有想到这回事情。

“对，”胡杨女的眼睛中焕发出了美丽动人的光彩，“完婚，今夜就是你我的洞房之夜，然后的三天，就是你我新婚燕尔。能真正成为你的妻子，我今生死也无憾了……”

拓跋再也控制不住自己的感情了，他用力地抱紧了胡杨女，泪水刷刷地流了下来。

不出纯儿所料，竹笙她们的请求，当下就得到了宰相等人的允许，只是出于礼貌，宰相大人请皇后娘娘做最后决定。

而纯儿也知道，这个所谓的最后决定，其实，就是让纯儿认可一下宰相他们已经决定了的事情，毕竟，在宰相们的心目中，为臻华纳妃是件再正常不过的事情。如果纯儿同意，那是天经地义地就应该同意，如果纯儿不同意，那就会引起轩然大波。所以纯儿在这个时候，是无论如何也不会提出反对意见的。

竹笙她们现在就算是正式地入宫待选了。而自从竹笙正式待选了之后，就像换了一个人一样，整个人都焕发出了迷人的神采。

她的步伐变得那样的富有弹性，她的笑声是那样的清脆，而且笑声不断，她的眼神中永远都蕴满了柔情，连她的皮肤都变得更加的有光泽了……

连纯儿都不得不承认，现在的竹笙，的确是倾国倾城。最重要的是，竹笙现在整个人都沐浴在了爱情之中，那份可爱足以迷醉所有的人。

纯儿望着竹笙的样子，心中不禁涌起了淡淡的辛酸：

臻华，当你醒来之后，你拒绝得了这样一群青春靓丽，又对你一往情深的少女吗？

纯儿忽然之间就觉得，前一天还空空荡荡的大梁国后宫中，因为多了笙管笛箫四人，而变得那样的拥挤，那样的令人窒息。其实过去，她们四个人也是住在宫中的。只是现在，笙管笛箫四人的态度变了，她们已经真正的把这座后宫当成了自己的家，而把自己当成了这里的主人。

虽然，臻华还没有苏醒，虽然，她们都还没有得到正式的册封，虽然，她们还没有真正得到臻华的恩宠，但尽管如此，纯儿已经觉得自己被撕裂了——四个女人，在她的面前，以她丈夫的女人的身份自居，这本身就已经让人难以承受。

而现在，纯儿唯一的安慰，就是因为笙管笛箫四人只是待选妃嫔的身份，所以，她们还无法靠近臻华的寝宫。否则，如果她们也能够进入臻华的寝宫，照顾臻华的话，那纯儿真的就再也承受不了了，她真的会不顾一切地逃离大梁国，逃离这一切。

纯儿正和雪姬坐在房中议事，她的手中把玩着雪姬的那把小手枪，这把手枪纯粹是雪姬用手工一点点打磨出来的。

“真佩服你的耐心，竟然能做出这样的东西来。”纯儿由衷地说道。

“没办法，你也知道，像我这样的人，是根本离不开枪的，刚回到古代的时候，手里连一件武器都没有，那种心里没着没落的感觉，实在是不好。索性就下狠心自己做了一把，只可惜，太费工艺了，没法大规模生产。”

纯儿点了点头：

“不过也幸好没有办法大规模生产，要是我们真的批量生产出这样的杀伤性武器来，那就真成了历史的罪人了。”

“话是没错，所以臻华就选择了放弃火器，他可能和你想的一样，就是为了不破坏历史，只是可惜，其他人并不这么想。”

纯儿也沉默了。她已经和雪姬还有宰相他们反复讨论过，直到现在，西蜀国的军队还集结在黄河口岸，看来端昊是铁了心要冒天下之大不韪了。这实在不是一个好兆头。

就在这时，忽然传来了一阵急促的脚步声，纯儿一惊，一转头就看到雪姬的脸色也变了，很显然，雪姬也已经听出了来人是谁，所以才会也这么惊异。

没错！匆匆赶来的，正是大梁国的宰相，在平日里，这位宰相大人是最气度从容不过的，真正是宰相风度。究竟发生了什么事情，会让宰相大人都急切到了失态的程度呢？

宰相大人进来朝着纯儿行礼之后，就急匆匆地说道：

"回禀皇后娘娘，刚才从西蜀国传来密报，西蜀国的拓跋大将军将在三日后被斩、祭旗！"

"啊？！"纯儿一听到这句话，当下就变了脸色：

"消息确实吗？"

"确实。"宰相肯定地说道，"我们有非常可靠的渠道。前次拓拔将军不同意宇文端昊撕毁协议，再次发兵，所以才被拘禁。本来，人们都以为碍于拓跋将军的声威，宇文端昊不会轻易地对他下杀手，可是没想到，宇文端昊竟然真的要杀死拓跋将军。"

停了一下，宰相又说道：

"这次，宇文端昊下决心要杀死拓跋将军，而且还是以血祭旗，看来，他是铁了心要攻打我们大梁国了！"

对于宰相大人的后一句话，纯儿倒没有感到有多么吃惊，因为凭着她对端昊的了解，她知道，端昊出兵大梁国是早晚的事情，而让纯儿心慌意乱的是，端昊竟然真的要杀死拓跋！

纯儿深深地吸了一口气，强迫自己暂时镇定下来，问道：

"西蜀国中，关于拓跋将军的还有什么消息，都告诉我。"

宰相想了想才说道：

"其他的也就没什么了，只是还听说，前日有一个女人被投进了拓跋将军的牢房中，现在和拓跋将军关押在了一起。"

"一个女人？"纯儿狐疑，这个时候，怎么又掺和上女人了："是个什么样的女人？"

"不知道她的来历，只知道，她脸上的容貌被毁得很厉害……"

"啊？！"

宰相话音未落，纯儿和雪姬就都惊叫了出来，宰相被她们俩给吓了一跳，他真不明白，一个毁了容的女人，怎么会把皇后娘娘吓成这样。而当宰相再看向纯儿的时候，不禁也呆住了——纯儿的脸已经变成了死灰色，她重重地跌坐在了椅子上，喃喃地说道：

“完了，他终究还是容不得胡杨女姐姐。”

雪姬的目光也分外的阴沉：

“他容不得胡杨女倒也正常，只是不知道，胡杨女怎么会被他抓住的，早知道这样，当时带你走的时候，还不如一起把她也带走。”

纯儿却悲伤地摇了摇头：

“没用的，就算胡杨女姐姐不被端昊抓住，她一听说师兄被抓，也会去自投罗网的。”

过了好一会儿，纯儿又接着说道：

“恐怕胡杨女姐姐才是师兄被杀的真正原因。”

“没错，”雪姬点头道，“只要胡杨女活着，端昊就会不安，他早晚都会把他们除掉的。”

纯儿和雪姬的对话，让宰相如同坠到了云雾之中，他只听明白了一件事，似乎皇后娘娘和拓跋将军还有西蜀国皇帝之间渊源极深，这个皇后娘娘实在是来头不小啊！

纯儿又深深地吸了一口气，似乎是要集中起全身的力量，好让自己能够坚强地去面对眼前这一切变故：

“宰相大人，拓跋将军是我的师兄，我要去救他，可以吗？”

宰相大人毫不迟疑地说道：

“拓跋将军虽然是敌国的统帅，但我们大梁国人都是非常敬重他的，而且，他这次又是因为要信守对我们大梁国的承诺，才遇害的，我们当然应该救他。但是……”

“什么？”

“但是皇后娘娘却不宜亲自前往，这件事太危险了，皇后娘娘万金之体，不能涉险。”

纯儿摇了摇头：

“不行，我必须得亲自去，师兄的脾气我了解，他太忠于西蜀国了，恐怕他是不会随便跟别人走的。”

“这一点，我也想到了，但是，我还是不能同意皇后娘娘亲自前往，皇后娘娘可以写一封亲笔信，来劝说拓拔将军。”

看纯儿还要坚持，宰相就又说道：

“娘娘，您现在已经不再是自由之身了，您的一举一动都系着大梁国的安危，所以，皇后娘娘真的不能轻易涉险。”

纯儿沉默了，她承认宰相大人说的都对，但是，她还是不能就这样对拓跋放手不管。

纯儿沉默了良久，忽然站了起来，对着宰相盈盈拜倒，宰相吓了一跳，赶忙躲过一旁，口中还忙不迭地说道：

“皇后娘娘这是干什么，折杀死老臣了。”

纯儿眼中含泪，低声说道：

“大人，我知道，我现在肩负着大梁国的重任，担负着臻华的未来，所以，我不该提出这样的要求来，但是，师兄对我恩重如山，我们大梁国最讲究的就是知恩图报，常怀感恩之心，现在，师兄遇难，我不能不去救他。”

说到后来，纯儿的眼泪已经滴落了下来。

宰相一时也难住了，他不想让纯儿冒险，但是，纯儿所说的理由，他又无法反驳。

这时，一直站在一旁的雪姬开口了：

“宰相大人，你就答应了她吧，这样，我和笙管笛箫负责保护皇后的安全，我们一定会让皇后娘娘平安归来的。”

第八章　又陷绝境

得到了宰相大人的首肯之后，纯儿想到要做的第一件事，就是去向臻华道别。

“臻华，我要出趟门，不太远，就是去到西蜀国的边防，把拓跋师兄和胡杨女姐姐救出来。你在这里，乖乖地等我回来。一定要等我回来。”纯儿认真细致地为臻华掩好了被子，又抚平了他额上的发丝，才狠心离去了。

与此同时，在另一处殿堂中，宰相大人正在和雪姬和笙管笛箫四女说话：

“你们一定要保护好皇后娘娘。现在，皇后娘娘一身系着陛下的安危，和大梁国的安危……”

同样的话，已经反复说了很多遍了，但宰相还是会不由自主地反复叮嘱着——他是真不放心啊。

“宰相大人，您就放心吧。”竹笙说道，“我们一定会尽全力保护好皇后娘娘的，就算是我们几姐妹把命都搭上，我们也不会让皇后娘娘受到一丁点的伤害。”

竹笙的态度是非常真诚的，而站在一旁的雪姬，心中却总是感到有一种怪怪的感觉。

这些古代女人的脑子里究竟都在想什么呢？就像现在的竹笙，自从成为了臻华的待选妃子之后，她不仅对纯儿没有丝毫的嫉妒，反而是把对臻华的赤胆忠心也同时复制到了纯儿的身上，根本就是把纯儿当作了自己的另一个主人！这到底是一种什么样的思维定式呢？

雪姬很清楚，竹笙说她会不惜身死来保护纯儿，绝不是信口一说，她相信，真的要是危机来临的时候，竹笙一定会毫不犹豫地这么做的。但是，究竟是什么样的力量，在支持着竹笙作出这样的决定呢？比方说自己吧，雪姬相信，如果纯儿遇险 ，她也会舍身相护，但是，这个前提是，自己明知道臻华对自己无心，而且，自己也已经下定了决心，已经决定了放弃和臻华之间的感情，才会这样做的。而如果自己也要做臻华妻子的话，那自己一定就会把纯儿当成头号敌人，先除之而后快。

“唉，同样是女人，怎么思想就差这么多呢？”雪姬心中无奈。

黄河南岸，关押拓跋的那间牢房中，拓跋央守牢的人端来了一盆清水，胡杨女就对着那平静而清澈的水面，认真地梳妆了起来。她仔仔细细地把自己的脸擦干净，又用手把头发梳拢整齐。然后，又费尽心思地把自己那破碎的袍子一点点地捋平，尽量让它们显得整齐一些。而在胡杨女做这些事情的时候，拓跋一直就坐在她的身边，专注而动情地望着她。是啊，看到自己的新娘在为了自己而梳妆，世上还有什么事，能比这样的情景更让人动情呢？

当这些事情都做完了之后，胡杨女又习惯性地想要用黑布把脸给蒙住的时候，拓跋却突然抬手拦住了她。胡杨女一愣，诧异地望了拓跋一眼，可是，当她的目光和拓跋撞了个正着的时候，胡杨女却又慌乱地避开了眼神。——在胡杨女不蒙面纱的时候，她总是特别的不自信，甚至都不敢和拓跋四目相对。

而拓跋却不容许胡杨女避开自己的目光。他伸手托住了胡杨女的下颌，轻柔地把她的脸扭向了自己，而另一只手则夺下了胡杨女手中的面纱：

“韵琪，现在你再也不用把脸蒙起来了，在我的眼中，你始终是最美的。”

“可是……”胡杨女还想争辩。

可是拓跋却掩住了她的嘴：

“不要说什么可是。韵琪，我们只有三天时间了，在这三天里，我就算是每一分每一秒都用来看你，我都看不够，你就答应我吧，不要再把脸挡起来了，让我好好的看看你，行吗？”

听着拓跋的话，胡杨女鼻子一酸，就投入到了拓跋的怀中。

拓跋紧紧地抱住胡杨女，目中含泪，却话中带笑地说道：

“好了，别伤心了，今天是我们成亲的大喜日子，我们应该开开心心的……”

“对，”胡杨女在拓跋的怀中点了点头，“我们开开心心的，我……我等这一天，已经等了太久了，今天好不容易等到能嫁给你了，我一定开开心心的……”

当纯儿她们赶到黄河口岸的时候，已经到了拓跋和胡杨女的行刑前夜了，也就是说，明天正午，拓跋和胡杨女就要携手走上黄泉路了。

纯儿她们和前次一样，仍旧是没敢穿越战场，而是转道靠近上游一点的地方，才渡过黄河。然后又折道下游，来到了黄河口岸。

虽然西蜀国的边塞壁垒森严，但是，眼前这六个女子，一个是水平超高的女特警，一个是现代恐怖组织的二号首领，而另外四个则是古代恐怖组织的门徒，在这个世界之上，恐怕还没有一种警戒，能够防范住她们。

所以，纯儿她们轻而易举地就进入了关押拓跋的牢房。牢房中，拓跋和胡杨女还没有入睡——事实上，在这几天里，他们几乎就没有合眼，几乎每一分钟，他们都在彼此深深地凝视着对方，他们在珍惜这最后的每一缕时光。

看到纯儿突然出现，把拓跋吓坏了，他一下子就跳了起来，抓住了纯儿的胳膊，压低声音说道：

"你怎么来了?！你是不是疯了，竟然敢闯到这里来，还不快走！"

看着拓跋那副紧张急切的样子，纯儿心中一热——即使到了这个时候，拓跋最先想到的还是别人的安危。

"师兄，我没事，你别为我担心，我是专门来救你和胡杨女姐姐的，外面我都安排好了，咱们这就走。"纯儿飞快地说着，时间紧迫，也容不得她再多做解释了，她一边说着，一边就要扯着拓跋往外走，而雪姬也走到了胡杨女的身边——笙管笛箫几个人正在外面布防接应，所以没有进来。

拓跋弄明白了纯儿的来意，脸上不禁浮现出了一丝温暖的笑容：

"原来你是来救我的，纯儿，谢谢你，为了我，竟然甘冒这么大的风险，闯到西蜀国来。"

纯儿心中急躁：

"你我兄妹，还说什么谢字！"说着话，纯儿就又往外拉拓跋。

可是拓跋却像是钉在了地上一样：

"纯儿，既然你我之间如此深情厚谊，那你怎么还不明白师兄的心意呢？"

"师兄，你？"纯儿有些茫然了。

"纯儿，你应该知道，无论如何，我都是不会叛离西蜀国的啊。"

"可是师兄，这次分明是端昊不义在先，为了这样一个君主，你不值得的！"

拓跋含笑摇头，笑容洒脱淡定：

"一朝为君，终生为君，我吃西蜀国的俸禄，在西蜀国为官，这一点永远都不会改变。"

"可如果西蜀国做错了呢？"纯儿有些急了，她真受不了古人的这种愚忠。

“君有错，那只能是我们为臣的没有起到劝谏的作用，所以说到底，还是我们的错！”

“师兄——”

“纯儿，你真的什么都不用再说了，你快走吧，万一被陛下发现了，你就走不脱了，我现在死，是坦然的，可如果你为了救我，而牺牲了性命，那我就死都不能闭眼了，难道你真的要让师兄因为你而死不瞑目吗？”

“师兄……”

“纯儿听话！”

纯儿气急得还要争辩，可是雪姬却走了上来，拉住了纯儿，说道：

“算了，纯儿，你说不动他的……”

“可是，他们的思想太……”纯儿急道。

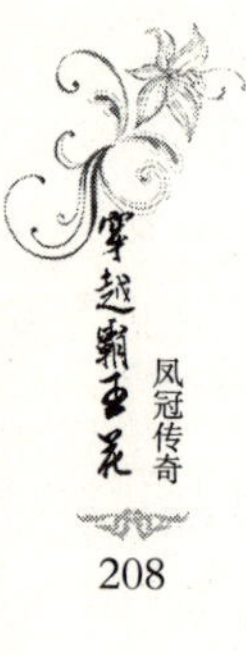

雪姬不疾不徐地打断了纯儿：

“其实这也不全是他们古人的思想在作祟。纯儿你想想，换做在现代的时候，特警组织如果误会了你，开除了你，而我就来找你，邀请你加入恐怖组织，你会答应吗？”

“当然不会，但是这两件事不一样啊！”

“是不太一样，但是道理是差不多的。”雪姬了然地劝道，“这关系到人的信仰和信念，是无法改变的，你就不要强求了。”

纯儿慢慢地松开了紧紧抓着的拓跋手臂，感到全身充满了无力感。

拓跋反倒是露出了轻松的笑容，问道：

“纯儿，趁现在这个工夫，你快点儿告诉我，你和那位波斯王子到底是怎么回事？”

纯儿本来是没有心思说这些事的，但是，看着拓跋那殷切的目光，她又不忍拒绝，因为她知道，拓跋也是最关心自己的归宿的，所以就简单地说道：

“他其实不是波斯的王子，他叫完颜臻华，现在大梁国的皇帝，他对我非常好。”

“竟然是他！”拓跋惊呼了出来。

“怎么，师兄你认识他？”纯儿奇道。

“不认识，但是从这场战争中，我能够看出来，他是一个难得的好君王，仁厚、善良，你能和他在一起，一定会得到幸福的。这样，我也就放心了。”

停了一下，拓跋又说道：

“不过，现在他还在昏迷着，是吧？”

“对。”

拓跋的目光变得很深沉：

“纯儿，这件事应该跟陛下有关。”

纯儿点了点头：

“我也想到了，只是想不通，端昊是怎么做到的，我也算是了解他，他是从来不沾染这些旁门左道的啊？”

拓跋沉吟着，他在想要不要告诉纯儿，关于丝丽苔的事情。说实话，拓跋一直就对丝丽苔持有怀疑，但是也只是怀疑而已，他也曾经严密监视过，所以他很肯定，丝丽苔和端昊并没有来往过。

再说了，丝丽苔又是严冰的妻子，严冰那么聪明，应该不会被女人骗的，而且，严冰和纯儿的感情又非常好。如果自己无端地怀疑丝丽苔的话，那不是平白的给纯儿增加烦恼吗。

算了，没有根据的话还是不要说的好。

“师兄，你想什么呢？又有什么事了？”见拓跋沉默不语，纯儿问道。

“没什么，”拓跋说道，“纯儿，师兄想拜托你一件事情。”

“什么事？你尽管说就行了。”

“纯儿，我已经和韵琪成亲了，现在，她就是你嫂嫂了。”

“真的，”纯儿露出了惊喜的神情，看向了胡杨女。

果然，胡杨女虽然面貌还是奇丑无比，但是她所焕发出来的那种幸福喜悦的神采，却是动人之极，一看就是一个完全沉浸在了幸福之中的女人。

“所以，我想让你把你嫂嫂带走，照顾好她。”

“放心吧，没问题。”纯儿飞快地答应着。

可是一旁的胡杨女听了拓跋的这种安排，却是勃然大怒：

“你让我走？你这是什么意思？不是说好了，我们要永远在一起的吗？你要甩开我?！好，那我现在就自尽，没人能带得走我！”

胡杨女性格刚烈，乍然听到拓跋竟然要把自己送走，就什么都不顾了，当下就要找东西自杀。雪姬眼疾手快，一下子就抱住了胡杨女。胡杨女身上挂着重重的铁链，所以虽然心中暴怒，但是也动弹不得。

拓跋走过来，扶住胡杨女，沉痛地说道：

“韵琪,你听我说,我是答应过你,我们一起死,可是,现在情形又有了变化,也许,你已经怀了我们的孩子了,所以,你现在不能轻易言死,你得好好活下去。”

“可是,我离不开你,我也不想离开你,我只想和你在一起。”胡杨女的泪水流了下来。

“韵琪,我知道,我也不想离开你,但是,你得为了我们的孩子活下去。韵琪,你得明白,其实,对于我们这种常年都在刀头舔血的人来说,死并不可怕,反而是活着比死要难得多,我也不愿意把你孤零一个人抛在这个世界上受苦,但是,如果你现在真的有了我们的孩子的话,你舍得让他和我们一起死吗?”

胡杨女无语,只是流泪。

而这时,雪姬开口了:

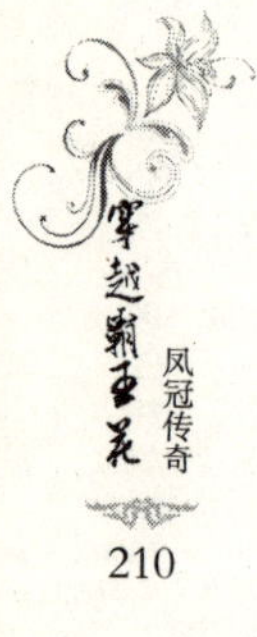

“韵琪,你就不要再任性了,拓跋将军说得对,你不能只顾着自己,你也得为你们的孩子考虑。要知道,我们女人能做的,不仅仅是陪着我们的男人死,还有更重要的事情——为这个男人留下血脉!以后,好让你们的孩子,继续去完成他父亲的遗愿。”

雪姬的话终于把胡杨女说服了,她抹了一把脸上的泪水,说道:

“好,我听你的,我跟她们走。但是,如果我一旦确定了,我没有怀上我们的孩子,那我一定立刻自杀,马上去找你。”

“行,我答应你,我也等着你。”

拓跋把胡杨女搂在怀中说道,他一边说,一边把目光越过了胡杨女的头顶,和纯儿四目相对,两个人用目光做着无声的交流。

“纯儿,我就把她交给你了。”

“放心吧,师兄,我一定会照顾好嫂嫂的,还有你们的孩子。”

“即使,她没有怀上我们的孩子,也要让她好好地活下去。”

“我明白,我一定让嫂嫂好好地活下去的。”

得到了纯儿的承诺之后,拓跋的脸上,露出了欣慰的笑容。

纯儿她们终于把胡杨女带走了。

当纯儿她们离开之后,拓跋就开始运气凝神,集中起全部的真气,尽全力捕捉着夜幕中所有细微的声响,他要确定,纯儿她们是否是安全的。拓跋已经打定了主意,如果外面一旦传来打斗之声,那么,他宁可冒叛国之罪,也要冲出牢房,去救她们——如果救不了,就和她们死在一起!他不能辜负胡杨女的真情,更不能负了纯儿这一番兄妹深情!

天色已经微微泛白了，外面仍旧是一片寂静，拓跋的脸上露出喜悦的笑容：看来，韵琪和纯儿都成功地逃出去了，太好了。

拓跋长长地舒了一口气，现在，他是真的了无牵挂了，该上路了。

拓跋站起身来，用心地把牢房收拾了一遍，又细致地整理了自己的战袍。征战多年，多少次血染征袍，到今天，当拓跋走到了生命尽头的时候，他欣慰地看到，在自己这一生中，从来没有做过任何有愧于这身战袍的事情。

终于，拓跋把一切都收拾妥当了，与此同时，窗外的曙光也从那个被钉牢的窗子缝隙中照射了进来，拓跋挺直了胸膛，站在了曙光中。

虽然，身上的战袍已经破损，虽然，连日的关押，已经让拓跋显得有些憔悴。但是，站在曙光中的他，却依旧是那样的威风凛凛！

该走了。

拓跋已经下定了决心，不等端昊来行刑，就自己了断自己的生命。因为他是一名武将，武将可以战死沙场，却不可以在刑场上，跪着死去！

其实，拓跋也想到了，端昊就是因为胡杨女才对自己起了杀心。现在胡杨女不知所踪，那端昊很有可能，就会暂时放过自己了。但是，也正因为如此，拓跋才更不能活下去，因为他不能让自己再度成为端昊要挟胡杨女的工具！胡杨女已经为了他自投一次罗网了。拓跋毫不怀疑，如果端昊再次用他的生命威胁胡杨女的话，胡杨女还会自投罗网！

所以，拓跋已经决定了，今晨，就是他的死期，为情为义，为了心中的原则，他都会这样选择！

拓跋的目光移到了牢房的角落里，那里放着一张简陋之极的茅草床，他和胡杨女就是在这茅草床上，度过了他们的新婚之夜。现在，曾经困住胡杨女的那条铁链，就端端正正地放在了床上——纯儿她们带走胡杨女时，用她们随身带来的削铁如泥的宝刀斩断了铁链。

拓跋走到了床边，单膝跪下，深情地抚摸着这条冰冷的铁链，就好像是在抚摸着胡杨女的身体，最后，拓跋把整个脸都埋在了铁链上，深深地亲吻了起来。

这铁链曾经紧紧束缚在胡杨女的身上，陪着他们度过了三天最美好的时光，现在，拓跋就把它当做了胡杨女，把自己全部的情思都寄托在了铁链之上。

当带拓跋去行刑的人走进牢房的时候，第一眼就看见拓跋那高大的身躯，正单膝跪在床前，整个上身都匍匐在了床上，行刑的人轻轻呼唤了几声，见拓跋没有反应，走上前一看，才发现拓跋已经自绝经脉而死！而拓跋怀中拥着的，正是那条铁链！

行刑的人大吃一惊，他们被拓跋的突然死亡吓坏了，赶紧派人去通知端昊。而当去送信的人走了之后，他们才想起来——牢房中，还应该有一个人，一个女人。

行刑的人和送信的人能忘了胡杨女，端昊可忘不掉她。或者直接说，他就是因为胡杨女才要杀死拓跋的。可是现在，拓拔死了，胡杨女却不知所踪！胡杨女不死，端昊心头的大患始终难除！

端昊望着死去的拓拔，心中一片阴冷——现在拓拔死了，自己手中再也没有可以要挟胡杨女的东西了，可是反过来，现在拓拔死了，自己和胡杨女之间的仇恨，又进了一层，胡杨女会善罢甘休吗？

端昊回到了自己的房中，取出了小水晶球，他要立刻找到丝丽苔。

一阵烟雾过后，丝丽苔的影像出现在了小水晶球中。

"帮我找到胡杨女藏身的地方，我必须要杀死她！"端昊开门见山地说道。这可能就是和丝丽苔合作的好处。和丝丽苔在一起，端昊从来都不用刻意地去掩饰自己那些狠毒、卑劣的想法，因为他知道，丝丽苔远比他还要狠毒，还要卑劣，人以群分，物以类聚，这就是和同类人相处的好处。

可是，面对着端昊的狂暴，丝丽苔却显得分外的平静，她甚至连眼皮都没抬，只是嘴角浮现出了一丝玩味的笑意，同时，她非常简单地回答了端昊：

"这件事我可帮不了你。"

"为什么？"端昊愕然地吼了出来，因为他一点儿都没想到，丝丽苔竟然会这么答复自己，他原以为，丝丽苔会像上次一样，马上就告诉自己胡杨女的行踪呢。

"因为，"丝丽苔略微停了一下，然后轻巧地说道："因为我不知道啊。"

端昊的目光因为愤怒而变得深沉了：

"你说谎！"

丝丽苔丝毫也没有因为端昊的指责而心慌，只是淡淡地说道：

"随便你怎么想，反正，我不知道。"

端昊心中无奈，因为他知道，如果丝丽苔不想说的话，那逼死她也没用，更何况，他还逼不死她，也不能逼死她，因为，他还需要她。

但是，端昊又不想就这样放弃，于是又问道：

"我知道，你一定能查找到胡杨女的行踪，就是你不想告诉我，为什么？你肯定不会在乎胡杨女的生死，因为上一次，就是你告诉我她的藏身之地的。"

这一次丝丽苔彻底地沉默了，过了好一会儿才说道：

“不告诉你，我当然有我自己的理由，不过你放心，到了该告诉你的时候，我自然会告诉你的。现在，你先把胡杨女的事情放一放，拓拔已经死了，你！该考虑出兵了。”

说完话，丝丽苔根本不容端昊再开口，就径直一挥袍袖，从水晶球中消失了。

直到丝丽苔眼前的那个水晶球中，也彻底的失去了端昊的影子，她才长长地出了一口气——这个端昊，还真是难缠，总是这么咄咄逼人，这么强势，让人难以应对。恐怕自己生平所见的男子中，除了臻华，最难对付的就是端昊了。而且从某个方面来说，端昊比臻华还要难对付，因为臻华做事总是有原则的，而端昊真要是到了关键的时候，根本就是为达目的而不择手段！

她为什么不告诉端昊胡杨女的行踪？她当然不能告诉！因为丝丽苔已经通过水晶球知道了胡杨女现在和方子纯在一起！要是让端昊找到了胡杨女，那不就等于也把方子纯送到了端昊的面前了吗？

丝丽苔早就已经了解了方子纯对端昊的影响力，她相信，如果现在方子纯出现在端昊的身边，那自己就再也控制不了端昊了。而现在，丝丽苔最需要的，就是控制着端昊，去征服大梁国！

转念间，丝丽苔又想起了纯儿：

这个方子纯，还真有些歪门邪道，我一时不查，竟然就让她在我的眼皮底下救走了胡杨女，她也真是够胆，我真没想到，她竟然敢闯到这里来。

也许，像方子纯她们这种，为了救人而不计生死的行为，是丝丽苔永远也理解不了的，所以，她才会出现如此严重的失误。

“这段时间，臻华那里怎么样了呢？”丝丽苔转而又想起了另外一个问题，这也是让她一直都百思不得其解的困惑。为什么她能够轻而易举地暗害了臻华，可是，在害了臻华之后，却再也扑捉不到臻华的任何一点消息了呢？对此，丝丽苔百思不得其解。

其实要说起来，这还是大梁国宰相的功劳。在完颜洪烈临走时，曾经在宫中专门布置了几间密室，以备大梁国出现意外的时候使用，而这个秘密，连臻华都不知道。知道的，只有宰相一个人。所以，当臻华一遇害，宰相就想到了，臻华有可能是被旁门左道所伤，所以毫不迟疑地就启用了这几间密室。对外，只说这些宫殿安静，易于臻华休养，并且他们几个监国大臣议事也都是在这些密室之中。

所以，完颜洪烈的这一深谋远虑，再加上宰相的当机立断，就让臻华和大梁国乃至于纯儿，从丝丽苔的监视中彻底地解脱了出来。也为大梁国赢得了机会。

丝丽苔从端昊的面前消失了，可是她临走时说的那句话，却久久地在端昊脑海中回荡：

“你，该考虑出兵了……”

是啊，拓拔也死了，真是到了该出兵的时候了！端昊的眼中杀机顿现！

纯儿她们带着胡杨女一路马不停蹄，直接回到了大梁国都，当她们回到皇宫的时候，听到了第一个消息就是——拓拔已死。

拓拔的死讯已经比她们先一步到达了大梁国。

听到拓拔的死讯，胡杨女没有哭，没有流泪，甚至脸上连一丁点的表情都没有。

“纯儿，我想休息。”胡杨女目光呆滞，神情麻木地说道。

纯儿和雪姬相互忘了一眼，眼中全是担忧。

“好，嫂嫂，我这就让她们送你去休息。竹笛，竹箫，你们两个带我嫂嫂到我的住处去，就住在我的隔壁就可以了。”

“是。”

而这时，胡杨女已经转身朝外走去了。

“你们一定要看护好她。”纯儿再次命令道。

“请皇后娘娘放心，我们知道该怎么做。”

当她们走远之后，纯儿才重重地跌坐在了椅子上：

“师兄，你真的就这么去了……”纯儿痛心地说了一句话之后，眼泪就像断了线的珠子一样落了下来。

雪姬、宰相，还有竹笙他们都面面相觑，不知道该如何劝慰纯儿——因为他们都清楚，失去亲人的痛苦，是外人根本无法劝说的。

可就在人们也在为纯儿悲伤的时候，纯儿却止住了悲声，她抹了一把脸上的泪水，勉强让自己的声音尽量保持平静，说道：

“现在师兄不在了，西蜀国一定会立刻攻打我们，我们都防备好了吗？”

后一句话，纯儿是在问宰相。

宰相没想到，小小年纪的皇后娘娘，竟然在痛失亲人之后，这么快地就能振作起来，并且开始关心国事，这一点，实在是让宰相由衷地钦佩。

“回禀皇后娘娘，我们的确也已经做好了应战的准备，但是……”宰相突然顿住了，他看了看身边，纯儿会意，直接说道：

“你们都先退下吧。”雪姬等人依言退了出去，室内，只剩下了宰相和纯儿两个人。

宰相再一次感到了纯儿的冰雪聪明，现在，他对纯儿说话，就更加的无所顾忌了，因为他越来越相信，皇后娘娘是具有统领大梁国的能力的：

“臣不敢欺瞒皇后娘娘，这场仗，我们几乎没有胜算。”宰相大人沉吟了良久，终于还是说出了真心话，而让他意外的是，皇后娘娘听了他的这句话之后，并没有花容失色，甚至都没有惊慌，只是淡淡地说道：

“说说你的理由。”

“是这样，”纯儿那平静的情绪，也影响了宰相，宰相也越来越自如了起来，“我国和西蜀国之间的军事对抗，已经有十多年了，在这十多年里，西蜀国一直在发展他们的军事力量，可以说，西蜀国的军事力量非常的庞大。当然，我国的军事力量也很庞大，但是……”

没等宰相把话说下去，纯儿就很自然地接口道：

“但是，我国把军事发展的重点，放在了火器上。”

“对！”宰相简直是太佩服这位皇后娘娘了，她竟然还懂火器?！他又哪里想得到，眼前这位皇后娘娘对于火器的知识，比起他们的完颜洪烈皇帝来，是只高不低。

现在纯儿全部都明白了，完颜洪烈多年来，并没有致力于冷兵器的发展，而是把发展的重点放在了火器上。臻华登基之后，为了不改变历史，断然决定了放弃火器，可是现在，西蜀国出尔反尔，撕毁了和谈协议，又要出兵来犯。

按说，这事情也简单，只要大梁国重新启用火器，那十个西蜀国也不够大梁国打的，但是，偏偏臻华遇害，昏迷不醒，而当初端昊又要求臻华亲笔写下了诏书——只能由臻华亲自发布命令，大梁国才能再次使用火器！

所以，没有了火器的大梁国，恐怕就不是西蜀国的对手了。

此时，宰相又说道：

“我们在没有了火器的情况下，和西蜀国之间的战争，只能靠苦拼苦打，看谁能挺到最后。虽然，这么多年来，我们大梁国的经济发展神速，可是现在，西蜀国要把战场开到我们国家的土地上来，一旦双方在大梁国开战，我们的富庶，我们的财富，就都将土崩瓦解。所以，就算是我们挺到了最后，打赢了这场战争，我国的经济水平也将倒退二三十年不止，那也同样就等于我们败了。”

纯儿无语，宰相说得没错，战争，本来就是让人类文明倒退的最好方法。

“各位大臣有什么意见？”纯儿问道。

“大臣们的思想倒还统一，大家都一致认为，纵然西蜀国背信弃义，可是我们大梁国却不能做言而无信的事情，所以，我们不能擅自动用火器，除非是陛下醒来，亲自签发了命令。”

一时间，纯儿有些茫然，因为她不知道是应该为了这些古人们的固执而气恼，还是为了他们重大义轻生死的气节而感动。但不管是气恼还是感动，纯儿都知道，她是改变不了这些人的思想的。

现在，看宰相说完了，纯儿开始说出了自己的想法：

“宰相大人，我想去寻找完颜洪烈皇帝。”

“什么?! ”这次，宰相真的吃惊了，他真没想到，皇后娘娘竟然会说出这样的话来。

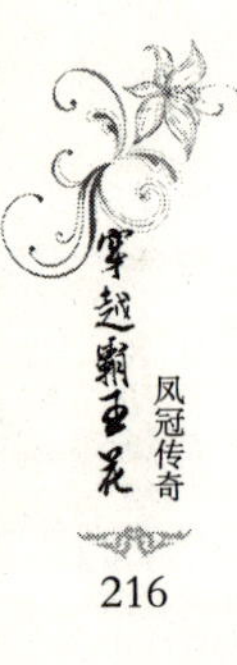

“皇后娘娘，你？”宰相一时不知道该说什么才好。

纯儿声音沉重地说道：

“其实，我也没有把握能让完颜洪烈陛下回来，但是，我总得试一试，如果他能够回来重新主持大局，那么一切问题就都解决了。”

“娘娘说得没错，但是，一定要娘娘亲自去吗？”天作证，自从纯儿决定了去西蜀国救拓拔，宰相就日夜都提着一颗心，现在好不容易娘娘回来了，可她还没有坐够一顿饭的工夫，就又要走了。

“我和雪姬一起去，别人去，恐怕都找不到洪烈皇帝。”纯儿简明地说道。

“那我派军队保护娘娘。”这一次不同于上次，总可以把保护措施做好了吧。

“不用，这次的行程，一半在大梁国境内，我不会有危险，而另一半，则在回鹘境内，回鹘皇帝和臻华还有我是好友，会保护我的。”宰相大人越来越觉得皇后娘娘不简单了，她怎么和谁都关系很好啊？

纯儿继续说道：

“如果动用军队的话，目标反而会太大了。”

宰相一听，纯儿竟然连军队都不带，就要远赴西域，去寻找完颜洪烈皇帝，不禁心中惶恐，试探着问道：

“皇后娘娘的意思是，这次远行，还是只带着雪姬和笙管笛箫四人？”

纯儿摇了摇头：

“不，就我和雪姬两个人去。笙管笛箫另有任务。”

"另有任务？"

"对，"纯儿声音一扬，"宣雪姬，笙管笛箫！"

雪姬和笙管笛箫很快就走了进来。

"雪姬，你收拾一下，马上跟我去圣域。"

"是。"

"竹管，竹笛，你们两个保护好拓拔夫人，无论如何，不能让拓拔夫人出现任何意外。"

"是。"

"竹箫，你留在宰相的身边，听从宰相大人调遣，负责保持我和宰相大人之间的联络。"

"是。"

"竹笙，"纯儿的目光忽然变得深刻了，语气也变得沉重了起来："我要交给你一件非常重要的任务……"

竹笙也从纯儿的态度中，看出了皇后要分派给自己的任务事关重大，所以，赶紧站起身来，郑重地说道：

"请皇后娘娘吩咐，竹笙一定能完成使命的。"

"好，"纯儿赞许地点了点头，"我要你带一队精兵，去保护好我们大梁国的火器库！"纯儿顿了一下，继续说道："虽然，我们不会再擅自动用火器，但火器毕竟还是我国武力的根本，所以，一定要保护好它们。而且，西蜀国最忌惮的也是我们的火器，恐怕，他们一开战，就会想办法率先破坏我们的火器库，我们不能不防。"

纯儿这番话一说出来，连宰相都不禁动容，他惊奇地发现，这位皇后娘娘年纪虽小，但是在排兵布阵，调兵遣将的时候，却自有一份让人不敢小觑的威严。而且，当皇后娘娘流露出这种威严的时候，会让人自然而然的忽略了她的年龄、性别，还有她那看似娇弱的身躯，只会发自内心地把她当成指挥，当成领袖。

"为什么皇后娘娘小小年纪，就会有这样的气度呢？"宰相心中疑惑。

他又哪里想得到，纯儿在现代的时候，指挥过的各种大大小小的战役不下几百场，规模最大的时候，她都是指挥海陆空三军组成的多国联合反恐部队的。现在，只是指挥一场，两个国家之间局部战争中的一场预先战役演习，那简直是太简单了。

一切都布置好了，宰相就又绕回到了最原始的那个问题上：

"娘娘，您真的就只带雪姬一个人去吗？"这是他最关心，也是最不放心的事情。

纯儿淡然一笑：

“对，就我们两个人去，大人请放心，我一定会照顾好自己，然后和洪烈陛下一起平安归来，因为我的丈夫，我们的国家都还有很多事情需要我去做，我不会忘记自己的责任。”

宰相被纯儿那种因为胸有成竹而自然而然产生出的沉着态度，所折服了：

“那老臣就听从娘娘的安排，还望娘娘多多保重，快去快回，大梁国还等着娘娘回来主持大局。”

纯儿的脸上浮现出了美丽的笑容，因为她知道，自己正在一点一点的，取得大梁国群臣们的信任！

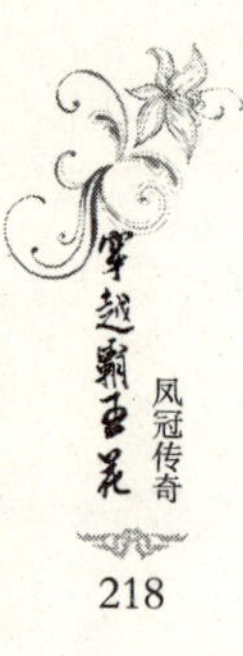

纯儿执意不带军队，绝不是异想天开的鲁莽。她心里有数，从这里到圣域这条路，带着雪姬一个人，足以抵过百万雄兵——因为圣域中那些忠心耿耿的门徒，还在沿途驻扎着，恪守本分，随时等待着圣域主人的召唤。所以，纯儿相信，只要雪姬发出讯号，她们两个一定就会得到圣域门徒们最严密的保护，而一路无忧。

只不过，纯儿不想、也不能把这个情况告诉宰相他们。因为在这个世界上，几乎没有人知道，完颜洪烈就是圣域主人这个天大的秘密。而这个秘密，还将永远地被埋藏下去。在大梁国，完颜洪烈永远都是一位完人般的君王。纯儿不愿意破坏了完颜洪烈在大梁国人心中的形象，因为她已经发现了，完颜洪烈在大梁国已经成为了一种信仰——信仰的崩塌是残酷的。

这一路上畅通无阻，纯儿和雪姬不日就到达了圣山脚下。

纯儿出神地望着眼前的旷野。一种莫名的奇怪感觉在纯儿的心头弥漫开来！

按说，纯儿是第二次到这个地方来了，第一次，她是被几个圣域门徒劫持而来。

那一次，圣域门徒也是把她放到了这片旷野之中，那时的旷野和此时纯儿所见到的一模一样，碧绿的草地，野草都长至了齐腰，绚烂而多彩的野花点缀其间，远处，一群群毛色美丽的黄羊，像温柔的云朵般，在碧草间飘动，就好似刚刚从天堂来到了人间。在旷野的尽头，也有一座秀美之极的山峰，犹如处子般静静地伫立着，好似装着满腹的少女情怀。纯儿知道，那里是天山的一隅。

这一切，都和纯儿上次来的时候一模一样，唯有……

纯儿的心中重重的一震：她终于找到问题所在了：

“圣湖在什么地方？”纯儿大声问道。这里明明还应该有一个湖泊的！

纯儿记得很清楚，在旷野的尽头，天山的脚下，还有一个美丽的湖泊，碧蓝的湖水，几乎就是静止的，而蓝天、白云、圣山，都倒映其间。

当初，她就是在湖边和圣域主人——自己上辈子最大的仇人意外相逢的！

也是在这个湖边，圣域主人对她说，这里隐藏着世界上最大的秘密，还说，人的前世今生，就好像这圣山和倒影一样，交相辉映着，互相依存，却又是决然不同的两种生命！

然后，圣域主人又带着她飞过了圣湖，来到了圣山上，引她看了一个山洞，山洞中有色彩鲜艳的岩画，还有很多很多的石刻文字，圣域主人告诉她，这里就是他们家族的圣地，这里面所记载的东西，足以让他把他们的家族发扬光大，永世流传……

可是现在，那个圣湖却不见了?!

纯儿抓住了雪姬的胳膊：

"圣湖去哪里了?你快点儿带我找到圣湖，只要到了圣湖，我就有办法找到他，我知道他在哪里，他一定在山腰上的那个山洞中。"

雪姬望着纯儿，目光中全是不解：

"你不仅知道圣湖，还知道山腰上的那个山洞，你还知道些什么？"

"我还知道很多，比你所能想象到的，要多得多，所以，我才有信心来找完颜洪烈。"

"可是，你怎么会知道这些的呢？"雪姬觉得有些无法理解，因为，连她这个毒枭最信任的人，都只是隐约地知道存在那样一个山洞而已。

纯儿深深地吸了一口气：

"雪姬姐姐，没错，你是他的亲信，两辈子的亲信，而我是他的仇人。但是，有一句话是这么说的——最了解自己的人往往是自己最大的仇人。他也不例外，而且当时他还一心想把我收为已用，所以，才会带我到那个山洞中去。

雪姬姐姐，时间急迫，你快带我到圣湖去，到了圣湖，我就有把握找到那个山洞了，完颜洪烈一定就在那个山洞之中。"

纯儿的眼中闪动着兴奋的光芒，千里奔波，终于看见目的地了，这不能不让纯儿兴奋。

可是和纯儿的兴奋正相反，雪姬却仍旧是那么的阴郁：

"可惜，我没有办法带你去圣湖……"

"为什么？"纯儿急道。

"因为，主人已经封闭了圣湖，我上次得到臻华遇害的消息，之所以没能找到主人,就是因为路被封闭了,现在任何人也到不了圣湖了。"

纯儿的心就像重重地被人推了一把一样，一下子就朝着无底的深渊跌落了下去：

"通往圣湖的路被封闭了,那该怎么办?"纯儿就感觉眼前的阳光好像突然消失了一样。

"镇定,方子纯,一定要镇定!"一个声音在纯儿的心中回荡着,"现在,还没有到山穷水尽的时候,镇定,有办法,一定会有办法的,一定有!"

纯儿定了定心神,望向了雪姬:

"雪姬姐姐,那,我们现在所处的这是什么地方?"

是啊,既然有圣湖的那个山谷已经被封闭了,那这里又是什么地方呢?

看来这个问题,雪姬倒是很容易回答,雪姬几乎都没有思考,就直接说道:

"其实,这里是主人仿照着那个山谷所造出来的一座人造景观。"

"人造景观?!"纯儿惊呼了出来,这么说眼前的一切,都是人造的?!那这手笔未免也太大了吧?这一切都是他造出来的?!

"对,主人让人开辟了这一片土地,垒起了一座高山,然后又从峡谷里移开了花草,年复一年,这里就渐渐的,和那个山谷一模一样了,除了没有那个圣湖。"

"可他为什么要建造这么一个景观呢?"

"其实,这里才是普通的圣域门徒心中的圣地。"

"啊?什么意思?"

"有百分之九十以上的圣域门徒,都不知道还有另外一个山谷,他们都是把这里当做圣地的,只有一些心腹门徒知道这个秘密。平时,圣域中的几乎所有活动,都是在这里举行的,这样的话,如果真的有无法抵御的敌人来攻,我们失去的,也只不过是一个假的圣地。"

这次纯儿听明白了,其实说穿了,这就是圣域主人的一贯伎俩,在现代的时候,他就几次玩儿过这样的阴谋,让所有的人都不知道他真正的巢穴在什么地方。只不过在现代的时候,面对着无数现代化的检测设备,他没办法这么偷梁换柱罢了。

"唉!"纯儿长叹了一声,她再一次由衷地感觉到,圣域主人实在是一个古今罕见的犯罪天才!

事到如今,急是没有用的了,纯儿索性坐在了草地上,双手抱拢膝盖,双眼漫无目的地向着远方眺望着,脑海中渐渐地恢复了一片空明,这是她的习惯,当事情眼看着走到了死胡同的时候,她就抛开一切,让自己的脑子空下来——与其没头没脑地乱撞,不如另辟蹊径!

“雪姬姐姐,你们往常都是怎么在这真假两处圣地之中往来的呢?”

雪姬苦涩地摇了摇头:

“这两处地方,每处都只有一条路可以进出,而我们也都是从这单一的路上进入或退出,现在,主人把那条路封死了,我们也无法进入了。”

纯儿心中叹息了一下,其实在她问这个问题的时候,就已经想到了答案,因为如果真的有路的话,雪姬一定早就去了,而不是在这里陪着自己这么束手无策。

当然,纯儿问这句话的目的,也不是希望得到答案,只是想借此进一步理清自己的思路。

有时候,把心中的问题一条条地提炼出来,是找到答案的最好方式。

纯儿索性仰躺在了草地上,天上的阳光暖暖地照到她的身上,柔软的草叶抚过她的面颊,阵阵花香扑面而来,整个环境,都带给了纯儿一种昏昏欲睡的陶然……

纯儿的眼睑不由自主地阖上了,这些天来,她太累了,现在到了这个世外桃源一样的地方,她的全身心都不由自主地放松了下来,虽然,肩头上还压着千斤重担,但是,总也得允许她有片刻的放松吧,她真的太累了。

话虽是如此,可是纯儿肯定也是放松不下来的,她的目光慢慢地漂移着,移过了白云,移过了蓝天,移过了那七彩的阳光,移过了远方那大朵大朵 的野花,又飘过了那一群群美得如同梦幻的黄羊,继续飘移着,飘移着……

黄羊!纯儿忽然一跃而起,她这突如其来的动作,把雪姬吓了一跳,雪姬刚要发问,可是纯儿已经握住了雪姬的胳膊:

“黄羊!”

“黄、黄羊怎么了?”雪姬一时间没明白纯儿的意思。

“黄羊是怎么来的?这些黄羊不是你们人工放养的对不对?因为我记得,我在现代的时候,看过关于黄羊的介绍,说黄羊是很难驯养的,它们来去自由,无影无踪,所以,才被称为来自于天上的羊……”

“对呀!这些黄羊不是我们养的,是野生的,它们总是自己想来就来想走就走……”

雪姬突然也不说话了,她望着纯儿,瞪大了眼睛:

“你的意思是说……”雪姬的声音都微微地颤抖了起来,她有些无法接受眼前的这个发现，所以，好像都不敢轻易地把下面的话说出来一样。

相比起来，纯儿倒是比她沉着，尽管很容易就能看出来，纯儿也是在强压着心中的狂跳，她像背书一样，背诵着关于黄羊的知识：

"黄羊非常挑食，所以，它们所吃的食物很有限，所以……"

雪姬也反手钳住了纯儿的手：

"所以，黄羊的活动范围只会在这两个山谷里，因为我知道，这两个山谷里所生长着的花草，都是别处没有的，所以，黄羊也许知道一条我们都不知道的通道！"

"对！"

"那我们还等什么？"雪姬已经喊出来了，"我们这就去惊扰这些黄羊，它们的胆子很小的，一受惊吓，很可能就会朝着另外一块旷野奔跑，我们只要跟着它们，就有可能重新回到那个有圣湖的山谷，找到真正的圣山……"说着话，雪姬就已经跳了起来。

但是她突然发现，纯儿竟然没有动。

"怎么了？快走啊，你又想起什么了？"雪姬催促道，现在，终于找到了一点儿希望，雪姬可是一分钟都不想等了。

纯儿望着雪姬，目光闪动：

"黄羊，又叫来自于天上的羊，因为它们极善奔跑，而且总是喜欢从悬崖峭壁上掠过，所以，在凡人看来，它们就好像在天上飞一样……"

"你是说，它们的路会很难走？"

"对。"

"你怕吗？"雪姬认真地问道。

"我不怕，"纯儿的目光分外的清澈，"只要能帮助臻华，帮助他的国家，我什么都不怕！"

"那不得了，我也不怕，咱们走吧。"

望着雪姬的凛然，纯儿心中涌起一阵莫名的感动：

是啊，雪姬怎么会怕呢？她已经为了臻华，做了那么多普通人连想都不敢想的事情了。这一次，她当然不会犹豫的。

纯儿和雪姬相视一笑，在这一刻，虽然她们明了，彼此都在深爱着同一个男人，都已经做好了要为了那个男人而落下深崖，粉身碎骨的准备，但是她们的心中却没有丝毫的嫉妒，在这一刻，臻华变作了她们的亲人，骨肉相连的亲人，而她们两个，也因为对臻华同样的情感和牵挂，而变成了相互信任，甘愿同进退、共生死的伙伴和亲人。

说干就干，纯儿当下掏出了玲珑鞭，凌空一抖，鞭梢就在空中甩出了一个漂亮的鞭花，同时，还发出了一声刺破空气的锐响，那响声清脆尖锐，传出很远。而这些黄羊虽然是野生的，但是似乎在它们的骨血之内，就流淌着对皮鞭的恐惧，所以，一听到鞭子所发出那一声脆响，所有的黄羊——不管是正在吃草的，还是嬉戏的，还是相互恩爱着耳鬓厮磨的，还是在悠闲漫步的，几乎都在同一时间抬起了头来，无数双美丽的黑眼睛都投向了玲珑鞭舞动的那个方向。

很显然，那道绚烂的红色鞭影，激起了黄羊们心中最原始的恐惧，猛然间，头羊发出了一个讯号，羊群立刻就大乱了起来。而与此同时，雪姬也已经捡起了几块石头，扔到了黄羊群中。

面对着突如其来的攻击，黄羊的恐惧终于到达了顶点，它们再也顾不上头羊的召唤了，"呼啦"一下，就开始四散奔逃！

纯儿和雪姬要的就是这种效果，她们虽然都不太了解黄羊，但是，她们两世以来，却都是在和世界上最危险最狡诈的人物打交道，所以，她们不约而同地都采取了同样的方式——尽最大的可能来惊吓这些黄羊！因为她们知道，人和动物都一样，只有当心里对恐惧的极限即将被突破的时候，它们才会本能地去寻找最直接有效的生路，否则，它们就还有可能会反复迂回，不肯轻易暴露它们日常迁居用的密道！而现在，纯儿她们是没有时间陪着黄羊在旷野中兜圈子的。

果然，黄羊们在骤然的惊吓之下，突然就发足狂奔了起来，刚刚还美丽静谧的旷野，霎时就陷入了一片混乱之中！而这混乱只是暂时的，不到一分钟，这些黄羊就不约而同的向着一个方向狂奔而去，纯儿和雪姬的眼睛都亮了——它们奔跑的方向，应该就是纯儿她们两个苦苦寻觅的通道！

那群黄羊竟然发疯般的朝着那座假圣山奔去。

"难道这座假圣山的山腹也是空的，就好像真圣山一样？"纯儿心中狐疑，她当然不会忘记，当时，那个假作痴癫的唐婉云把自己带入了圣山的山腹之中，那里，充满了流水和巨大的钟乳石。

可是，让纯儿没想到的是，黄羊奔跑到了山脚下之后，并不是钻进了某一处秘密的山洞，而是沿着山坡一路飞奔了上去。

纯儿和雪姬无暇细想，也紧紧地尾随在了黄羊的后面，当她们真正奔上了山坡之后才发现，这座远远看去，碧草茵茵，山势平缓的山梁，事实上并不是如此的和善。在那些碧绿的野草和艳丽的山花掩映下的，却是崎岖的山路，嶙峋的怪石，和隐藏在怪石之间的无穷无尽的诡异机关。

幸好纯儿和雪姬都身手敏捷，尤其是雪姬，追随在完颜洪烈身边多年，对完颜洪烈的各种惯用战术都有着非常充分的了解，所以，两个人一直冲到了半山腰，还没有被那些机关暗器所伤。

饶是这样，她们两个也已经大汗淋漓，情形狼狈了。纯儿向上望去，只见那些黄羊仍旧在没命地向上奔跑，不禁问道：

“你到过圣山的顶上吗？”

雪姬此刻也在眺望着黄羊们的身影，很显然，她和纯儿正在思考着同样的一个问题：

“到过，圣山的顶上四面都是悬崖峭壁！”雪姬简明地回答道。

“这座假圣山是完全模仿圣山的，所以也就是说，在假圣山的顶上，一定也是悬崖峭壁，那这些黄羊到上面干什么去呢？”纯儿像是在问雪姬也像是在问自己，因为她在担心一个问题：

不会是刚才她们两个下手太猛，把这些黄羊给吓疯了吧……

当然，事已至此，就算是这些黄羊真的疯了，想要集体跳崖，她们也得跟着它们去看个究竟！因为，这的确是她们唯一的希望了。

可是，没过多长时间，纯儿就发现，自己竟然想对了——在她最不想判断正确的时候，她竟然作出了完全正确的推断——这些黄羊果然是一口气跑到了山顶处的悬崖边，然后毫不犹豫地就向下跳去！

纯儿和雪姬一下子不禁都呆住了，她们眼见着一只只黄羊毫不犹豫地就纵身跃下了悬崖，然后一闪身就消失在了白蒙蒙的云雾之中！

纯儿只觉得自己眼前一阵金星乱冒：

“难道，是自己想当然了？或者说，是现代人想当然了？一相情愿的，就为这些黄羊的绰号——来自于天上的羊，做出了一个貌似符合科学的注解?！而事实上，这些黄羊真的是来自于天上，或者说是来自于另一个空间中的，此刻，它们正要回到自己的世界中去？”

一时间，纯儿的心很乱，很多有的没有的念头，一下子就都冒了出来。她站在悬崖边极目远眺，可是怎么看，下面都是浓得化不开的云雾……

此时,已经有三分之二的黄羊跳下去了!

纯儿的目光忽然之间变得非常的清澈了,两枚瞳仁完全就像是两颗纯黑色的水晶。

“雪姬姐姐。”纯儿的声音分外的冷静,但是其中的威严却不容忽视。

雪姬情不自禁地上前了一步:

“什么事?”

“你守在这里,如果一天一夜,我还没有回来,你就立刻返回大梁国,通知宰相大人,就说不用再等我了,请他酌情救治臻华,处理国事就可以了。”

雪姬大惊:

“什么?你要下去!”

“对。”纯儿淡淡地应道,就仿佛是她刚刚决定了一件再普通,再正常不过的事情。

“你疯了?!”雪姬大叫了起来,脸上充满了不可思议却急切的神情,“纯儿,你听我说,你冷静点儿,我知道,你为了臻华着急,但是像你现在这么鲁莽也不是办法。”雪姬进一步表明自己的态度,好像生怕纯儿会不等她说完就跳下去一样,所以,在说话前,她还拉住了纯儿的胳膊:“纯儿,这个假圣地,是主人一手制造出来的,从制造一开始,他的目的就非常的明确,就是要把这个假圣地做成一个死地、绝地。所以,他是绝对不会再在悬崖边上留下某种通道供人进出的。而且,刚才这么多羊落下去了,可是咱们一点声音都没有听到,这足以说明,它们已经落下了无底的深渊,而不是落在了半空的什么地方……”

“所以,”雪姬的眼神暗淡了,“我们找错了方向,这里根本就不是通向圣地的路!”

可纯儿却根本不听她把话说完,就已经朝着悬崖边冲了过去。

“纯儿,你要干什么!”雪姬惊喊了出来。

“只剩下最后两只羊了,我没时间了。”纯儿回答道,她在说话的时候,连头都没有回,只是目不转睛地盯着那最后一只黄羊,就等着跟在黄羊后面跳下悬崖!

“纯儿!”雪姬大喊道,“你别发疯了,这些黄羊是被吓破了胆,在自寻死路!快回来,我们再想别的办法。”

“一样的,我也被臻华遇害和大梁国被威胁这两件事,吓破了胆,所以,我也要做些疯狂的事。”纯儿又向前跨了一大步。

"纯儿,你会死的!"雪姬的声音都已经变了。

纯儿背对着雪姬,脸上却浮现出了清纯的笑容:

"特警法则中说,在每一次生死关头,我们做出决定的时候,都等于为自己保留了百分之五十的生机,但是,也为自己增添了百分之五十的死亡的可能。所以,我们一旦做出决定,就要做好死的准备!"

倒数第二只黄羊也跳下去了,而最后一只黄羊,已经开始一步步向后倒退了——它要离开悬崖边一段距离,好进行最后的助跑,每一只黄羊都是这样做的。

"纯儿——"雪姬又大喊了一声。

"雪姬姐姐,什么都别说了,也许注定了,我们就得有一个人拿性命去探出一条路的。而你已经为臻华回过一次古代了,这次,就把这个机会让给我吧,让我也为臻华做点儿事情。"

话音落处,纯儿已经随着最后一只黄羊跳下了悬崖!

雪姬惨叫了一声,望着纯儿落崖的地方,她不禁落下了泪来:

"纯儿,我一直以为我是这个世界上最爱臻华的人,但是今天我才知道,原来你比我更爱臻华。我虽然为了臻华回到了古代,为了臻华去保护你,看起来,我似乎为臻华做了很多事情。但是那些,都是不危及到生命的,而就在刚才,需要有一个人为了救臻华而付出生命的时候,我犹豫了。"

雪姬双腿一软,跪坐在了悬崖边的石头上:

"纯儿,今生今世,我不会再和你争臻华了,我会在这里一直等你回来,然后把你们两个当成我最亲的人。如果你真的不回来了,我就按照你说的,回到大梁国,把你的消息传递给宰相,让大梁国,让臻华永远都记住你的深情厚意。然后,我就全力以赴地去保护臻华和你的国家,直至战死。"

雪姬在悬崖边伤心不已,但是心中仍旧存留着一线希望,她孤零零地坐在悬崖边,只盼着太阳慢些落山,让这二十四个小时慢点儿过完。

纯儿在落崖的那一刹那就看清了,悬崖下果然是空空荡荡!纯儿不禁苦笑一声:

这两辈子经过了多少大风大浪,从现代一直打回了古代,可是到头来,却葬身在了这悬崖之中。臻华,我死无所谓,只可惜,我帮不上你了,对不起!如果你我还有第三世,我一定加倍地还你!

纯儿的悲凉只是一闪念之间的事,她立刻就发现,竟然有一只黄羊又从悬崖底下蹿了上来!

纯儿吓了一跳，还以为自己看花眼了，但这只黄羊一转眼就已经到了她的脚下了——现在，纯儿在向下落，而黄羊在向上升，眼看着，这一人一羊就要在半空中擦肩而过了。多年受过的训练在这一刻产生了作用，纯儿来不及细想，用力一纵身，控制住了自己下落的身形，然后又重重地向下一坠。纯儿这一坠落点极准，一下子右足就落到了黄羊的背上。

而黄羊那坚实的脊背，正好为纯儿提供了一个最完美的落脚点和着力点，纯儿已经集中了全身的力量，用力一踩黄羊的脊背，黄羊受了这一下重击之后，重重地向下落去，而纯儿则整个人都向上飞了起来！

"成功了！"纯儿心中欢呼了一声，她在刚才发力的时候，就已经选好了角度，所以，现在纯儿不是笔直地向上飞的，而是飞向了斜上方！

纯儿刚才在悬崖边已经看得很清楚了，虽然黄羊向悬崖下一跳就落入了云海，但是所有的黄羊在跳出的时候，都是向着那个方向跃出去的。

可以说，自从跳下悬崖之后，所有的这一切，纯儿都不是经过深思熟虑的，一切都只是她潜意识中的经验和求生的本能在指挥着这场战斗。

而事实证明，她成功了，在向前飞跃了之后，她清楚地看见，前方不远处是一处山峦！而纯儿手中的玲珑鞭已经飞了出去，紧紧地缠在了一株从山峰上斜长出来的树上。

当纯儿的力气将近的时候，玲珑鞭也已经和那根树干紧紧地缠绕在了一起。一切都不差分毫，就因为这不差分毫，纯儿终于赢得了那百分之五十的生的希望，如果差一点点，她就进入了那百分之五十的死亡概率。

当纯儿紧紧地抓住了树干之后，她突然感到眼中一热：

"臻华，我们终于感动了苍天。"

是啊，在这种几乎就是十死无生的关头，能让纯儿保住一条性命，真的是苍天保佑。

纯儿略作休整之后，慢慢地攀上了这片山石，当她从山石中露出头来之后，不禁呆住了，最先出现在她眼前的，竟然是一群黄羊！

"难道这里是黄羊的老家吗？"纯儿有些懵。

好在黄羊是一种非常胆怯温和的动物，所以就算是真闯到它们的老家里，也没什么可怕的。纯儿继续用力，终于整个人都爬了上来。

而这群黄羊却对于纯儿的突然闯入显得无动于衷，它们都在眺望着纯儿刚刚跳过来的那个悬崖。

纯儿也不禁随着它们的目光回头张望，可是站在这边看悬崖，和站在那边看悬崖，没什么区别，都是白蒙蒙的一片云雾。

忽然，纯儿心中一动，她再次回头看这群黄羊，果然，这群黄羊的数目比刚才跳崖的那一群少了很多。也就有刚才那群黄羊的一半左右。

"啊!"纯儿惊呼了出来，她不能置信地捂住了自己的嘴。因为她看着眼前这些黄羊的情形，在联想到刚才悬崖中发生的事情，终于明白了：

原来这些黄羊竟然是采取了一种最惨烈的自救方法。它们一一跳下悬崖，然后后面的那一只就像纯儿那样，踩住前面那一只的脊背，借力跳到对面来。这些黄羊，就这样，用牺牲一半儿同伴的方法，保留住了整个族群。

而现在，它们之所以还在这里等待，就是因为它们知道，还应该有一只黄羊跳过来，它们在等它——当整个族群死亡了一半儿的时候，一只黄羊的性命就显得尤为可贵了。可是，它们并不知道，那只按照次序原本该出现的黄羊，却再也不会出现了，因为在它借力跳起来之后，纯儿又借了它的力。

纯儿想明白了这一切，再看看黄羊那些纯真迷惘的眼神，不禁心中充满了愧疚：

"对不起，我为了自己，竟然牺牲了你们这么多同伴。对不起！"纯儿面对着悬崖默默地祈祷、拜祭了一番。

纵然心中惭愧，但是纯儿知道，现在也不是伤感的时候，赶紧找到完颜洪烈才是正经。纯儿站起来四下一望，不禁精神大振，这里，竟然和那座假圣山一模一样!也就是说，她九死一生，终于达到了真正的圣山!

这一下，纯儿什么也顾不得了，她发疯般地奔跑着，恨不得一下子就冲到半山腰去。现在她心里只有一个念头：找到完颜洪烈，救大梁国，救臻华!

半山腰，山洞，找到了!纯儿一看到山洞，就仿佛看到了全部的希望，也不管是不是危险，就一头扎了进去。山洞中和纯儿上次来的时候一样，还是那么安静，还是点燃着火把，而在山洞的深处，一个高大的身影，正在火光的映衬下聚精会神地看着什么。

显然，纯儿突然闯进来的声音惊扰了他，也让他非常意外，因为他没想到，这个时候还会有人能闯进来，他不禁错愕地转过身来——火光下，纯儿看得明明白白，这个人，正是完颜洪烈!

当完颜洪烈转过身来，看到突然出现在自己面前的竟然是纯儿的时候，就更吃惊了，一下子无数的问题涌进了他的脑海：

“方子纯怎么会突然出现？她怎么来的？她来干什么？为什么她的面容竟然这么狼狈？”问题太多了，以至于他一时都不知道该问什么了，而他一张口，竟然脱口而出了一句：

“你是来抓我的。”这句话说出来之后，完颜洪烈才发现自己说了一句多么不可思议的话。

纯儿也愣住了，因为完颜洪烈这句话也太超出她的思维了，愣怔了片刻之后，纯儿才想起来，在她和完颜洪烈之间，最根本的关系，是毒枭和警察。

纯儿深深地呼出了一口气：

“我终于找到你了。”

这句话中所包含的无限的欣慰让完颜洪烈有些无所适从，他已经习惯了和纯儿之间永远的对立，所以，对于纯儿突然间表现出来的这种，仿若是看到了救星般的神情态度，感到非常的不适应。于是，他干咳了一声，说道：

“是，你找人的功夫的确是不浅，我已经封闭了所有的通道，你竟然还能找上来。”

纯儿终于平稳住了自己那急促的呼吸——她刚才奔跑得太剧烈了，简洁地说道：

“臻华遇害，西蜀国发动了全面战争，大梁国危险！”

可见，特警在陈述事实的时候，是最不讲究用修饰成分的，那么复杂的一段经过，就被纯儿用短短不到二十个字说了出来。

完颜洪烈一听纯儿的话，当下就变了脸色，也顾不得身份、彼此的关系等等这些东西了，一把就擒住了纯儿的手腕：

“臻华还有救吗？西蜀国的军队到什么地方了？火器库呢？”

无疑，恐怖分子接受的训练在某些方面和特警是很相似的。

“臻华昏迷不醒，怀疑是被邪术所害，火器库目前安全，这个时候，西蜀国的军队应该已经全部渡过黄河了。臻华已经承诺了不用火器，所以大梁国需要一位皇帝去重新打开这个禁忌。”

完颜洪烈并没有松开纯儿的手腕，只是喝了一声：

“走，我们快走。”说着话，就拉着纯儿向外跑去。

纯儿有些不解，就算是完颜洪烈担心臻华和大梁国，也不用这么着急啊。

虽然不解，但是纯儿还是跟着完颜洪烈朝外面飞奔而去，或者说，她也只能跟着完颜洪烈而去，因为现在她根本就没有用力，是完颜洪烈在带着她飞奔。

可是，他们两个还没有冲去洞口，完颜洪烈忽然又停住了，纯儿奇怪地看着他，而完颜洪烈并没有理会她，而是在聚精会神地听着什么。纯儿也不禁凝神细听了起来，开始的时候，她什么都没有听见，可是渐渐的，她就听到有一种沉闷的轰隆声，从脚下传了出来。

纯儿发现完颜洪烈的脸色变得煞白了，能让完颜洪烈这样一个人变了脸色，可见事情是非常的严重了。

"出什么事了？"纯儿试探着问道。

完颜洪烈的脸色惨淡，半晌才惨笑了一声：

"方子纯，我们两个整整斗了两世，却没想到，到头来，竟然会是我们两个死在一起。"

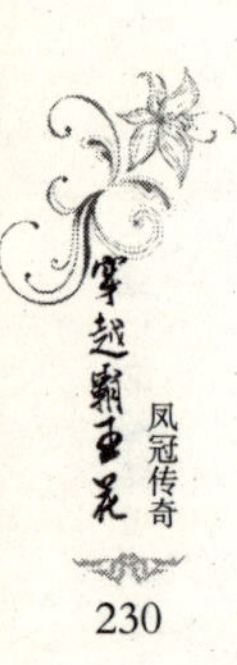

"啊？"纯儿愈加茫然了，前一分钟完颜洪烈还要去救臻华，怎么现在，就如此悲观地断言生死了呢？

完颜洪烈专注地望着山洞的深处，似乎那里马上就要出来一个妖怪一样，同时，他问道：

"方子纯，你怕死吗？"

纯儿脱口而出：

"我不怕死，但我现在不想死，或者我死没关系，你千万别死，你还得去救臻华呢。"

完颜洪烈再次把目光投到了纯儿的脸上，目光中充满了玩味：

"你竟然宁可自己死，都不想让我死。为什么？难道你忘了你是特警，我是毒枭加恐怖分子的事了吗？而且，我曾经害得你那么惨？"

纯儿惨笑了一声：

"我现在什么都忘了，所有的责任、仇恨，我都忘了，我只知道一件事，你能救臻华。而为了救臻华，我做什么都可以。"

完颜洪烈听了纯儿的话，眼中竟然闪过了一丝感动：

"这么说，你也爱上臻华了？"

被人目不转睛地盯着问这种问题，总是有些别扭，但是，纯儿还是认真地点了点头：

"我已经嫁给他了。"

完颜洪烈沉吟着点了点头，专注地望着纯儿，望了很久，然后一字字地说道：

“方子纯，现在我们不当对头，也不当仇人，我是臻华的大哥，而你是臻华的妻子，我们两个为了臻华合作一次好不好？”

纯儿一时不知道该如何回答，完颜洪烈继续说道：

“方子纯，你我都知道，不论是在现代还是在古代，我都在一直尝试着跟你合作，而你一直都在拒绝。我承认，我那些想和你合作的目的，都是因为看重你的能力，想让你为我所用。但是我保证，这一次，我是没有恶意的，我纯粹是为了臻华！”

纯儿紧紧地盯着完颜洪烈的眼睛，半晌，才点了点头：

“好，你说，怎么合作？”

“你先答应我，一定要按照我说的去做！”

“好，我答应你。”

“你跟我来。”完颜洪烈引着纯儿走到了山洞口，“一会儿，你就用你最快的速度朝山顶跑，越快越好，一定不要回头。到了山顶之后，那里有一块巨石，巨石前面的乱石其实是一座阵法，左三右四，前七后八就是口诀，我知道这难不住你。你要用最快的速度打开这个机关，然后你就可以离开这里了。”

“那你呢？”纯儿惊问道。

“我不能走。”

“为什么？”

“你走，我抵挡一阵，能够保证你脱身，可如果我们两个一起走，就都走不了了。”

“那我断后，你走！”纯儿毫不犹豫地说道。

“没用的，你功法不够！”

纯儿知道完颜洪烈说的也是事实：

“可是，你不走，那谁救臻华啊？”

“你！”

“我?!”

“我要是能救干嘛还费这么大力气来找你啊?!”纯儿喊了出来。

完颜洪烈惨笑了一声：

“本来我是想跟你一起走的，但是它提前来了，我们没时间了。也许这是天意……”

第九章　人生长恨水长东

纯儿不顾一切地向着圣山山顶狂奔着，她不敢回头，因为她已经清晰地听见了那阵阵的轰鸣声越来越近了。耳边，刚才完颜洪烈对她说的那些话，还在一遍遍回荡：

“这里是我们家族的圣地，故老相传，家族的圣地在一场莫名的灾难中被毁灭殆尽，所以后来，我们的家族才愈见式微。而那场传说中的灾难，就发生在现在，这也是我为什么专门选择回到这个时代的一个原因。

当我亲眼见到了圣地之后，我才明白，为什么没有了圣地，我们的家族就一蹶不振了。全部的秘密就在这座圣山上。这座圣山其实是一块巨大的陨石。不知何年何月它坠落到了地球，也不知道何年何月，被我们家族的祖先发现了它的特异功能，在这个山洞中，聚集着神奇的力量，可以让我们的功法无限制地增长。但是现在，我能够感觉到，地底发生了强烈的变化，那场毁灭我们家族圣地的灾难就要来临了。要想让我们的家族不衰败，唯一的办法，就是阻止住这场灾难。

我来到这里，就是为了用我个人身上的功法，想办法来逆转这场灾难，人难胜天，我阻止不了灾难，但是我想，也许我可以把这场灾难稍微调整一下，让它不至于把我们的圣地完全毁灭，毕竟我的身上集合了我和臻华两个人的功法。

刚才，你跟我说臻华遇险，他是我唯一的亲人，我两辈子唯一关心过的人，所以，我当时就要和你一起走，我宁可不要圣地，也要救臻华。但是，来不及了。

你听这轰鸣声，说明灾难要提前发生了，虽然它只是提前发生了几天，但已经足够改变所有人的命运了。

现在，方子纯，你走，我断后，我把灾难所带来的巨大力量拖延片刻，尽量保证你离开。你离开之后，如果看到圣山还没有完全毁灭，就说明我成功了，你就回来找我，我们一起去救臻华，然后把他带到这里来，我相信，不管是谁害了他，拥有神秘力量的山洞都可以救治他。

如果，你看到圣山整个毁灭了，就说明我失败了，我费尽心机，还是没能挽救我们家族的圣地，而我，肯定也死了。你就不用再回来了，回去救大梁国，去救臻华。

方子纯，我相信你的本事，所以，救大梁国难不住你。”

“至于怎么救臻华，如果我真的死了，那就只能靠你自己了。”完颜洪烈说到这里，长叹了一声：“臻华天性善良，老天会保佑他的。”

最后，完颜洪烈惨笑了一声：

“方子纯，你是我两世中最大的对头，真没想到，最后关头，我竟然会舍命保护你！”

是啊，情之一字，是何等的莫测，纯儿对臻华的无限深情，生生地让她放弃了对于完颜洪烈曾经杀害自己的仇恨。而也正是纯儿这一片深情，在最后关头打动了完颜洪烈，拼死保护方子纯离开。

身后，死神已经逼来，时间紧迫，已经不容纯儿再有丝毫的迟疑了，她发足狂奔，终于来到了山顶处，一眼就看见了完颜洪烈所说的那块巨石。

这块巨石看起来就像是自古以来一直埋在这里的一样，如果不是有完颜洪烈的特别提醒，纯儿根本就不会注意到。

纯儿又靠近了巨石一些，果然，巨石前还有些散乱的零散山石，一切都那么自然，丝毫也没有人工的痕迹。纯儿在碎石的边缘处站定了，心中默念着口诀，认真观察这些山石。完颜洪烈说得没有错，这些阵法难不住方子纯。还是那句话，最了解你的人是你的敌人。方子纯在上一世整整花了三年的时间来研究他，所以，对于他习惯运用的一切战术都有了深刻的了解，奇门遁甲也不例外。

所以纯儿只看了一眼，就看明白了其中的奥妙。她轻灵地跳了起来，然后足尖点地落到了一块小石头上，就这样，纯儿像是一只灵巧的羚羊一样，三下两下就跳到了巨石的跟前。而她这一路跳来，就仿佛是开启了巨石的密码锁，所以，当她刚一落到巨石前的时候，那块巨石竟然发出了“吱吱呀呀”的声音。

而随着吱吱呀呀的声音，巨石的上半部分慢慢地向旁边错开了。这块看似完整的巨石，竟然是对在一起的！纯儿心中暗暗惊罕：

“好高明的障眼法，自己刚才已经走到跟前了，竟然都没有看出来这块巨石是能够分成两半的。”

上半部分巨石终于完全移开了，纯儿这才看明白，原来完颜洪烈把整块的巨石掏空了，变作了一个石头箱子，上半部分巨石恰巧就是箱子的盖子，现在，盖子移开了，“箱子”里的东西也就露了出来。

箱子里竟然是一整套机械装置——几个巨大的齿轮，绳索……还有很多莫名其妙的东西。当然，这些东西只是在别人看来莫名其妙，可是在纯儿看来，却一点也不陌生，相反，她甚至是欣喜若狂。因为她不仅认识这些东西，而且还非常明白这些东西该如何使用！

纯儿非常迅速地行动了起来，她先捡起了几件装备，熟练地套在了自己的身上，然后用挂钩把绳索挂在了自己的腰上。最后，纯儿毫不犹豫地连续扳动了几个把手。当纯儿扳动了最后一个把手之后，那些齿轮慢慢地开始旋转了，随着齿轮的旋转，石头箱中竟然慢慢升起了几组弓弩！弓弩越升越高，直对着对面的山崖，忽然，就听见一声锐响，五根弓箭同时发射了出去！因为是用机械发射的，所以弓箭发射的力道极大，弓箭笔直地飞向了对面的山体，直接就刺入到了石壁中。成功了！

纯儿心头一喜，也不再犹豫，一纵身就跳下了悬崖。纯儿跳出悬崖的同时，就握住了那些横挂在两处悬崖之间的绳索，然后麻利地把自己腰上的一个挂钩挂在了绳索上，身体一用力，她的人就像飞起来一样，迅速地沿着绳索飞向了对面的悬崖。

雪姬仍旧在假圣山的山顶上等待着纯儿，她隐约也听见了对面传来的轰鸣声，她猜测不出那到底是什么声音，不禁心中更乱了。忽然，她竟然看见一个人影在云雾中，似乎是沿着一道飞索在迅速地朝这边移动着，一开始雪姬以为是自己看花眼了，因为，这样的东西是不应该在这个地方这个时间出现的。但她只是错愕了一刹那，忽然间就明白了——这一定是完颜洪烈设置的某种机关！雪姬的心提了起来，这段时间以来，发生的变故太多了，以至于她的神经已经成了绷紧了的弦，任何一点轻微的风吹草动，都会在她心中引起一连串的连锁反应。

纯儿终于来到了假圣山的悬崖前，她手足并用，几下就攀了上来，而就在她刚刚落到假圣山山顶的时候，背后忽然就传来了一声惊天动地的巨响。雪姬本来看到纯儿突然出现，高兴坏了，赶紧跑过来拉纯儿，可是她刚刚攥住了纯儿的手，也就听见了那一声巨响，而且，圣山那边在发出巨响的同时，还发出了巨大的冲击力，雪姬只觉得一股巨大的力量打在了她的身上。这股力量来得太突然，雪姬猝不及防，只觉得胸口一痛，一口鲜血就喷了出来。纯儿倒是还好一些，因为她对于背后将要发生的事情，还有一些思想准备，所以她一直就提着一口真气护着自己的经脉。饶是如此，她还是觉得自己的全身都像是被人拆碎了一样疼痛不堪。此时看见雪姬突然吐血，纯儿也顾不得自己身上的痛了，一把抱住雪姬，然后就着山势，滚了出去。

过了很长一段时间，圣山那边传来的轰鸣声才渐渐地平息了下来，雪姬这才透过一口气来，问道：

“你见到主人了吗？刚才到底发生什么事情了？”

纯儿摇了摇头，一时不知道该从何说起，只是又朝着山顶走去，她现在最关心的是，圣地到底怎么样了，完颜洪烈是否脱身出来了。

可是，当纯儿她们两个刚一走到山顶，就都呆住了。

本来，从这里望圣山，是什么都看不见的，只能看见白蒙蒙的一片云雾。可是现在，那些常年都聚集在这里的云雾似乎突然之间就都消失不见了，她们的眼前竟然是一片清爽！

雪姬整个人都看傻了，她不明白，这到底是发生了什么，可是纯儿的心却紧紧地揪成了一团。

“刚才应该是发生了一场地壳运动，这场地壳运动，把圣山夷为了平地。”纯儿沉声说道。

“那主人呢？”雪姬问。

“他说，如果他能够阻止住灾难，就和我们一起救臻华，如果阻止不住，那……”

“那他也就和圣山一样在劫难逃了？”

纯儿点了点头：

“他是这么说的，说是如果看到圣山还能保留住一部分，就让我去找他，如果保留不住，就不用去了。”

“可是现在圣山好像已经完全不在了……”

雪姬没有说错，因为没有了云雾的遮挡，所以，山下的情景变得非常清晰了，对面的圣山也不见了，真的就是不见了，什么都没有了，只是在圣山的位置上，出现了一个很大的坑，坑非常的浅。一切都那么平静，那么自然，就好像，那里原本就没有什么山，就是一个坑一样。

纯儿点了点头：

“没错，圣山不见了，但是，我还是要去找一找，我不甘心！”说着话，纯儿就又走到了悬崖边，开始收拢那些绳索，一部分绳索已经因为圣山毁灭时的强大力量而绷断了，但还是剩下了一部分。这些绳索都是在油里反复熬煮过的，所以非常结实。雪姬和纯儿又都是野外作战的高手，所以几下工夫，就把剩下的绳索连接成了一条结实的长绳，两个人把绳索的一端固定好，然后再次攀下了悬崖。

当她们到达那个浅坑的时候，坑中已经有水了，原来，是因为这边的地势较低，圣湖中的水倒灌了过来。只不过水暂时还不深，但是她们知道，要不了多久，这里就会和圣湖连成一片，成为一个湖泊了，沧海桑田，说的就是这个意思吧。

在两人搜索的时候，纯儿已经向雪姬说明白了事情的经过。

雪姬望着眼前的流水，说道：

"如果从现代科学角度解释，陨石降落时就已经破坏了这里原有的地貌平衡。"

"对，很可能在陨石降落的时候所产生的巨大冲击力，已经让地壳和地幔造成了巨大的破损，然后这么多年里，陨石又在不断地发射着放射性能量，最终，破损的地幔承受不住这种天长日久的放射性侵蚀，彻底地崩塌了一个缺口，把陨石整个地陷落了进去。"

雪姬长叹了一声：

"这些道理并不复杂，主人一定也明白，既然，他都把这一切想明白了，为什么还这么执著地要改变这场灾难呢？他应该知道，他的力量是做不到的啊。"

纯儿说道：

"我相信，他一定是已经找到了某种可以扭转这种地壳变化的方法，所以，他才要下决心尝试一下。"

雪姬苦笑了一下：

"也是，像主人这样的人，过不了平静的日子，总是需要新的挑战。而他又早就已经超脱了生死的界限，也的确是需要用这种方式，去寻找新的挑战了。"

雪姬正在欷歔，纯儿突然抓住了她的手腕，低呼了一声：

"那是什么人？"

雪姬一回头，看纯儿已经变了脸色。

原来，纯儿手指的方向，正是刚才她们攀下悬崖的那个地方，而她们用来攀崖的那道绳索还留在那里，现在，正有人沿着那条绳索慢慢地滑下来——也就是说，又有人来到了这个刚刚发生了惊天大灾难的山谷。而且最可怕的是，现在正沿着绳索向下攀缘的还不是一个人，而是一队人！

这些是什么人？！是敌是友？！雪姬整个人都绷紧了，因为，她心里很清楚，此时此地，能出现她们朋友的可能性实在是太小了！很显然，纯儿现在所想的和雪姬基本一样。因为纯儿已经站直了身子，握住了玲珑鞭。

而这时，那些从山崖上下来的人，也看到了纯儿和雪姬，当他们看清了，不远处站着的竟然是两个女人的时候，也有些吃惊。虽然他们看到悬崖边的绳索的时候，就已经想到了山谷中肯定会有人，但是他们真没想到，山谷中竟然会有两个女人！

不过，毕竟对方只是两个女人，就算这两个女人生着三头六臂，也没什么可怕的，有道是双拳难敌四手，他们可足足有三百人呢。所以，后来的这些人，仍旧有恃无恐地继续下到山谷中。

可是他们想错了！眼前这两个女人，随便哪一个，都不会把杀上三百人当成困难！

"怎么办！"雪姬问道。不知不觉之间，她已经把纯儿当成了新的主人。

纯儿当然也感觉到了对方那种有恃无恐的态度——因为那些人在看到了自己和雪姬之后，竟然视若无睹地继续该干什么干什么！他们会为他们的无视付出代价的！

纯儿的目光一寒：

"你带着手枪吗？"

"带着呢。但是肯定没这么多子弹。"

雪姬的意思很明了——她的子弹不够把这些人全部杀死！

而纯儿的回答则更让人疯狂：

"应该带些手雷之类的东西。"

这个时候，纯儿和雪姬两个人在一问一答间，真是尽显女魔头的本色。

"当他们进入射程之后，就直接射击，然后趁着他们混乱，我们就马上朝着相反的方向逃走。"

"这里的路都封死了，只有回到假圣山是唯一的路。"雪姬说道。

"我知道。我的意思是，利用你对圣域中地形的了解，我们先找个地方躲起来，也许，我们还能找到圣域存留的火器也未可知。如果真能找到些剩余的火器，我们就什么都不用怕了。"

雪姬闻言大喜：

"说得对。"说着话，雪姬已经掏出了手枪，对准了那些下来的人——这时，那些人已经朝她们这边走来了，而且，后面还有人在源源不断地从悬崖上攀下来。

雪姬经验丰富，当下就选定了一个目标：擒贼先擒王！即使是这么远远一望，也能看出来，雪姬选中的那个人是个当官的。

就在雪姬马上要扣动扳机的那一刹那，纯儿忽然低喝了一声：

“慢！”

“怎么了？”雪姬头也不回地问道，她的眼睛仍旧在盯着那个目标，而且准星也时刻不离那个人眉心。

纯儿不禁暗自点头：

雪姬果然是受过严格训练，久经沙场的高手！不管干什么，都不会耽误了手底下的活儿。

“这些人似乎穿的是回鹘的服饰。”纯儿说道。

“啊！？”雪姬也有些吃惊，“回鹘人，他们来这里干什么？”虽然心中疑问，但是雪姬的眼睛和手中的枪，仍旧没有离开那个目标。原因很简单：一、纯儿只是说似乎。二、他们有可能是假冒回鹘人！生死关头，绝不能拿自己的命开玩笑！

雪姬心中所想的，和纯儿的判断一模一样，所以，纯儿虽然暂时喝止了雪姬，但仍旧是做好了战斗的准备。

那些人距离她们更近了。

“你能确定他们是回鹘人吗？”雪姬目不转睛地盯着目标问道，“要是再不动手，就来不及了。”

“确定不了。”纯儿干脆地说道。

“那就顾不得了。”雪姬此刻再也不是那个为情所困、为情所伤，不能自拔的女子了。完完全全就变成了一个冷静逼人，作风凌厉的女杀手！

就在这千钧一发的时候，雪姬枪口下的那个目标，忽然扬声喊了起来：

“那边的，是纯儿小姐吗？”

“啊？！”雪姬和纯儿都差一点惊呼了出来。

来的竟然是熟人！这个结果，绝对比来一队仇人，更让人意外。

雪姬仍旧手臂平举，枪口冷森，纯儿对此分外理解：

“要是这伙人故意装出好像是熟人的样子来怎么办？毕竟自己的仇人也不少。而且这些仇人都认识自己。”纯儿这样想到。

唉，这两个女人凑到一起，可怎么得了。

此时对面的人，也看出了纯儿和雪姬这种高度戒备的情态，所以，略一沉吟，忽然伸手入怀，再拿出来的时候，一面回鹘国的旗帜迎风展开：

“纯儿小姐，我是雅鲁啊。”

“雅鲁！”纯儿惊呼了出来，原来是他，孔雀城的第一武士！算起来，纯儿真的有很久没有见过他了。

这一下纯儿不再怀疑了，对雪姬说道：

“放心吧，是我的朋友。”说着话，纯儿已经朝着雅鲁他们飞奔而去。

走在队伍最前面的，那位铁塔般的汉子，可不就是雅鲁吗？

“雅鲁将军，你怎么来了？”

“纯儿小姐，你怎么来了？”

当纯儿到了雅鲁面前的时候，两个人同时开口问道。

看到纯儿也有一肚子话要问，雅鲁憨厚地笑了一下，暂时压住了自己心中的万千疑问，先回答了纯儿再说：

“回鹘建国，孔雀城也就太平了，反倒是回鹘王城中，有许多事情需要做，所以，国主就把我派到了回鹘王城，听从陛下的调遣。”

“哦，原来你是从无影大哥那里来的。无影大哥和唐婉云姐姐都好吗？”

“好，他们都很好，就是非常忙，每天都有做不完的事。不过回鹘的百姓，和西域七十二城邦，都越来越敬重陛下和唐娘娘了。”雅鲁欢快地说道。

纯儿也笑了：

得民心者得天下，看来，无影是会成为一位好皇帝的。

“那你怎么到这里来了？”纯儿问道。

“是这样，前些天，回鹘国中的法师夜观天象，说是在这个地方，会发生一场大地震，而且，地震会很古怪。把这件事禀告了陛下之后，陛下说，这里是圣域范围，不知道将要发生的灾难，会不会和圣域有什么关系，毕竟这里也是回鹘国的领土，不可不防，所以，就命我们赶来看看。我们到了之后，发现没有路了，所以就翻山而来，却在山顶看到了那根绳索，那绳索，是你们留下的吧？”

纯儿点了点头，若有所思地问道：

“你们的法师竟然能从天象中，预测出这场灾难？”

“对，只不过时间没预测准，法师预测的时间是在几天之后发生，没想到今天灾难就发生了。”

“不，法师预测得很准，只是出了一些变化，灾难提前发生了而已。”纯儿说道，说话的时候，纯儿的眼光始终是那么复杂。

“纯儿，你怎么了？”

雪姬看出了纯儿的变化，不禁问道。

“没什么，我就是突然想起了一些事情。”

“对了，雅鲁，你和玉环怎么样了？”纯儿忽然想起了这件事情。在她将要离开孔雀城去回鹘参加庆典的时候，玉环就已经和雅鲁日渐情深了。本来，纯儿还准备等自己参加完庆典，回孔雀城之后，把玉环嫁给雅鲁，可是没想到，庆典还没参加完，就又出了这么多变故，弄得她把这件事都抛到脑后了。现在看见了雅鲁，才又想起来。

听到纯儿这么问，雅鲁不禁脸红了，这么一个铁塔似的汉子，扭捏情动的样子，实在是可笑，但是纯儿知道，她绝对不能笑，因为雅鲁太腼腆了，她要是真敢一笑，那雅鲁非跑了不可。

雅鲁扭捏了半天，才说道：

“我们也没什么。”

纯儿知道，如果由着雅鲁说，那他一年也说不到重点。于是干脆问道：

“你们成亲了没有？”

雅鲁的脸更红了，吭哧了半天才说道：

“没有。我离开孔雀城的时候，国主要给我做主成亲，但是玉环不肯。”

“她不肯，为什么？这是好事啊？”纯儿大感不解。

“玉环说，她是小姐的丫头，小姐不在，她不能擅自嫁人！”

擅自嫁人！纯儿差点儿没晕过去：也真难为玉环了，这种词她都想得出来。

“那你就不问问她，我要是一辈子都不回孔雀城呢？她就一辈子不嫁人了？”

“我问了，”雅鲁很老实地说道，“我说，要是纯儿小姐不回来，那你是不是永远都不会嫁给我。玉环说，对，这就叫本分。”

“好！好！”纯儿万分无奈地点着头，“还好，她只是不敢擅自嫁人，还没有本分到了不敢擅自吃饭睡觉的地步。唉！”纯儿长叹一声，古人到底是怎么教育出来的啊？

纯儿也非常简单地说了圣域发生的事情，但是因为中间牵扯太多，所以，她也说得不清不楚，好在雅鲁生性纯良耿直，他认定了纯儿是国主和陛下的朋友，是好人，所以不管纯儿说什么，他都会照单全收，并且深信不疑。

“雅鲁将军，你现在准备去哪里？”

“我是来奉命观察这里情况的，既然这里的情况你都了解，也告诉我了，我就没有别的事情了，现在我该回回鹘国复命了。”

“你要回回鹘？”

“对。”

“我跟你一起回去好不好？”

“当然好啊。”雅鲁高兴得喊了出来。

他这种喜出望外的态度，让纯儿有些不解，但是马上，纯儿就明白了，问道：

“是不是玉环也在回鹘？”

雅鲁的脸又红了，不好意思地说道：

“是。”

看着他的样子，纯儿又笑了。

雪姬却在一旁拽了拽纯儿的衣袖：

“纯儿，我们不是还要赶紧回大梁吗？”雪姬有些心急，她不知道纯儿为什么突然要去回鹘国。

纯儿明白雪姬的心思，她握住了雪姬的手，紧紧地盯着雪姬的眼睛，一字字地说道：

“我想去见一见那位能够准确预测出地震的法师！”

纯儿说话的声音不大，但是雪姬听到之后，简直就如同醍醐灌顶一般！

是啊，臻华是被邪术所伤，现在，既然有这样的奇人异士，当然要去见上一见！

雪姬不禁佩服纯儿的心思敏捷。

就在这时，忽然远处传来了呼喊声：

“雅鲁将军……”

雅鲁和纯儿同时回头，一看，原来又有一个人从悬崖上攀了下来，而且直接就飞奔到了雅鲁的身前：

“禀报将军，刚才传信兵送来消息，说陛下已经率军离开了王城，请将军这边的事情了结之后，到军前去见陛下。”

“陛下率军离开了王城？”雅鲁很是奇怪，自己出来的时候，还没有听说陛下要出兵啊，看来是有突发情况：“陛下要去哪里？”

士兵摇了摇头：

“传信兵没有说，只是说陛下是在通往黄河的官道上行进。”

“哦，那好吧。”雅鲁面色平静，因为对他来说，去哪里见无影都没什么区别。

可是雪姬和纯儿听到这个消息，却都脸色一变——通往黄河的官道？显然，回鹘国这次出兵，是冲着大梁国和西蜀国的战事来的。他会帮助哪一边呢？

纯儿略一沉吟就有了主意：

“雅鲁将军，你看这样行不行？”

“纯儿小姐请讲。”雅鲁恭敬地说道。

“我们在这里还有些事情没有做完，而我又急于见到无影大哥，不如我们分兵两路，你让一小队人马送我去找无影大哥。你呢，带着剩下的人，帮助雪姬姐姐在这里找些东西，因为，也许会找出很多东西来，人少了，我怕带不走。等我见到无影大哥后，会替你解释的，我想无影大哥不会怪你的。”

雅鲁忠厚地笑了：

“陛下当然不会怪我，帮助纯儿小姐做事，是应当的啊。没问题，我让我的亲兵去送你，然后我就带着人，听这位雪姬——”雅鲁犹豫了一下，因为他不知道该怎么称呼雪姬，干脆就不称呼了，直接说道：“听她的调遣。”

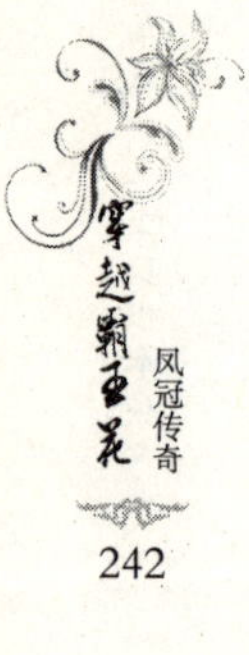

纯儿脸上浮现出笑容：

“那就有劳将军了。”

纯儿这边轻松自如地安排好一切，可是那边的雪姬却已经急得脸色煞白。她现在也顾不得礼貌了，一拉纯儿说道：

“纯儿你到这边来，我有话说。”

说着话，不由说，拉起纯儿就朝一旁走去，直到雪姬确信她们的对话不会被雅鲁听见了，才低声问道：

“纯儿，你到底在想什么？你也听见了，回鹘国是要发兵到战场上的，你知道他们是想帮助我们，还是要帮助西蜀国？”

“我不知道，真的不知道。”纯儿摇了摇头。

雪姬急了：

“那你还敢就孤身去他们的军中，你就不怕他们是帮西蜀国的，直接抓住你来威胁大梁？！”雪姬言辞激烈。

和雪姬的暴躁比起来，纯儿却显得分外的沉静：

“我的确不知道无影大哥会帮谁，他是臻华的好友，但又和端昊是相伴了十几年的至交。也正因这样，我才要去，因为我知道，无影大哥是一个正直的人！”

雪姬的心重重地一颤：

“原来，你已经把什么后果都想到了，所以，你才要去见无影，你是想为大梁国当使者，如果万一回鹘真是针对我们大梁的，你就想办法说服他？”

“对，我的确是这么想的。”

“可是你有把握说服他吗？”

纯儿又是淡淡一笑：

“说实话，我没有把握，因为无影大哥和端昊的关系极为复杂，所以我才要亲自去！”

雪姬不能接受地摇着头：

“这不行，这样做，你太危险了，我不答应。”

纯儿淡淡一笑：

“雪姬姐姐，如果我现在去见无影大哥，那也许我会遇到危险，但是如果我不去，那我们大梁也许就会遇到危险，孰轻孰重啊？”

雪姬眼圈一红，用力抓住了纯儿的手，半天才说出了一句话：

“纯儿，我只能说，你是臻华当之无愧的妻子，是大梁国当之无愧的皇后！”

纯儿仍旧笑得那么自然、纯真：

“我是他的妻子啊。”

是啊，这一句话、这一个身份、这一份承诺，就说明了一切，就什么都不用再说了。

纯儿走了，临走时她告诉雪姬，争取找到圣域中所暗藏的财富和武器！因为圣域主人苦心经营三十年，不可能什么都没有留下。如果，圣域主人真的在这里留下了什么杀伤力极大的武器，那么也许就可以给大梁国带来一些希望。

雪姬在圣域中漫无目的地走着，忽然，她感到自己的脖子后面莫名地升起了一丝寒意！雪姬仍旧向前走着，步履速度都没有发生变化，但是她的心却已经提了起来，全身也都在一瞬间绷紧了，因为她很清楚，这种寒意，是因为有人正在暗处偷窥着她！是谁？回鹘国的兵将现在都分散在远处，而她刚才也都已经仔细地搜索过了，这个地方，现在连半个人影也没有。到底是怎么回事？

雪姬仍旧在向前走着，因为她明白，现在是她在明，敌人在暗，她只有装作什么都不知道的样子，才能麻痹住敌人，让他们自己暴露出来。

果然，雪姬清楚地感觉到，有一道目光在一直尾随着自己。雪姬装作漫不经心的样子，继续闲转着，可是，她在似乎不经意间已经慢慢地靠近了那束目光射出来的地方。

没错，目光就是来自于旁边的这片树丛中！雪姬一步步地从树丛边走过，忽然，她骤然转身，双手握枪对准了树丛。虽然，雪姬现在什么都看不见，但是她相信，自己此刻瞄准着的，就是那双窥视着自己的眼睛。

雪姬根本就不想说话，在这种时候，她那种宁可错杀一千，不可放过一个的信条又在起作用了，而且，这么鬼鬼祟祟地盯着她，肯定不是好人。所以，雪姬根本不等对方现身出来，就已经扣住了扳机——先打死再说！

就在这时，忽然树丛一动，一个人影从树丛中显现了出来——那个一直在监视雪姬的人终于露面了。

不对，竟然是两个人，两个长得一模一样的人！正是方子纯上一次陷落到圣域之后，遇到的那两个非常善于使用迷魂术的女孩儿！她们竟然还在圣域！

雪姬见到她们两个，虽然也吃惊，但是倒不像刚才那么戒备了，她握枪的手臂放松了下来，问道：

"无喜，无忧？你们怎么会在这里？"雪姬在问话的时候，脸上一点儿表情都没有，就仿佛一眨眼的工夫，她就为自己戴上了一个面具。

原来，这两个女孩子一个叫无喜，一个叫无忧，这两个名字倒是很贴切，这两个女孩子似乎从来就没有什么正常人的情感。与其说她们是人，还不如干脆说她们只是施展摄魂术的两个工具。

"是，我们一直在这里。"两个女孩子异口同声地说道，不仅说话的节奏完全一致，甚至连她们眨眼睛的频率都是一致的。一种让人疯狂的一致。

要是换做个陌生人，乍然间看到这样的情形，还真能给吓住，可惜，现在她们面前的是雪姬——圣域的半个主子。

雪姬不耐烦地一挥手：

"好了，你们就别跟我使这套了，好好说话。"

"是。"无喜无忧同时答道，只不过，这一次，她们虽然也是同时说话，就显得比刚才正常多了，显然，这一次，她们没有使用摄魂术。

"你们到底在搞什么鬼？不是说所有的门徒都遣散到别处去了吗？怎么你们还在这里？而且，看见我来了，为什么不出来，还要躲起来偷偷盯着我，这么没规矩！"

雪姬训起这些圣域门徒了，倒真是一点儿都不含糊。

"雪姬首领，是这样，"两个女孩子中的一个开口回话，"主人前段时间突然归来，让所有的门徒都分散去了外面的各个基地，只把我们两个留在了这里。”

“只留下了你们两个？留下你们做什么？”雪姬心中疑惑。

两个女孩子相互望了一眼，似乎是在考虑该不该把事情说出来。雪姬哪里容得有人在她面前如此的眉来眼去，却不正面回答她的问题，霎时勃然大怒：

“快点儿说！”

雪姬这一声大喝吓得两个女孩子一哆嗦。左边的那个女孩子赶紧说道：

“不是属下隐瞒，实在是主人交代，这件事是不能告诉任何人的。”

女孩子这么一说，雪姬的好奇心更被吊了起来——会是什么事情呢？雪姬的目光更加锐利了：

“没错，主人是说过任何人都不要告诉。但是，难道这个任何人也包括我吗？”雪姬把脸贴近了女孩子的脸，似乎是想让她看清楚，自己究竟是谁。

其实，雪姬在说这句话的时候，心中一点儿底都没有，她真怕女孩子会毫不犹豫地说一句：

“对，主人的确说过，连你也不能告诉。”那可就真完了。

可是还好，被雪姬这么一问，那两个女孩子明显地显出慌张的样子来，雪姬心里一喜，看来，完颜洪烈并没有说不告诉雪姬，那就好！当下雪姬是得理不饶人，继续逼问：

“那是不是连臻华主人也不能告诉呢？”

一听雪姬搬出了臻华的名头，两个女孩子更慌乱了，赶紧说道：

“没有没有，怎么会呢？如果臻华主人想知道，那我们一定会告诉他的。”

“既然你们还能这么想，很好，我可以告诉你们，我这些日子一直追随在臻华主人身边，这次也是他让我回来的，该怎么做，你们自己看着办吧。”

无喜无忧相互望了一眼，然后，还是由其中一个女孩子说道：

“禀告雪姬首领，是这样的，主人让我们留下来，看守一些东西。”

“什么东西？”雪姬心中一紧——难道她们在看守着的，就是雪姬和纯儿要找的武器吗？

“是一个小箱子。”说着话，那个女孩子还用手比画了一下。她这一比画，雪姬的心里就凉了多一半——这个箱子太小了，也就有一个普通的妆奁那么大。但是，既然有东西，总得去看一看的。

“箱子在哪里，带我去看一看。”雪姬毫不犹豫地说道。

"是。"两个女孩子转身带路。

三个人一边朝前走，雪姬一边问道：

"刚才你们两个在搞什么鬼？看见我了，为什么不赶紧出来，却躲在一边鬼鬼祟祟地偷看！"

女孩子迟疑了一下说道：

"我们，我们不敢随便说话，因为我们怕搞错了……"

"搞错了？"

"对，万一是有人想要冒充你，把我们骗出去怎么办？所以……"

雪姬无语了——无条件怀疑一切，这两个女孩子还真是得了恐怖组织真传了。

两个女孩子七拐八拐，竟然穿过了一处极隐秘的山洞，而当她们从那个极隐秘极狭窄的山洞中钻出去之后，雪姬才发现，这里的山腹中，竟然是别有洞天！

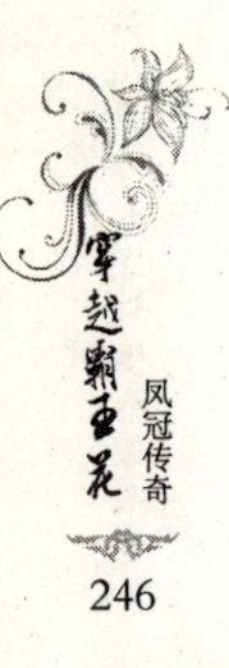

小小的山腹中，竟然是一处环境优美，和谐宁静的住所——小屋，田地，菜园，鸡鸭一样不少，真就是一个世外桃源！

"这是什么地方？"雪姬不禁问道，她身为圣域的首领，却从来都不知道还有这样一处地方。

"我们也不知道，主人这次回来才让我们住到这里的，以前我们也从来都没到过这里。"

雪姬心中暗暗惊叹——整个圣域都地貌复杂，圣山和圣湖只是其中的一小部分，之外，还有大量的山脉，河流纵横在圣域之中。而像现在这个小桃源，如果没有人带领是肯定不会被人发现的。如此说来，在圣域中，像这样的秘密，还有多少在隐藏着？

"这里除了你们还有什么人？"雪姬依旧那么谨慎，先问这个问题。

"就还有一个老妈妈了。老妈妈是主人从外面选来做仆人的老妇，不会说话，是个哑巴，但是能听见声音，她似乎住在这里很多年了，从来都没有离开过，这里的一切，都是她弄的。"

"我见见她。"雪姬毫不犹豫地说道，别说是个人，就算是只鸟，雪姬现在也会抓到眼前来看一看。

老妇人被带来了。一看就是一个多年操劳，已经累得筋疲力尽的妇人，面容枯槁粗糙，眼球浑浊，双手粗大，怎么看，都很正常。雪姬的心里也就稍微安定了，不过想想也是，圣域主人挑选她进来的时候，一定已经彻底地检查过了，肯定是不会有问题。

“好了，把那个小箱子给我看看。”

无喜无忧取出了一个小箱子递给了雪姬，箱子上挂着锁，而雪姬则毫不犹豫地就把锁给砸了。而当雪姬看到箱子里的东西的时候，她彻底地呆住了，雪姬愣了很久之后，才声音低沉地问道：

“主人有没有说，这个箱子要交给谁？”

女孩子摇了摇头：

“主人什么都没说，就说我们的任务是看好这个箱子。”

雪姬心中感慨万千：

完颜洪烈，你的心里到底是在想什么啊？

雪姬有些虚脱地坐在了凳子上，紧紧地抱着小箱子，呆呆地想着。

其实，箱子里的东西很简单，就是一张写着字的纸，一张连信都算不上的纸，充其量就是算个便条。便条上写着一个地址，那是大梁国的北部边境上的一座山，还写着一句话，山里，埋着圣域三十年来积攒的所有财富！

天色已经晚了，回鹘国的军队驻扎了下来，在无影的帐篷中，他和唐婉云正相对而坐。

“婉云，你不用再送了，明天一早，你就回去吧，王城里还有很多事情等着你去处理呢。”无影对唐婉云说道，从无影说话的态度不难看出来，他现在和唐婉云的关系相处得非常融洽。

唐婉云淡淡一笑，在这段日子里，唐婉云虽然没日没夜地为国事操劳，可是不仅没有显得疲惫，反倒是容颜更加娇美了：

“我真的不放心你。”唐婉云在说话的时候，眼中包含着万种柔情——现在，她已经深深地爱上了无影，她是真正的爱上了，她甚至已经放弃了暗害无影的念头，只是一心一意地想着辅佐无影，做好无影的皇后。

而无影对她也是相敬如宾，信任有加，只可惜，直到今日，她和无影还是一对挂名的假夫妻！而这，已经越来越成了唐婉云心底最痛的伤口！到什么时候，无影才肯像看待一个女人那样，来看待自己呢？

唐婉云总是会执拗地一遍遍在心中问自己这个问题，把自己的心都已经折磨得千疮百孔了，只不过，这一切她丝毫也没有表现出来。

雪姬把那张纸条收藏好，然后走出了房门，屋外，无喜和无忧还规规矩矩地站在那里。

“你们两个也不要留在这里了，跟我一起走吧，我现在在臻华主人跟前效力，臻华主人已经做了大梁国的皇帝，他的皇后和我很相熟，是一位非常好的人，值得我们追随。”

无喜无忧从记事起，就一直在圣域接受教育，所以已经习惯了被指挥命令的生活，现在一听又可以找到人领导她们了，不禁感到由衷的轻松，都赶紧点头，说道：

“能跟着臻华主人，那敢情好，省得我们两个孤零零地在这里，每天都没人告诉我们该做什么。”

“那就别耽搁了，赶紧走吧。大梁国还等着我呢。”雪姬说着转身就走，她一转身，正好看见那个老妇人走了过来，于是说道：“老妈妈，烦你暂时照顾这里，等我把那边的事情处理完了，我再回来料理这边。”

老妇人似懂非懂地点了点头，神情仍旧是那么木然。

“雪姬首领，外面那些和你一起来的军队是什么人？”无喜问道。

“哦，那是回鹘国的军队，臻华主人跟回鹘国的皇帝是好朋友，所以回鹘国的一位将军来帮助我。”雪姬简单地解释道，她现在顾不上说这些，只想快点儿回到大梁国。

三个人匆匆离去了。只是她们三个谁都没有发现，在她们的背后，那个一直都浑浑噩噩的老妇人，在听到回鹘国三个字的时候，那双昏黄的眼睛中，忽然闪出了一点奇异的光芒……

不提雪姬赶回大梁国。先说无影这里，无影正在和唐婉云深谈，现在，他们两个已经成为了真正的搭档、知己。

“我又不是第一次带兵出征，偏偏这一次，你这么不放心，送了一程又一程的。”无影笑道。

唐婉云痴痴地望着无影的笑容，如同梦呓般说道：

“这次西蜀皇帝亲自写信来让你去助战，我看你自从接到信之后，就没有真正高兴过，总是心事重重的样子，出兵打仗的事，凭的就是一股士气，你这样的状态去战场，我真的不放心。”

无影沉默良久，才安慰似地轻轻拍了拍唐婉云的手背：

“放心吧婉云，我这次虽然心思重一些，但我也是久经沙场的人了，等我真正到了战场上，是不会受影响的。”

“你说等你真正到了战场上？”唐婉云惊呼了出来，“这么说，你这次并不只是简单的助阵观战，你还要真正上战场了？”唐婉云的脸一下子就苍白了。

看着她那惊慌失措的样子，无影不禁笑了出来：

“你不用这么担心，战场没那么可怕。”

唐婉云却仍旧是那么紧张：

“上一次西蜀国让你出兵，你并没有打算真正向大梁国开战，为什么这次要真正开战了呢？”

无影的脸色也阴沉了下来：

“此一时，彼一时，这次，我必须要参加到战争中去了。”

唐婉云还要说什么，这时侍卫忽然走了进来：

“陛下，雅鲁将军的亲兵回来了，他们还带回了一个女人，说是要见陛下。”

“女人？什么样的女人？”无影皱眉问道。

侍卫摇了摇头：

“女人被他们留在了那边，我还没有见到，只说那个女人姓方……”

侍卫的话还没有说完，无影已经腾地一下站了起来，动作过于激烈了，以至于差点掀翻了桌子：

“纯儿！她在哪里？快带她到我这里来！不，我去找她——”无影说着话，就已经冲了出去，只留下了唐婉云孤零零一个人坐在帐中，陪伴着她的，只有心中无尽的酸涩。

纯儿在营门口焦虑不安地等待着，遥遥望去，大营中虽然灯火不甚明亮，但是也不难看出，这是一支精锐部队，而且很快，这支部队就将开赴到战场之上……

就在纯儿心思动荡不平的时候，忽然看见一道人影朝着自己飞了过来，纯儿吓了一跳，可还没等她做出反应，人影就已经到了她的面前，同时，一声呼喊传进了她的耳朵：

“纯儿……”正是无影的声音，因为无影在强压住太多激烈的情感，所以，他的嗓音都显得暗哑了。

纯儿这时也看清楚了，眼前来的正是无影，不知道为什么，纯儿一路来的时候，对回鹘国，对无影的立场和态度的那些猜忌，在看到了无影那双坦荡真挚的眼睛之后，就都自然而然地消散了。

而让纯儿意外的是，无影并没有像往常那样冷静、克制，而是整个人都流露出了关切之极的神情，他走到了纯儿的面前，认真地看着纯儿的面容，连日的奔波，肩头的重担，已经让纯儿的面容憔悴不堪了。

无影似乎想问纯儿什么，但是犹豫了一下，还是说道：

“纯儿，先到屋里去，有什么话慢慢再说。”说着话，无影竟然自然而然地拉起了纯儿的手，拉得紧紧的，似乎是怕纯儿会站不住而突然跌倒一样。

当他们两个回到大帐的时候，唐婉云已经离开了，这就是唐婉云的聪慧之处——明知道无影心中念着纯儿，自己又何苦留下来，让三个人都尴尬呢。像无影这样的男人，如果想要得到他的心，强求和逼迫都是没有用的，唯一的方法，就是应该尽量给他空间，让他充分的自由……

等无影和纯儿走进了大帐，无影不由分说先把纯儿摁到椅子上，然后才在纯儿面前蹲下身来，认真地注视着纯儿的双眼，一字一字、小心翼翼地问道：

“纯儿，你是不是已经知道拓拔大哥的事情了？”

纯儿真没想到，无影第一句话说的竟然是这个！她有些错愕地望着无影的眼眸，而无影的眼睛中竟然也都是伤感和悲愤，纯儿突然间明白了——无影已经知道了拓拔遇害的消息，而他们两个也是好友。所以，无影一见到纯儿，才会这么紧张，因为他担心纯儿会被这个噩耗所打击，所伤害！

忽然间，纯儿觉得多日来压在自己心头的万钧重量一下子就都奔涌了出来，化作了泪水，不停地撞击着她的眼眶。

在臻华面前她不能流泪，因为她舍不得让臻华在昏睡中，还为国事担忧。

在群臣面前，她不能落泪，因为她知道，群臣都还在依靠着她。

现在，面对着无影，纯儿忽然觉得，自己终于在跋山涉水了几万里之后，见到了亲人！

纯儿忽然痛哭了出来，而无影也自然而然地把纯儿拥进了怀中。

纯儿哭了很久很久，终于觉得自己哭累了，身心都已经疲惫不堪了，不过，虽然感到累，心里却轻松了不少。

纯儿抬起头来，这才发现，自己竟然是一直在无影的怀里哭，不禁很不好意思。

无影看出了纯儿的窘迫，微微一笑，就径直离开了，不大工夫，有几个亲兵走了进来，端着热水、热茶，还有刚煮好的面条。

亲兵离开之后，无影才又走了进来，温和地说道：

“纯儿，你先洗把脸，吃点东西。”

纯儿感激地一笑，当她收拾停当了之后，一回头，却见无影已经把水和饭都放好了。纯儿不禁笑了：

“无影大哥，你现在真会照顾人，是不是因为成了亲的缘故啊？”

无影脸上的神情不变，可是心中却有些酸楚：

“你又哪里知道，我一直都想照顾你啊，只可惜没有机会……”

“婉云姐姐呢，她好吗？我挺想她的呢。”纯儿又问道。

“她挺好的，现在，她也在军中，明早你就可以见到她了。”

“真的！”纯儿高兴地欢呼了出来，“你们现在挺好的吧。”

无影的目光有些闪烁，含糊地说道：

“嗯，挺好的，你快吃饭吧，一会儿凉了。咱们边吃边聊。”

纯儿吃完了饭，两个人就又相对坐到了灯下，他们心里明白，彼此都有太多的大事要说，所以，今夜都肯定是无眠了。

“无影大哥，你这次出兵，是西蜀国的要求吗？”纯儿开门见山地问道。

无影点了点头：

“陛下给我写了亲笔信，给我讲述了他必须出兵的理由，请我助战。”

纯儿无语，只是静静地等待着下文，果然，无影继续说道：

“接到陛下的信，我很意外，本来我还以为西蜀和大梁两国已经休战了，还由衷地为两国高兴，谁知道，才不过几十天的工夫，就发生了这么大的变化。”

又是一阵难熬的沉默，纯儿决定不再绕圈子了，直入主题：

“无影大哥，其实我今天深夜而来，就是想请求你一件事情。”

“什么事？”

“请回鹘国在战争中保持中立，可以吗？”纯儿紧紧地盯着无影的眼睛问道。

“保持中立，为什么？”无影却没有看纯儿，而是望着外面无边的黑夜问道。

“为了能保全住大梁国。”纯儿毫不掩盖地说道，“我知道，端昊是你的故主，你们之间关系极为深厚，但是这一次，他……”

纯儿言辞激烈态度激昂，当时就要把端昊的种种劣行都说出来，可是，还没容她说话，无影就打断了她，无影的态度还是那么沉静，他仍旧望着外面的沉沉夜色：

“你什么都不用说了，我什么都知道。我接到陛下的信之后，感到很奇怪，不知道局势发生了什么变化，可是很快我的探子就带回了密报，告诉了我拓拔兄遇害的消息。所以，我就决定起兵了。纯儿，你刚才说让我保持中立，不，我不会保持中立的。拓拔兄为了两国的百姓，为了西蜀国的名誉，以死止战，结果，他的死没能阻止住战争，那么，就让我来以战止战吧。”

无影始终都是那么平静，可是，纯儿的心却剧烈地狂跳了起来：

“以战止战！无影大哥，你的意思是……”都不敢再问下去了，她瞪大了眼睛，等待着无影的答案。

无影淡淡一笑：

“我的意思是和大梁国联手，绝不允许西蜀国这种背信弃义，杀害忠良的国家，称霸天下。”

听到了无影的心声，得到了无影的承诺，纯儿险些要喜极而泣。她今天才真正了解了无影，原来无影虽然表面上看起来，不似拓拔那么刚烈，不像臻华那么热忱，可是他的心中，也和他们两个一样，充满了正义和光明！

纯儿平静了一下，才又想起了什么似的，说道：

“对了，无影大哥，还有一件事情。”

“什么事？”

“我现在是在帮助臻华的。”

“我知道啊，从你让我保持中立，我就已经知道你的立场了啊。”

纯儿有些为难地咬了咬嘴唇：

“我的意思是说，我、我已经和臻华成亲了——”纯儿在说出这句话的时候，其实是很紧张的，因为她也知道无影对她的一片深情，她真怕这个消息，会让无影一时气急，而改变了以战止战的决定。

果然，无影在听到这句话之后，整个人都僵住了……

第十章　大梁国皇后

无影转过身去,借故走到了窗前,背对着纯儿。看上去,似乎整个人都融入到了窗外的夜色中,至少,无影在希望自己整个人都融入到夜色中去。

纯儿望着无影的背影,她能够清楚地感受到,无影整个人身上,此刻所散发出来的那种孤绝。

纯儿的心中担忧而又无奈。她知道,自己在这个时候把这件事告诉无影,很可能会影响无影对大梁对臻华的态度,但是,她又不能不说——因为纯儿觉得,如果隐瞒了自己和臻华的婚事,那无异于是在欺骗无影,现在,无影对大梁和臻华这么无私大义,她绝对不能欺骗他了。

这个时候,纯儿真恨自己为什么要是个女人,"红颜祸水"——古人的这句话,还真是有些道理的。如果,自己也是个男人,和臻华、无影都是一样的兄弟,那现在,她就不用担心无影和臻华之间,会因为自己而产生裂痕,最终导致回鹘和大梁两国之间的不和睦。

纯儿越想心里就越沉,越想就越担心会因为自己而把一切事情都搞糟,让自己成为一个罪人。

终于,经过了一大段让人窒息的沉默之后,无影总算又开口了,虽然纯儿仍旧是只能看到他的背影,但是,却可以清楚地感受到他声音中那无尽的落寞和悲凉:

"纯儿,你和臻华,是什么时候的事情?"

什么时候的事?这件事可是说来话长了,而且,其中还要牵扯到很多前世今生,乱七八糟的,估计无影也很难听懂,所以,纯儿想了想,决定就从最近的地方说起:

"臻华现在昏迷不醒,估计是被某种邪术所伤……"

纯儿的话还没有说完，无影就惊然转过了头：

“什么，臻华被邪术所害！”无影的关切之情溢于言表。

纯儿沉重地点了点头，三言两语的把事情交代清楚，最后说道：

“臻华昏迷，西蜀国发兵，大梁国需要人主持大局，我就自己做主，嫁给臻华了。”

无影的目光闪动，在烛光下深深地凝望着纯儿：

“好一个‘自己做主，嫁给臻华！’纯儿啊，你知道为什么我也和臻华一样，深陷对你的迷情之中，不能自拔吗？就是因为你的这份善良情怀，这份洒脱气度！你就这么天真自然，不扭捏，不虚荣，你的心永远只服从真情和正义的支配，能够在臻华性命垂危，大梁国生死存亡的时候，毅然嫁给他，担起这份重担，就凭你这一份勇气和情意，我就没有爱错人！只可惜，我没有福气娶到你这么好的女孩子……”

纯儿在无影那深情而炙热的目光注视下，有些无所适从，她低下头，避开了无影那滚烫的目光，低声问道：

“无影大哥，你会怪我吗？”

“怪？我怎么会怪你呢？”无影的心头拂过了一丝苦笑，“你明知道，这辈子不管你做什么，我都不会怪你的啊。”无影压下了心中的苦涩与酸楚，淡淡笑道：

“怎么会呢？我是臻华的大哥，现在，我就像拓拔兄一样，也做你的兄长，好吗？”无影说话的声音分外的温柔，好像生怕纯儿不信似的。

纯儿蓦然抬起头，她真是没想到无影会说出这样一句话来，纯儿望着无影，很久才发出了声音，小心地问道：

“无影大哥，你说的是真的？”

“当然是真的。”无影的笑容真挚，“我们兄妹现在就联手，打败西蜀国，彻底打消他们的野心！”

纯儿眼底一热，感到自己的身上一阵轻松，因为压在她肩头的重担，终于有人肯替她分担了。纯儿情不自禁地上前一步，扑到了无影的怀中，无影则安慰地拍着纯儿的肩膀，就像是一个真正的兄长那样，一时间，他说不清，自己心中的滋味，究竟是苦还是甜……

当无影的心情稍微平静了一些之后，或者说，当他努力在自己的心上堆积起了厚厚的冰雪，把一切都封藏起来之后，无影才又把话题转移到了眼前的事情上：

“纯儿，你详细跟我说说，臻华到底是怎么回事？”

纯儿轻轻叹息了一声：

“就是突然昏迷了，很多天了，就像是睡着了一样。大梁国的宰相已经把能想到的办法都想了，但就是唤不醒臻华。所以，我们都认为他是被邪术所伤，而且因为在此之前，臻华曾经做出过承诺，只有他亲自签署命令，大梁国才可以重新使用火器，所以，伤害臻华的邪术很可能来自于西蜀国。”

无影点了点头：

“你们分析的这些，的确很有道理，但是纯儿，说句公道话，我追随陛下多年，陛下是从来不沾染邪术的。”无影口中的陛下，始终都是指的端昊。

“师兄也是这么说的，他说端昊从来不沾染邪术这种东西。但是……”纯儿忽然目光一沉：“无影大哥，你不觉得端昊这次做的所有事情，本身都很反常吗？”

无影一愣：

“你的意思是？”

“无影大哥，你是知道的，其实我对端昊可以说很了解。客观地说，虽然在感情上他负了我，而且为人也有很多缺点，但是，从帝王的角度来说，他的确可以称得上是一位称职的皇帝。说实话，我真没想到，他会弃全天下的舆论于不顾，做出这种单方撕毁协定，背信弃义的事情来。所以，我在想，他会不会是也被某种邪术所控制了……”

纯儿的这一猜测，让无影的心头一亮：

“对啊，端昊会不会是受什么邪术影响了呢？”无影的脑子在飞快地旋转着，越转越快。说实话，无影和端昊之间，还是有着深厚感情的，所以，相比起来，无影更愿意相信，端昊所做的这一切并不是发自本心，而是被邪术所控制的行为！

如果真是这样的话，那一切就都简单了，无影就可以直接到端昊身边去，铲除那些害人的邪术，让端昊的头脑恢复清明，让一切都恢复正常。

无影一下子就站了起来，有些兴奋地说道：

“纯儿，你说的这一点很重要，这样，我明天一早就传出命令，让在西蜀国的探子给我好好查一查，陛下身边最近究竟多了些什么人，如此的用心邪恶！”无影语带杀气，仿佛已经恨不得把那个施展邪术的人碎尸万段！

纯儿看到无影这样帮助自己，深感欣慰，就又说起了另外一件事情：

“无影大哥，我听雅鲁将军说，你们回鹘国中还有能人异士，竟然靠天象观测出了圣域中即将发生的灾难？”

“对，在回鹘，有一种职业是世袭的，就是天象师，像你我这样在中原长大的人，是不大相信这种东西的，但是，这回鹘国的天象师，还真是有些让人无法解释的门道，这里面的事情，我也说不大清楚。纯儿，你怎么想起来问这个了？”

“是这样，因为臻华是被邪术所伤，所以，我就想，我们能不能也靠这种异能的力量，来把臻华唤醒呢？”

“我明白了，”无影立刻就领会了纯儿的意思，“这样，咱们先暂时在这里驻扎，我派人到国内去请天象师，让他和你一起回大梁，看能不能找到救臻华的方法！”

纯儿心中温暖：

“谢谢你，无影大哥。”

“谢什么，你和臻华就和我的家人一样。”无影目光坦荡地说道，“我都已经想好了，到时候，就让雅鲁护送你们回大梁，然后暂时就让雅鲁留在你身边听从调遣，也好保护你。”

纯儿知道，这个时候再推辞，反倒是伤了无影的一片盛情了，而且她也的确是需要雅鲁这样一个人，于是说道：

“那好，既然让雅鲁将军随我回国，不如大哥在请天象师的时候，也把玉环——就是我的那个丫头也带来，行吗？”

“这是小事，很容易的。”无影痛快地答道。

快天亮的时候，无影才催促纯儿去休息了。当纯儿走了之后，唐婉云就如同一阵青烟一样，飘进了无影的帐篷，无影正和衣躺在床上。唐婉云的动作极轻，唯恐惊醒了无影，可是，当她刚刚靠近床边的时候，无影就已经睁开了眼睛。

“怎么，我吵醒你了？”唐婉云问。

无影微微一笑，摇了摇头：

“不是，我就没睡着。”

“怎么了？是不是又出什么事情了？”唐婉云关切地问道，她现在已经渐渐地忘记了自己那些想当女皇的野心，全部心思都已经寄托在了无影的身上。

无影轻叹了一声：

“多事之秋啊。”

唐婉云温婉地说道：

“要是不行，就别太替中原那些事情操心了，咱们守好了咱们的回鹘国，就挺好的了。”

唐婉云看无影不表态，就又加了一句：

"我是真不放心你，这一次和往常不同，我心里特别乱，好像总觉得有什么事情要发生一样。"

无影不想再在这个话题上继续讨论下去了，于是说道：

"纯儿来了，她说挺想你的，想见你，你去看看她吧。"

唐婉云无奈，只得顺口问道：

"纯儿这次来，是有什么事情吗？"

无影迟疑了一下，才说道：

"也没什么事情。"

唐婉云是何等的聪明敏锐，所以，她一下子就看出了无影在刻意隐瞒，不禁心中冰冷，脱口问道：

"你还是不信任我？"

"不是！"无影赶紧解释，"婉云，你知道，我是非常信任你的，只是……"

唐婉云惨笑了一声，阻止住了无影：

"我知道，你是很信任我的，但是，一涉及到方子纯，你就谁也不相信了，因为你唯恐方子纯会受到伤害！"

无影沉默了，因为唐婉云确实是说出了自己的心声——的确，无影不愿意向任何人提起纯儿的事情，他唯恐会为纯儿带来什么不必要的伤害和麻烦。

看到无影默认，唐婉云的心中更是悲酸，她拼命地忍住眼底的泪水，说道：

"我不见她了，没时间了，我得回王城去了，王城里还有很多事情要处理。你这次出征，千万要小心。"

说完话，唐婉云就头也不回地走了，剩下了无影一个人，愣怔地站在大帐之中，对于唐婉云这突如其来的变化，百思不得其解。其实，无影的心中也不是没有答案，只是他实在是不愿意朝着那个方向去想——唐婉云是个好姑娘，他真的不想辜负了她。可是，至少目前，他还没法交付出自己的心和情感。

雪姬带着无喜和无忧两人，一路飞奔回到了大梁国，大梁皇宫中的那间密室里，宰相等几位监国重臣，一看到雪姬回来了，都迫不及待地想向她询问此行的情况，可是，他们刚要张口，却都停住了，因为他们等了半天，发现皇后娘娘还没有走进来。最终，还是宰相率先开口了：

"雪姬，皇后娘娘呢？"

一听宰相问起了纯儿，雪姬再也克制不住了，不禁失声痛哭了起来，一看往日里端庄优雅的雪姬，竟然会如此不顾形象地当众大哭起来，真把宰相他们给吓坏了，宰相的指尖都不禁颤抖了起来：

“雪姬，你快说，她，她到底怎么样了？”

雪姬强忍住悲泣，一五一十地把纯儿如何独闯圣山，现在又如何单独去见回鹘国皇帝这些事情都说了出来。

听完了雪姬的讲述，大臣们都呆住了，他们真没想到，他们那位年纪轻轻、形容娇怯的皇后娘娘，为大梁国做起事情来，竟然是这样的奋不顾身！

宰相沉默了很久，然后站了起来，对着西方，郑重其事地跪了下去，其他大臣也都齐刷刷地跪在了他的身后，他们用自己最虔诚的态度，在向上天祈祷，祈祷皇后娘娘能够早日平安归来。

回鹘大军为了等待天象师，已经驻扎三天了。唐婉云那天天不亮就离开了，所以纯儿也没有见到她。这几天，纯儿一直在和无影详细讨论战局，做着各种安排和部署。

这天，纯儿和无影正在帐中说话，传令兵送进了一封信来，无影打开信，边看边说：

“我让人去打探陛下身边，最近有没有什么人突然出现，没想到，这么快就有消息了。”

纯儿听了，也关切地抬起头，注视着无影，等待着下文，因为，他们都认为这个新近出现在端昊身边的人，一定就是整个事件中的关键人物！

忽然，无影的脸色变了，变得很古怪，他把手中的信反复看了几遍，然后抬起头，困惑地望着纯儿，久久的也没有说话。被他这么看着，纯儿的心也不禁提起来了：

“怎么了？是什么人啊？”

无影的眼神中全是疑惑：

“信上说，陛下身边最近只多了一个人……”

“谁？”

“西蜀国丞相的四公子，严冰。”

“啊！？”纯儿惊喊了出来，“我四哥！”

无影点了点头：

“已经经过多方确认了，肯定不会错。”

“可是我四哥肯定不会邪术啊，而且，他也肯定不会害师兄啊，他一直都是非常敬重师兄的，而且，他也不喜欢打仗啊？”

纯儿一连串说出了无数个而且，因为她心中的确是太震撼了，她一直都在焦急地等待着这个消息，原以为，当找出来这个人以后，就算不能什么事情都迎刃而解，也总该能弄明白一些问题，可是没想到，查来查去，竟然查到了四哥的头上，这也太离谱了吧？

无影也感到奇怪，因为他和严冰虽然不熟，但是也有一些耳闻，他也不相信严冰会闹出这么大的乱子来，可是情报又明明白白地摆在这里，这确实是一件很混乱的事情。想了想，无影又劝慰纯儿：

“也许这其中还有什么别的缘故，你先别急，我再让人打探。天象师也快到了，当他到了之后，我们就可以继续起兵了，等到了战场上，很多事也就容易搞清楚了。”

事到如今，也只能如此了。纯儿点头应允。

雪姬回到大梁国的第二天，就避开所有人，独自一人来到大梁国的北方边界，她要先去找一找，纸条上所写的那个埋藏宝藏的地方，看看里面究竟有什么东西。

大梁国的北方边境，已经处在了高寒多风沙的地带，所以人烟稀少，放眼所及都是荒山野岭。而纸条上所写的，正是一处很显眼的荒山。雪姬没费多少力气，就找到了荒山的入口处，其实说没费多少力气，只不过是因为她了解圣域的所有功法和奇门遁甲而已，要是换做别的人，恐怕调遣上千军万马，用上一辈子也找不到入口。

雪姬进入洞口之后，不禁微微一笑：

“不出所料，完颜洪烈果然永远是大手笔，整座山基本上都被掏空了。”

在掏空的山腹中，到处都是堆积着的箱笼，箱子里装得满满的，都是整箱的金银和各种奇珍异宝。

望着这些金银异宝，雪姬第一次感觉到，其实完颜洪烈是一个很值得佩服的人——因为并不是什么人，都能毅然地放弃这些财富，而去追求自己理想的。

雪姬在珠宝丛中穿行，裙裾扫过身边堆积如山的黄金、白银和各式珠宝，只要随便一抬手，就可以触摸到一件稀世奇珍……

忽然，雪姬整个人就好像被钉在了地上一样，她用力地向前方看着，还使劲地揉了揉自己的眼睛，好像唯恐自己看错了一样。原来摆在前方的，是上百个整整齐齐、堆积有序的粗木箱子！和那些装有珠宝的精致铁箱比起来，这些粗木箱子简直太简陋太不起眼了，可是，这些粗木箱子所带给雪姬的震撼，却远比那些铁箱要强烈一百倍！因为，雪姬太熟悉这些粗木箱子了，这正是圣域中用来保存火器的专用箱！原来，圣域中的火器都埋藏在这里了!

雪姬的心在狂跳——山腹中的这些珍宝固然珍贵无匹,可是,对于现在的大梁国来说,这些火器却是万金不换的珍宝,因为,在这个时代,任凭你有多少财富,也买不来这些火器!

雪姬强压住激动的心情,一步步走向了那些粗糙的木箱,然后双手握住匕首,一用力,刀尖就戳进了木箱的缝隙之中。雪姬的双臂一压,“吱呀”一声,木箱盖被挑开了,木箱的里面,在层层油纸的包裹下,一排排火器发着乌油油的光芒!

望着这些火器,雪姬的眼中射出了冷酷的光:

“宇文端昊,臻华承诺过,大梁国不再使用火器,可是,我圣域却从来没有做出过这样的承诺!现在,我要以圣域三号首领的身份,启用圣域秘藏的火器参与到战争中!宇文端昊,你死定了!”

又苦熬了几天,纯儿总算是把天象师给盼来了,同时,雅鲁也已经回到了军中。无影把天象师引见给纯儿,让他到了大梁国之后,专心辅佐好纯儿。安排好之后,无影又把雅鲁单独叫到了身边:

“雅鲁,你这次的任务,就是保护好纯儿姑娘,无论如何,也要保全好她的安全。”无影反复叮咛着,如果可以的话,他真恨不得把自己的心和灵魂都掏出来,陪着纯儿一起去战场!在这个时候,无影愈发的理解了,身为一位皇帝有着多少的无奈。就比如现在,他眼睁睁地看着自己最爱的女人去冒险,却不能陪伴在她的左右,只因为自己是一国之君,自己的身上也担负着无可推卸的职责。

“陛下,请您放心吧,我一定会保护好纯儿姑娘的。”

又沉吟了很久,无影终于把自己心里最深的担忧说了出来,他压低声音,沉重地说道:

“雅鲁,现在我所说的每一句话,只能放在你一个人的心中,你只要照着执行就行了。”

雅鲁从无影的神情中也看出了事情的重大,所以,赶紧上前一步,靠近了无影,说道:

“请陛下吩咐。”

“雅鲁,纯儿虽然表面娇弱,但实际上性情刚烈,而大梁国和西蜀国的这场战争前景又太不明朗。”无影的眉头紧锁,“我相信,大梁国一旦战败,纯儿肯定不会独生!她一定会以死殉国。所以我命令你,从今天起,必须寸步不离地守在纯儿的身边,如果，大梁国真的到了国破人亡的那一步，我允许你采用一切手段，只要能阻止住纯儿自杀殉国就行！然后把她带到我这里来。雅鲁，你听明白了吗？”

雅鲁点了点头：

“陛下放心，雅鲁明白了，如果纯儿姑娘真要是想做那种事情的话，我就是打晕她，也不让她自尽。”

雅鲁这个耿直的汉子，非常直接地就对无影的命令做出了理解。

无影点头：

“好，你就这么做。”停顿了一下，无影又嘱咐道，“雅鲁，我再跟你说一遍，无论如何，也不要让纯儿受到任何伤害！任何伤害！”

嘱咐完了雅鲁，无影又去和纯儿话别。两个人相对而立，良久无言，无影的心中感慨万千。望着眼前的纯儿，他不禁想起了第一次见到纯儿时的情景，那个金秋时节，在拓跋傲疆的将军府中，纯儿穿一身樱桃红的衣裳，俏生生地从山坡上走下来，就宛如仙子临凡一般。那个时候，恐怕他们在场的四个人，谁都不会想到，在不长的时间里，他们的命运竟然会发生如此天翻地覆的变化——他做了回鹘国的皇帝，而纯儿成了大梁国的皇后，拓跋傲疆已死，端昊却是他们不共戴天的仇敌！

这是不是就算是命运的翻云覆雨？

无影心中黯然，倒是纯儿的心情显得开朗了很多：

“无影大哥，你不用为我担心。说实话，现在我所面临的困难已经少多了。在我离开大梁国的时候，我不知道该如何救臻华，也不知道回鹘国究竟是敌是友。现在，有天象师帮我救臻华，还有你来帮助我打这场仗。所以，局势已经好很多了。”

看着纯儿如此的坚强开朗，无影心中的爱慕更甚，但是，他也清楚，事情既然已经走到了今天，不管他心里面再有什么想法，也都该深深地埋藏起来了。无影甩了甩头，暂时驱散了心中的情愫，说道：

“纯儿，你记住我一句话，如果大梁国真的战败，你一定不要绝望，一定要来找我，留得青山在，不怕没柴烧。我向你发誓，即使这一次，我们无法打赢这场战争，我也一定会不惜一切代价，帮助你光复大梁国。”

英雄一诺重千金，无影这个誓言，就等于把大梁国未来的命运，牢牢地系在了自己身上。从此，大梁国的兴衰成败，就不仅仅再是臻华和纯儿的责任，也成为了无影的责任，回鹘国的责任！

雅鲁带着一支人马，护送着纯儿和天象师日夜兼程赶回大梁国。而此时的大梁国，已经陷入到了战争之中。

拓跋被处死之后，西蜀国的军队就开始不遗余力地强攻黄河渡口。正像大梁国宰相所说的那样，多年来，大梁国一直致力于火器的研制，相对而言，在冷兵器作战方面，就有些欠缺了。而且，这一次宇文端昊下定了决心，要利用这个机会，一举歼灭大梁国，所以一开战，就做出了决战的势头，在军中下达了严命——有胆敢不全力作战者，立斩不饶！西蜀国的将士们一看，连大将军都因为作战不力而被杀了，更何况自己？所以，一个个打起仗来就像是疯了一样，拼命向前冲，拼命砍杀，生怕被贯上一个不全力作战的罪名。

大家心里想得很明白——往前冲是杀别人，而往后退，就是自己被杀。权衡之下，还是杀别人比较好，所以，西蜀国的将士们也顾不得什么正义与否了，只管一个劲儿地向前冲，向前杀！凶猛不可阻挡。

大梁国的军队节节败退，当纯儿进入大梁国境的时候，西蜀国的军队已经攻克了黄河口岸！源源不断的西蜀国大军，正在渡过黄河而来。

大梁国的皇宫中，臻华仍旧昏迷不醒，而大臣们则都心思沉重，只是雪姬最是心浮气躁。眼看着战败的战报源源不断地送来，雪姬都已经急红了眼：

"宰相大人，让我出兵吧，我手中真的有火器。"雪姬再一次请求道。本来雪姬是想等纯儿回来之后，先和纯儿商量好，再跟宰相说那些圣域火器的事，可是现在战况太险恶了，雪姬也顾不了那么多了，只想着先用火器把西蜀国的军队打回去再说。

"不行，"宰相摇了摇头，"如果说火器，那大梁国也有，可是我们有承诺在先，所以我们不能使用！"

雪姬心中急躁：

"这些火器是我的，不是大梁国的！"

宰相苦笑了一声：

"雪姬姑娘，我知道你是一片好心，但是你怎么就不明白呢，只要在我大梁国内使用火器攻击西蜀国的军队，就不会有人相信，那些火器是你的，人们就会认为火器是属于大梁国的，那就是我们背信违约啊！"

雪姬无奈：

"大人，我承认，你说得都对，但是我们也不能眼睁睁地看着我们的将士黎民这么惨死啊。"

宰相大人的神情变得非常黯然了。雪姬看着宰相大人，也不禁为自己的直言而懊悔，这个老人已经为眼前的这场战争操碎了心了，自己真的不应该再逼迫他了。可是，现在除了使用火器，还有什么别的方法呢？雪姬心中如同乱麻一般，在房子里烦躁地乱转着，忽然，一个念头冒进了雪姬的脑海中：

"我去杀了端昊！"雪姬脱口而出。

"什么？"宰相一愣，一下子没反应过来。

"我说，我去刺杀宇文端昊！"雪姬笔直地站在屋子中央，全身都充满了决绝的杀气，"杀了端昊，群龙无首，西蜀国就会大乱！"

宰相也动容了——非常时期，这也不失为一个办法！

纯儿进入边境以后，就听说了黄河边上的战况，纯儿勒住了马头，思索了片刻，对雅鲁说道：

"雅鲁将军，我想先写一封信送到大梁国宰相那里去，你能安排可靠的人帮我送信吗？同时，也先护送天象师回京城去。"

"没问题，我的人都非常可靠，只是，他们怎么进入皇宫呢？"

"这好办。"纯儿回头叫过了玉环——玉环已经和天象师一起赶到了军中，一看到纯儿，玉环就好似在风雨中飞了无数天的燕子，终于见到了阳光一样，整个人都变得明亮了。这一点，实在是让雅鲁有些郁闷——自己在玉环心目中的地位，什么时候才能和纯儿小姐平等呢？这已经成为了雅鲁心中最大的奢望了。

"小姐，什么事？"玉环也骑在马上，现在的玉环已经彻底换做了一身西域女子的打扮，去了几分羞怯，多了几分帅气，看上去英姿飒爽，再也不是丞相府中那个谨小慎微，诚惶诚恐的丫头了。

"玉环，你跟随雅鲁将军的亲兵去大梁的皇宫送封信，到了那里之后，你就说找雪姬就行了。"

"雪夫人？"玉环奇道。

"对，我回头再给你解释，雪夫人认得你，会带你们去见宰相的。"

"我明白了，放心吧小姐，我一定能办好的。"玉环最大的优点就是，只要是纯儿说的话，她永远都不会问为什么，永远都是无条件地服从，无条件地执行。

"唉，前期职业培训太重要了。"纯儿第N次感叹。

"纯儿小姐，你让他们先回京城，那我们呢？"当雅鲁的大部分亲兵护送天象师和玉环离开之后，雅鲁问道。

纯儿的目光深沉：

“我想先到战场上去看一看。”

“现在？”

“对，自从我们进入大梁国边境以后，我听到了太多关于战争的消息，而且越来越惨，所以，我想亲眼去看一看，仗究竟打到什么程度了。”

“那会不会太危险了？”雅鲁有些犹豫。

“雅鲁将军，你放心吧，我不会鲁莽的。我知道自己的责任，我只是去看一看，我想，凭着你我的身手，即使真的遇上麻烦，我们是能够全身而退的。”

雅鲁又想了想，终于下定了决心：

“那好吧，我们走！”

纯儿他们一路朝着黄河岸边飞奔而来，越靠近黄河边，就越多的见到逃难的百姓，被战火焚毁的村庄，处处都是焦黑的土地，处处都是断壁残垣。再往前走，就开始不断地看到尸体了！越走纯儿的心就越沉。纯儿不是没打过仗，也不是没见过死人，可是直到她亲眼看到这连成片的，平民百姓的尸体的时候，才第一次非常形象地理解了，古代战争和现代战争的区别——在现代，不管怎么样，也不会再这么大规模地屠杀平民了。

看着这些百姓的尸体，纯儿的心都抖了起来，她情不自禁地攥紧了缰绳：

“他们为什么要杀这么多百姓？”纯儿问，她的声音听起来很怪，就像是有一只大手掐住了她的喉咙一样。

“战争，就是要屠杀啊，”雅鲁说道，虽然看到这样的惨状，他心里也不好受，但是他的确也是已经对这样的情景习以为常了。

“可这些人都是平民啊？”

“他们今天是平民，明天就有可能成为大梁国的士兵，去为大梁国作战。而且，即使是那些老弱妇孺，也会帮助大梁国准备粮草和军需品。所以，最简单的方式，就是把他们都杀死！”

古人这种在战争中对生命的漠视，让纯儿遍体生寒。

终于到达战场了！这里应该是刚刚结束了一场战斗，双方的军队都已经退回营寨休整了，战场上一片寂静凄凉。放眼所及，都是堆积着的尸体，从服饰上看，这些死去的兵将，有大梁国的，也有西蜀国的。

如果说，当初拓跋巡视战场的时候，曾经因为从来没有见过火器所造成的伤亡而深受震撼的话，那么现在，纯儿则彻底被冷兵器的残酷震慑住了。

和拓跋正相反，纯儿看惯了枪支炮火所造成的死亡，那种死亡是瞬间的，是猝不及防的，甚至很多时候，人都还没有来得及感到痛苦，就已经死亡了，而冷兵器不同，纯儿清楚地看到，很多尸体上都还插着刀剑，而他们的脸已经痛苦地扭曲成了一团，他们身体的血都沿着伤口流干了，染红了身体旁边的一大片土地！纯儿不敢想，这些人，是经过了怎样一番痛苦挣扎才最终死亡的。

成千上万的人活生生地在剧痛中等待着死亡，等待着解脱……

“天啊……”纯儿失声呻吟了出来，这太可怕了。

纯儿抬起头，看到天上高悬的明月，圆圆的月亮，散发着玉一样的光晕，美好而温润。天上是团圆月，可是人间，这一夜，却又多少生离死别?！而且这一切，还都只是刚刚开始，战争还要继续下去！还会有更多的人死亡。

而这一切的罪魁祸首，就是宇文端昊！就是他，为了自己一个人的野心，残害了这么多无辜的生命！他的罪恶，百死难赎！

在这一刻，纯儿清晰地感受到，自己对端昊的恨已经达到了顶峰！

“雅鲁将军，你跟我说真心话，如果像这样打下去的话，那要不了多久，我们大梁国就会战败、亡国！是吗？”

纯儿在说话的时候并没有看雅鲁，而是目不转睛地盯着战场上的尸骨——事实上，她自从看到眼前的惨象开始，就已经无法移开自己的目光了。

本来，雅鲁一直紧紧跟在纯儿的身后，警觉地关注着身边的一切。毕竟这里是战场，随时都可能出现各种意外和危机，而他的使命，就是要保护好纯儿。

说实话，眼前的惨烈景象也深深地震撼了雅鲁，尤其是当他望着纯儿那纤细的身影在战场上慢慢走过的时候，他的心中不禁充满了担忧：

“纯儿小姐能够担当得起这场残酷的战争吗？”

在这个时候，纯儿向他询问战局。那一瞬间，雅鲁犹豫了，他不知道自己该不该把真实的想法说出来，不过犹豫了片刻之后，雅鲁还是决定实话实说：

“纯儿小姐，既然您问我，那我就不敢欺瞒了。”

纯儿背对着雅鲁淡淡一笑，笑容苦涩：

“没关系，我就是要你说实话的。”

“是。”雅鲁停顿了一下，才一字一字地认真说道，“说实话，这场战争目前来看，大梁国的局势不太乐观。”

“为什么？”纯儿虽然是在问，但是谁都能听出来，雅鲁的看法其实和她是一致的，而她之所以要问，只不过是为了印证一下自己的想法而已。

“因为……”

在大梁国的皇宫中，宰相等人已经开始和雪姬商量刺杀宇文端昊的细节了。就在这时，一个侍卫走了进来：

“启禀宰相大人，宫外有一女子，带着一小队人马，要见雪姬姑娘。”

宰相和雪姬都愣住了，尤其是雪姬，她想不出在大梁国里，除了眼前这几个人之外，还有谁会认识她？

尽管心中疑惑，雪姬还是随着侍卫来到了宫外，在这里等候她的正是玉环！

雪姬一见玉环分外吃惊，她真没想到，玉环竟然会突然在这里出现。玉环上前一步，对着雪姬盈盈拜倒：

“玉环见过雪夫人。”

这雪夫人三个字，仿佛一下子就又把雪姬带回了西蜀国中的岁月，雪姬愣怔了片刻，才赶紧拉起了玉环：

“你这是从哪里来？”

“我从回鹘来，小姐让我送来了一封信。”玉环真是没白在江湖上历练这么久，沉着简练地交代清楚了事情的关键部分。

果然，一听见回鹘和小姐这两个词，雪姬的眼中当下就放出光来，她紧紧地握住了玉环的手：

“是纯儿让你来找我的？”

“正是。”

一听说纯儿有消息传来，雪姬喜出望外，也顾不得其他的了，拉着玉环就往宫里走。一口气，就来到了宰相他们议事的地方。

宰相他们几个人，看到雪姬急匆匆地带进来一个陌生的女孩子，正在奇怪，雪姬就开口了：

“宰相大人，她是皇后娘娘的贴身侍女，叫玉环。皇后娘娘已经从回鹘回来了，她现在去战场了，让玉环先送回一封信来。”

宰相一听，玉环带来了皇后的消息，也紧张了起来，赶紧从玉环的手中接过信细读起来，房间中其他的人，则都急切地望着宰相，想着从他的神情中，看出皇后娘娘的近况。

终于，宰相把信看完了，他抬起头，虔诚地说道：

“感谢上天，为我们大梁国送来了这样一位贤德的皇后娘娘……”

原来，纯儿在信中已经写明了回鹘国现在的立场，也交代清楚了天象师的事情。这两件事，等于是给已经陷入了绝境的宰相，送来了一线生机！

宰相赶紧命人把天象师接了进来，以礼相待，然后让雪姬送他去臻华那里，为臻华疗伤。同时，又派遣人马，到前沿去接应纯儿。——不知道为什么，随着时间的推移，宰相已经越来越信任这个年轻的女子了，甚至于已经形成了一种依赖。宰相越来越觉得，只要有纯儿在，大梁国就一定会有希望！因为，他们的皇后娘娘，已经连续不断地为他们创造了一个又一个奇迹！正如宰相当初所期盼的那样，纯儿正在渐渐成为大梁国群臣心目中的精神力量！

纯儿终于回来了，这一次归来，纯儿明显的消瘦了，脸上也尽是硝烟之色。那双曾经明亮活泼的眼睛中，也装满了沉重。望着纯儿的这副样子，宰相的心中不禁一阵怜惜——皇后娘娘的年纪也不过就和自己的孙女一样大，可是她却担起了整座江山的重量。

纯儿和几位监国大臣见礼完毕，端坐在椅子上，认真地倾听大臣们关于各种问题的汇报。等大臣们都汇报完了，纯儿才静静地问道：

“宰相大人，我在战场的时候，曾经问过回鹘国的雅鲁将军，他说我们大梁国的局势非常危险。你们觉得呢？”

其实这句话已经没有必要再问了，因为刚才大臣们的汇报中，几乎没有一个好消息。

宰相沉默了一会儿，才说道：

“回禀娘娘，现在的局势对我们的确非常不利。”

纯儿点了点头，很久都没有开口说话，几位大臣也都相顾无言。因为他们能看出来，皇后娘娘的心中正在做着一个重大的决定，不知怎的，看着皇后娘娘那分外凝重的态度，包括宰相在内的每一个人，都感到了一种莫名的不安。

终于，纯儿开口了：

“雪姬呢？”

“回禀娘娘，她正在陪同回鹘国的天象师在陛下那里治疗。”

“请她过来。”

“是。”

“还有我那个侍女玉环呢？”

“在给她安排的住处里。”

“也叫她过来。”

“是。”

不一会儿，雪姬和玉环都来了。纯儿并没有跟她们过多的寒暄，事实上，自从纯儿走进了这间屋子之后，她的眼神一直就十分的游离。

“现在，人都到齐了。”纯儿依次望了一遍屋子中每一个人，“你们几位，都是大梁国的监国重臣。而她们两个，”纯儿用手一指雪姬和玉环：“则是我的亲人。现在，我把大家都请来，就是要宣布一件事情。”

一听说皇后娘娘有事情要宣布，大臣们赶紧都站了起来，凝神静听——皇后娘娘不会是要放弃大梁国了吧？大臣们的心中一阵慌乱。

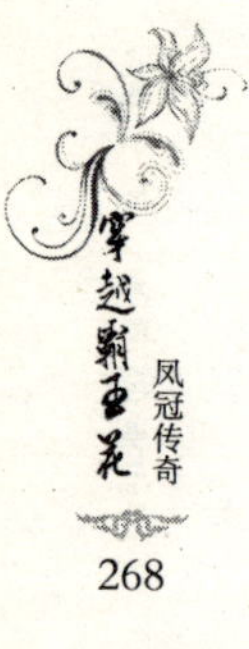

只听纯儿平静地说道：

“我和臻华并没有正式成亲。所以……”纯儿停顿了一下，“所以，我想在这几天之内，和臻华举行成婚大典！”

人们一下子都愣住了，谁都没有想到，纯儿会在这个时候，做出这样的决定。只听纯儿继续说道：

“我要昭告天下，我是完颜臻华的妻子，是大梁国的皇后，从我登基之日起，就将代替臻华行使皇权！正式对西蜀国宣战！”

纯儿所说出的字字句句都掷地有声：

“从现在起，我要让全天下都知道，我是完颜皇室的皇后，我将和我的丈夫、我的国家、我的黎民一起，共存亡！我要让大梁国所有的将士和百姓都知道，他们的皇帝，他们的皇后，一直都和他们在一起，和他们同进退、共生死！战争如果胜利，我们就一起重建家园，战争如果失败，我就和我的国家一起灭亡！”

大臣们明白了，皇后娘娘是要用这种方式，来鼓舞大梁国的士气！他们被感动了，纷纷跪倒在了纯儿的面前。

纯儿又朝着雪姬和玉环嫣然一笑：

“你们是我的亲人，理应由你们来送我出嫁！”

听了这话，玉环的眼底不由一热：

是啊，她一直就盼着小姐出嫁，也一直都希望小姐能够嫁给臻华王子。可是现在，臻华王子生死难料，大梁国又正处在危急关头，小姐出嫁的这个时机，选择得太不对了啊。

可是转念一想，玉环心中也就释然了：

“换做自己想一想，如果是雅鲁遇到了同样的问题，那自己会嫁给雅鲁吗？当然会，而且会毫不犹豫地出嫁！也许，这就是女人吧！女人为了自己爱的男人，永远都会毫不吝惜地付出一切。”

本来，纯儿成为了大梁国的皇后这件事，只有几个监国重臣知道。现在，纯儿和大臣们商量过之后，决定要分外高调宣布这件事情。于是，突然之间大梁国上下内外就都知道了，臻华皇帝要举行大婚，隆重地迎娶皇后。

消息传到了黄河的另一边，端昊也有些茫然——大梁国为什么会在这个时候为皇帝举行大婚呢？

“你们是怎么想的？”端昊问坐在下手的群臣。

一位大臣想了片刻说道：

“我认为，大梁国现在迎娶皇后，有两层用意，一、为他们的皇帝冲喜，想让他们的皇帝尽快复原。”现在西蜀国的人都已经知道大梁国皇帝莫名昏迷的事情。“二、就是用这种方式，来鼓舞大梁国的士气。”

其他人也纷纷响应这种观点。

端昊冷笑了一声：

“哼，网中之兔，再怎么挣扎也只有死路一条！”

端昊的脸上露出了得意的笑容，他仿佛已经看见了整个大梁国都在垂死挣扎的情形。

“传令！”端昊阴冷地发布着命令。

“请陛下吩咐！”

端昊冷冷一笑：

“既然大梁国皇帝想大婚，我们就给他送上一份大礼！”

“陛下意思是？”

“这些天先不要发动大的攻势，但是小规模进攻不要停止，我们的军队仍旧要向前开进。然后，在大梁国皇帝大婚的当天，向大梁国发动一次总攻！”

“是！”

端昊的眼中闪动着逼人的寒光：

“大梁国，任凭你们使用什么手段，也不会再有扭转乾坤的机会了！”

而同一时间，在大梁国的皇宫中，宰相等人正匆匆地朝着内殿而来。

自从迎娶纯儿的事一决定下来，大梁国上下就陷入到了忙碌之中，虽说现在大梁国的边境上已经开战了。但是大梁国毕竟也是一方大国，尤其是近十年来，更是因为国家富强，而声名大振，跟附近很多国家都有着往来，所以，这次迎娶皇后这么大的事情，很自然地就引起了众多国家的关注。

各国纷纷派来使臣，送来贺礼。大梁国内，更是倾一国之力来准备这次庆典。

再加上大梁国的大臣和贵族们都被纯儿的这个决定所感动了，所以虽然时间仓促，但他们还是力求把一切都做得尽善尽美。国库中的珍宝首饰，只要他们觉得能配得上纯儿的，都悉数送进了宫来，供纯儿挑选，另外又精心挑选出了几十个裁缝，为纯儿赶制嫁衣。

整个大梁国，都要用最好的一切，来迎娶他们的皇后。

而就在这个时候，几位监国重臣忽然接到传唤，说是皇后娘娘请他们进宫觐见，本来，按照习俗，现在这个时候，皇后是不能见外臣的，可是非常时期，也就顾不得那么多礼仪了。

宰相他们来到了偏殿，就见纯儿已经和雪姬在这里了，在她们身边还多了一个蒙面纱的女子——正是胡杨女。经过了几天的休息，纯儿的气色恢复了不少，眼睛中又焕发出了动人的光彩。她现在穿着一身大梁国女子惯常的打扮——收腰、细袖的贴身长裙，一头长发梳成了发辫，整个人看起来精神、利落，而在纯儿的面前，摆放着一张巨大的大梁国地图。

“娘娘，您叫臣等来，有什么吩咐？”宰相躬身问道。

纯儿微笑道：

“是这样，这几天，我对于怎么打这场仗，有了一些想法，所以，请各位大人来，一起商量一下。”

宰相心中感慨——恐怕没有哪个待嫁的女子，像他们的皇后娘娘这样忙了。

“大人请看，”纯儿走到了地图前，用手一画，“现在，回鹘国的大军已经到了我国的西部边境，回鹘皇帝告诉我，他们的军队随时可以深入我国腹地参战，但是目前，我还不想让他们开赴到战场上来。”

纯儿见大臣们都在聚精会神地听她讲话，就继续说道：

“一来，回鹘国虽然真心相助，但是我想我们如果有可能的话，就应该尽量减少回鹘人的伤亡，这样才是对朋友之道，所以，不到万不得已的时候，不让回鹘军参战。”

宰相点头：

“皇后娘娘说得有理。”

“二、西蜀国目前还不知道回鹘国的态度，我想把回鹘国的真正立场，再继续隐瞒一段时间，这样，西蜀国就会误以为回鹘军屯兵在我国西部边境，是为了帮助西蜀，这么一来，可以让西蜀国放松对我国西部实力的警惕。”

宰相沉吟道：

“娘娘是想用一招虚招，骗过西蜀国，让西蜀国还以为回鹘军是他们的盟军，就不会再向我国的西部增军。这样，我们一旦抵挡不住了，退到西部以后，西部就还会完整的在我们的掌控之下，我们也就可以联合回鹘军，重整旗鼓，找机会反冲回来？”

纯儿点了点头：

“的确，当我们全线撤退到西部的时候，我们就可以和回鹘军结为联盟，伺机反冲。但是，”纯儿忽然加重了语气，“我们不是被西蜀国逼到西方，而是我们做出战败的样子来，撤到西方，诱敌深入！”

“诱敌深入！”宰相的眼睛也亮了，“娘娘是想把西蜀国的军队完全诱导到我国腹地，然后再借助回鹘军的力量，把他们一网打尽！可是……”宰相有些犹豫：“照目前看，西蜀国的兵将们心狠手辣，他们所到之处，我们大梁国的百姓都倍受荼毒，如果用这种方式把西蜀国的军队引进来，那我们的代价是不是太大了？”

纯儿微微一笑，笑容中透着森森冷意：

“放心吧，宰相大人，我不会让我的黎民受苦的。”

“娘娘还另有安排？”

“没错，我的确另有安排！”纯儿脸上的笑容隐去了，此刻，连宰相这样做了一辈子文臣的人，都感受到了纯儿身上所散发出的凛然杀气：“雪姬姐姐告诉我，她已经找到了圣域秘藏的火器，对吗？”

“是，”宰相回答道，“可是，我们不能在大梁国境内使用火器……”

“我知道，”纯儿打断了宰相，“我不会在大梁国内使用火器的，我要去西蜀国境内使用火器！”

“啊?！”宰相惊呼了出来，纯儿的这句话的确是出乎了他的意料。

纯儿神态如一，继续说道：

“西蜀国犯我大梁，杀我百姓，现在，我就要以暴制暴，以牙还牙，在我大婚的那一天，会有人携带火器，在西蜀国内起兵！”看着宰相无法置信的目光，纯儿淡然一笑:“放心吧,我能做到。”言尽于此,纯儿并没有做更多的解释。

原来,无喜无忧两个人给雪姬她们带来了一个万分重要的情报——当初西蜀国岭南王,其实是在圣域主人的胁迫之下才起兵造反的。而当时,圣域已经派出了万余名精锐门徒潜伏在了西蜀国中,就等着岭南王和宇文端昊两败俱伤之后,坐收渔翁之利。可是后来,圣域主人意外受伤,这些事情,就都停了下来。而这个计划的负责人,正是无喜和无忧!

纯儿知道了这件事之后,当下就作出了这一连串的决定:让无喜和无忧潜回西蜀国,联络那些潜伏着的圣域门徒;再让雪姬发出命令,号令圣域门徒携带火器,化整为零,向西蜀国境内集结,然后,雪姬也进入西蜀国,联合无喜无忧,汇集起圣域军队,亲自指挥作战。

现在,西蜀国后防空虚,正好偷袭。而西蜀国的前沿军队,也将在大梁国的诱敌计策之下,深入大梁,到时候,即使知道了国内大乱,也无法回头救援!

纯儿在向宰相等人说明自己作战计划的时候,刻意隐瞒了和圣域有关的部分,并没有明说将在西蜀国中起兵造反的是圣域弟子。这倒不是纯儿有意欺瞒,主要是顾忌到,圣域在西域乃至大梁的名声实在是太差了,万一传扬出去,说堂堂大梁国竟然和圣域联手,的确是好说不好听。

所以有些时候,秘密是需要埋藏在一个人心里的。所谓“君不密则失国”,说的就是这个道理吧。

好在宰相等几位监国重臣,也都是饱经世事之人,很能理解权谋过程中的这种隐晦,并不觉得有什么不好接受的地方。

纯儿和大臣们站在地图前,此时,他们已经把西蜀国的地图和大梁国的地图并排挂在了一起——因为现在的战场已经不仅仅是一个大梁国了。

在西蜀国的地图上,从南到北,尽是一个个红色的标记,每一个红色标记,就说明在那里,已经潜伏下了一支属于大梁国的武装力量!

“现在潜伏在西蜀国的兵将人数虽然不多,但是,他们每个人的手中,都掌握着大量的火器。”雪姬站在地图前说道。

“而火器足可以以一当万!”宰相在大梁国多年,已经深知火器的厉害了。

这时,另外一位大臣说道:

“现在,我们的军队已经按照娘娘的安排在有计划地撤退了,我们正在把西蜀国的军队一步步引入我国腹地。这样一来,当西蜀国内发生兵乱之后,这些军队根本赶不及回去救援。到时候，我们就可以关门打狗，把西蜀国的军队一举歼灭！”

“好，”纯儿点了点头，“在诱敌深入的过程中，我国民众的伤亡大吗？”这是纯儿最关心的问题，她永远也无法忘记战场上，那些无辜惨死的平民。

“不大，”大臣回答道，“我们这次是有计划地撤退，已经沿路做好了百姓的迁移工作。这样，百姓们的财物虽然都损失了，但是伤亡并不重。”

“那就好，”纯儿缓缓沉声道，“人是根本，只要人在，重建家园就不是问题。”

“唉！”宰相长叹了一声，“这场战争，即使我们胜利了，百姓的生活也会变得非常困苦，我国将度过一段很长的艰难重建岁月。”

纯儿听了宰相的感慨，下意识地看向了雪姬，而她一抬头，就看见雪姬也正在望着自己，在彼此的目光中，她们都看到的同样的东西——圣域埋藏着的那些珍宝！如果大梁国真的胜利了，需要重建的话，这些珍宝将起到巨大的作用。只不过现在，还没到谈这些事的时候。

这时，一位一直都很少说话的大臣开口了：

“皇后娘娘，臣有一句话，不知道当讲不当讲？”

“有什么事情，大人尽管说就可以了。”

“是。娘娘！当初陛下曾经说过，这些火器是不该出现的东西，所以，他才下决心签订了放弃使用火器的承诺，可是现在，如果我们在西蜀国境内使用火器，虽然不算是违背了承诺，但算不算是背离了陛下的心愿呢？”

听着这位大臣的话，纯儿的目光渐渐变得分外的深远了，她凝视着远方，悠悠地说道：

“关于停止使用火器的这件事，没有人比我更了解臻华的心思。可以说，臻华为了这些火器，真是费尽了苦心。同样，我也不主张使用火器。但是，现在是非常时期，如果我们不使用火器，那我们就会战败，就会亡国，而我相信，宇文端昊占领大梁国之后的第一件事，就是要制造出属于他自己的火器！好让他有更大的资本去称霸天下！而且，他这个目标很容易实现——因为我们不能把那些为大梁国制造过火器的人全部都杀死。有工匠在，火器的制造就无法成为秘密。

所以，我现在动用火器，就是为了以后让任何人都不再使用火器！致命的武器，只有掌握在强势而且善良的人手中，才不会成为杀人的魔咒！”

纯儿说完话后，就又沉默了。宰相忽然发现，今天皇后娘娘好像总是陷入到沉思之中，似乎在做着某个重大的决定。

犹豫了很久，宰相还是决定问一问：

“娘娘，如果有什么需要我们做的，您只管吩咐就行了。”宰相是真心地想为纯儿多分担一些重量。因为，是他们的皇后娘娘一次次为大梁国带来了生机和希望。

纯儿微微摇了摇头：

“我在想，出手的时候，我该不该对西蜀国再狠辣一些！”

不知怎么的，虽然纯儿这句话说的声音并不大，但是却听得宰相遍体一寒，他越来越感受到，这位皇后娘娘柔弱外表的背后，蕴含着一股强大无比的力量。

“现在，我们已经准备在西蜀国遍燃战火了，还能怎么样再狠辣一些呢？”宰相有些不解。

其实，纯儿的心中，一直在为一个问题而挣扎——这次，在西蜀国内起兵，要不要借用胡杨女的名义？！如果借用胡杨女的名义的话，那就等于让全天下都知道了，宇文端昊不过是一个冒牌的皇帝！

纯儿了解端昊，她知道皇帝的这个宝座，在端昊心中有多么重的分量！如果，自己真这么做了，那等于是彻底把端昊逼上了死路！

本来，纯儿在战场上，看到那一幕幕惨状的时候，就已经下定了决心，要不惜一切代价来打击端昊，为大梁国惨死的兵将百姓报仇。她的这个计划也得到了胡杨女认可，胡杨女一听说，要找端昊报仇，恨不得当下就肋生双翅，杀到西蜀国去。

可是事到临头，纯儿却又犹豫了——真的要对端昊下这样的狠手吗？

他虽然负了自己，还一次次地要杀死自己，他挑起了战争，伤害了无辜的人，他所做的这一切，都万死难辞其咎！可是，如果要让全天下都知道了，他其实不是皇帝，那是不是对他太残酷了？对于这一点，在端昊看来是比自己的性命还要重的啊！

就在这时，竹箫突然来了：

“娘娘，回鹘的天象师要见您！”

纯儿吓了一跳：

“是不是陛下出什么事了？”这个念头把纯儿吓坏了，也把这一屋子的人都吓坏了。

“没有没有，”竹箫赶紧说道，“陛下还是那个样子，只是天象师要见您。”

纯儿的心这才稍稍安定了一些：

“请他进来吧。”

天象师进来了，是一个长得很普通，眼神却分外安详的中年男子，他对着纯儿微微一礼——天象师在回鹘国，是见到皇帝都不用行大礼的。

“大师请坐，不知道您找我有什么事情吗？”

天象师的态度从容轻缓，就仿佛一个学究在讲述自己的学问一样，那么沉着自然：

“回娘娘的话，我已经找出了陛下的病因。”

“啊?！”天象师话一出口，几位大臣连纯儿，就都站了起来，这个消息太重大了。

纯儿勉强克制住自己的紧张和激动，问道：

“臻华的病因是什么？”

“是一种来自于远方的邪术，而这种邪术，之所以能够产生这么大的效用，是因为它借助了几种一般常人无法拥有的东西，神造万物，都讲究相生相克，陛下是帝王之尊，所以……”

接下来，天象师说了一大串专业术语，听得每一个人都晕头转向，要不是碍着有这么多人在场，雪姬真想当下就掏出手枪来，指住天象师的脑袋，让他说点儿人能听得懂的话不可！

终于，天象师的演讲到达了尾声：

“所以，这次暗害陛下的行为，如果不是西蜀国皇帝的全力参与和支持，是根本没有办法成功的！”

纯儿只觉得空气中有一种巨大的压力在向着她迎头压了下来！她向后退了半步，靠在了桌子上，她能够感觉到，自己的心和眼睛都在一点点地变得冰冷和锋利！

“宇文端昊，果然是你！”纯儿觉得自己有些站不住，但是她仍旧没有用手去扶住桌子，因为她的手还有更重要的事情去做——去紧紧握住她的刀，或者是她的枪！去握住一切，能够让她手刃仇敌的武器！

“大师，您确定吗？”虽然心中已经深信不疑，但是纯儿还是又问了一遍——就当是给死囚一个最后辩护的权利吧。

“我以天象师的荣誉，和我的性命担保。”天象师仍旧是那么从容。

“好，很好。”纯儿的声音也很平静，因为当一切都做出了抉择，只等着执行的时候，人反倒就平静了。

“多谢大师了，我丈夫的伤，还请大师多多费心。”

“不敢，我们回鹘陛下派我来时，已经交代清楚了，大梁国陛下是我们回鹘的兄弟，我一定会尽全力救治陛下的，请娘娘放心。”

“好！竹箫，送大师回去。”

“是。”

当竹箫和天象师走远了之后。纯儿才又收回了目光，望向了胡杨女：

“姐姐，您的身体可以吗？”

胡杨女一听这话，昂然而起，态度激昂地说道：

“放心吧，我没问题。”

“那就好！”纯儿的声音忽然一寒，“雪姬姐姐，请您这就动身，和胡杨女姐姐一起到西蜀国去！”纯儿稍微停顿了一下，才又声音更加冷酷地说道：“你们到达西蜀国后，就按照约定时间起兵，而且，还要让全西蜀国、全天下的人都知道，是西蜀国真正的长公主回来了，要铲除那个霸占了皇位二十年的骗子！”

纯儿此言一出，胡杨女心中兴奋不已，她终于可以为拓拔傲疆报仇了！

而其他那些大梁国的大臣们都呆住了，他们真没想到，皇后娘娘的心中，还深藏着这样一段惊天的秘密！

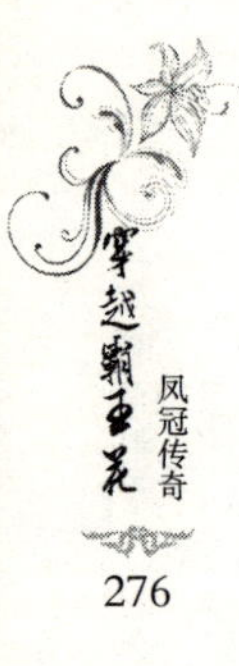

“你们都下去吧，分头准备，如期行动，我现在要休息一下了。”

当人们都离开之后，纯儿才回到了臻华那里，她遣散了守护在臻华身边的所有人，轻轻坐在了臻华的身旁，爱怜地抚过了臻华那俊美的脸颊和紧闭着的眼睛，柔情万种地喃喃低语着：

“臻华，我已经找到伤害你的凶手了，放心吧，我不会放过他，没有人能够伤害你！没有人能够伤害我的丈夫！”纯儿像是在对臻华诉说，更像是在对苍天宣誓！

大婚之日终于来临了。一大早纯儿就被一大群人簇拥着，梳妆打扮了起来。这已经是纯儿第二次披上嫁衣了，但是两次的心情，却是不可同日而语。上一次，她是作为西蜀国的和亲公主远嫁，那时纯儿的心中全是绝望和痛苦。而这一回，她是嫁给了自己心爱的人，虽然臻华仍旧在昏迷中，注定了这又是一场一个人的婚礼，但是纯儿的心中，仍旧充满了甜蜜。

终于打扮好了，纯儿来到了臻华的房中，静静地伫立在了臻华的床前：

“臻华，我来了，今天是我们成亲的日子，你看我美吗？”纯儿抬起双臂，在床前转了一个圈子：“要是在现代，你是要抱着我，把我送上花车的，现在算你先欠着，别忘了，等你好了之后，补给我。”

纯儿望着臻华，深情一笑。在这样一个特殊的日子里，如此和自己的新郎对话，纯儿不是不心酸，但是她早已经在心里要求过自己了，今天，无论如何也不能落泪，一定要笑着，做臻华最美的新娘。

今天的纯儿打扮得美若仙子，华贵逼人。她的身上，穿着一袭大红的锦缎长袍，上面绣着金色的太阳和凤凰。长袍非常合身，袖口和领口都镶着名贵的皮毛，皮毛上，还缀着一颗颗硕大的宝石。纯儿的腰上束着一条宽宽的腰带，腰带上挂着一口宝刀！大梁国是尚武的国家，他们的皇后，当然不能只是花团锦簇，还要威震四方！

纯儿的头上，戴着一顶完全用黄金制成的皇冠，皇冠上镶嵌满了各色珍贵宝石，在皇冠的正中央，是一颗巨大的红色宝石，这颗宝石色泽深润，光华流转，就好似草原上刚刚升起的朝阳。

这衣服和凤冠是大梁国群臣安排人日夜赶制出来的。大梁国本来就国家富庶，国库充盈，这一次，他们是铁了心，要把全国的奇珍异宝，都堆到他们皇后的身上。他们要让全天下都看一看，他们大梁国迎娶回了这样一位倾国倾城、贤德无匹的皇后！

纯儿的脸上略施脂粉，眉心点上一点朱砂，这是大梁国的风俗，这一点朱砂，就意味着少女变成了新娘。在这一点朱砂的衬托下，纯儿更显得容颜娇美，仪态万方。

吉时已到，纯儿在宫女和大臣的簇拥下，一步步走向了大梁国正殿中——那把属于皇后的宝座。

纯儿一步步沿着金阶向上走着，大殿中，红灯高悬，红纱罩顶，一片喜气，可纯儿心中所想的，却和眼前这情景天差地别！

根据情报，西蜀国将在今天发起总攻！没错，这就是端昊的风格，永远要在对手没有防备或者刚刚开始重整旗鼓的时候，狠狠地打击对方，绝不给对手以喘息复苏的机会！

雪姬和胡杨女已经在西蜀国中准备好了一切，再过片刻，她们就将起兵造反，在西蜀国的腹地点燃战火！

无影大哥送来了信，说是回鹘军已经做好了所有的准备，等西蜀国一发动总攻，如果大梁国挡不住的话，就立刻撤退，让回鹘军参战！

一切都已经部署好了，纯儿面对着宝座，嫣然一笑：

“臻华，放心吧，你的妻子不会让你，还有你的臣民失望的。”

纯儿优雅地一转身，端正地坐在了宝座之上，大殿中，还有大殿外面，所有人都跪倒在地，高呼着皇后，表达着他们的敬意。

黄河南岸，丝丽苔坐在她的水晶球前，就像是被雷击了一样，目瞪口呆！水晶球中，清清楚楚地映出了纯儿的容颜！

“怎么会这样？怎么会这样?！怎么会这样!！”丝丽苔大喊了出来。她快疯了！

这么长时间，甚至这么多年，她机关算尽，她用尽了手段，可是到头来，臻华竟然娶了别的女人！

不应该这样，不能这样，她不允许这样！

丝丽苔的眼中冒着熊熊的怒火：

——大梁国的皇后应该是她，那个宝座是她的，那华贵的礼服是她的，人们的敬意也应该是属于她的！

可是为什么，为什么会被方子纯得到这一切?！

丝丽苔被怒火焚烧得丧失了一切理智，她什么都顾不得了，立刻开始运功作法——她要杀死臻华！她宁可让臻华死，也不允许臻华属于别的女人！

按说，现在臻华的生死完全就控制在丝丽苔手中。她之所以一直没有要臻华的命，就是还想着得到臻华。现在，既然没有希望了，那就干脆杀死他！

丝丽苔双目紧闭，两只手紧紧地扣在了水晶球上！

“臻华，你死吧！”

丝丽苔被心中的嫉妒刺激得发了疯，她此刻只有一个念头——杀死臻华！臻华只能属于她，只能属于她，杀死他！杀死他！

这个念头就好像战鼓一样，在丝丽苔的心中隆隆作响，催促着她冲上战场，把臻华送进黄泉！

丝丽苔的十指紧紧扣住水晶球，口中念念有词，随着丝丽苔的咒语，一道看不见的力量，刺破长空，直接飞入了大梁国的皇宫之中。

虽然，宰相用密室暂时保护住了臻华，让丝丽苔无法看到臻华的近况，但是，现在暴怒的丝丽苔集中起全部精力作法，那些密室之类的东西，就再也阻止不住她了。丝丽苔的力量就如同现在的丝丽苔一样，疯狂而毒辣，狠狠地冲进了臻华的卧室。

而此时，天象师正正襟危坐在臻华的身旁。作为一位真正的天象师，他虽然从来没有真刀真枪地跟人决斗过，可是，在他人生中的每一天，都生活在看不见硝烟的战场上——因为他每时每刻都在和那些邪门歪道做着殊死的搏斗。

所以，从丝丽苔的手扣到水晶球上的那一刻起，天象师就已经敏锐地感受到了即将来临的危险。

没有任何理由，只是经验！

天象师一反往日所表现出来的那种散漫与平庸，他刷的一下睁开了微阖着的双眼，眼中射出了两道闪电般明亮的光芒！这两道光芒，把天象师的整个人都照亮了！让他看上去犹如神明炬火一般，通体都散发着灼人的光芒。

面对着丝丽苔那庞大凶猛的杀人力量，天象师不仅没有感到丝毫的恐惧，相反的，他的脸上竟然显出了一层欣慰的神情：

“妖孽，你终于出现了！”

自从天象师第一眼看见臻华，就意识到臻华是被某种他所不了解的邪术所伤。要想破解掉这种邪术挽救臻华，就必须找到邪术的来源。可是这段日子里，那个邪术却像是消失了一样，深深地潜伏了起来，让天象师无从寻找。不过天象师相信，让臻华陷入昏迷，绝对不是邪术的根本目的，接下来，它肯定还会有所动作，所以，最稳妥的办法，就是牢牢守住臻华，以静制动！

当邪术再次迫害臻华的时候，再彻底地击败它。

经过了这么多天的耐心等待，这股邪恶的力量终于又出现了！

看到对手现身，对于高手来说，感到的绝对是兴奋而不是恐惧！

天象师现在就是如此，他觉得自己全身每一根神经，都在一瞬间被调动到了最敏锐的状态。天象师的动作极快却又有条不紊，他打开了臻华枕边的一个小小玉瓶，从玉瓶中倒出了一些红色的液体，液体流到了臻华的额头，天象师就用这些红色液体快速地在臻华额头上画出了一个简单的符咒。

这些红色的液体，正是纯儿的鲜血！

在天象师发现了暗害臻华的邪术，借用了皇帝的力量之后，他就悄悄地找到了纯儿：

“娘娘，为了能更好的保护陛下，我希望能得到您的一样东西。”

“什么东西？你只管说就行了。”纯儿的回答很平静。

“您的鲜血！”天象师在说出了要求之后，进一步地解释道，“对方的邪术动用了皇帝的力量，那我们就在防御之中，加上皇后的鲜血，您的鲜血是破解皇帝力量的最好的武器，而且，在您和陛下之间，还有着其他人无法匹敌的真情！这也将成为一种力量，借用了真情的法术，永远都不会失败！”

听完了天象师的话，甚至于天象师还没有做出解释，只是说要借用纯儿鲜血的时候，纯儿就已经毫不犹豫地掏出了怀中的匕首，轻轻一下，就割破了自己的手腕，殷红的鲜血顺着手臂淌了下来，注入进了天象师的那个小玉瓶之中。

天象师刚刚把符咒画好，丝丽苔的力量就冲了进来！丝丽苔真是被妒火烧昏了头了,她竟然都没有发现,这皇宫中,已经被天象师布置下了一层层密不透风的天罗地网,而唯一的缺口,就是臻华所居住的这里！天象师就是为了要引敌入瓮！

丝丽苔的力量就好像是一把飞行速度极快的剑，带着呼啸之声就冲入了寝宫,直刺臻华的额头——可是,丝丽苔失算了,当她的力量刚刚到达臻华额头上方的时候,从臻华的额头上忽然升起了一片红光！红光是那样的坦荡美丽,那样的浑然天成,就像是东方刚刚升起的太阳,静静的悬浮着,驱走了人世间的一切邪恶。

丝丽苔的力量撞到了红光之上,就好像一个在全力奔跑的人一头撞到了一面铜墙铁壁上一样,当下就被撞得全身骨骼尽碎!

正在水晶球前全力作法的丝丽苔,忽然就觉得一种强大之极的力量迎头砸了下来,丝丽苔全无防备,一下子就被那种强大的反噬力量砸了个正着,丝丽苔觉得自己的五脏六腑都仿佛是被撕碎了一样,疼得她惨叫了一声,喷出了一口鲜血,一头倒在了水晶球上。

天象师刚才这一番搏斗,也是耗尽了气力,看着那股邪恶的力量被自己打败了,天象师的脸上浮现出了一丝淡淡的微笑,同时,一道浅浅的血痕,从他的嘴角边流了下来。天象师轻轻拭了一下嘴角边的血迹,由衷地松了一口气：

“成功了,终于找到这股邪术的源头了,现在,只等着自己稍事休整,恢复了体力之后,就可以直捣贼巢,找到救陛下的方式了。”天象师欣慰地想道:“真情果然不败。”

“不过,刚才这股邪术也真是厉害,险些自己就抵挡不了了,这太超出自己的意料了,为什么这股邪术会这么厉害呢？”

丝丽苔扑倒在水晶球上,一时间呼吸都有些勉强了,是谁?是谁这么厉害!刚才,要不是师傅遗留在水晶球中的力量及时保护了自己,恐怕自己当场就被打死了!

想想刚才,丝丽苔心有余悸。

可是,像丝丽苔这样的女人,是绝对不会因为受到了阻碍就放弃仇恨的。阻碍,只会让她心中的仇恨之火烧得更加旺盛。她休息了片刻,刚刚调匀了呼吸,就不顾伤势沉重,站起来,抱起水晶球冲出门去。

端昊正在帐中和大臣们议事，他们都知道今天大梁国内正在举行大型庆典,他们正在准备着对大梁国的京城发起总攻!

就在这个时候,忽然帐外传来了争吵声：

“什么人,竟然敢擅闯禁地!?”这是侍卫的喝声。

“你们给我让开！”这是一个女人的声音,声音尖锐凄厉之极,让人难以辨认。端昊也没听出来，这个女人是谁。

“站住！再往前走，我们就要执行军法了。”侍卫还在试图阻拦！

“你让开，耽误了皇帝大事，就算你有几条命死都不够！”丝丽苔又大喊道，这一次，端昊听出来了，是丝丽苔的声音。

端昊微微一皱眉：

“这个丝丽苔是不是疯了，竟然闹到这里来了？当着这么多文臣武将，这算是怎么回事?！”

不过端昊转念一想，丝丽苔也不是没有分寸的人，她突然间跑到这里来，肯定是真有急事，而且看现在丝丽苔这个架势，是非要闯进来不可，既然如此，还是叫她进来的好。于是，端昊高声命令道：

“外面是什么人喧哗，让她进来！”

丝丽苔应声而入，后面还跟着几个侍卫。端昊一见丝丽苔，真被吓了一跳，只见丝丽苔发髻凌乱，脸色青白，两只眼睛中放着饿极了的野兽似的光芒。整个人身上，哪里还有半点二人云雨时，那种娇媚柔美的样子，端昊真的有些无法想象，自己当初怎么会对这样一个比妖精还要丑陋还要可怕的女人，产生了冲动？

丝丽苔的手中抱着一个正方形的盒子，眼睛直勾勾地望着端昊：

“我有事情要跟你说！”

端昊尴尬至极，这个女人真是疯了，她怎么能在大庭广众之下，跟皇帝这么说话。

端昊强压住心头的怒火：

“什么事？”

“你是单独听，还是我在这里说。”其实丝丽苔现在这句倒是问的真心话。可是在这个场合之下，她这样问话，太让端昊下不来台了！现在端昊的脸已经变得比丝丽苔还要铁青了。

“我知道，你要说的肯定是军国大事，你就在这里说就行了。”端昊的这句话，是在掩盖自己的难堪，也是在提醒丝丽苔——她现在只能说军国之事，千万千万，别说出什么不该说的来。

丝丽苔是波斯人，本来就比不得汉人的心思复杂，现在又是在狂怒之下，根本就没听出来端昊话里那重重的暗示，丝丽苔只是听到端昊让她当众说。那好吧，当众说就当众说，谁怕谁啊?！

丝丽苔上前一步，盯着端昊问道：

“我知道大梁国的新皇后是谁了！你知道吗？”

“谁？”这件事端昊还真不知道。不过他一听丝丽苔问的这个问题，心里还真是放松了不少——毕竟丝丽苔说的是一件和国家和当前局势有关的事情，这就好。

所以，端昊放缓了声音，说道：

“哦，原来，你知道大梁国的新皇后是谁了？是谁？难道她是哪一国的公主？联姻后，她的娘家就要派兵助战了？”

端昊是真这么想的，因为丝丽苔竟然会为了大梁国的新皇后这么行为错乱，那足以证明新皇后的来头不小。更何况，端昊现在也巴不得这个皇后真的来头不小，好让大家理解了丝丽苔的失态，进而不再怀疑端昊和丝丽苔之间的关系。

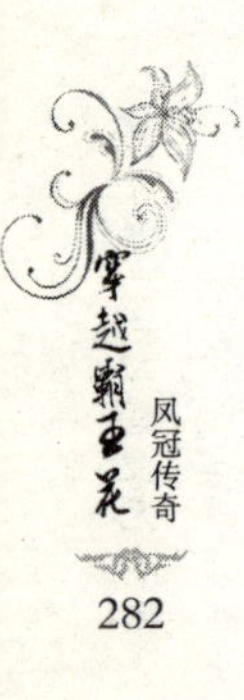

果然，端昊的话成功地引起了大臣们的关注——大梁国如果真的娶来了一位公主，还能借来援军，那的确是件大事。

丝丽苔冷笑了一声，那一声冷笑，让丝丽苔看起来，更像是一个真正的巫婆了：

“她不是公主。”丝丽苔一字字地说道，“要说是公主，那也是你们西蜀国的公主！”

“啊?！”

“你们当初派去和亲的鸿雁公主，方子纯！”

“什么?！”端昊腾地一下站了起来，随着这猛地一站，他全身的血液就仿佛一下子都被抽干了一样，他的脸变得比雪还要白，他的眼睛变得比最阴沉的天空还是阴暗：

“你再说一遍！”

端昊紧盯着丝丽苔问道，现在，要不是身边还有这么多人的话，端昊恐怕已经冲上去抓住丝丽苔的衣领了——他不是要问个清楚，而是要逼丝丽苔把刚才的话收回去！

“我说，大梁国的新皇后，就是你们当初送去和亲的鸿雁公主，方子纯！”

丝丽苔又重复了一遍，这一次，她的声音更加响亮清晰了，看到端昊脸色骤变，她感到了一种莫名的快感——现在，总算有一个人陪着自己一起痛了！

端昊觉得自己的身体在控制不住地发抖：

“你确定吗？”

丝丽苔残酷地冷笑着：

"你要愿意，我现在就给你看证据！你看吗？"

"我看！"端昊脱口而出！然后又加了一句："你们都退下！"

大臣们鱼贯地退了出去，帐内，只剩下了端昊和丝丽苔两个人，丝丽苔把手中的盒子重重地放到了桌子上，里面的水晶球慢慢地升了起来，纯儿一身盛装端坐在宝座上的影像，出现在了端昊的面前。

"是纯儿，真的是她……"端昊望着水晶球，整个人都傻了。

在很长的一段时间里，端昊的心中只有这一句话在反复地出现着：

"丝丽苔没有弄错，她真的没有弄错，真的是她，真的是她！虽然，分别了这么久，纯儿有了一些改变，而且现在又是一身盛装，但是，她那美丽的容颜，那清澈的双眸，那刚毅不屈的神情，那凛然飒爽的英姿，都没有变，她还是那么出众，那么让人不由自主地就会倾倒在她的身前。"

头戴凤冠，身穿凤袍的纯儿更美了，比端昊所见过的任何一位皇后，一位嫔妃都要美，最重要的是，她所表现出来的风范和气度，是一位真正的皇后才会拥有的。

端昊的手下意识地抚到了心口上，因为他觉得有一把锋利的刀正狠狠地刺进自己的胸膛！

望着眼前的纯儿，过往的一幕幕，在端昊的脑海中闪现，将军府中，身穿一身樱桃红的裙衫，翩然而来的那个稚气少女。长江边上，月色如银中，那个真情流露的纯真佳人。洪泽湖畔的星光下，曾经和自己两心如一的红颜知己、真心恋人。奉先殿前，自己亲手送上敌国迎亲车驾的，伤心欲绝的女子……

端昊痛不欲生，因为他终于发现了，是自己亲手一步步，把那个真心爱着自己的痴心女子变成了他人的皇后！

没错，他人的皇后！眼前，这位完美的皇后，不是属于自己的，是属于另一位皇帝，另一个男人的！

端昊忽然手起刀落，一刀就把眼前的一张椅子劈成了两半！他需要宣泄自己心中的怒火——纯儿已经属于另外一个男人了！这一个结果，就仿佛是一万把刀在凌迟他的心！

一瞬间，端昊的心碎了，碎得血肉模糊！

"纯儿，你好狠心，你怎么能这么对我？"

直到这一刻，端昊才发现，原来这么久以来，虽然他一直没有纯儿的消息，找不到纯儿的踪迹，但是，在他的心中，始终都相信，纯儿的心里是只有他一个人的！

一定只有他一个人！纯儿那么爱他，纯儿是不可能再爱上别的男人的！一定不可能！是他们强迫的纯儿，对，一定是！端昊的心中又迸射出了一线希望！他冲到了水晶球前，因为他迫不及待地想要问一问纯儿，或者说他迫不及待地想要证明这一点——纯儿是被迫嫁给大梁国皇帝的！

可是，当端昊看到纯儿的眼睛的时候，他不禁颓然地跌坐在了椅子上——虽然心中痛苦不堪，但是，他还是必须得承认，纯儿的神情，纯儿的眼神中，都充满了安宁和幸福！

"纯儿，你怎么能为了一个我之外的男人而幸福！"端昊觉得自己已经快心痛至死了，他终于明白了，原来，自己是那样深爱着纯儿！

端昊回到了自己的住处。他现在不想见群臣，不想想国事，不想见丝丽苔，不想看水晶球，他什么都不想，只想一个人独自静处。因为他要在这份宁静中，慢慢地去回忆曾经和纯儿相处过的点点滴滴，这些记忆，会给他信心，会让他觉得，无论如何纯儿都是爱他的，都不会离开他！

她是纯儿啊，她是他今生的最爱，也是这个世界上最爱他的女人。别的女人爱他，都是因为他是皇帝，只有纯儿爱他，是单纯的爱他这个人。他曾经做过那么多伤害纯儿的事，可是直到今天这一刻，当他亲眼看到纯儿嫁给别人的时候，才发现原来，自己以前之所以那么肆无忌惮，是因为，心中其实一直都认为纯儿是不会离开自己的。正因为他相信这一点，所以，他才会做出那么多错事！

端昊后悔，端昊忏悔，可是现在，这一切都已经于事无补了。

忽然，端昊像是想起了什么，几步走到了桌案前，用力地翻找了起来，他找出的是一幅画像，画像上是一个英俊无匹的男人——完颜臻华！

就是他，抢走了自己的纯儿，就是他，今天成为了纯儿的丈夫！

端昊再也按捺不住心中的妒火，他噌的一下掏出了匕首，用力地朝着画像扎去，一下又一下！直到把画像给扎得稀巴烂了，他都不肯停下手来！

他要把这个男人碎尸万段！纯儿是属于他——宇文端昊的！没有人能够染指！只有他一个人可以拥有纯儿！

就在端昊彻底把臻华的画像给撕碎了之后，另一个念头，仿佛烧红的铁块一样，烙进了他的心里，让他几乎疼得哆嗦了起来——这个男人将拥有纯儿，从今天起，他就是纯儿的丈夫，他就可以名正言顺地去碰触纯儿了?!

端昊的脑海中，无法抑制地出现了一幕幕臻华和纯儿相拥的画面。这些场景就仿佛一桶热油浇到了端昊的妒火之上，如果说，看到婚礼上那个为了别的男人而幸福美丽的纯儿，让他狂怒的话，那么现在，想到了纯儿会依偎在别的男人怀中，则让端昊感到了彻底的恐惧！

是的，他的确是在恐惧。他觉得，如果那一刻真的来临，那一幕真的发生的话，自己会疯掉会死掉的，他现在宁可用一切做代价来交换——只要让纯儿不去到别的男人怀里，让他付出什么都可以！

阻止她，阻止他！心思狂乱之下，端昊都不知道自己究竟应该阻止谁了。半晌，他才清醒过来：

"对，找丝丽苔，杀死臻华，现在完颜臻华还在昏迷中，一定要趁他昏迷的时候杀死他，他死了，就不能再染指纯儿了！"

想到这里，端昊再不迟疑，立刻就取出那个小水晶球，开始联络丝丽苔。

"去杀死完颜臻华！"当丝丽苔的影子在水晶球中一出现，端昊就毫不迟疑地命令道。

丝丽苔的脸色仍旧是那么难看，她在心中惨笑了一声：

"杀死臻华？说得容易，如果能杀我早就杀了。现在太晚了，大梁国已经请来了强援，我已经没有能量再杀他了。"

当然，这些事情，丝丽苔是不会跟端昊说的，不仅不说，她还会继续欺骗端昊，让端昊认为她是无所不能的！因为丝丽苔心里很清楚，现在她和端昊不过是在互相利用，如果让端昊知道自己已经没有任何利用价值的话，那么，他马上就会踢开自己的。

"我不能杀臻华。"丝丽苔强作镇定地说道。

"为什么？！"端昊狂怒了。

"那是我的事，反正现在还没到我杀他的时候，你如果想杀他，你自己想办法吧。"丝丽苔说完话，不等端昊再发问，就匆匆消失了，因为她现在也实在是找不到可以搪塞的理由了。

然而丝丽苔的拒绝，不但丝毫没有平息端昊心中的杀机。反而让他更加气急败坏了。

"好，你不杀，那我就自己动手！"

毕竟现在西蜀国大军已经集结在了大梁国中，就等着自己一声令下就可以开战了，那自己现在就发布命令——开战，马上开战！杀死臻华，抢回纯儿！纯儿是属于他的，没人能够打纯儿的主意！

端昊高喝了一声：

“来人！”

而与此同时，一位大臣也正好走了进来。端昊有些奇怪，这位大臣怎么会来得这么快，但是现在不是问这些事情的时候，他也没有心思管这些，只是一连串地发布着命令：

“进攻！全线向大梁国都城进攻！同时派出青衣卫随行前沿部队，让他们潜入大梁国皇宫，刺杀完颜臻华。还有，一定要把大梁国的皇后生擒活捉，带来见我！”停了一下，端昊又补了一句：“不许伤到大梁国皇后。”

端昊这一连串密集的命令，听得这位大臣有些发愣，一时间没有做出反应，端昊暴怒了：

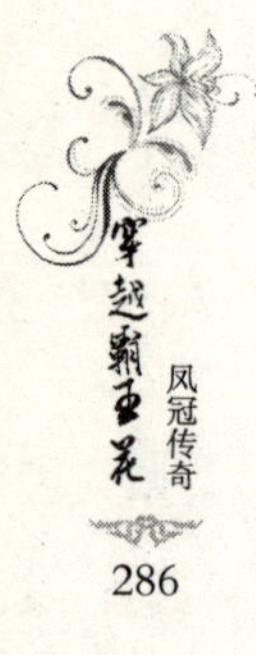

“你听明白了没有?!”

端昊突如其来的怒火，把大臣吓了一跳，他赶紧跪下说道：

“是，臣听明白了，只是……臣来，还有一件事要禀报。”

“什么事？”

“刚才得到快报。大梁国皇后登基之后，立刻亲笔签下诏书，宣布从即时起，大梁国正式对西蜀国开战！”